Toni Gottschalk

Konfetti im Bier

Toni Gottschalk

Konfetti
im Bier

Roman

Bibliografische Informationen der Deutschen Nationalbibliothek:
Die Deutsche Nationalbibliothek verzeichnet diese Publikation in der Deutschen
Nationalbibliografie; detaillierte bibliografische Daten sind im Internet unter
www.dnb.de abrufbar.

2. Auflage 2019
www.liesmich-verlag.de

Coverdesign und Umschlaggestaltung: Manja Schönerstedt // Marina Müller
Zeichnungen im Einband: Toni Gottschalk
Foto des Autors: Jenny Schäfer (www.jennyschaefer.de)
Drucksatz: Franziska Nast (www.franziskanast.de)
Lektorat: Jessica Adrian
Korrektorat: Sabrina Friedl
Vorlektorat: Torsten Paape // Alina Tillenburg
Public Relations: Christoph Awe
Produktmanagement und Marketing: Laura Hofmann
Projektmanagement: Karsten Möckel

ISBN: 978-3-945491-06-5

Heim

Es gibt kein richtiges Leben in Flaschen

9:24 Uhr (Merks)

Merks hatte eigentlich gar keine Lust, sich mit den HSVern zu prügeln. Doch in ihrer Lage gab es keine zwei Meinungen, deshalb musste er da jetzt durch. Die eigenen Leute hatten aufs Maul gekriegt, deshalb wurde der Spieß nun umgedreht. Diese Regel galt seit Menschengedenken und wird es vermutlich auch immer tun. Auge um Auge. Altes Testament, *Krieg der Knöpfe, The Warriors.*

Es war schon ein wenig lustig, dass die Situation jetzt tatsächlich genau umgekehrt war wie wenige Minuten zuvor: Die Sechser-Crew der HSV-Fans hatte Subbe und Paul in Überzahl angegriffen und blickte sich nun gehetzt nach eben diesen beiden um. Währenddessen näherte sich von der anderen Seite auch die Gruppe um Merks im Laufschritt, die auf Pauls Anruf hin direkt vom Stadion gestartet war. Merks war kein Mann für die erste Reihe; genau genommen nicht einmal für die zweite. So waren seine Schritte etwas langsamer als die der Kollegen, die im Gegensatz zu ihm richtig Bock drauf hatten, sich zu wämsen. Sie waren in der Überzahl, deshalb war es nicht wirklich gefährlich. Trotzdem gab es immer die Möglichkeit, dass sich Leute bei solchen Hauereien ernsthaft verletzten; vor allem dann, wenn beide Seiten mit der Lage überfordert waren, einfach nur, weil ausnahmsweise einmal keine Bullenkette dazwischenstand. Das richtige Maß an Gewalt will erstmal gelernt sein.

Merks kannte solche Situationen bisher vor allem aus Erzählungen und Internetforen[1] und hatte sie sich immer mit viel Geschrei vorgestellt. Doch offenbar waren beide Seiten etwas überrascht. Tatsächlich war Lutz auf ihrer Seite der Einzige, der etwas brüllte, als der Feind in Sicht kam: »Da sind die Wichser! Drauf da jetzt!« Diese Blecheimer-Stimme hätte Merks unter Hunderten erkannt.

---

1 Ultras.ws – rest in pieces! GruppaOF – go to hell!

Gleichzeitig sah er eine Flasche, die dicht an seinem Kopf vorbei-flog und an einem Papiercontainer zerbrach. Er selbst fühlte sich wie gelähmt, obwohl er den Gegnern bereits sehr nahe war. Gleichzeitig war er hellwach und nahm viele Details deutlich wahr: die feuchte Morgenluft, die beiden Gruppen, die sich gestikulierend aufeinander zubewegten, eine schwarzweißblaue Mütze, die wie in Zeitlupe zu Boden segelte und die verzerrten Gesichter, die teilweise von Schals verdeckt wurden, sodass nur die weit aufgerissenen Augen zu sehen waren.

Merks lenkte seine Aufmerksamkeit wie seine Freunde vollkommen auf den Feind. Das viele Adrenalin benebelte ihn völlig. Sonst hätte er vermutlich die beiden Gestalten bemerkt, die sich zügig, aber ohne Hast, von der Seite auf den Schauplatz zubewegten. Gerade, als die beiden Gruppen aufeinandertrafen und die ersten Leute zum Schlag ausholten, ertönte eine laute Stimme. »So Sportsfreunde, jetzt ist Schluss!«, rief einer der beiden Männer, die gar nicht wie Beamte aussahen. Fuck. Zivis*. Sogenannte »szene-kundige Beamte«.

16:37 Uhr (Jette)

»Ich will ja jetzt nicht wieder davon anfangen, wie wir das früher geregelt hätten, aber nach so einer Scheiße wäre durchaus einiges kaputtgegangen!« Zur Untermalung dieser Worte gab es einen Tritt gegen das nächste Regal. Becker regte sich darüber auf, dass sie sich von der Polizei derartig auf der Nase rumtanzen ließen. Wie so oft bei solchen Gelegenheiten fuhr seine Zunge nervös über die Narbe an seiner Unterlippe. Wenn es beim normalen Gruppentreffen schon oft schwierig war, einen kleinsten gemeinsamen Nenner zu finden, so grenzte es jetzt an ein Ding der Unmöglichkeit. Jede und jeder hatte eine Meinung zu der Situation und wollte sie unbedingt auch loswerden. Völlig unabhängig davon, ob der entsprechende Punkt bereits vorgetragen worden war oder ob er zu einem Ziel führte. Theroeticos aller Länder, vereinigt euch.

In Jette stieg die Müdigkeit auf – noch stärker als an jedem anderen Zeitpunkt dieses langen Tages. Diese Diskussionen gehörten definitiv zu den Dingen, die sie nicht vermisste, wenn sie wie in den letzten Wochen die Gruppe mied. Instinktiv lehnte sie sich an dem Regal etwas zurück, an dem sie stand; doch die Fahne, die dort herausragte, stank so bestialisch nach der Stadion-Todesmischung[2], dass sie sofort wieder eine aufrechte Haltung einnahm. Jette konnte von ihrem Platz aus nicht alle anwesenden Leute sehen. Aber sie nahm aus dem Augenwinkel wahr, wie Martha und Merks in den Raum huschten. Wenn sie alles richtig mitbekommen hatte, waren die beiden mit Skinhead-Ole beim Schwan gewesen. Auch eine interessante Kombination. Ole hat sich bestimmt gefreut, die beiden Jungspunde an der Backe zu haben. Jette war gespannt, was der Schwan gesagt hatte – und ob sich der alte Haudegen noch einmal in die Geschehnisse einmischen würde. Doch ihre Neugier musste warten; zunächst galt es, das aktuelle Problem zu lösen.

22:54 Uhr (Subbe)

Vermutlich gab es bald wieder einfache Fahnenchoreos oder der Gegner wurde ohne Umwege direkt gedisst. Mit holprigen Reimen. Im Stil von »Ihr haltet euch für die besten Ultras* der Welt? Dafür haben wir den Style und das Geld.« So zumindest stellte sich Subbe

---

2   Bier, Schweiß, Regen. Und ganz viel Zeit in einem halbwarmen Raum. Stockflecken sind ein optischer Vorbote des olfaktorischen Grauens.

die Kurvenoptik vor, wenn Leute wie Lutz das Ruder in der Hand hielten. Die weder nach rechts noch nach links guckten und stur durch jede Wand durchrennen wollten. Subbe nahm einen tiefen Schluck Bier – und sich fest vor, in nächster Zeit mehr Einsatz in diesem Bereich zu zeigen. Den Arsch hochkriegen, wie im Film Wild Style. Schließlich lag es auch an ihm, wie die Gruppe und damit auch die ganze Fanszene nach außen wirkte. Eine Choreografie wird von den Betrachtern fast immer sofort automatisch »den Fans« zugeschrieben, sei es von Uwe zu Hause vor dem Fernseher oder von dem Sportredakteur, der schnell seinen Artikel fertig tippen muss. Umso wichtiger war es, dass Leute aus der Gruppe dafür die Verantwortung übernahmen, die Ahnung von Style hatten. Und im besten Fall auch Humor. Subbe nahm den letzten Schluck. Warme Plörre aus dem Plastikbecher. Deliziös. Konzert oder Stadion, wohin er auch kam, immer gab es nur schales Bier aus Bechern. Wenigstens beim Malen konnte er Bier aus Flaschen trinken, sofern sein Rucksack nicht bis zum Rand mit Dosen gefüllt war. Und natürlich im Raum der Gruppe.

Mindestens genauso wichtig wie die aktuelle Stilpflege bei Choreografien war es aber auch, junge Leute behutsam an das Feld heranzuführen. Die nächste Generation Schritt für Schritt vorzubereiten. Es müssen nicht alle Fehler immer wieder neu gemacht werden. Dazu gab es doch schließlich ältere Leute in der Gruppe wie ihn – mit Erfahrung und dem Willen, sie auch weiterzugeben. Stichwort: Synergieeffekte nutzen. Subbe musste bei solchem Werbesprech üblicherweise kotzen, jetzt passte es ausnahmsweise einmal. Junger Tatendrang unter der behutsamen Leitung der alten Garde. Subbe schob sein Cap in den Nacken und sah zur Bühne. *Madball* spielten gerade ein neues Lied an: *Demonstrating my Style*. Wir sind nicht alleine. Wie Arsch auf Eimer. Plastikeimer, versteht sich.

5:07 Uhr (Subbe)

S-Bahn-Haltestelle Mittlerer Landweg. Es dämmert. Die Kameras hier sind nicht einmal mehr als Attrappen zu gebrauchen, so offensichtlich sind sie kaputt. Es ist kühl. Ein Anflug von Tau zeigt sich bereits auf den Büschen zwischen den beschmierten Werbetafeln. Die umliegenden Felder mit Kühen und Pferden vervollständigen die alles andere als urbane Szenerie. Noch 7 Minuten bis zum planmäßigen Eintreffen des Zuges.

Fröstelnd hob Subbe den Kopf und betrachtete die Zeiger der Uhr, die sich nur quälend langsam vorwärts bewegten. Immerhin bewegten sie sich überhaupt und waren damit eines der wenigen intakten Dinge an diesem trostlosen Ort. Er fand es immer wieder erstaunlich, dass man vom Hauptbahnhof aus nur ein paar S-Bahn-Stationen fahren musste, um das Gefühl zu bekommen, die Zivilisation weit hinter sich gelassen zu haben. Von seinem Sitzplatz aus hatte er die Uhr im Blick. Er musste nur den Kopf anheben und leicht drehen. Diese Bewegung hatte er nun schon zum gefühlt tausendsten Mal wiederholt, doch der Minutenzeiger der Uhr schien zwischen der Drei und der Vier festzuhängen.

Was das Bemalen von Zügen anging, war Subbe eher ein Einzelkämpfer. Und das, obwohl er durchaus auf einen Pool von Leuten zurückgreifen konnte, die ihm liebend gerne geholfen hätten. Er war sich auch bewusst, dass eine größere Zahl an Mitstreitern die Sicherheit erhöhte und flächendeckende Bilder in kürzerer Zeit ermöglichte. Aber er betrachtete es als Herausforderung, als sein Ding, und obwohl er den Namen der Gruppe verbreitete, wollte er den ohnehin anonymen Fame nicht teilen. Außerdem wollte er zugegebenermaßen auch nicht mit jeder x-beliebigen Person losziehen, nur weil diese in der Nacht zuvor bekifft *Whole Train* gesehen hatte. Er lebte das Ultrà-Leben nun schon so lange, dass das Trainwriting für ihn eine willkommene Abwechslung darstellte, einen Adrenalin-Kick, der ausnahmsweise einmal kein kollektives Erlebnis war. Trotzdem war es gerade dieses gemeinschaftliche Erleben von Extremsituationen, das für ihn den Reiz an Fußball allgemein und Ultrà im Speziellen ausmachte. Außerdem liebte er Fußballstadien und sammelte die Besuche dort wie andere Leute Platten oder Aufkleber. Der Sport selbst hatte dabei für ihn eher den Charakter eines schmückenden Beiwerks.

Ein Geräusch ließ ihn aufschrecken. Seine müden Augen brauchten eine Weile, bis sie den Bahnangestellten erkannten, der mit ausladender Gestik den Fahrplanaushang kontrollierte und Subbe dabei kurz mit einem gleichgültigen Blick musterte. Dieser sank auf der Bank zurück und tastete mit der rechten Hand nach der Kamera. Die ihn umgebende Stille, nur unterbrochen durch verhaltenes Vogelgezwitscher, nahm ihn ganz ein, während die ersten Strahlen der aufgehenden Sonne die kalte, klare Luft durchschnitten. Wieder waren nur zwei Minuten vergangen.

Manchmal ist der Adrenalinstoß hart und behindert ein konzentriertes Arbeiten, hemmt die Genauigkeit, wie wenn sich ein Gebäudereiniger im achtzigsten Stockwerk weit aus dem Fenster lehnen muss, um alle Stellen zu erreichen. Meistens jedoch fördert er die Kreativität, lässt ein Abbild der Skizze entstehen, das den Moment der Entstehung einfängt. Dieser besondere Moment zeichnet diese Form der Kunst aus, bestimmt ihr Wesen, gehört dazu wie der durchdringende Geruch nach Aerosol, lässt einen die Farben und Formen nicht nur sehen, sondern auch hören, schmecken und fühlen. Er bewirkt jenes Suchtgefühl, welches in irgendeiner Form einer jeden Subkultur anhaftet. Und einen Ausstieg so ungemein erschwert.

Subbes Blick wanderte von der Uhr über den Bahnsteig zu seinem Spiegelbild im zerbrochenen Glas des nächsten Werbekastens. Seine Kleidung war gezeichnet von zahllosen schlaflosen Nächten, von Farbspritzern, von halsbrecherischen Fluchten und harten Auseinandersetzungen. Allen voran sein Cap hatte wahrscheinlich schon weitere Strecken zurückgelegt als das Auswärtsbanner der Gruppe; man sah ihm an, dass es bereits gelebt hatte.

Subbe liebte die Herausforderung, den ständigen Standortkampf, das Wechselspiel zwischen der Ruhe am Schreibtisch beim Zeichnen und der Aktion selbst. Den Reiz des Verbotenen, die erzwungene Kommunikation, die Respekt von denselben Personen einfordert, die sie verspottet, das Hochgefühl beim Betrachten und Ablichten des fertigen Bildes. Wie viele kreative Menschen wusste er die Nacht als einen Zeitpunkt der fließenden Inspiration zu schätzen und den Morgen als den Moment der Wahrheit.

Sein Blick hatte sich längst in der Ferne verloren, doch nun wurde er von dem sich stetig vergrößernden Lichtfleck des nahenden Zuges angezogen. Er erhob sich, dehnte die verspannten Muskeln und brachte die Kamera in Anschlag. Maschinenlärm ertönte, das Kreischen der Bremsen und das Zischen beim Entsichern der Türsperre. Subbe erstarrte. Es grenzte ja schon an ein Wunder, dass der Zug überhaupt fuhr. Die meisten gebombten Züge wurden sofort aus dem Verkehr gezogen, um den Writern nicht auch noch die Genugtuung zu geben, dass ihr Kunstwerk in Bewegung war. Doch diesmal hatte er es geschafft. Das Stellwerk, das er ausgespäht hatte, war wohl so weit draußen, dass am frühen Morgen kein Ersatz organisiert werden konnte. Nicht nur, dass sein Zug wahrscheinlich den ganzen Derby-Tag über mit »Fuck HSV!« quer durch die Stadt fahren würde; die Krönung lag darin, dass er selbst praktisch in seinem Bild fahren konnte. Es war kein Meisterwerk geworden, aber nach seinem Urteil durchaus ansehnlich. Immerhin bunt und nicht nur Chromsilber und Schwarz. Den halben Waggon hatte er geschafft, die altbekannten Buchstaben mit der seinem etwas eigenen Stil zugehörigen Typographie: »Focus it back!«[3] . Man kann nicht immer nur Vivian benutzen – bei dem Gedanken musste er unwillkürlich grinsen. Der Character daneben war einfach fett. Ein fertig aussehender Freak mit einer Fahne, auf der »still movin'« stand. Abgerundet wurde das Bild durch eine nicht zu große, aber dafür extrem gelbe Mentalitätsbanane. Auch diese trug Text: »Ihr lebt in eurer Nostalgie … Fuck HSV!« Subbe schoss ein paar Bilder, winkte fröhlich dem verdutzten Bahnbeamten zu und stieg im letzten Moment in »seinen« Waggon ein, der ihn zurück ins Viertel bringen sollte.

5:13 Uhr (Merks)

Raum. Buntes Chaos. Couch, Sessel, Sofa, Stuhl. Ultrà-
Devotionalien aus aller Herren Länder. Es riecht nach Kaffee,
Abtönfarbe und nach süßlichem Rauch. Alter Kasendreher
mit Mood for Ska *von* Laurel Aitken und den Skatalites.
»Die haben den Blick für die Orte, wo man sich die Seele
hängen und baumeln lassen kann.« (Gerhard D.)

Du befestigst das Klebeband an einer Ecke der Tapetenrückseite, läufst die Bahn auf ganzer Länge entlang und rollst dabei das Band ab. Anschließend lässt du es vorsichtig runter, sodass es möglichst am Rand der Tapete landet. Dann gehst du die Bahn auf ganzer Linie wieder zurück, immer Fuß vor Fuß, damit das Band auch wirklich klebt. Du wiederholst die ganze Prozedur beim gegen-

---

3   Die Abkürzung steht für: »Freaks Original Crew Ultras Sektion Inferno Team
Boys Attacke Commando Kohorte«.

überliegenden Rand; und dann noch jeweils einmal schräg von einer Seite zur anderen, damit das Spruchband in der Kurve dem Zug standhält, wenn mehrere Menschen es erst ausrollen und festhalten – auch bei Regen. Je nachdem, wie lang der Spruch werden soll, musst du das Abkleben über Kreuz mehrmals vornehmen – so jägerzaunmäßig.

»Wenn du noch ein wenig mehr Tapete am Klebeband befestigst, kann man es fast bemalen«, bemerkte Torre, ohne dabei eine Miene zu verziehen. Seinen Humor mit »trocken« zu beschreiben, wäre die Untertreibung des Jahrhunderts gewesen. Merks blickte ein wenig irritiert auf die Tapete, die er mehr oder weniger sorgfältig mit Klebeband versehen hatte.

»Wozu eigentlich dieses umständliche Abkleben? Die Tapete wird doch eh nur ein paar Sekunden hochgehalten.«

Torre grinste. »Wenn sie es überhaupt ins Stadion schafft und hochgehalten wird. Aber *wenn* sie es schafft, wäre es doch nett, wenn sie nicht gleich zerreißt, nur weil ein paar betrunkene Hegel nicht aufpassen.« Dagegen fiel Merks nichts ein. Er checkte nur nicht, was ein »Hegel« sein sollte. Seines Wissens nach war Hegel doch Philosoph gewesen, oder nicht? Aber es gab so viele dieser Insider-Wörter und zu wenige wussten überhaupt noch, wo sie herkamen oder wer sie zuerst benutzt hatte. Er seufzte und befreite seine Hände von Klebebandresten. Torre klopfte ihm aufmunternd auf die Schultern. »Mensch, hier kann man doch ganz gut arbeiten. Wer jemals bei Minusgraden in der Flora auf den Knien 'rumgerutscht ist, um rechtzeitig die Choreo des Jahres fertig zu machen, weiß, wovon ich rede.«

Merks wusste es nicht; so lange war er noch nicht dabei. Die Zeit, als die Gruppe die Rote Flora* zum Malen und Abhängen genutzt hatte, hatte er verpasst. Für ihn war es anstrengend genug, um diese Uhrzeit überhaupt wach zu sein. Aber grundsätzlich fand er die einfachen Arbeiten fett. Vor allem in diesem Moment. Er konnte sich beteiligen, ohne dabei viel reden zu müssen. Erstmal in Ruhe aufwachen. Klarkommen. Außerdem musste er einfach dabei sein. Choreografien waren etwas Greifbares, Handfestes. Kein theoretisches Gelaber über Stimmung im Stadion oder die Ziele der Gruppe. Und für ihn war der Raum eh wie ein zweites Zuhause. Wenn die Schule vorbei war, kam er eigentlich immer her. Er hätte sonst auch weder gewusst, wohin, noch wofür. Der Raum war für ihn stets der erste Anlaufpunkt. Hier blieb der ganze Alltags-Scheiß einfach draußen.

Um überhaupt etwas zu sagen, fragte er, wo Torre seine Adidas-Sneakers gekauft hatte. Torre lachte. »Lagerverkauf in Billwerder. Ist ein uraltes Modell, aus deiner Sicht. Aus meiner Sicht ist es Old School. Gab drei Paare für insgesamt 90 Ois – da musste ich zuschlagen. Jetzt bin ich erst mal wieder für eine Weile ausgestattet.«

»Ich find' ja die New Balance 574 richtig fett«, meinte Merks. Torre grinste. »In welchem Ultras-Forum hast du das denn gelesen? Die sind ja nun wirklich Old School. Mitte der Neunziger muss das gewesen sein, als die rauskamen.«

»Puh, da war ich, warte mal, so in der ersten Klasse. Fuck, das ist derbe lange her.«

»Wenn Du einen Alleskönner suchst, der nicht so teuer ist, nimm den Samba von Adidas. Der hält gut was aus«, riet ihm Torre. »Und der ist noch old-schooliger, nicht totzukriegen seit den Mods und Skins in den Siebzigern.« Merks nickte. Natürlich kannte er Sambas. Aber er ließ sich nur zu gerne von älteren Mitgliedern der Gruppe Tipps geben, wenn es um Musik, Klamotten und auch Meinungen ging. Deshalb sagte er Torre nicht, dass er Sambas für sich längst ausgeschlossen hatte. Zu dünne Sohle – und schon viel zu lange auf dem Markt.

Überhaupt sog er gierig alles in sich auf, was mit dem Thema Fußball zu tun hatte, ohne sich groß einen Kopf über die Unterschiede zwischen den verschiedenen Formen des Fan-Daseins oder

der unterschiedlichen Stile der Subkulturen zu machen, die den Fußball beeinflussten. Das Gruppengefühl war dabei maßgeblich, aber ebenso kannte er den Transfermarkt, verfolgte die Berichterstattung im Fernsehen und hatte eine Meinung zum modernen Fußball. Aber dieses Abgeklebe … Er seufzte erneut. Dann machte er sich an die nächste Tapete. Zum Glück gab es Entertainment in Form von Anekdoten: Becker, eines der ältesten Mitglieder und Mitbegründer der Gruppe, hielt einen seiner berühmt-berüchtigten Monologe. Für die Jüngeren war es oft unverständlich, und vielen ging er mit der »Früher war alles besser«-Leier oft auf den Keks. Aber auch seine schärfsten Kritiker mussten neidlos anerkennen, dass er mit Leib und Seele Ultrà war. Becker sah immer ein wenig verwahrlost aus, was seinen gelegentlichen Wutausbrüchen eine scharfe optische Note verlieh. Wenn dir als junger Butscher ein Choleriker mit Dreitagebart und verschlissenem Trenchcoat eine Ansage macht, der schon hart auf die Vierzig zugeht, überlegst du es dir dreimal, ob du widersprichst. Vor allem dann, wenn vor Erregung auf der linken Seite des kurzgeschorenen Kopfes eine mehrere Zentimeter lange Narbe pulsiert. Gerade ging es um den Vergleich zwischen Gegengerade und Südkurve; ein Thema, über das sich Becker stundenlang auslassen konnte, wenn er wollte – oder wenn die weichen Drogen in seinem Kopf ihn dazu trieben.

»Früher, im D-Block, habe ich grundsätzlich die schäbigsten Klamotten angezogen, die ich überhaupt finden konnte. Eher solche, die unter der Wäschetruhe lagen, wo man schon die Form und Farbe kaum noch erkennen konnte. Denn wann habt ihr da mal keine Bierdusche abgekriegt? In der Euphorie bei einem Tor flogen alle nur erdenklichen Körperflüssigkeiten durch die Luft! Oder durch die ständigen Anfeindungen der sogenannten ›Singing Area‹ … Da ist der Name auch schon lange nicht mehr Programm.« Becker leckte sich die Lippe und schauderte kurz bei der Erinnerung. »Kurz gesagt: Der D-Block war mehr Punkrock. Damals war *Song 2* noch etwas wert, gänsehaut- und freak-out-technisch. Logo gab's Pogo. Und die 100 Ultras: unisono. Heutzutage kann man ohne Gefahr seinen Herr-von-Eden-Anzug in der Kurve spazieren tragen… Gleichschaltung, Konsumhaltung, Style over Substance! Ohne Vorsänger würde da keiner das Maul aufkriegen, außer zum Biertrinken. Oder, um sich über die letzte Simpsons-Folge zu unterhalten! Und dann die Choreos … Erinnert ihr euch nicht an das krasse Gefühl bei unserer ersten Blockfahne? Dieses heftige Kribbeln unter der Haut gibt's heute kaum noch. Zettel, Fahnenmeer, Vereinssymbol … Langeweile! Alles schon tausendmal gesehen, wie jeden Winkel der A 7 …«

»Verdammt, Becker, halt's Maul! Früher waren nur Freaks unterwegs, wie? Alle hatten die Mentalität mit Löffeln gefressen, oder was? Jede Choreo der Hammer und jedes Heimspiel legendär?« Torre gab sich Mühe, echte Empörung vorzuspielen. Im Grunde stimmte er aber mit Becker überein. In der Südkurve hatte man sich zu sehr an die »kontrollierte Anarchie« gewöhnt, das Besondere war dem Alltäglichen gewichen. Oder dazu geworden.

»Vielleicht nicht nur Freaks, aber mehr als jetzt auf jeden Fall. Und dann guck dir mal die gelackten Antifa-Kiddies auf der Süd an. Risiko bedeutet für diese Mittelstandskinder, sich einen Fish Mac zu bestellen und keinen Royal TS!«

»Jaja, früher war alles besser … Denk doch mal an den ganzen Ärger zurück! Jetzt gibt es weniger Totalausfälle, weniger Suff und Sexismus, weniger Stress untereinander und weniger Verletzungen …«

Merks grinste. Er konnte gar nicht anders. Wenn die Älteren, insbesondere Torre und Becker, sich solche Wortgefechte lieferten, bekam er sofort gute Laune. Und darum ging es doch schließlich. Um Spaß. Mit guten Freunden eine gute Zeit haben. Abseits von Schule, Kirche und dem ganzen Kack. Oder nicht? Natürlich gab es auch ernstere Leute, gerade bei den alten Hasen. Aber die Mischung machte es doch aus: reine Ultras, den ein oder anderen

Hippie, die Kifferfraktion, Berbers, ein paar Hauer, Politikers. Wo war eigentlich Jette? Merks hatte sie schon länger nicht mehr im Raum gesehen.

5:17 Uhr (Jette)

A7, kurz nach Allertal. Allertal. Antifascista. Die Straße ist relativ
frei, es dämmert. In dem kleinen VW versucht die Fahrerin,
sich mit Kaffee und dem Mitsummen der relativ leisen Musik
wachzuhalten, ohne ihre drei schlafenden Mitfahrer zu wecken. Vom
Rückspiegel baumelt ein echter Eightball. Insgesamt herrscht eine
sympathische Unordnung, die man fast gemütlich nennen könnte.

Jette kannte die Strecke mittlerweile wie ihre Westentasche. Dabei hatte sie gar keine Weste. Woher kommt dieser Spruch eigentlich? Nur mühsam konnte sie ein Gähnen unterdrücken. Zu ihrer rechten Seite rasten die Schemen des Rastplatzes Wolfsgrund vorbei. Von hier aus waren es weniger als 100 km bis Hamburg.

Es waren ja nicht nur die Auswärtsfahrten, auch Politik und Hedonismus hatten sie immer wieder auf diese Strecke geführt. Aber vor allem der Fußball. Seit sie das erste Mal mit ihrem Vater bei irgendeinem Amateur-Spiel im Westen der Stadt gewesen war, hatte dieser Sport mehr oder weniger ihr Leben bestimmt. Und ihre Routen. Wie oft man als Hamburger Allesfahrer – egal von welchem Verein – in seinem Leben wohl schon am Vogelpark Walsrode vorbeigekommen war? Und an der Viebrockhaus-Mustersiedlung mit dem Jette-Joop-Design-Haus? Irgendwann wollte Jette das mal von innen sehen. Einfach nur, um es abhaken zu können. Nicht, weil die Millionen-Erbin genauso hieß wie sie. Deshalb bestimmt nicht. Wenn Namen eine Bedeutung hätten, müsste sie ja auch eine natürliche Affinität zu Zitronen haben. Die Kassette[4] war schon wieder durchgelaufen, es kam *Antifa Hooligans*. Jette hasste dieses Lied mittlerweile. Spätestens seit dem Auftritt von *Los Fastidios* auf dem RAI* vor mehreren Jahren hatte es viel von seiner ursprünglichen Faszination verloren – und seit es im Stadion in jeder Halbzeitpause gespielt wurde. *Come on, come on* rangierte in der Topliste der ihr verhassten Slogans auf Platz zwei, gleich nach *Hass, Hass, Hass wie noch nie* …. Das ging nur bei Herri Norte klar, die *Jamon, Jamon – un Bocadillo – con Jamon* sangen. Genervt schaltete sie auf Radio um. Sie versuchte erfolgreich, mit einer Hand Kaffee und Zigarette zu halten und gleichzeitig den Sender zu wechseln. Auf FSK lief bestimmt gerade was Cooles. Könnte die Wiederholung der Rap-Sendung vom Vorabend sein. Aber FSK war hier noch nicht zu empfangen. NDR 1, NDR 2 – keine Alternativen. Auf NDR 4 smooth Jazz. Das ging durch.

Auf der linken Seite tauchte das Autozentrum Kiesing kurz aus dem Nebel auf, um sofort wieder darin zu verschwinden. Also jetzt kein »junger Gebrauchtwagen«. Jette drehte sich kurz um. Ihr Freund Heiner schlief auf dem Beifahrersitz und sah dabei relativ entspannt aus. Auf den Rücksitzen Ralle und Rica, beides gestandene Polit-Profis, ebenfalls am Pennen. Warum sie unbedingt am Freitagabend noch mal raus gemusst hatten, um mit Genossen von außerhalb den Plan für die heutige Action in Harburg zu besprechen, war ihr immer noch ein Rätsel. So oder so – der Plan war gut durchdacht, und sie empfand Freude bei dem Gedanken daran, während sie gleichzeitig eine kurze, angenehme Adrenalin-Welle durchfuhr.

Deutsches Panzermuseum Munster, dicht gefolgt von der Abfahrt zum Heidepark Soltau. In beiden war sie noch nie gewesen, und beide Lokalitäten würde sie wohl auch niemals besuchen; es

---

4   So ein Ding mit Band, bei dem du nicht einfach ein Lied weiterskippen kannst.

sei denn, sie hätte in ferner Zukunft Kinder, die begeistert Achterbahnen testeten und einen Hang zum Militarismus aufwiesen. Der Gedanke an Nachwuchs erschreckte und faszinierte sie gleichermaßen. Das erschien ihr noch so unglaublich weit weg …

Endlich tauchte die Silhouette des Snow Dome Bispingen in der Ferne auf – individuell, aber keinesfalls schön. Ein weiterer Wegpunkt, den sie vermutlich niemals als Ziel ansteuern würde. Aber er hatte neben seiner Hässlichkeit auch etwas Positives: Von hier aus waren es nur noch 55 km bis Hamburg.

Jette schüttelte mit einer Kopfbewegung ihre dunkelblonden Haare aus dem Gesicht und sah auf die Uhr. Sie erinnerte sich daran, dass jetzt wohl die letzten Choreo-Vorbereitungen im Raum liefen. Sie spielte ganz kurz mit dem Gedanken, noch dabei zu helfen, verwarf diesen Einfall aber sofort wieder. Natürlich musste noch eine Menge gemacht werden. Wie so oft war die Beteiligung an den einfachen Arbeiten mangelhaft gewesen, und natürlich war nicht alles rechtzeitig fertig geworden. Wenn »alles Handarbeit« die Grundlage für den Stil der Gruppe darstellt, müssen eben gewisse Leute in den sauren Apfel beißen. Warum bleibt immer alles an denselben Personen hängen? Sie seufzte innerlich. Verdammt! Wie oft war sie diejenige gewesen, die sich den Arsch aufgerissen hatte. Und die Anerkennung? Ging wie immer hinterher an alle. Manchmal ist das Gruppenprinzip einfach scheiße, vor allem, wenn es um den Fame geht. Aber es machte den Sport Fußball überhaupt erst interessant, zumindest für Jette. Sie überlegte, wer sie vermissen oder darauf ansprechen würde, wenn sie beim Basteln nicht auftauchte. Ihr fiel niemand ein. Es würde aber alles zusammen für einen Samstag sowieso zu viel werden: Choreo-Vorbereitung, Naziaufmarsch, kleines Derby … Die Verantwortung konnte nicht nur bei wenigen Personen liegen. Trotzdem war da dieses nagende Gefühl des schlechten Gewissens. Und die nur schwer abzulegende Gewohnheit, überall dabei sein zu wollen.

Endlich erschienen die ersten Ortseingangsschilder vor ihr, verziert mit nicht zu übersehenden Aufklebern des Stadtrivalen. Jetzt nur noch über die Elbbrücken, vorbei am Hauptbahnhof und am Michel, dann endlich wieder im Viertel für viel zu wenige Stunden Schlaf. Die letzten Meter sind immer die Schlimmsten ...

5:21 Uhr (Walter)

Villa Kunterbunt

Walter kippt einen Mexikaner.

5:23 Uhr (Subbe)

Hauptbahnhof. Die große Halle ist um diese Zeit noch relativ leer. Die ersten Menschen, die zur Arbeit müssen, treffen auf die letzten Nachtschwärmer, die den Absprung nicht rechtzeitig geschafft haben. In Subbes Waggon das gleiche Bild: Die Frühaufsteher verstecken sich gähnend hinter ihren Zeitungen, die noch Wachen fixieren mit leerem Blick einen Punkt auf dem Boden oder an der Decke.

Subbe befand sich von seinem geistigen Zustand her irgendwo zwischen diesen beiden Gruppen: Zwar war er immer noch wach, aber dafür nüchtern, wenn man vom Adrenalin absah. Das war allerdings langsam am Abklingen und machte Platz für Hunger und Müdigkeit. Er konzentrierte sich auf den Ohrwurm, der ihn seit Tagen verfolgte, von *Blu and Exile*, der Name des Liedes fiel ihm nicht ein. Geiler Track, auch wenn er von homophoben Sprüchen durchsetzt war. Eine der Sachen, die ihn an Hip-Hop nervten. Und an Reggae. Und manchmal auch an Hardcore.

Eine größere Gruppe Männer betrat den Waggon, die Subbe zunächst nur unterbewusst wahrnahm. Erst als einer aus dem Haufen eine abfällige Bemerkung über sein Bild draußen machte, in der die Bezeichnung »Scheiß-Zecken« vorkam, wurde er hellhörig. Er warf einen genaueren Blick auf die Gruppe und schnell wurde ihm klar, mit welcher Klientel er es hier zu tun hatte. Es gab weder Skinheads noch Springerstiefel mit weißen Schnürsenkeln, keine Bomberjacken oder aggressive Blicke, wenige hatten eine Glatze oder eindeutige Tätowierungen – es waren die Symbole und Parolen auf Jacken und Pullovern, die einige eindeutig als Nazis kennzeichneten. Thor Steinar gehörte hier noch zu den harmloseren Marken. Subbe identifizierte einen Masterrace-Pullover, ein T-Shirt mit dem Aufdruck »Asgard. Keltische Wut«, das auf dem Ärmel eine schwarze Sonne hatte und einen »Good Night Left Side«-Aufdruck mit einem zertretenen Stern. Mittendrin sah Subbe auch einen 1887-Pullover, das Kennzeichen für die HSV-Mitglieder. Subbe war klar, dass seit den späten Neunzigern auch im Volkspark eine alternative Fankultur Einzug gehalten hatte; aber die alten Wichser waren immer noch da, nur dass sie sich jetzt etwas bedeckter hielten. Trotzdem war es unvorstellbar für Subbe, mit denen ein Stadion zu teilen und die gleichen Lieder zu singen. Aber man hat wenig Einfluss auf tausende andere Fans – auch am Millerntor nicht. Trotz dieses Pullovers wirkte die Gruppe insgesamt eher ortsfremd. Die Nazis aus dem Hamburger Umland waren doch eher vom Typ Lebensverlierer und weniger vom Typ Modul. Außerdem traten sie selten so selbstbewusst auf wie dieser Haufen. Insgesamt wirkten sie eher heterogen. In Zeiten, in denen die Faschos mehr und mehr autonome Codes kopierten, war auch hier die dominierende Farbe schwarz, aber es gab keinen einheitlichen Look. Zehn Jahre Knasterfahrung und so was wie zwanzig Jahre Kneipenschlägereien auf einem Haufen.

Unwillkürlich schrumpfte Subbe in seinem Sitz etwas zusammen; gegen diese Gruppe hatte er alleine nicht den Hauch einer Chance. Außerdem sah er sich selbst eh nicht als Gewalt-Antifa. Bloß keine Aufmerksamkeit erregen. Doch genau in diesem Moment bemerkte einer der Faschos seinen abweisenden Blick und wandte sich ihm zu. »Hey Jungs, hier ist ein Deutschlandhasser!« Siedend heiß fiel Subbe ein, dass er seinen alten »No Border No Nation«-Pulli trug und damit eindeutig nicht in das Weltbild dieser Menschen passte.

> Casual ist meistens sicher. Farben tragen hingegen cool.

Sofort umringten ihn mehrere der Nazis und verhöhnten ihn grinsend. »Na, Zecke, mal wieder die Welt verbessern!«, »Heute schon geschnorrt?« In Subbe brodelte es. Mit einem Mal hellwach, schossen mehrere Gedanken gleichzeitig durch seinen Kopf. Er war am Arsch! Das sind zu viele. Warum war er genau jetzt alleine? Wo wollen die denn um diese Uhrzeit hin? Da fiel ihm der Naziaufmarsch in Harburg ein, der heute stattfinden sollte. Das liegt doch in einer ganz anderen Richtung?! Und es ist noch viel zu früh. Was sollte er jetzt tun?

Rational betrachtet gab es zwei Alternativen: seiner Abscheu über die Gesinnung der Nazis Ausdruck verleihen und derbe kassieren. Das war die »Mit wehenden Fahnen untergehen«-Möglichkeit. Oder die Fresse halten und auf ein Wunder hoffen. Das war die Hasenfuß-Variante. Auf die anderen Passagiere konnte er nicht zählen, das wusste er aus Erfahrung. Wenn die Kacke am Dampfen ist, kannst du dich in öffentlichen Verkehrsmitteln nur auf dich selbst verlassen. Den Ausschlag gab die Bemerkung eines riesigen Nazis, der eine Hornbrille trug, die nicht zu seinem Gesamtbild

passte: »Deine Nase gefällt mir gar nicht, du Judenschwein!«
Dann also die wehenden Fahnen …

5:24 Uhr (Walter)

Bad Taste Club

Walter bestellt Rum-Cola. Rum ist alle. Walter bestellt Cola-Korn.

5:25 Uhr (Subbe)

S-Bahn Dammtor

Wenn es etwas gibt, das als *Glück* bezeichnet werden kann, so tritt dieses Glück oft in Begleitung seines guten Kumpels *Zufall* auf. Wenn dann jemand die Eigenschaft besitzt, das gleichzeitige Erscheinen der beiden als guten Moment zu erkennen und die Gelegenheit beim Schopf zu packen, kann dieser Mensch sich definitiv auf die Schulter klopfen.

Subbe hatte jegliche Hoffnung auf externe Hilfe aufgegeben, als er sich für die stilvolle Variante seines Untergangs entschied. Er sprang auf und legte seine ganze Verachtung in ein einziges Wort: »Naziscum!«

Just in dem Augenblick, als Subbe sich innerlich gegen die unvermeidlichen Schläge wappnete, ertönte eine durchdringende Stimme: »Nächste Haltestelle: Sonderangebot! Justin Timberlake!«

Der Zeitpunkt war Zufall. Und das Glück kam in merkwürdiger Form daher, doch Subbe war nicht wählerisch. Gerade eingestiegen war einer jener erinnerungswürdigen Menschen, die noch bis zur Jahrtausendwende zahlreich die öffentlichen Verkehrsmittel der Stadt bevölkert hatten, mittlerweile aber rar geworden waren. Sie hatten in dem Bild der sauberen, freundlichen Hochbahn, die im europäischen Wettbewerb steht, keinen Platz mehr. Ein fröhliches »Showtime in der U-Bahn!« hatte Subbe schon lange nicht mehr vernommen. Dieses frisch zugestiegene Exemplar war ihm schon mal aufgefallen. Ein Paradiesvogel mit langem Mantel, verfilzten Haaren und wirrem Blick. Subbe tippte auf Alkohol und vermutete auch den Einfluss einer anderen Substanz, hätte aber nicht genau sagen können, von welcher. Da ihn der Anblick nicht verwirrte, brauchte Subbe nur den Bruchteil einer Sekunde, um die Situation zu erfassen. Die Nazis hingegen drehten alle gleichzeitig die Köpfe und konzentrierten ihre Aufmerksamkeit auf die merkwürdige Erscheinung, die fröhlich vor sich hinkrakeelte. »Vorwärts, rückwärts, seitwärts ran – präsentieeeert – das Bier!« Der komische Kauz zog selbst die Blicke der anderen Fahrgäste auf sich, die zuvor die in der Luft liegende Gewalt durch gekonntes Wegschauen ignoriert hatten. Subbe nahm die sich ihm bietende Gelegenheit wahr, ohne zu zögern. Mit einer eleganten Drehung schwang er sich über den Sitz und war zur Tür hinaus, die sich direkt hinter ihm schloss.

Klar, dass er anschließend die einmalige Gelegenheit nicht verstreichen ließ, seine Feinde aus sicherer Distanz verhöhnen zu können. Er verzichtete auf obszöne Gesten, sondern grinste einfach in die entgeisterten Gesichter, während er mit der schnell gezückten Dose auf die freie Fläche eines Fensters ein Keltenkreuz malte, das am Galgen hing. Seine Lippen formten stumm die Silben »fuck you«, doch er bezweifelte, dass die Nazis dies durch die bemalten Scheiben erkennen konnten. Er hatte nicht nur den guten Moment erkannt und genutzt, sondern dem Ganzen quasi noch die Krone aufgesetzt. »Das war total surreal, mit dem Penner und seinen Sprüchen«, würde er später den anderen erzählen. Dabei war er sich nicht einmal sicher, ob der Vagabund mit seinem Ausfall einfach einer inneren Stimme gefolgt war, oder ob er ihm bewusst geholfen hatte. Eigentlich war es ihm auch egal. Er hoffte nur, dass die Faschos ihre Wut über seinen Abgang nicht an seinem Retter in der Not ausgelassen hatten. Der Kelch war also noch einmal an ihm vorübergegangen. Wehende Fahne, aber ohne Untergang. Keine Gewalt, aber trotzdem eine saftige Demütigung des Feindes. Das gefiel ihm.

Als Subbe klar wurde, wie haarscharf er noch einmal davongekommen war, musste er unwillkürlich grinsen. Vor Nachtwächtern der Bahn im Yard weglaufen war eine Sache, aber in dieser Situation waren die Umstände schon einmalig gewesen. Derbe! Die Kuppel des Bahnhofs kam ihm schöner vor als sonst, die Moorweide leuchtete grün von unten herauf und selbst die sonst eher lästigen Tauben schienen Fröhlichkeit auszustrahlen.

Glück und Zufall freuten sich ebenfalls und gingen erst einmal in die Bar namens *Schicksal*, um auf ihr Zusammentreffen anzustoßen.

5:27 Uhr (Merks)

Raum. Statt Ska läuft jetzt Elektro, Kollektiv Turmstraße. Die Musik wirkt nur geringfügig belebend auf die Gruppe. Stattdessen wird eine gemeinsame Pause gemacht, um die Tapeten trocknen zu lassen.

Torre beendete sein Telefonat, und seine Miene war deutlich ernster als zuvor. »Leute, es gibt Ärger. Subbe hat in der Bahn ein paar Nasen getroffen, die kommen vielleicht gleich durchs Viertel. Er weiß aber nicht, wo sie hin wollen. Wir ziehen mal los, Richtung Sternschanze, Jette kommt mit einer Auto-Besatzung von der anderen Seite.« Sofort machte sich Hektik breit, geredet wurde kaum noch. Merks passte dieser Stress überhaupt nicht in den Kram. Wie so oft machte man sich auf den Weg, ohne genau zu wissen, was einen erwartete. Das ungute Gefühl nahm zu, als er sich umsah: Fast keine Hauer am Start. Da nahm er sich selbst nicht aus: Seine letzte körperliche Auseinandersetzung hatte in der Grundschule auf dem Pausenhof stattgefunden. Am Ende hatte er eine blutige Nase und der andere eine kaputte Brille gehabt. Und ab zum Schulleiter … Die Kandidaten, die sich gerne schlugen, würde man aber auch kaum um 5:30 Uhr beim Malen antreffen. Merks wusste, dass er mit dieser Einschätzung nicht alleine dastand. Auch auf Torres Stirn hatten sich sorgenvolle Falten gebildet. Nur Becker schaffte es wie üblich, seine Unsicherheit durch das Herunterspielen der Gefahr zu überdecken. Aber angesichts seines reichhaltigen Erfahrungsschatzes war es auch nicht verwunderlich, dass er seinen Adrenalinspiegel halbwegs unter Kontrolle hatte. »Ha, das ist doch mal ein gelungener Ersatz für ein Frühstück! Wann bekommt man schon mal ein paar Faschos auf dem Silbertablett serviert?«

Schwarze Regenjacken wurden übergezogen[5], und viele Personen schnappten sich ein Schlagwerkzeug, um sich sicherer zu fühlen. Das Sammelsurium reichte von Regenschirmen über hölzerne Fahnenstangen bis hin zu dem Knüttel, der immer griffbereit neben dem Eingang lag. »Knüttel« - auch irgendwie ein geiles Wort. Wie »Prügel« oder »Stecken«. Wenn es ein Gewehr wäre, würden sie es wohl als »Schießeisen« oder »Flinte« bezeichnen. Aux Armes!

»Los geht's!« Torre hatte seine Sorgen über die Schlagkräftigkeit der Gruppe verdrängt und wirkte nun wie eine respektable Führungsfigur. Die Gruppe folgte seiner Aufforderung und eilte nach

---

5 Interessant wäre es, die historisch gewachsene Farbe Schwarz durch beispielsweise Rosa zu ersetzen. Aber den »Pink Block« wird es wohl in naher Zukunft aus naheliegenden Gründen nicht geben.

draußen. Kurz sammeln, dann ging es schnurstracks in Richtung Sternschanze. Merks hielt sich instinktiv am Ende der Gruppe. Andere Kandidaten waren für die erste Reihe besser geeignet als er. Er war sich allerdings nicht sicher, ob die lauten Töne von einigen seiner Freunde nicht etwas übertrieben waren. Es würde sich zeigen, was nur Prahlerei gewesen war, wenn es irgendwann einmal ernst wurde – vielleicht ja schon jetzt gleich.

Nur wenige Menschen waren um diese Uhrzeit im Viertel unterwegs. Das war auch ganz gut, denn sonst hätte sich bestimmt jemand über die militant aussehende Gruppe junger Menschen gewundert, von der die eine Hälfte sehr still war und die andere versuchte, die Aufregung durch flache Witze zu überspielen. Merks versuchte es mit einem, den er von Marco gehört hatte: »Was ist matschig und kann Karate? Mus Lee!«

Doch damit konnte er nicht einmal ein nervöses Kichern bei den anderen hervorlocken. Martha, die zwar zu den jüngeren Mitgliedern gehörte, aber trotzdem schon deutlich länger als Merks dabei war, meinte schnippisch: »Sehr komisch. Und so neu. Was ist mit: Wie viele Seiten hat das Buch, in dem alle Texte aller Ultras-Gesänge aller Zeiten stehen?« Erwartungsvolles Schweigen.

»Eine. Auf der steht groß: La.« Zustimmendes Schmunzeln, aber ein herausragender Heiterkeitserfolg war auch das nicht. Martha kam aus einem Elternhaus, das sie weitestgehend vernachlässigt hatte. Die Gruppe war für sie eine Familie, der Sport selbst stand dabei weniger im Mittelpunkt. Sie hatte durchaus einen Sinn für Humor und war immer da, ohne aufdringlich zu sein. Merks konnte sie gut leiden. Vielleicht sogar etwas mehr als nur gut, dessen war er sich selbst nicht so ganz sicher. Er fand sie auf jeden Fall süß. Auch ihre leichten X-Beine waren kein Makel – spätestens seit Jessica Jones. Und er war beeindruckt davon, wie tough sie auf einmal sein konnte, wenn es darauf ankam, trotz ihrer zierlichen Gestalt. Manchmal hatte er den Eindruck, dass sie sich hinter ihrer Härte versteckte. Er wischte die Gedanken erstmal beiseite und stieg in die Witzerunde ein.

»Okay, einen habe ich noch, passt gerade: Wie viele Antifas braucht man, um eine Glühbirne zu wechseln? Na? Vier! Einer macht's, zwei halten ein Seitentranspi und einer schmeißt aus der zweiten Reihe eine Flasche.«

Jetzt lachten einige und auch Martha musste grinsen. Mittlerweile hatten sie ihr Ziel fast erreicht.

5:31 Uhr (Jette)

S-Bahn Sternschanze. Einer der Orte im Viertel, der immer in Bewegung zu sein scheint. Die üblicherweise halbwegs ausgewogene Mischung aus Yuppies, linken Subkulturen, Touris und Alkoholikern fällt gerade zugunsten der letztgenannten Gruppe aus. Über allem thront das Hotel im angrenzenden Park, als wollte es hämisch sagen: »Seht her, ich bin immer noch da!«

Eigentlich war es so klar gewesen wie der Himmel in genau diesem Moment. Keine Verschnaufpause, kein Essen und schon gar kein Schlaf. Subbes Anruf hatte sie in der Sekunde erreicht, als sie sich und die anderen schon zu Hause wähnte. In Gedanken hatte sie schon die Schuhe in die Ecke gepfeffert, die Hände gewaschen, schnell noch ein Müsli verputzt und sich mit Heiner unter die Decke gekuschelt. Stattdessen suchte sie jetzt einen Parkplatz auf Höhe des Schwarzmarktes und erklärte ihren verschlafenen Mitfahrern die Situation. Ralle und Rica wirkten wenig begeistert, und Jette konnte es ihnen nicht verdenken. »Immer die gleiche Scheiße«, meckerte Rica, »warum nehmen die dummen Arschgeigen nicht mal Rücksicht auf meinen Schönheitsschlaf?«

Jette verkniff sich einen sarkastischen Kommentar bezüglich Ricas Aussehen und musterte verstohlen Heiner von der Seite. Sie waren erst seit ein paar Monaten zusammen und hatten zwar schon einiges erlebt, aber dies war für sie eine Premiere. Die richtig aktiven Zeiten lagen für beide schon eine Weile zurück, und sie hatten in unterschiedlichen Städten und Zusammenhängen ihre jeweils eigenen Erfahrungen gesammelt. Für Heiner war Gewalt scheinbar etwas Normales. In einem kleinen mecklenburgischen Ort mit »-ow« am Namensende aufgewachsen, hatte er schon früh die Bedeutung des Faustrechts kennengelernt. Hamburg kam ihm dagegen wie ein Ponyhof vor. Jette hatte ein sehr ambivalentes Verhältnis zum Thema Gewalt. Sie wollte den Nazis nicht die Straße überlassen, war aber prinzipiell kein Freund von körperlicher Züchtigung. Und für sie war es wichtig, trotz der widerwilligen Akzeptanz dieses Mittels eine klare Trennungslinie zwischen sich und dem Feind zu ziehen. Sie betrachtete Nazis immer noch als Menschen und wollte sie dementsprechend so behandelt wissen. Das hieß im Zweifel, eine Übermacht nicht auszunutzen.

> Egal wo, egal wer: Wenn der Gegner am
> Boden liegt, ist der Kampf vorbei. Immer.

In diesem Moment suchte sie vergeblich nach einer sichtbaren Gefühlsregung bei ihrem Freund. Er hatte sich wohl in das Schicksal gefügt, erst einmal keine Ruhe zu finden und versuchte nun, die kleine Gruppe zu motivieren. »Kommt schon, Verstärkung aus eurem Raum ist unterwegs. Wer weiß, was da gleich passiert. Ihr kennt das doch in Hamburg – wahrscheinlich gar nichts. Ich bin vielleicht noch nicht lange hier, aber das habe ich mitbekommen.« Jette musste trotz der Anspannung schmunzeln. Doch irgendwie wurde sie das Gefühl nicht los, dass es keine gute Idee war, einen solchen Tag mit allen seinen Fallstricken und Unwägbarkeiten zusammen mit ihrem Freund durchzuziehen. Dafür war alles noch zu frisch. Zwar kannten sie sich so gut, dass Jette ihm zum Beispiel trotz seines Namens kein »Storch Heinar«-Shirt geschenkt hätte, weil sie wusste, dass er das nicht lustig fand. Aber ein eingespieltes Team war definitiv etwas anderes. Jette hatte einfach Angst, dass sie irgendwann von ihm genervt sein könnte oder er irgendetwas tat, was sie als unangebracht empfand; oder dass es einem ihrer Freunde so ging, mit denen sie schon viel erlebt hatte. Sie seufzte und sagte sich: Es geht eh nicht zurück, also reiß dich zusammen und vertrau ihm einfach!

5:39 Uhr (Walter)

Cobra Bar

Walter trinkt einen Schnaps, wahrscheinlich Jägermeister.

5:40 Uhr (Merks)

Brücke, Sternschanze. McDonald's hat noch zu. Das mindestens genauso hässliche Auftrags-Graffiti auf der anderen Straßenseite ist längst verschwunden – die Werbefläche ist für die vielen Plakatierer des Viertels zu groß und verlockend.

Die Gruppe kam unter der Brücke hervor und bog um die Ecke. Bis auf die ersten Trinker, die jetzt schon auf ihren Bänken gegenüber des S-Bahn-Ausgangs saßen, war niemand zu sehen. Die Anspannung ließ langsam nach. Merks lehnte sich an den Obststand, der neben dem Eingang aufgebaut war. Trotz der Müdigkeit sah er einen Aufkleber, der direkt vor seiner Nase an dem feuchten Holz klebte. Er war minimalistisch gehalten, eine Katze in braun-weiß stolzierte mit erhobenem Schwanz aus dem ansonsten roten Bild. Merks erkannte das Motiv wieder, obwohl das Viertel, und insbesondere diese Ecke, mit Streetart geradezu überladen war. Schlecht fand er es nicht, aber er stand mehr auf Schrift. Bunte, verschlungene Buchstaben mit Schatten und dicken Outlines. Merks mochte Street Art. Er genoss es, zu Hause in Ruhe Aufkleber vorzubereiten und diese dann in einem kurzen Moment der Aufregung draußen anzubringen. Richtiges Graffiti war ihm zu anstrengend, zu nervenaufreibend, zu vorbelastet. Deshalb bewunderte er Leute wie Subbe, die Nacht für Nacht rausgingen, um ihren Namen oder den der Gruppe zu verbreiten. Ihm fiel die Liedzeile ein *Liest es auf Schildern, Wänden und auf Stufen!* Zack, hatte er wieder einen Ohrwurm, der ihn vermutlich für die nächsten Stunden begleiten würde. Das war immer so: Sobald ihm der Text aus einem Kurvenlied in den Sinn kam oder er an eine Melodie erinnert wurde, bekam er es lange nicht aus dem Kopf. An Spieltagen war es am schlimmsten.

Martha riss Merks aus seinen Gedanken: »Komm, erzähl mal noch einen!«

Merks ließ sich nicht lange bitten: »Okay, einen habe ich noch: Ein Ultrà wird Redakteur und muss dann zur Schach-WM. Er schreibt: ›Lautstärketechnisch wäre mehr gegangen. Aber der durchgängige Damen-Einsatz und gelegentliche Hüpf-Einlagen des Springers wussten durchaus zu überzeugen ….‹«

Er wurde von Torre unterbrochen: »Da sind Jette und ihre Leute.«

Aus Richtung Schwarzmarkt kamen die anderen vier mit schnellen Schritten auf sie zu. Nach einer kurzen Begrüßung ging die Gruppe geschlossen nach oben in die Station. Zwei Züge in Richtung Altona fuhren durch, aber die erwarteten Nazis waren in keinem der beiden auszumachen. Also bewegten sich alle wieder nach unten, um zu beratschlagen und scharrten sich um Jette und Torre.

»Hier ist niemand. Die können überall hin sein. Es ist wahrscheinlich am besten, wenn wir zurück zum Raum gehen. Oder wir schwärmen aus – dann sind wir aber nur in Kleingruppen unterwegs.«

Alle dachten über Torres Vorschläge nach. Merks wäre am liebsten straight zum Raum zurückgegangen, ins Warme, ohne die Möglichkeit, dass ein paar üble Gestalten ihm an den Kragen wollten. Andererseits war Subbe bedroht worden, und er hatte keine Lust, dass die Faschos einfach hier im Viertel herumliefen. Merks meinte, dieses Hin- und Hergerissensein auch in den Mienen der anderen sehen zu können. Jette hatte von allen die müdesten Augen, wirkte aber trotzdem am lebendigsten. »Haben wir ein Fahrrad hier? Damit könnten wir doch schnell die wahrscheinlichen Punkte wie Reeperbahn und so checken.«

Wenig Begeisterung. Merks gab sich einen Ruck und meinte: »Ich würde fahren.«

Ein aufmunternder Blick von Jette. Heiner meldete sich zu Wort. »Wir haben heute echt einen langen Tag vor uns. Also die Frage: Was wollen wir wirklich? Hier rumstehen ist auf jeden Fall für niemanden von uns gut.«

Merks stimmte ihm innerlich zu. Er kannte Heiner noch nicht lange, hatte ihn aber auf Anhieb sympathisch gefunden. Alleine aufgrund des höheren Alters war Merks sowieso geneigt, seinem Urteil einen höheren Stellenwert beizumessen. Instinktive Unterordnung.

Becker schaltete sich ein, dem das Ganze offensichtlich mal wieder zu theoretisch und insgesamt zu viel Gerede war. »Wir haben noch eine Menge für die Choreo zu tun. Die Farbe muss doch auch noch trocknen. Hier ist niemand. Oder irre ich mich?« Er schirmte seine Stirn mit der Hand ab und imitierte einen suchenden Blick in die Runde. »Hallo, Nazis, wo seid ihr?« Wie Merks ihn kannte, vermutete er wieder mal eine Verschwörung, die ihn von der Fertigstellung der Choreo abhalten wollte. Für Becker war alles, das nicht in greifbare Aktionen mündete, gerade nur ein Alibi, um sich vor der Arbeit zu drücken.

Torre runzelte die Stirn. »Ihr habt ja recht. Lass uns gemeinsam noch einmal Richtung Feldstraße laufen, vielleicht sehen wir was. Wenn nicht, gehen wir zurück zum Raum und Jette und die anderen fahren weiter. Wir sehen uns dann ja später.«

Ralle und Rica seufzten wegen des Umwegs, fügten sich aber der Allgemeinheit. Die Truppe setzte sich zur nächsten Bahnstation in Bewegung, wobei die Stimmung etwas gelöster war als auf dem Hinweg. Das lag sicherlich an dem Umstand, dass Gewalt in naher Zukunft relativ unwahrscheinlich geworden war. Die allgemeine Gemütslage erinnerte ein wenig an die Rückfahrt von einem Auswärtsspiel in Rostock: Sobald du an Bad Kleinen vorbei bist, denkst du, dass nicht mehr viel Schlimmes passieren kann. Und stellst dir einen rein.

5:43 Uhr (Subbe)

Schanzenpark. Die Fläche erstrahlt noch nicht im Mai-Grün, ist aber auch nicht mehr völlig winterkahl. Zu früh für Studenten auf Fahrrädern und Mövenpick-Hotel-Gäste. Die Schienen der Bahn trennen den Park von den Hallen der Hamburger Messe und dem Fernsehturm. Die angrenzende Mauer trägt ein Bild von OZ, das an den krassesten Sprayer der Stadt erinnert.

Subbe schwebte immer noch auf der Welle der Euphorie, die durch die Geschehnisse des jungen Tages ausgelöst worden war. Er hatte sich am Dammtor für den Fußweg entschieden, da es die nicht ganz unwahrscheinliche Möglichkeit gab, dass die Nazis ihn an einer der nächsten Stationen abpassen wollten. Wenn er Glück hatte, traf er Torre und den Rest, um sie dann gemeinsam zu erwischen. Doch das Glück hatte sich am Tresen des *Schicksals* fest gesoffen und war nicht zur Stelle. So war es auch gut, dass er, als er mit – wegen der Dosen – klöterndem Rucksack am Schanzenstern vorbeigelaufen war, der Versuchung widerstand, die Fassade des Hotels mit ein wenig Farbe zu dekorieren. Daran hatten sich andere schon die Finger verbrannt. Und Subbe war erfahren genug, um sich wegen eines glücklichen Moments nicht dauerhaft für unbesiegbar zu halten. Er beließ es dabei, dem Portier eine Grimasse zu schneiden und rannte weiter.

Als er am S-Bahnhof Sternschanze ankam, war von den anderen weit und breit nichts zu sehen. Auch der Bahnsteig war leer, bis auf zwei oder drei von unten undefinierbare Gestalten. Nicht mehr ganz so enthusiastisch wie vorher, aber auch nicht allzu enttäuscht wandte er sich Richtung Feldstraße. Das wäre ja auch zu viel des Guten gewesen, die Nasen direkt noch einmal zu erwischen. Aber ein wenig merkwürdig fand er es schon. Wo sind die denn hin? So langsam waren die anderen nicht, und in Luft aufgelöst haben können sich die Ärsche doch auch nicht. Telefonieren wollte er jetzt nicht, sicherheitshalber. Man konnte nie wissen, wer zuhörte. Subbe zuckte mit den Schultern und lief wieder los. Er musste an einen Spruch von Marco denken, den dieser zwar auf dem Klo gebracht hatte, der aber auch zur jetzigen Situation passte: Laufen und laufen lassen. Das Grinsen kehrte auf Subbes Gesicht zurück. *Nowhere to run to, nowhere to hide* oder wahlweise auch *Can't keep running away* ….

5:50 Uhr (Jette)

Schanzenstraße. Immer den Nasen nach.

Jette mochte die Schanze um diese Zeit. Genau genommen war es die einzige Zeit, zu der sie diesen Teil des Viertels noch ertrug. Keine Hippster, keine Yuppies, keine Touris und keine Shopper. Friedlich - das war das passende Wort. Auch für den Laden, der die Spraydosenmaler dieser Stadt seit über einem Jahrzehnt mit Farben versorgte, und der einer der letzten coolen Spots in dieser Straße war. Zusammen mit dem griechischen Restaurant gegenüber und der Schanzenburg bildete er eine der letzten Bastionen gegen den Scheiß, vor allem, seit die Kneipe *Dschungel* weggezogen war. Alle diese Orte waren der Übermacht von Bioläden, stylischen Friseuren und diversen Feinkost-Cafés nicht gewachsen und selten Anreiz genug, um sich hier länger aufzuhalten. Aber es fühlte sich in diesem Moment gut an, diesen Bereich gemeinsam mit Leben zu füllen – trotz oder vielleicht auch wegen der allgemeinen Müdigkeit. Sie wandte sich an Merks, der neben ihr lief, und brachte dieses Gefühl zum Ausdruck. »Man muss es den Graffiti-Crews echt zugutehalten, dass sie diesem ganzen gelackten Scheiß ihren Dreck entgegensetzen. Guck dich mal um: Da ist doch nicht viel übrig vom alten Flair. Mit mehr Schmutz würden sich hier viele von den Wohnungseigentümern nicht mehr wohlfühlen!«

Merks nickte, war aber nicht vollständig überzeugt. »Mit Schmutz meinst du aber nicht Menschen, oder?«

»Ich nicht. Aber für viele der jetzigen Bewohner sind einige Menschen wie Müll. Es ist doch kein Zufall, dass die Offensive vom Schill-Senat damals vor allem die Schanze drogenfrei machen sollte. Nicht nur den Hauptbahnhof und den Hansaplatz. Du kennst das nicht mehr, aber früher wurde auf der Piazza heftig mit Heroin gedealt. Da war mir schon manchmal mulmig zumute, wenn ich in die Flora wollte. Stell dir mal vor, jemand würde sich vor dem Portugiesen einen Schuss setzen – die Leute würden schreiend weglaufen! Ich will jetzt nicht die offene Drogenszene zurück, aber ein wenig mehr Punkrock würde schon reichen. Zum Beispiel, wenn der Wagenplatz *Zomia* etwas mehr in der Schanze liegen würde als jetzt.«

Merks nickte. »Was nicht passt, wird passend gemacht, oder vertrieben.«

»Zum Glück sind wir hier noch nicht so weit wie in Soho. Als ich das letzte Mal in London war, musste ich schon schlucken. So kann das hier in zehn Jahren auch aussehen: Werbeagentur neben Coffeeshop neben T-Shirt-Laden …« Sie stockte. Die Leute vor ihnen waren stehengeblieben. Aus Richtung des Jolly Roger kamen ihnen vier breit grinsende Gestalten mit sehr kurzen oder gar keinen Haaren entgegen; drei gehörten zu den Skinheads Sankt Pauli, einer war Spezi, der keiner Gruppe eindeutig zuzuordnen war. Er pendelte zwischen den verschiedenen Gruppen hin und her, ein Freak erster Güte. Nicht das hellste Licht unter der Sonne, aber eine Seele von Mensch und daher überall gern gesehen. Das prägendste Merkmal an ihm war, dass er jegliche Ultrà-Klamotten trug, die ihm in die Finger kamen, obwohl er sich selbst nicht als Ultrà bezeichnete. Dazu gehören Shirts von befreundeten Gruppen ebenso wie Schals, die er sich in ehrlichem Zweikampf eroberte oder einfach gemopst hatte. Niemand anderes hätte es sich leisten können, mit einem Schal von Chemnitz rumzulaufen, aber er genoss diesbezüglich in Fanszene und Viertel Narrenfreiheit. »Ein bunter Hund muss auch mehr als eine Farbe tragen«, pflegte er zu sagen, wenn ihn ein unwissender Mensch auf seine seltsame Angewohnheit ansprach. Ärger bekam er deswegen nur selten. Eine Legende über ihn veranschaulicht das: So soll er einmal, im Zustand der Volltrunkenheit, bei einer Wochenend-Ticket-Tour mit einer kleinen Gruppe, die Ultras aus Frankfurt kennengelernt haben. Um ein Bier zu schnorren, soll er an der Polizei vorbei in deren eigentlich abgeschlossenen Waggon gelangt sein. Obwohl er an diesem Tag einen Ultras-Dynamo-Schal trug, sei es ihm gelungen, ohne Backenfutter und mit einem Bier wieder zurückzukommen, als die anderen gerade losgehen wollten, um ihn zu suchen. Auf die Frage, was denn in dem anderen Waggon passiert sei, habe er abgewunken. »Die wollten mir erst aufs Maul hauen, klar. Aber dann konnten sie meinem Charme nicht widerstehen. Aber dass ich aus Hamburg komme, haben sie mir nicht geglaubt.« Spezi war der Typ Mensch, der morgens mit 10 Euro eine Auswärtsfahrt begann und abends mit 50 Euro und einem Vollrausch zurückkam. Und niemand konnte so genau sagen, wie er das gemacht hatte.

Spezi mochte Fußball als Teil des Komplettpakets Sankt Pauli. Er wäre aber ebenso zum Hallen-Halma gegangen, wenn er dort alle seine Leute treffen und ein Bier trinken könnte.

»Na, ihr Pimmelköppe, was gibt's zu lachen«, begrüßte Torre die vier Leute.

Einer der Skins, der manchmal halb verächtlich, halb bewundernd »die Axt im Walde« genannt wurde, konnte kaum an sich halten. »Wir so noch mit einer Handvoll Leuten im Jolly, kommt der Schwan rein und erzählt, dass er eine Gruppe Nasen auf der Budapester gesehen hat. Wir also mit ein paar hin und, was soll ich sagen, war gut. Backenfutter und dann Reste frühstücken ...«

»Wir waren also in die falsche Richtung unterwegs«, stellte Torre nüchtern fest.

Jette war sich sicher, dass er dies nur halb bedauerte, angesichts der Größe und Zusammensetzung der Gruppe. Aber er hätte sicherlich gerne mit den Skins zusammen dem Fascho-Trupp aufgelauert. So kam es wie früher so oft zur eingespielten Rollenverteilung: Die Skins konnten vermeintliche Heldengeschichten erzählen, während die Ultras zum staunenden Zuhören verdammt waren. Ein Bild blitzte vor ihrem inneren Auge auf: Ein greiser Skinhead, mit vielen Haaren am Kinn, aber keinen auf dem Kopf, immer noch mit Harrington-Jacke, hoch gekrempelten, verwaschenen Levi's, Hosenträgern und RASH*-Shirt, sitzt in einem Schaukelstuhl. Auf den Knien einen jungen Ultrà, der ein Flexfit-Cap falsch herum trägt und mit einem kleinen Plastik-Megafon spielt. Der Skin zieht bedächtig an seiner Pfeife und erzählt dem Kleinen von früher, der vor Staunen große Augen und einen offenen Mund hat …

Das Bild verschwand nur zum Teil; denn es folgten diverse Anekdoten, die sich hervorragend in ihre Fantasie einfügten. Sie wurden vorgetragen in von Alkohol und Adrenalin geprägtem Tonfall, à la »Und ich ihm dann sein T-Shirt zerrissen, und als er weglaufen wollte, hab ich ihm noch ein Bein gestellt« und »die Gesichter hättet ihr sehen sollen – erst Staunen, dann Panik und schließlich nackte Angst«!

Ole, ein Skin von vergleichsweise kleiner Gestalt, erzählte lachend, wie er dem Größten der Nazis ein Bein gestellt hatte, um ihn dann anschließend mit einem Arschtritt zu Boden zu befördern. »Der sah mit seiner Hornbrille sowieso schon so scheiße aus, dass er mir fast leid tat. Aber nur fast. Ist im wahrsten Sinne des Wortes auf die Nase gefallen, der Schweinepriester!«

5:55 Uhr (Walter)

Kogge

Ein merkwürdiger Mix aus Gin und Wodka. Ein merkwürdiger Mix aus Macker-Rap und Metal.

5:57 Uhr (Subbe)

Eine große Straße in der Nähe der
Rindermarkthalle. Wenig bis gar nichts los.

Als Subbe die Szenerie erreichte, erlebte die Stimmung noch
einmal einen Aufschwung. Euphorisch wurde er von allen begrüßt. Nachdem er seinen Teil der Geschichte erzählt hatte, gab
es gegenseitiges Schulterklopfen und Glückwünsche zum guten
Ausgang des morgendlichen Abenteuers. Subbe musste innerlich schmunzeln, als ihm klar wurde, dass sein Bild am Zug
angesichts der Gewalt zur Nebensache degradiert worden war.
Nur Merks fragte ihn, ob Subbe ihm später die Bilder vom Zug
zeigen würde.

Es war nicht schwer, nach diesem Auftakt die Skins zu überzeugen, später bei der Gegenveranstaltung zum Nazi-Aufmarsch
in Harburg aufzutauchen. Ob sie bis dahin allerdings noch oder
wieder stehen konnten, stand auf einem anderen Blatt. Aber die
Geschichte würde sich schnell herumsprechen, sobald das Viertel
halbwegs erwacht war, und vielleicht den ein oder anderen Menschen motivieren, auch mal wieder »Politik zu machen«. Subbe
hatte nie eine besonders ausgeprägte philosophische Ader gehabt,
aber als sich Teile der Gruppe ausmalten, welche Heldentaten sie
heute noch vollbringen würden, fragte er sich einmal mehr, ob man
die richtigen Dinge auch aus den falschen Gründen tun konnte. An
Jettes Gesichtsausdruck meinte er ablesen zu können, dass sie mit
ihm diesbezüglich einer Meinung war. Aber er wäre nicht Subbe,
wenn ihn das lange beschäftigt hätte. Für ihn war das Wichtigste,
dass er ein Hammer-Bild geschaffen hatte und dass der Zug mit
diesem Bild in der Stadt unterwegs war. So nahm er dankend das
Bier, dass ihm einer der Skins reichte, trank einen tiefen Schluck
und fühlte sich einfach wohl in seiner Haut.

Becker war es schließlich, der die Ultras wieder auf die zu erledigenden Aufgaben aufmerksam machte: »Los Leute, wir haben noch einiges zu tun. Die Zeit sitzt uns im Nacken und die Tapeten malen sich nicht von selber. Heute Abend haben wir noch genug Zeit zum Eierschaukeln, wenn alles vorbei ist.«

»Jaja Becker, wieder ganz der Praktiker«, kam es sofort mit einem ironischen Unterton von Torre.

Subbe bemerkte, dass Jette und ihre Auto-Besatzung eine andere Richtung einschlugen als der Rest.

»Sehen wir uns vorm Spiel noch?«, fragte Jette Torre.

»Es bleibt beim alten Treffpunkt«, antwortete der.

»Willst du nicht gleich mit uns mitkommen?«

»Ich will hier noch ein wenig bei der Choreo helfen. Außerdem ist es blöd, wenn ich den Leuten in meinem Auto jetzt sage, dass ich anders fahre. Kennst das ja.«

»Okay, dann bis nachher.«

Subbe bemerkte, dass die beiden sich vielsagend ansahen. Wie er die »Politikers« kannte, hatten sie einen Plan in petto, der für die Allgemeinheit tabu bleiben sollte. Ihm war es recht, er wollte es gar nicht so genau wissen.

Mehrere Streifenwagen, die nun von der Lerchenwache mit Sirenen an ihnen vorbei Richtung Kiez brausten, erinnerten alle daran, dass es langsam Zeit wurde, die doch für diese Uhrzeit sehr auffällige Ansammlung aufzulösen. Subbe schloss sich der Gruppe an, die zum Raum ging. Die Skins wankten fröhlich weiter, um auf welche Weise auch immer die Euphorie des Augenblicks noch ein wenig auszudehnen.

6:07 Uhr (Walter)

Onkel Otto

Walter will noch einen Mexikaner bestellen, aber es läuft schon klassische Musik.

6:27 Uhr (Merks)

Raum. Es wird wieder auf Hochtouren gearbeitet, zumindest von einigen. Für die musikalische Begleitung sorgen jetzt Huss und Hodn, *es läuft* Hurensohnologie. *Nicht gerade ein leuchtendes Beispiel für Antisexismus. Aber schon geil. Durch die Fenster dringt der Tag mithilfe der Sonne in die verrauchte Atmosphäre ein, kann sich jedoch noch nicht durchsetzen.*

Merks wartete nur auf einen Kommentar von Becker zu der Musik. Er selbst mochte die flachen Wortwitze des Kölner Rap-Duos, aber er wusste auch, dass einige in der Gruppe den Style kacke fanden. Er wartete vergeblich. Becker war viel zu sehr damit beschäftigt, die verschiedenen Arbeitsschritte gleichzeitig zu koordinieren und zu kritisieren.

Das klang in etwa so: »Mann, das ist kein Apostroph, das ist ein Accent! Das »a« in »Ultrà« soll doch betont werden! Warum muss man eigentlich immer alles tausendmal erklären? Hier ist doch der Raum für den inneren Kern! Da sollten die Grundlagen bekannt sein …«

Merks grinste. Wenn Becker sich erst einmal in Rage geredet hatte, gab es wenige Leute, die sich trauten, ihm zu widersprechen.

Torre war einer davon, aber der schien gerade nicht in Stimmung für eine verbale Auseinandersetzung. Der andere war Marco.

»Und ich dachte, es müsste ein Apostroph sein, um das »s« in »Ultras« anzudeuten! Schließlich klingt »Ultras« zu sehr nach Wessi-Fussi-Einheitsbrei, oder?«

Marco war unbemerkt reingekommen und konnte gar nicht anders, als sein Erscheinen mit einem dummen Spruch einzuleiten. Er schaffte es tatsächlich, Becker kurz aus der Fassung zu bringen: Marcos Mundwinkel zuckten nicht die Spur, sodass Becker für einen kurzen Moment dachte (und einige andere für einen längeren), dass er es ernst meinte. Doch Becker kannte ihn zu lange, um darauf hereinzufallen. Statt einer scharfen Antwort, die ihm sicher schon auf der Zunge gelegen hatte, seufzte er theatralisch und verlangte einen Joint.

Marco wies gerne auf seinen italienischen Vater hin, wenn es um Mentalität ging, aber im Grunde war er ein *Kraut*, wie er im Buche steht. Trotzdem oder vielleicht auch deswegen ein lustiger Zeitgenosse. Er bezeichnete seine Familie als die »unbekannten Prominenten«. Das sollte heißen, dass sie Dinge getan hatten, die den meisten Menschen ein Begriff sind, ohne jedoch die dahinter stehenden Personen zu kennen. Sein Onkel hatte beispielsweise in ziemlich betrunkenem Zustand den Satz »Nachts ist es kälter als draußen« geprägt. Seine Schwester hieß Helga und war einmal auf einem Festival die gesuchte Person. Ein Cousin seiner Mutter war Professor in Braunschweig und hatte das Eis »Ed von Schleck« erfunden. Eine Tante von ihm wurde einst Opfer eines gelungenen Telefonstreichs, nachdem sie eine Suchanzeige für Flippers-Karten aufgegeben hatte. Und so weiter und so fort. Wie viel von diesen Geschichten der Wahrheit entsprach und welche Teile frei erfunden waren, konnte Merks nicht im Mindesten beurteilen. Fest stand auf jeden Fall, dass Marco nicht auf den Mund gefallen war und selten eine Gelegenheit für einen Scherz ausließ, egal wie schlecht er war. Durch diese Art ging er natürlich oft vielen Mitgliedern der Gruppe gehörig auf die Nerven. Aber er konnte auch durchaus angespannte Situationen auflockern. Für Marco war das Fußballfan-Dasein eine willkommene Erweiterung zu seiner frühen Jugend, in der er selbst Fußball gespielt hatte. Auf der anderen Seite zu stehen, aber gleichzeitig Ahnung von dem Sport zu haben, bedeutete für Marco eine gelungene Kombination.

Merks war verwundert, ihn jetzt hier zu sehen. Marco war schon länger nicht mehr unter den Bastlern. Und für einen Studenten wie ihn war halb sieben mitten in der Nacht. Andererseits war das Programm heute so vielfältig, dass früher oder später wohl alle aus ihren Löchern gekrochen kamen. Er wandte sich an Marco: »Wann müssen wir hier los nach Harburg? Um zehn? Kommst du dann mit?« Marco antwortete gespielt ernst: »Da sag ich nicht neun!«

»Was brauchen wir denn jetzt noch für die Choreo?«, fragte Merks in die Runde.

»Ein Wunder, wenn du mich fragst«, antwortete Becker mit einem bösen Seitenblick auf die Gruppe, die es sich in den Sofas bequem gemacht hatte und nicht so aussah, als wollte sie in naher Zukunft wieder aktiv werden.

Doch Merks ging nicht darauf ein. Er hatte keine Lust, sich jetzt an diesem ewigen Streit um die richtige Mentalität und die »richtigen Ultras« zu beteiligen. Er wollte die Choreo fertig sehen. Es sollte die erste größere Aktion werden, an der er beteiligt war, und er hatte ordentlich Muffensausen, ob am Ende wirklich alles klappte. Er ging zu Krüger, einem immer etwas verlottert und verwirrt aussehenden Mittzwanziger, der eine detailreiche Skizze in der Hand hielt. Geplant war eine Aktion, die sich in erster Linie gegen die Nazis richten sollte. Unter dem Motto »Nazis versenken« sollten zwei große Schlachtschiffe aus Pappe durch die Südkurve wandern, ein Nazi-Boot in Form der *Bismarck* und ein Piratenschiff. Dann sollte es natürlich ein Feuergefecht zwischen den beiden Schiffen geben, mit reichlich Pyro-Einsatz. Am Ende würde das Nazi-Boot untergehen, in den Wellen aus blauen Tapeten. Dazu würde es verschiedene Spruchbänder geben, die alle zum Thema passten: »Nazis kielholen«, »Good Night White Pride – jetzt ist Pirate-Zeit« und »Faschisten den Wind aus den Segeln nehmen«. Zusätzlich sollte es noch ein kleines Boot mit HSV-Logo geben, das sich dann im Laufe der Jagd selbst versenken würde. Nach dem Spiel, wenn die HSVer aus dem Gästeblock gingen, sollte noch »Die Ratten verlassen das sinkende Schiff« kommen, um die Sache inhaltlich abzurunden. Dabei hatten sich viele Mitglieder bei der Planung daran gestört, dass auf diese Weise der Eindruck entstehen konnte, die HSVer und die Nazis in eine Schublade zu stecken. Da aber niemandem etwas Besseres eingefallen war, würde es nun so laufen. Um den Unterschied deutlich zu machen, schwamm das schwarz-weiß-blaue Boot zumindest im Kielwasser des Piratenschiffs. Gar nicht mal unpassend, da die Rauten bei der Demo in Harburg schließlich auch eher auf ihrer Seite sein würden. Zudem hatten die Ultras beim größeren Verein der Stadt ohnehin den Ruf weg, ihre Rivalen lange Zeit kopiert zu haben. Darauf konnte man nach Meinung vieler nicht oft genug hinweisen. Bei anderen rief es ein Gähnen hervor; aber es passte eh nie allen.

Merks lief ein kurzer Schauer den Rücken herunter, als er sich die Szenerie zum hundertsten Mal vorstellte. Wenn alles gut funktionierte, würde es ein beeindruckendes Bild ergeben, denn Choreos mit Bewegungs-Elementen waren die besten. Und sie wären die Kings der Szene – zumindest für eine Weile, vielleicht einen Tag, vielleicht ein ganzes Wochenende. Wenn nicht, die Deppen der Nation. Das Schlimmste für so ein Vorhaben ist es, als Resultat die Beurteilung »gewollt, aber nicht gekonnt« zu erhalten.

Die Schiffe waren soweit fertig. Sie mussten nur noch an Stangen befestigt werden, um später durch die Kurve getragen werden zu können. Hierbei war natürlich die Stabilität der Konstruktion von entscheidender Bedeutung. Was wirklich noch fehlte, waren ausreichend blaue Tapetenbahnen für das Wasser rund um die Schiffe. Und die Spruchbänder mussten sie teilweise auch noch fertig machen.

Merks für seinen Teil würde alles dafür tun, damit sich das Ergebnis sehen lassen konnte. Doch wenn er sich umsah, bezweifelte er, dass die anderen ebenso motiviert waren wie er. »Unter – nein, das gehst du nie«. Wieder ein neuer Ohrwurm. Wieder passend.

6:45 Uhr (Jette)

Wieder im Auto, auf einem Parkplatz in Eimsbüttel, in der Nähe der Christuskirche. Das Viertel erwacht langsam, die Straße wirkt belebter als noch vor einer halben Stunde. An den Insassen des Wagens zieht diese Betriebsamkeit vorbei. Heiner ist zu einem Bäcker unterwegs, um Frühstück zu besorgen.

Jette rieb sich die Augen. Entgegen der weitverbreiteten Meinung, dass Durchmachen besser sei als ein bisschen Schlaf, hätte sie einiges für eine halbe Stunde vollständiger Entspannung gegeben. Doch das war nicht drin, da sie in einer Stunde schon am Treffpunkt sein mussten. Jette wusste aus Erfahrung, dass ein gewisser Zeitpuffer bei solchen Aktionen absolut notwendig war, um auf unvorhersehbare Zwischenfälle reagieren zu können. Aber innerlich verfluchte sie die Planung, an der sie maßgeblich beteiligt gewesen war. Sie selbst hatte gefordert, sich zeitig zu treffen, da sie neben dem nicht Planbaren vor allem die Unzuverlässigkeit einiger ihrer Mitstreiter im Hinterkopf hatte. Ein Königreich für eine Mütze Schlaf. Oder wenigstens einen Kaffee … Neben ihrem Fenster tauchte Heiners Gesicht auf. Er lächelte fröhlich. Als ob er ihre Gedanken lesen konnte, reichte er ihr über die halb heruntergekurbelte Scheibe einen dampfenden Becher hinein. Wo nimmt er bloß immer die Energie her, seine Stimmung auf einem bestimmten Level zu halten? Jette kannte niemanden, der so geduldig war wie Heiner. Manchmal machte sie sein Gleichmut rasend, da er ihr unnatürlich vorkam. Sie wollte nicht, dass er ihr etwas vorspielte. So viel Coolness stand bei ihr immer in dem Verdacht, nur Fassade zu sein. Gerade jetzt, wo allen ein wenig mulmig wurde, je weiter die Zeit voranschritt. Bald wurde es ernst. Andererseits mochte sie ihn genau dafür: dass er so war, wie er eben war. Lässig.

Heiner war um den Wagen herumgekommen und setzte sich auf den Beifahrersitz, wobei er die Tür offen ließ. Rica und Ralle nahmen dankbar den Kaffee entgegen und Heiner verteilte Croissants und Franzbrötchen.

»Leerer Bauch kämpft nicht gerne«, nuschelte er zufrieden mit vollem Mund.

»Wo kommt denn das her?«, wollte Rica wissen. Ein misstrauischer Zug lag bei dieser Frage in ihrem Gesicht. Jette verdrehte die Augen. Rica konnte es einfach nicht lassen, nicht einmal in solchen Momenten. Als ob die herrschende Anspannung nicht schon reichen würde. Die PC-Polizei bei der Arbeit …

Heiner ließ sich jedoch nicht beirren. »Asterix, glaube ich. Weiß nicht genau, welcher Band, aber könnte der in Belgien sein. Passt doch ganz gut. Du kennst bestimmt auch den Demo-Slogan, der oft nach vielen Stunden auf der Straße kommt. Am besten im Polizeikessel und bei Regen: ›Hunger, Durst, müde – kalte Füße, Rücken, Klo?‹ Hunger können wir jetzt schon mal ausschließen.«

»Und Klo auch erstmal«, ergänzte Jette. »Da gehe ich nämlich jetzt nochmal hin. Kommst du mit, Rica?«

Rica schaute etwas verwirrt, da sie offensichtlich Heiners Erklärung nicht einordnen konnte. Doch dann gab sie sich einen

Ruck, stieg aus und folgte Jette in das nächste Café, ohne weiter auf Heiner einzugehen.

Auf dem Weg zum Klo fragte sich Jette, ob sie Ricas Verhalten gegenüber Heiner ansprechen sollte; denn das Letzte, was sie wollte, war, die Stimmung ihrer kleinen Gruppe zusätzlich zu gefährden. Doch sie hatte Ricas Sensibilität für den Moment unterschätzt. Während sie eine schmale Treppe zu den WCs des Cafés herunterliefen, drehte sich Rica plötzlich um und sagte: »Sorry wegen eben. Alte Gewohnheit. Werde ich nicht los. Heiner ist schon voll in Ordnung.«

»So wie Oppa, oder was?«

Daraufhin mussten beide lachen. Links und Ironie funktioniert manchmal ziemlich gut. Aber eben nicht immer.

6:52 Uhr (Subbe)

Raum. Selbst unter den eher entspannten Kandidaten macht sich angesichts der noch zu erledigenden Aufgaben für die Choreo langsam, aber sicher Panik breit. Die Absoluten Beginner *würden das auch gern – und liefern den Soundtrack, der durch Zurufe und Gesprächsfetzen übertönt wird.*

»So Leute, jetzt reicht's mit dem Rumhängen! An die Arbeit, ihr faulen Säcke!«

Das Machtwort kam nicht von Becker, sondern von Marco. Wenn selbst der Scherzbold unruhig wurde, konnte das nur heißen, dass die Kacke am Dampfen war. Subbe legte die Kamera beiseite, auf deren winzigem Display er gerade Merks die Aufnahmen von dem heute bemalten Zug gezeigt hatte.

»Los, Pause vorbei. Weiter geht's.« Subbe nahm einen letzten Schluck von seinem längst schal gewordenen Bier. »Bäh!« Ultraschal. Wenigstens aus der Flasche und nicht aus einem Plastikbecher.

Aus dem Augenwinkel bekam Subbe mit, wie Torre sich anzog und ohne große Abschiedsworte den Raum verließ. Mist, wieder ein fleißiger Helfer weniger.

Becker war kurz vorm Durchdrehen. »Wenn jetzt nicht alle an einem Strang ziehen, wird das nichts mehr hier! Was los wäre, wenn ich nicht gestern zu Hause die Spruchbahnen schon halbwegs fertig gemacht hätte! Nicht auszudenken! Das war definitiv das letzte Mal, dass ich den Karren aus dem Dreck ziehe! In Zukunft könnt ihr sehen, wo ihr bleibt!«

Eine solche Vorlage konnte Marco sich nicht entgehen lassen. »Mann im Restaurant: ›Herr Ober, da ist eine Schrotkugel in meinem Brot!‹ Entgegnet der Kellner: ›Na so was! Da muss wohl ein Bäcker wieder die Flinte ins Korn geworfen haben!‹«

Sprüche dieser Art waren natürlich nicht dazu geeignet, Beckers Stimmung zu heben. Subbe mochte Marcos Witzchen meistens, aber jetzt gerade fand er sie unangebracht. Der Bogen war eindeutig überspannt. Er richtete sich aus der gebückten Haltung auf und zeigte mit dem Pinsel auf Marco. »Halt's Maul, du Kasper«, sagte er halb scherzhaft, halb ernst. »Wenn wir Becker nicht hätten, wären wir im Leben nicht so weit, wie wir's jetzt sind. Und damit meine ich nicht nur diese Choreo. Weißt Bescheid, oder?!«

Marco grinste. »Hast ja recht. Ohne Becker müssten wir wesentlich kleinere Brötchen backen.«

Becker, der schon zu einem seiner legendären Wutausbrüche angesetzt hatte, war durch diese indirekte Bekundung von Respekt halbwegs besänftigt. Er murmelte etwas in seinen Bart, wovon nur »damals« und »körperliche Züchtigung« zu verstehen war.

Die Tür ging auf und Nörb erschien mit einem fröhlichen »Tach auch« auf der Bildfläche.

Nörb hieß eigentlich Norbert und war lustigerweise ein gebürtiger Leipziger. Dass er Vorsänger in einer norddeutschen Ultras-Gruppe sein konnte, war wohl alleine dem Umstand geschuldet, dass er keinen sächsischen Akzent hatte. Außer, wenn er sich aufregte. Dann brach es mitunter aus ihm heraus, was von den übrigen Mitgliedern der Gruppe nicht selten mit Gelächter quittiert wurde. »Dieser bekackte Anti-Sächsismus«, pflegte Nörb dann stets zu sagen – und konnte sich beim Lachen über sich selbst meist schnell wieder beruhigen. Nörb war eine Seele von Mensch, der keiner Fliege etwas zuleide tun wollte. Nur dann, wenn Freunde von ihm in Gefahr waren oder sein Unrechtsbewusstsein getriggert wurde, konnte es passieren, dass er die Beherrschung verlor. Dann wurde er zum Berserker, im wahrsten Sinne des Wortes. Von der Statur her zwar eher schmächtig, konnte er im Ernstfall unglaubliche Kräfte freisetzen. Subbe hatte es schon mehr als einmal erlebt, dass der *Hulk* zum Vorschein kam. Und auf dem Zaun war er ebenfalls ein anderer Mensch: ein charismatischer Vorsänger durch und durch. Während das Spiel lief, strahlte er eine Energie aus, die alle in seinem Einzugsbereich zum Mitmachen animierte. Dabei kam er ohne Fluchen und Schimpfen aus, sondern versprühte positive Vibes. Wenn er je das Megafon an den Nagel hängen sollte, hatten sie ein echtes Stimmungsproblem.

Nörb war kein Anführer und wollte auch keiner sein. Er wollte Vorsänger sein und sonst nichts. Er hasste es, wenn die Polizei oder Fans anderer Clubs zu ihm kamen und wegen des Megafons automatisch davon ausgingen, dass er den anderen Mitgliedern des Haufens Ansage machen konnte. Konnte er tatsächlich, würde er aber nicht tun. Das wussten nur diejenigen nicht, die seine vermeintlichen Führungskompetenzen in Anspruch nehmen wollten. Dass Nörb keinen Anspruch darauf hatte, Kopf der Gruppe zu sein, hieß allerdings nicht, dass er nichts zu sagen hatte. Wenn es Beef gab und er sich einschaltete, hatte sein Wort durchaus Gewicht.

Nörb hatte nicht viel Ahnung von Fußball. Er war froh, wenn er am Ende der Saison noch zwei bis drei Ergebnisse zusammenbekam. Nach neuen Spielern oder Torschützen brauchte man ihn gar nicht erst fragen.

»Was gibt's zu tun? Ich brauch nur einen Kaffee, und dann leg ich los!«

Subbe freute sich, dass Nörb da war und wieder etwas Schwung in die Angelegenheit brachte. Zwar waren um diese Zeit hauptsächlich Leute da, die zumindest ansatzweise motiviert waren, sich an den Vorbereitungen für das Spiel zu beteiligen; dennoch brachte das Auftauchen des Vorsängers neuen Auftrieb. Es gab viele Ansichten innerhalb der Gruppe, was das Ultrà-Dasein betraf. Jedes Mitglied setzte seine Prioritäten anders. Für den einen standen Choreografien im Vordergrund, eine andere Person schrieb lieber Texte, und ein Teil war immer dann zur Stelle, wenn es Ärger gab. Einer der Älteren hatte einmal weise bemerkt, dass es bei Diskussionen immer so viele verschiedene Meinungen gab, wie die Gruppe Mitglieder hatte. Aber manche Dinge mussten getan werden, und es war äußerst kontraproduktiv, den Leuten auch noch ins Gehege zu kommen, die in den sauren Apfel bissen und die Arbeit erledigten. Und doch gab es eine Fraktion, für die der persönliche Spaß Priorität hatte; die Nutznießer der Vorteile waren, ohne dafür eine Gegenleistung zu erbringen. Einige müssen mal ihren verdammten Arsch hochkriegen!

Subbe fragte sich manchmal, ob das jemals anders sein würde, ob es überhaupt anders laufen konnte. Von seiner Mutter wusste er, dass sie nicht die ersten Menschen in einer Subkultur waren, die solche Probleme hatten. Sie war früher Hippie gewesen und hatte mit Leib und Seele an das »andere« Leben geglaubt. Doch irgendwann war sie müde geworden und hatte desillusioniert den »Marsch durch die Institutionen« angetreten. Klassisch. Aber manchmal erzählte sie von früher, und dann wurde immer deutlich, dass nicht alles eitel Sonnenschein gewesen war. Viele Kommunen und Bündnisse waren an eben solchen vermeintlichen Kleinigkeiten zugrunde gegangen. Es gab immer einen harten Kern, der die Sache am Laufen hielt. Es musste ihn geben. Wenn er schlapp machte, war der Drops gelutscht.

Subbe sah sich um. Und als er die konzentrierten Gesichter sah, den Eifer, mit dem seine Freundinnen und Freunde zu Werke gingen, war er sich ziemlich sicher, dass sie von diesem Punkt noch ein gutes Stück entfernt waren. Unlike U.

7:?? Uhr (Walter)

Roschinsky's Reste-Rampe

Walter braucht ein Wasser, weiß aber nichts davon. Deshalb hält er sich an einem Gin Tonic fest.

7:08 Uhr (Jette)

Eimsbüttel, Parkplatz, Auto. Im Radio singt
Manu Chao *darüber, was er alles mag.*

»Es geht los!«
Manchmal reichen ein paar Worte, um die Stimmung komplett umschlagen zu lassen. So auch in diesem Fall. Wo eben noch alle halbwegs entspannt vor sich hingeträumt hatten, stieg die Nervosität mit einem Mal auf den bisherigen Höchststand des Tages. Alle

schnallten sich an, und Jette manövrierte den Wagen vorsichtig vom Parkplatz auf die Straße Richtung Autobahn.

Nach kurzer Zeit meldete sich Ralle von der Rückbank: »Können wir was anderes hören, bitte?! Das Gedudel kann ich gerade nur schwer ertragen.« Zustimmendes Gemurmel von den anderen. Heiner zappte ein paar Sender durch, dann gab er auf und schob die Kassette wieder rein. *Antifa Hooligans* löste bei Rica ein fast hysterisches Kichern aus. Jette runzelte die Stirn, sagte aber nichts.

Ralle erzählte eine Spur zu enthusiastisch von einem Film über alternative Lebensentwürfe, den er vor kurzem gesehen hatte, aber keiner der anderen hörte ihm wirklich zu. Christiania und Co. waren gerade einfach zu weit weg. Rica sah aus dem Fenster und kaute an ihren Fingernägeln. Heiner gähnte einmal mehr, aber Jette konnte nicht sagen, ob dies ein Zeichen von innerer Unruhe oder tatsächliche Müdigkeit war. Sie selbst ertappte sich dabei, wie sie mit den Fingern auf dem Lenkrad trommelte und alle zwanzig Sekunden in den Rückspiegel blickte, ohne jedoch wirklich etwas darin zu sehen.

Es gibt nur wenig, das man mit der Erregung vor Aktionen vergleichen kann. Am nächsten kommt noch ein Kampf im Ring an dieses Gefühl heran. Die Aussicht auf Gewalt, egal ob gegen Menschen oder Sachen, verursacht bei den meisten unweigerlich ein Ansteigen der Körpertemperatur und einen erhöhten Puls. Der Unterschied zu einer Hauerei auf der Straße oder im Zusammenhang mit einem Fußballspiel besteht darin, dass du vorher davon weißt. Es passiert nicht einfach, sondern du trägst die Aussicht darauf mit dir herum. Wie bei einer Prüfung, einem Gerichtstermin oder einer Verabredung mit einer Person, auf die du stehst. Da ist nichts mit Spontanität, sondern es dreht sich das immer gleiche Gedankenkarussell. Du bist dir bewusst, dass du in jedem Fall persönlich beteiligt sein wirst. Keine Menschenmasse, hinter der du dich verstecken kannst, kein Ort, an den du flüchten kannst. Es wird passieren. Unumgänglich. Mit dieser Einsicht kommen viele im ersten Moment nicht klar. Und auch nicht im zweiten oder dritten. Manchmal nicht mal dann, wenn sie schon mitten im Geschehen sind. Erst die Gewohnheit erleichtert es dir, gelassener damit umzugehen. Irgendwann kannst du den Adrenalinstoß kontrollieren. Von der Wiederholung zur Erfahrung, über die Routine zur inneren Ruhe. Aber auch das ist keinesfalls ein sicherer Weg. Es gibt Boxer, die bei ihrem dreißigsten Kampf immer noch so aufgeregt sind wie beim ersten Mal. Und Hooligans, die ohne Gruppenzwang oder chemische Unterstützung nicht einmal aus dem Auto aussteigen würden, geschweige denn, auf den Gegner zuzulaufen, wenn es zu einem Match auf den Acker geht.

In ihrer Vierer-Kombo hatte höchstens Heiner den Status des Erfahrenen, aber Jette war sich nicht sicher, ob ihn das innerlich wirklich abgeklärter machte als sie. Trotzdem war er nach ihrer Einschätzung der Ruhigste von ihnen.

Sie rang sich ein Lächeln in seine Richtung ab und fragte: »Alles okay? Du bist gerade woanders, oder? Machst du dir Sorgen?«

Sein Lächeln sah mindestens ebenso gequält aus wie ihres zuvor. »Ehrlich gesagt, schon ein wenig. Ich kenne die ganzen Leute ja noch nicht so lange wie du. Unser Plan ist top, aber du weißt, wie das ist: Es kann viel passieren. Und richtig froh ist man erst, wenn's vorbei ist.«

Jette lächelte etwas entspannter. »Hast Recht. Das mit der Aufregung kenne ich gut. Aber du kannst allen vertrauen. Wir passen aufeinander auf. Die Infos über die Nazis stimmen auch, da bin ich mir ziemlich sicher. Also: Keine Sorge, wir machen das schon!«

Sie ergriff seine linke Hand mit ihrer rechten und drückte sie kurz.

»Jette?«

»Ja?«.

»Danke!«

Kiosk, Karoviertel. Gleiches Bild wie in der Schanze:
Die Läden für Platten, Räucherstäbchen, Sneakers oder stylische
T-Shirts haben noch zu, ebenso wie die trendigen Cafés und
Kneipen. Dafür ein paar Anwohner beim Hund-Ausführen
oder wie er beim Kiosk, um einen Kaffee oder eine
Zeitung zu holen.

Merks fand es immer wieder erstaunlich, wie so ein großer Haufen Kiffer zusammenkommen konnte und trotzdem irgendwann keiner mehr Blättchen am Start hatte. Ihm war es recht gewesen – ein willkommener Anlass, um die stickige Luft im Raum und die Arbeit für ein paar Minuten hinter sich zu lassen. Ein Nebeneffekt: Durch den Gang zum Kiosk tat er noch etwas Gutes für die Allgemeinheit. Eine klassische Win-win-Situation. Während er versuchte, aus dem reichhaltigen Sortiment die richtigen Blättchen auszuwählen, ertönte hinter ihm eine alkoholgeschwängerte Stimme: »Merks nochwas?«

Merks drehte sich um. Trotz des nicht gerade originellen Gags freute er sich, da die Stimme zu Spezi gehörte. Dieser hatte offenbar seine kurzhaarigen Kumpanen verlassen und war auf dem Weg wer weiß wo hin. Spezi war immer für ein Späßchen zu haben und behandelte alle Sankt Paulianer gleich, egal wie alt sie waren oder zu welchem Fanclub sie gehörten. Merks mochte ihn, auch wenn er es mit dem Gesaufe seiner Meinung nach oft übertrieb.

»Moin Spezi! Hattest du genug vom Saufen mit den Skins?« Merks hatte den Eindruck, dass Spezi ihn gar nicht gehört hatte. Es wirkte so, als ob beide Augen in verschiedene Richtungen blickten, während er versuchte, eine aufrechte Haltung zu wahren. Doch Spezi hatte ihn verstanden. Er grinste wissend und hielt sich mit einer Hand am Türrahmen des kleinen Verkaufsraums fest.

»Die sind noch weitergezogen, glaube ich … Aber der Tag wird ja lang heute, und ich dachte, ich hol mal 'nen Kaffee. Frisch machen, sozusagen. Wie spät issn das eigentlich?«

»Halb.«

»Halb was?«

»Spielt das für dich wirklich 'ne Rolle?«

»Nee, hassja Recht. Zu früh, aber doch schon ganz schön spät. Gehssu eigenlich zur Demo?«

Merks nickte. »Jou, aber vorher müssen wir die Choreo noch fertig machen.«

»Was gib's denn heute?«

Merks erklärte ihm die geplante Aktion, während Spezi mit glasigem Blick einen Kaffee bestellte. Wieder schien es Merks, als würde sein Gesprächspartner keines seiner Worte mitbekommen. Aber als er seine Beschreibung beendet hatte, bewies Spezi ihm erneut das Gegenteil.

»Ich freu' mich drauf. So 'ne Dinger sind immer die Schwierigsten. Kielholen könnte man auch mal malen. Also so, wie es Seemänner tatsächlich gemacht haben. Is' aber schwer.«

»Und du, gehst du zur Demo?«

»Hab ich vor. Auch wenn auf der Demo selbst wahrscheinlich nich so viel geht.«

Merks fragte ihn, warum er dann nicht mit den Antifas unterwegs war. Spezi winkte ab.

»Pah, die mit ihrem Mackergehabe. Die halten sich für was Besseres, tun immer heimlich und kriegen auch nicht mehr geschissen. Außerdem sind mir da zu viele Straight Edger dabei, die mögen Berber wie mich nun mal nich. Und dann dieses antideutsche Studentenvolk – das sind doch selber die schlimmsten Spießer!« Die letzten Worte wurden von einem breiten Grinsen begleitet.

Merks lachte mit ihm, obwohl er in den meisten Punkten nicht mit Spezi übereinstimmte. Zumindest unterbewusst hatte er aber gemerkt, dass die ewigen Streitigkeiten zwischen Antideutschen und dem Rest kaum zu etwas führten. Außer zu Abgrenzung. Manche Leute, die sich als antideutsch bezeichneten, kamen ihm vom Verhalten her sehr deutsch vor. Doch insgesamt war Merks das alles zu kopflastig und eindeutig gerade nicht seine Baustelle. Ihm erschien es vor allem wichtig, die Nazis aufzuhalten.

7:45 Uhr (Jette)

Ein brachliegendes Feld, irgendwo in Niedersachsen.
Es könnte auch in Schleswig-Holstein oder Mecklenburg
sein. Außer den vier Insassen des Autos weit und breit keine
Menschenseele. Am Waldrand steht ein Reh, das angesichts
der unerwünschten Gesellschaft reh-lativ schreckhaft den Kopf
hebt, erstarrt, um dann mit großen Sätzen
im Wald zu verschwinden.

Jette war es fast peinlich, dass sie auf die Minute genau und damit als erste am Treffpunkt der Gruppe *The Big Aufhalte* eintrafen. Kartoffelige Pünktlichkeit. Passend zum Acker, auf dessen unebenem Weg sie jetzt hielten. Sie waren dem Weg nach der Abzweigung weit genug gefolgt, um von der Straße aus kaum noch sichtbar zu sein. Jette war ganz froh, dass sie zur Abwechslung einmal nicht im Konvoi gefahren waren. Das letzte Auto blieb immer an irgendeiner Ampel hängen. Sie hasste es, ständig warten zu müssen oder zu wissen, dass jemand auf sie wartete. So waren sie gut durchgekommen und hatten nun noch ein wenig Zeit. Alle stiegen aus, streckten sich und wussten nicht so genau, wohin mit sich. Nochmal pissen vorher wäre eine gute Idee. Heiner und Ralle zündeten sich erst mal eine Zigarette an.

»Hier sterbe ich ja schon nach einer Minute vor Langeweile«, kommentierte Ralle die Umgebung. Heiner sagte dazu nichts. Für ihn war das ein gewohnter Anblick. Er kannte die Vor- und Nachteile des Landlebens einfach zu gut, um sich jetzt gegenüber dem Großstadtkind zu einem Kommentar hinreißen zu lassen.

»Wie lange brauchen wir von hier nochmal? Zwanzig Minuten?« Rica guckte bei dieser Frage auf ihre Armbanduhr, die Ungeduld in ihrer Stimme war kaum zu überhören.

»Etwa«, antwortete Jette. »Aber wir haben noch genug Zeit. Du kennst das doch, mit der *linken* Viertelstunde …«.

»Ja, aber das ist ja keine Demo hier«, entgegnete Rica etwas unwirsch. »Es kommt schließlich auf die Koordination an. Wenn wir schon mal so was Großes planen, sollten wenigstens alle pünktlich sein.«

Diesmal war es Ralle, der die Situation entschärfte. »Die werden schon nicht ohne uns anfangen.«

Im selben Moment bogen gleichzeitig zwei weitere PKW aus verschiedenen Richtungen in den Feldweg ein und hielten kurz vor Jettes VW.

Der eine Wagen war mit einer weiteren Gruppe aus Hamburg besetzt, deren Mitglieder sich »Acker-Demiker« nannten und während handgreiflicher Auseinandersetzungen gerne Adorno und Nietzsche zitierten. Wem das zu abwegig klingt, der frage mal Torre, wie er sich nach einer knappen Stunde im Auto mit ihnen fühlte. Trotz ihrer Verbohrtheit in die Idee, man könne den schwierigen Spagat zwischen Theorie und Praxis souverän meistern, war auf sie im Ernstfall immer Verlass. Ihre Erzfeinde bei den Nazis waren die »Autonomen Rationalisten«. Anders als der Name dieser Gruppe vermuten lässt, war Besonnenheit nicht ihre Stärke.

Das andere Auto kam aus dem Hamburger Umland, wo sich in den letzten Jahren die örtliche Antifa durch waghalsige Aktionen einen Namen gemacht hatte. Beispielsweise hatte sie es geschafft, in einer Nacht alle Polizeiwagen des Ortes rot anzumalen; eine Aktion, die heute noch selbst bei Subbe Respekt hervorrief, wie sich Jette erinnerte.

»Was macht ihr denn hier, mitten in der Nacht«, witzelte Torre zur Begrüßung.

»Och, so diesdas. Hustlen. Cruisen. Das Übliche.«, war Jettes Antwort.

Als Heiner die beiden Autos der Neuankömmlinge sah, schüttelte er nur den Kopf.

»Das ist aber anders als irgendwann in den Neunzigern, als wir mit einem VW-Bus durch die Gegend geeiert sind. Die antikapitalistische Antifa im SUV und im Baader-Meinhoff-Wagen …«

Nachdem ein paar weitere freundliche Begrüßungs-Formeln dieser Art ausgetauscht worden waren, kamen alle zusammen, um sich dem ernsten Anliegen ihres morgendlichen Treffens zu widmen.

8:07 Uhr (Subbe)

Raum. Gianna Nannini *mit* Bello e impossibile. *Konfusion, Chaos, Kopflosigkeit. »Es überwiegt eigentlich beides.«*
(Lukas P.)

Subbe seufzte, als er überschlug, was sie noch zu leisten hatten. Aber es ging jetzt nur noch in eine Richtung: nach vorne. Auch wenn mittlerweile viele schon so unkonzentriert und fahrig zur Sache gingen, dass kleine Flüchtigkeitsfehler oder klassische Verpeiler – wie auf frisch bemalte Tapeten zu treten – unvermeidlich waren. Zumindest hatte sich bisher bei den Spruchbändern niemand verschrieben. Denn das war unbestritten das Peinlichste, was bei einer Choreo passieren konnte. Aber so verzweifelt waren sie noch nicht. Dazke!

Im Moment befanden sich alle im hinteren Teil des Raumes, der zwei Stufen tiefer lag als der Hauptraum vorne. Dieser Bereich allein hatte die Größe von Subbes gesamter Wohnung. Trotzdem stießen sie beim Bemalen von Tapeten schnell an ihre Grenzen. Zwar war keiner mehr im vorderen Teil, wo die Sofas und der Tresen waren, doch die angespannte Stimmung ließ alte Konflikte wieder hochkommen. Vorhin hatte Marco angemerkt, dass seiner Meinung nach die politische Aussage der Choreo zu flach sei – woraufhin ihm Lutz sofort scharf entgegnet hatte, dass er sich seine subtile Politik sonst wohin stecken könne. Lutz war ein Wessi-Ultrà, wie er im Buche stand, mit Fischerhut und Lonsdale-Pullover. Für ihn war Politik Nebensache, der Fußball stand immer im Mittelpunkt. Wobei Fußball für Lutz vor allem Bier und die Gruppe bedeutete. Und die Möglichkeit, das Mackertum ungeniert rauszulassen. So schätzte ihn Subbe zumindest ein. Würde es Sankt Pauli nicht geben, wäre Lutz höchstwahrscheinlich beim HSV. Aber er würde vom Habitus her auch zu Mönchengladbach, Schalke oder Offenbach passen. Auf jeden Fall in den Westen, denn in Rostock, Dresden oder Magdeburg konnte ihn sich Subbe nicht vorstellen. Dafür war er dann doch zu weich. Ein typisches Mittelstandskind, das sich um seine Zukunft keine großen Sorgen machen musste. Lutz hätte auch kein Problem damit gehabt, die Gegner mit einer Choreo als »Hurensöhne« zu beschimpfen. Aber, das musste ihm Subbe zugestehen: Er war zur Stelle, wenn ein Hauer gebraucht wurde. Sobald die Gruppe auswärts angegriffen wurde, war Subbe froh, dass es Leute wie Lutz gab, die das Feuer auf sich zogen. Und er war auf seine Weise konsequent: Wenn er seine Meinung äußerte, egal wie bescheuert sie anderen vorkam, stand er dazu. Lutz selbst war schon etliche Jahre dabei. Seine Anhängerschaft hingegen bestand vor allem aus jüngeren Leuten, die sich seine Anerkennung durch Heldentaten wie »viel Bier trinken« oder »Schals von Normalos klauen« erarbeiteten.

Marco versuchte, Lutz zu beschwichtigen und gleichzeitig seinen Standpunkt zu verteidigen.

»Ey Lutz, komm mal runter. Du weißt genau, wie lange wir darüber diskutiert haben. Ich mein' ja nur, dass wir mit etwas mehr Text und etwas weniger Haudrauf jetzt vermutlich schon fertig wären.«

»Ach ja? Dafür wäre es dann kacke! Für mich ist das eines der Highlights der Saison. Ich hasse den HSV, es gibt keine Szene, die ich mehr hasse!«

An dieser Stelle musste Subbe innerlich grinsen, trotz der Anspannung. Es gab wohl kaum eine Szene, über die Lutz nicht schon exakt das Gleiche gesagt hatte. Einige in der Runde nickten eifrig zu dem letzten Kommentar. Lutz hatte innerhalb der Gruppe eine kleine Anhängerschaft um sich versammelt, die seine Ansichten teilten. Es waren die einzigen Leute, die ohne Ironie das Nova-Check-Cap von Burberry trugen – vorausgesetzt, sie konnten es über das Internet kaufen.

»Es bringt doch jetzt echt nichts, wenn wir uns darüber streiten, was wir hätten machen können«, schaltete sich Subbe in den Streit ein. »Erstens werden wir dann nicht fertig und zweitens ist es sowieso nicht mehr zu ändern. Reißt euch mal ein wenig zusammen!«

Man sah es Marco und Lutz an, dass sie das Wortgefecht nur zu gerne fortgeführt hätten. Aber letztlich war beiden klar, dass Subbe recht hatte. Es wurde also verbissen weiter gemalt; zumindest so lange, bis Merks die Treppe hochkam. »Blättchen!«

08:15 (Max Mustermann)

Irgendeine Stadt. Irgendein Stadion. Irgendeine Gruppe.

Schalalaa-lalaa-lalala – Dusch! Dusch!
Schalalaa-lalaa-lalala – Dusch! Dusch!
Schalalaa-lalaa-lalala – Ultras irgendein Verein!

8:28 Uhr (Jette)

*Landstraße. Die Auto-Karawane setzt sich in Bewegung,
mit Jettes Wagen an der Spitze. Die Musik ist nun aus.
Niemand im Fahrzeug ist sich sicher, ob dies die
Aufregung mindert oder sogar noch steigert.
Viel Nichts hilft nicht viel.*

Sie hatten lange diskutiert, wie sie den Zug aufhalten wollten, mit dem ihren Infos zufolge eine größere Gruppe Nazis aus Bremen und dem Umland nach Hamburg kommen würde. Ein Teil des Planungsteams war dafür gewesen, die Faschos einfach in ihrem Dorf direkt anzugreifen. Doch es gab eine Menge Gründe, die dagegensprachen, zum Beispiel den Umstand, dass selbst der Staatsschutz das kleine Nest inzwischen auf dem Zettel hatte. Deshalb hatten sie sich dazu entschieden, den Zug auf offener Strecke anzuhalten, noch ein gutes Stück von Hamburg entfernt. Damit dabei niemand ernsthaft zu Schaden kam, war es nötig, ein sichtbares Signal zu geben, sodass der Zugführer rechtzeitig bremsen konnte. Deshalb hatten sie die Stelle so gewählt, dass der Zug einen Bogen fahren musste, bevor er sie erreichte. Eines der Autos war am Abfahrtsort der Nazis, um als Spähtrupp Bescheid zu sagen, ob die besagte Gruppe tatsächlich in den Zug einstieg. Der Rest war unterwegs zu dem Ort, an dem die Aktion stattfinden sollte.

»Da vorne ist es«, bemerkte Heiner und zeigte auf eine Weggabelung. Sie verließen die Landstraße und sahen bereits das offene Feld und die Gleise, auf denen der Metronom aus dem Südwesten nach Hamburg kommt. Sie bogen ab, wendeten und Jette stellte ihr Auto an einer Stelle ab, dass sie auch bei der Rückfahrt an der Spitze der Kolonne fahren konnte. Nachdem sie die Handbremse angezogen hatte, drehte sie sich um und blickte in die Runde. »Alles klar? Wissen alle, was sie machen? Rica?«

Rica kaute nervös auf ihrer Unterlippe, antwortete aber sofort: »Klar. Ich bleibe am Steuer, und wenn ich das Signal sehe oder höre, lasse ich den Motor an. So können wir umgehend losfahren, wenn ihr zurück seid.«

Jette zwinkerte ihr zu und nickte. »Heiner, Ralle, habt ihr eure Handschuhe? Vermummung?«

Sie machten sich fertig, zogen ihre Hasskappen über und stiegen aus. Aus dem Kofferraum entnahmen sie Holz und einen Benzinkanister. Jette und ihre Freunde hatten die Aufgabe, das Feuer auf der Zugstrecke zu entfachen. Es musste so hoch brennen, dass man es von Weitem sehen konnte. Damit das Holz schnell brannte, hatten sie das Benzin dabei. Die anderen Wagenbesatzungen waren hauptsächlich dazu da, um die Aktion zu sichern. Ein paar Leute warteten an der Straßenkreuzung, an der sie vorhin abgebogen waren, um zufällig vorbeikommende Zeugen zu vertreiben und die anderen vor nahender Polizei zu warnen. Da sie zumindest so tun wollten, als würden sie den Zug tatsächlich angreifen, brauchten sie natürlich einen ansehnlichen Mob entlang der Gleise. Dieser musste gleichzeitig schlagkräftig genug sein, um sich mit eventuell aussteigenden Nazis tatsächlich hauen zu können.

Auch die anderen Autos leerten sich, und kurz darauf eilte ein ansehnlicher Haufen schwarz gekleideter Gestalten in Richtung der Schienen.

8:50 Uhr (Walter)

Goldener Handschuh

Walter trinkt ein Bier.

8:55 Uhr (Merks)

Heiligengeistfeld. Über das weite Feld taumeln ein paar Feiernde, vermutlich aus dem Bunker, vermutlich auf dem Weg zur After Hour. Der Dom befindet sich noch im Aufbau, sodass der Weg zum Stadion zumindest halbwegs frei ist. Einige Buden, Fahrgeschäfte und Wohnwagen stehen schon. Die Luft ist diesig, der Himmel nun grau. Man hört nur einige Möwen und eine Sirene. Bismarck zeigt einem wie üblich die kalte Schulter.

Die meisten Viertelbewohner hassten den Dom. Er war, ähnlich wie der Kiez am Wochenende, vor allem ein Symbol für Lärm, Dreck und atzige Besucher. Wenn du am Wochenende einen Nazi im Viertel suchst, wirst du auf dem Dom wahrscheinlich fündig. Aber auch unabhängig davon waren die wenigsten Besucher dieses Dauerjahrmarktes sympathisch. Merks war er relativ egal, aber Merks wohnte auch nicht auf Sankt Pauli. Für ihn war der Dom hauptsächlich Kulisse bei den Spielen seines Vereins. Er und ein paar der Leute aus dem Raum trugen die Tapeten zum Stadion, die bereits getrocknet waren. Oder zumindest trocken genug, um den Weg zum Stadion zu überleben.

»Ich brauche dringend noch ein Iron-Maiden-Tour-Shirt von '85, erinnert mich dran«, frotzelte Marco. »Oder einen Pulli mit dem Aufdruck ›Gier formte diesen wunderschönen Körper‹.«

»Nicht eher ›Gierannahmestelle‹?«, fragte Martha von der Seite, die unter der Tapete, die sie trug, kaum noch zu sehen war.

»Ha-ha, nicht schlecht, aber das habe ich doch schon längst. Dann schon eher ›I'm not half as think as you stoned I am‹. Aber das gibt es vermutlich nicht auf dem Dom.«

»Dafür bestimmt: ›Lassen Sie mich Arzt, ich bin durch‹.«

Merks liebte es, mit der Gruppe zu relativ abwegigen Zeiten unterwegs zu sein. Das waren die Momente, in denen manche aus der Gruppe mitunter zu Hochform aufliefen, wie Marco zum Beispiel: Wenn alle anderen noch nicht konnten, weil es zu früh war; oder schon längst nicht mehr fit und aufnahmefähig waren, weil es zu spät war; oder wenn sie einfach völlig drüber waren und ihnen scheinbar nichts mehr etwas anhaben konnte. Alle drei Zustände erlebst du als Ultrà ständig – wenn du dich auf den Quatsch einlässt, merkst du schnell, ob du mit diesen Momenten klarkommst oder eher nicht. Viele finden ihre Methode, um mit Fertigkeit umzugehen – für ihn war es die Zeit des reinen und unverfälschten Nonsens. Was er die anderen, mitunter zu ihrem Leidwesen, auch ständig spüren ließ. Aber mit Martha hatte er oft eine Mitspielerin, da sie es trotz ihres unschuldigen Aussehens faustdick hinter den Ohren hatte.

Sie passierten den Autoscooter, von dem bisher nur das Gerüst stand, und bogen in den Weg ein, an dem früher die Domwache gestanden hatte. Weiter ging es links um die Ecke, an der neuen Gegengerade entlang. Die Fanräume und der Fanladen hatten um diese Zeit natürlich noch nicht geöffnet, aber bis zum Anpfiff waren es auch noch rund vier Stunden hin. Ein Ordner schloss ihnen das

Stadion auf, und sie verstauten die Tapeten im Umlauf der Kurve so, dass sie noch trocknen konnten. Merks schnupperte unbewusst: Der Raum hatte einen ganz eigenen Geruch, der nur durch die Kombination aus Farbe, nassem Stoff und Beton entstehen konnte. Angenehm ist zwar anders, aber der Wiedererkennungswert ist hoch. So wie bei schlechten Popsongs, mit denen du manchmal eine schöne Erinnerung verbindest, an die du gerne zurückdenkst. So wie das Lied von *Captain Future* im Stadion.

9:03 Uhr (Jette)

Irgendwo kurz vor Hamburg. Schwarz gekleidete Gestalten halten sich am Rand der Gleise auf, von denen nun schwarzer Rauch aufsteigt. Ein surreales Szenario, da die Kühe sich von dem Treiben auf ihrem Territorium nicht im Mindesten stören lassen.

Wie im Film hatte das Feuerzeug zunächst versagt. Wie in *Platoon*, nicht wie in *Four Rooms*. Gerade, als das Holz aufgeschichtet war und sie das Benzin darüber ausgegossen hatten, kam die Meldung von den Spähern: »Der Zug ist unterwegs, die Faschos sind drin.« Und dann ging das verkackte Ding nicht an. Doch bevor Jette dazu kam, das Schicksal zu verfluchen, reichte ihr Ralle ein anderes Feuerzeug und nickte ihr aufmunternd zu. Jetzt brannte das Holz, das sie für eine möglichst starke Rauchentwicklung extra feucht gehalten hatten, und sie warteten auf den Zug. Die Eingreiftruppe am Rande der Schienen drückte sich an die kleine Erhebung, auf der sich die Gleise befanden. Ihren Schätzungen zufolge hatten sie ab jetzt etwa 20 Minuten, bis die vermutlich bereits alarmierte Polizei am Ort des Geschehens eintreffen würde. Der Zug sollte eigentlich schon längst zu sehen sein … Da tauchte er auf, und ihr Körper spannte sich, wie bei den anderen auch. Obwohl der Zug noch ein gutes Stück entfernt war, konnten sie deutlich sehen, dass er bereits bremste. In diesem Punkt war ihr Plan also aufgegangen. Jetzt war die Frage vor allem, was passierte, wenn der Zug hielt. Die Nazis könnten aussteigen und sich stellen; oder es nicht auf eine Konfrontation ankommen lassen, weil sie in der Unterzahl waren, und eher die Eingänge zum Zug verteidigen. Jette bevorzugte die letzte Option, da ihr der Ausgang in einem offenen Kampf zu unsicher war. Sie hasste es, wenn die eigenen Leute verletzt wurden.

Die Anwesenden hatten sich auf jeden Fall mit den verschiedensten Waffen ausgestattet, die vermeintlich zu ihrem Stil passten: Die Klassiker Pfefferspray und Quarzsandhandschuhe waren ebenso vertreten wie Holzstöcke und Schlagringe. Heiner hatte Jette zuvor noch erklärt, dass er Waffen nicht mochte. »Mundschutz ist gut, mit anderen Sachen kann ich eh nicht umgehen.«

> Jede Waffe von dir kann auch gegen dich verwendet werden. Vor allem dann, wenn du sie nur bei dir hast, um deine Unsicherheit zu überspielen.

9:14 Uhr (Subbe)

Traditionsreiche Konditorei mitten im Viertel. Das Glöckchen über der Tür klingelt, ebenso die Registrierkasse, die schon zu Sepp Pionteks Zeiten in Betrieb gewesen sein musste. Es duftet nach Gebäck und frischer Schokolade. »Das interessiert mich wie eine geplatzte Currywurst im ostfriesischen Wattenmeer.« (Dieter E.)

Subbe liebte den Laden; nicht nur wegen seines Tante-Emma-Flairs, sondern auch wegen der Brötchen, die so weich waren, dass sie zwischen Zunge und Gaumen zu schmelzen schienen. Außerdem wirkten die Menschen hinter dem Tresen wie mehrere Generationen einer Familie – Originale, die Subbe zu schätzen wusste. Er orderte gleich eine ganze Tüte mit Gebäck, um den fleißigen Helfern im Raum eine Freude zu machen. Draußen musterte Paul, der dort gewartet hatte, mit einem skeptischen Blick die Tüte. »Also entweder ist das zu viel oder viel zu wenig.«

Paul sah aus wie jemand, der gerne Leberwurstbrote aß. Und auch zu einem Mettigel nicht Nein sagte. Schnitzel Pommes, Currywurst, Hackbraten, you name it. Paul hatte eine untersetzte Gestalt, war aber trotz seines Gewichts erstaunlich wendig, wenn es zu Handgreiflichkeiten kam. Vom Ding her war er aber eher der ruhige Typ, der gerne plante und organisierte.

»Ich bin halt nett und bring welche mit, aber ich muss ja nicht gleich den ganzen Mob versorgen.«

»Da haste recht. Ist nicht wie damals, als Marco zu jedem Treffen Tonnen an Bagels mitgebracht hat.«

»Eben.«

Subbe biss in ein Laugenbrötchen, das die Bäcker irgendwie ebenfalls weich hingekriegt hatten. Wo gibt es schon weiche Laugenbrötchen? Paul entschied sich für ein einfaches Croissant.

»Ich brauch noch Tabak«, meldete Subbe an.

»Wir können ja bei Peter vorbei … Ach nee, den gibt's ja nicht mehr. Egal, das kriegen wir auch so hin.«

Als sie den Paulinenplatz fast erreicht hatten, sahen sie einen kleinen Mob vor sich, den sie nicht sofort einordnen konnten. Sie gingen unwillkürlich etwas langsamer, um das halbe Dutzend Personen besser in Augenschein nehmen zu können – und wurden in ihrer dunklen Vorahnung bestätigt, denn bei der Gruppe handelte es sich ganz offensichtlich um HSV-Fans. Sportlich motivierte HSV-Fans. Die nun sie bemerkten und ebenfalls musterten. Subbe war sich der Absurdität der Situation voll bewusst, obwohl er in der

Scheiße saß: Nicht nur, dass er bereits zum zweiten Mal in nur wenigen Stunden in einer ähnlichen Klemme steckte; dieses Mal auch noch mitten im eigenen Viertel. Die Anhänger des Stadtrivalen näherten sich schnell, und es war klar, dass sie Subbe und Paul als feindliche Objekte identifiziert hatten. Mit den Worten »Da sind zwei« kamen sie angelaufen. Sie entsprachen weitestgehend dem Klischeebild, das es von Wessi-Ultras gab: Jogger, Jeans und einige Handrücken, die eher nicht auf Working Class hindeuten, jetzt aber in Richtung von Subbes Kopf unterwegs waren. Er spürte bewusst einen Treffer an der Schulter und einen in der Nierengegend, bevor er zu Boden ging. Während mehrere Tritte seinen Körper an verschiedenen Stellen trafen, sah er nur das Mohnbrötchen, das neben seinem Kopf gelandet war. Paul konnte den ersten Angreifer noch abwehren, indem er dessen Schlag mit einer leichten Drehung auswich und ihm gleichzeitig eine Schelle mitgab; doch gegen die drei nächsten, die auf ihn eindrangen, war er relativ machtlos. Er hatte zwar einige Erfahrungen mit körperlichen Auseinandersetzungen, war aber kein trainierter Kampfsportler. Paul wurde gegen eine Scheibe gedrängt und versuchte seinen Kopf mit den Armen zu schützen. Als er sah, dass Subbe am Boden lag, schaffte er es, unter den Armen wegzutauchen und zumindest einen der auf Subbe Eintretenden wegzustoßen. Es ging sowieso nur darum, etwas Zeit zu gewinnen, bis jemand aus der Umgebung auf den Kampf aufmerksam wurde und zu Hilfe eilte. Im nahen *Shebeen* war um diese Zeit zwar auch das Licht aus, aber früher oder später musste jemand vorbeikommen. Wenn der Fanladen sich noch in der Brigittenstraße befunden hätte, wäre das auch um diese Zeit eine Sache von Sekunden gewesen. Paul wehrte gerade mehr schlecht als recht einen Tritt ab und befand sich wieder im Rückwärtsgang, als fünf Gestalten um die Ecke kamen. Paul kannte zwei vom Sehen; der eine wohnte zwei Häuser neben ihm in der Gerritstraße und fuhr auch gelegentlich auswärts.

»Kommt schon, die schmeißen wir jetzt aus dem Viertel!« Die fünf Sankt Paulianer waren zwar weder groß, noch wirkten sie wie erfahrene Hauer; aber im Durchschnitt waren sie etwas älter als die eher jugendlichen Angreifer. Hauptsache war aber, dass sie der Aufforderung von Paul umgehend nachkamen. Der nahende Ausgleich des Kräfteverhältnisses bewog die HSVer zum Rückzug. Sie rannten die Straße hoch in Richtung Kiez und bogen dann links in eine Seitenstraße ab. Paul grinste, wischte sich etwas Blut aus dem Mundwinkel und half Subbe auf die Beine.

»Die rennen geradewegs in ihren Untergang.« Er zückte sein Telefon und beschrieb jemandem die Situation. Dann wandte er sich an Subbe: »Denen kommen gleich zehn von uns entgegen. Komm, wir machen hinter ihnen dicht.«

9:19 Uhr (Jette)

Der Zug steht. Einzelne Rufe hallen nun über das Feld,
mit denen sich die Angreifer koordinieren. Wie so oft in
ähnlichen Situationen nervt ein eher unpassender Ohrwurm,
dessen Refrain sich im Kopf beständig wiederholt:
Dass es ihr gut ging, dass sie nichts anderes machen
wollte als das – und überhaupt: Bestform.

Es war immer noch nicht ganz klar, wie viele Nazis tatsächlich in dem Zug waren. Zwar hatten ihnen die Späher gesagt, dass etwa 25 eingestiegen waren; aber zu diesem Haufen kamen vermutlich noch Leute unbestimmter Anzahl, die sich bereits im Zug befunden hatten. Dieser stand nun auf offener Strecke. Der Zugführer war in seiner Kabine geblieben, als der die Gruppe an vermummten Personen gesehen hatte. Vermutlich hatte er wie erwartet einen Notruf abgesetzt und harrte nun der Dinge, die da kommen sollten, ohne seinen eigenen Arsch zu riskieren.

Wie besprochen, waren die am meisten Motivierten direkt an den Türen, um ein Herauskommen der Faschos wenn möglich zu verhindern. Bislang hatten diese allerdings nichts dergleichen unternommen. Ihnen lief die Zeit davon, da die Polizei sicherlich bald eintreffen würde.

Subbe würde jetzt wenigstens den Zug anmalen, während er steht … Jette hatte keine Zeit, um den Gedanken weiterzuführen, denn auf einmal ging es doch noch los. An mehreren Türen versuchten die Nazis gleichzeitig, den Zug zu verlassen. Die an den Ausgängen postierten Leute von Jette ließen keinen Zweifel daran, dass sie dies nicht ohne Weiteres zulassen würden und schlugen mit und ohne Waffen auf die Herauskommenden ein. Sie hatten sich extra darauf geeinigt, keine Wurfgeschosse zu verwenden, um das Friendly Fire möglichst gering zu halten. Wenig war so bescheuert, wie von den eigenen Leuten verletzt zu werden. Allerdings flogen etliche Flaschen und auch ein Feuerlöscher aus dem Zug heraus. Die Nazis schmissen alles, was sie in die Finger bekamen, aber die meisten vermieden nach Möglichkeit die direkte Konfrontation. Das Feuer wurde umgehend erwidert. Jette sah aus der zweiten Reihe, wie mehrere Scheiben zu Bruch gingen und nahm gleichzeitig einige verschreckte Gesichter von unbeteiligten Fahrgästen wahr. Auch dazu hatten sie sich im Vorfeld Gedanken gemacht. Aber dass es bei der Aktion Menschen geben würde, die einen wenn auch mentalen Schaden davontrugen, ließ sich beim besten Willen nicht vermeiden. Trotzdem packte sie für einen kurzen Moment Abscheu vor der ganzen Situation. Sie wusste aus eigener Erfahrung, welche Spuren ausufernde Gewalt auch dann hinterlassen kann, wenn man nur als Unbeteiligte Zeuge davon wird. Jette sah mehrere Personen, die das Geschehen mit ihren Handys filmten. Damit hatten sie ebenfalls gerechnet. Gerade hatte es eine kleine Gruppe der Nazis trotz des heftigen Widerstandes geschafft, die Bahn zu verlassen – und wurde sofort von allen Seiten attackiert. Wenigstens hatte nun das unkoordinierte Werfen ein Ende. Neben Jette rief jemand »Es gibt kein richtiges Leben in Flaschen!« und stürmte auf einen der Eingänge zu. Ah, die Acker-Demiker. In diesem kurzen Moment entwickelte sich die Auseinandersetzung tatsächlich zu einer wüsten Prügelei, bei der Jette und ihre Freunde aufgrund der zahlenmäßigen Überlegenheit den Vorteil auf ihrer Seite hatten. Dennoch gelang es auch den Nazis, ein paar gezielte Schläge und Tritte anzubringen, sodass sie nicht ganz ohne Verletzte davonkommen würden. Allerdings bekamen die Faschos, die austeilten, anschließend ziemlich hart in die Fresse. Jette sah einen der Nazis, der von zwei Seiten gleichzeitig mit einem Knüppel auf den Kopf bekam. Ein anderer konnte sich lösen und wollte direkt an Jette vorbei weglaufen, doch sie sprang gegen ihn, sodass wiederum er gegen den Zug prallte und hinfiel. Er stand auf und versuchte, sie zu schlagen, doch Jette konnte seinem langsamen Schwinger ohne Probleme ausweichen. Trotzdem erwischte sie irgendetwas am Bein. Ein dumpfer Schmerz machte sich bemerkbar, den sie aber weitestgehend ausblenden konnte. Eine andere Gestalt kam von der Seite und trat dem Nazi mit einem Low-Kick gegen das Knie. Das brachte ihn zu Fall, und als die vermummte Person zu einem weiteren Tritt ausholen wollte, hatte Jette die Geistesgegenwart, sie am Arm zu packen. »Nicht. Nicht wie die!«

Der Mensch, den Jette nicht erkennen konnte, verharrte in der Bewegung – und nickte dann leicht, bevor er sich umwandte und wieder in die Schlacht stürzte. Diese war allerdings kurz darauf vorbei, da das Signal zum Rückzug ertönte.

*Der Feind in der Enge vorm Café Miller. Die Falle schnappt
zu, klemmt allerdings etwas. »Konzepte sind Kokolores.« (Erich R.)
Es regnet nun leicht, echter Hamburger Niesel.
Es ist ein für Ultras im Westen eher untypisches
Aufeinandertreffen – ohne eine trennende Polizeikette
dazwischen.*

Vom Stadion bis zur Domschänke war es nur ein Katzensprung, weshalb die Gruppe im Stadion nach dem Anruf von Paul in weniger als drei Minuten dort eintraf. Gerade rechtzeitig, um die sechs gegnerischen Ultras abzufangen, die nach der Konfrontation mit Paul und Subbe geradewegs ins Viertel hineingelaufen waren. Und denen die beiden dicht auf den Fersen waren, wie Merks kurz darauf feststellte. Und dann ging es auch schon los.

[…]

Die körperliche Auseinandersetzung war durch das Auftauchen der Zivis ebenso schnell wieder beendet, wie sie begonnen hatte. Merks war zwar noch nicht lange dabei, aber selbst ihm war bereits aufgefallen, wie wenig diese sogenannten szenekundigen Beamten tatsächlich von der Szene verstanden, der sie Tag und Nacht folgten. Außerdem war er immer wieder verwundert darüber, wie leicht die Zivis zu identifizieren waren. Bei seinem schnellen Abgang vom Ort der Auseinandersetzung traf er Marco, der sich wie er instinktiv weg vom Stadion und in Richtung Viertel gewandt hatte. »Ich check nicht, was diese Jockels eigentlich für einen Auftrag haben«, keuchte Merks.

Marco drehte sich kurz um und verlangsamte dann seine Schritte. »Kein Stress, die kommen nicht hinterher. Vermutlich observieren die den HSV und versuchen jetzt, ihre eigenen Pappenheimer festzusetzen. Glück für uns.«

»Wieso verhindern die die Schlägerei nicht einfach?«

»Weil sie nur dann einen Job haben, wenn auch hin und wieder etwas passiert. Wenn sie ihren Job so gut machen würden, dass es gar keinen Stress gibt, würden sie sich ja selbst überflüssig machen.«

»Stimmt. Ist aber trotzdem irgendwie sinnlos. So von wegen Recht und Ordnung ...«

»Das stimmt. Ein Grund mehr, die Penner zu hassen. Gewaltmonopol am Arsch.«

»Und wo sind unsere Zivis, Auge und Leimi?«

»Vermutlich schon da, wo die Nazis sich gerade versammeln.«

»Da sollten wir wohl auch langsam mal hin ...«

Marco grinste. »Besser hin und weg als ohne Sinn und Zweck.«

9:29 Uhr (Jette)

Feld. Ungeordneter Rückzug. Alle rennen, die Zeit im Nacken. »Man hetzt die Leute auf mit Tatsachen, die nicht der Wahrheit entsprechen.« (Toni P.)

Nun war ein kritischer Moment erreicht: Würden die Faschos sie verfolgen, wenn sie sich zu den Autos begaben? Wenn sie rechtzeitig wegkommen wollten, durfte das nicht passieren. Um der Polizei zu entwischen, mussten sie einen straffen Zeitplan einhalten. Keiner von ihnen wollte bei der Latte an Straftaten, die sie soeben begangen hatten, auch nur in die Nähe der Polizei kommen.

Doch die Nazis verfolgten sie nicht. Anscheinend wollten die im Zug Gebliebenen nicht das Schicksal ihrer Kameraden teilen, die verletzt auf dem Feld lagen. Jette sah sich beim Laufen um, ob Heiner dabei war, konnte aber nur Torre erkennen.

> Wenn du jahrelang mit denselben Leuten unterwegs bist, brauchst du kein Gesicht mehr zu sehen – du erkennst sie auch auf große Entfernungen am Gang.

»Hast du Heiner gesehen?«, keuchte Jette hinter ihrem Tuch hervor, während sie so schnell zum Parkplatz humpelte, wie es ihr verletztes Bein zuließ.

»Nein, aber es ist niemand zurückgeblieben, glaube ich.«

Jette hatte ein ungutes Gefühl bei der Sache, aber hoffte einfach, dass er heil zurückkommen würde.

Beim Parkplatz angekommen, rannten alle sofort zum Kofferraum des jeweiligen Autos, mit dem sie gekommen waren. Hektisches Umziehen folgte, die schwarzen Klamotten wurden durch feinen Zwirn ersetzt. Nach nicht einmal zwei Minuten standen alle in Anzügen und Kleidern da. Rica hatte sich in der Abwesenheit der anderen bereits schön gemacht und auch den Wagen mit einer weißen Schleife an der Antenne geschmückt. Während sich Jette in Schale schmiss, kam schließlich auch Heiner angelaufen. »Sorry, Leute, ich musste einen kleinen Umweg machen, da ich am Rand war und die Faschos ...«

»Erzähl das gleich, wir müssen jetzt los!«, rief Rica vom Fahrersitz aus. Jette zog eine Augenbraue hoch, sagte aber nichts. Zum Glück benötigte Heiner zum Umziehen nicht lange, denn es wurde höchste Zeit, dass sie abhauten. Endlich setzte sich der Tross in Bewegung, der nicht von einer echten Hochzeitsgesellschaft zu unterscheiden war. Das Auto an der Spitze hatte das »Brautpaar« an Bord. Dazu war es auch stilecht mit einem riesigen Bouquet auf der Kühlerhaube ausgestattet und zog zudem ein paar Dosen an einer Schnur hinter sich her. Nach nicht mal einer Minute, die sie wieder auf der nächsten größeren Landstraße unterwegs waren, kamen ihnen mehrere Polizeiwagen und ein Feuerwehrauto entgegen. Diese brausten an ihnen vorbei, ohne sie zu beachten. Der Plan war also scheinbar aufgegangen, zumindest bis hierhin. Die Vier im Auto hielten die Luft an, bis das letzte Fahrzeug mit Blaulicht an ihnen vorüber war. Dann entlud sich die Anspannung in einem Gejohle, das eher zu einem Junggesellenabschied gepasst hätte als zu einer Hochzeit. Es geht ihr gut, es geht ihr sehr, sehr gut. Jetzt ergab das Lied in Jettes Kopf endlich auch Sinn.

9:39 Uhr (Walter)

St. Pauli Eck

Walter sitzt und trinkt etwas undefinierbar Alkoholisches aus einem Glas.

9:40 Uhr (Subbe)

Kiez, Bahnstation. Suffnasen, Touris, Trinker und Schaulustige.
Im Eingang zur Hochbahn riecht es nach Erbrochenem. Ein
nicht ganz nüchterner Mann unbestimmbaren Alters lallt:
»Hier erfahren Sie Ihre persönjiche Lücksmelodie ...«

Subbe war zwar von der Prügelei etwas mitgenommen, nahm aber auf dem Weg nach unten zu den Gleisen trotzdem mehrere

Stufen auf einmal. Angesichts der fortgeschrittenen Uhrzeit war er sich ziemlich sicher, dass bereits andere der Gruppe auf die gleiche Idee wie er gekommen waren: sich von dem Aufeinandertreffen mit den HSVern aus direkt zum Treffpunkt für die Gegendemo zu bewegen. Die Zeit war einfach zu knapp, um jetzt noch einmal zum Raum zurückzulaufen. Er sollte recht behalten. Unten auf den Gleisen warteten bereits etliche Leute der Gruppe, darunter Paul, Becker, Martha, Spezi (stilsicher mit Antifa-Bergamo-Shirt) und Lutz mit seiner Crew. Nicht alle waren bei der Auseinandersetzung dabei gewesen. Dementsprechend gab es natürlich nur ein Thema.

»Und als er versucht mich zu treten, schubs ich ihn so weg«, war gerade Lutz zu vernehmen, der seine Erzählung mit entsprechenden Gesten demonstrierte. »Und dann rutscht er nach hinten weg und knallt voll gegen den Container. Sein Glück, dass dann die Zivis kamen und das Ganze beendet haben.«

Subbe hörte sich die mehr oder minder wahrheitsgetreuen Erzählungen eine Weile an, bevor er sich einschaltete: »Jungs, das war jetzt wirklich keine Meisterleistung, mit viel mehr Leuten und im eigenen Viertel.«

Lutz fühlte sich sofort wieder persönlich angegriffen. »Ey Mann, dass du gleich wieder alles schlecht machen musst, war ja klar. Die kommen in unser Viertel und machen den Dicken, kommen wir halt. Wer an den Tresen geht und sich ein Bier bestellt, muss sich nicht wundern, wenn er irgendwann auch eins kriegt.«

»Das kann man so oder so sehen«, erwiderte Subbe. »Aber zum Beispiel Flaschen werfen ist in so einem Moment einfach scheiße, das weißt du auch.«

»Ich hab keine Flasche geworfen«, behauptete Lutz.

»Das mag ja sein; aber irgendjemand von uns hat genau das gemacht. Das ist einfach shit! Gerade du weißt doch auch, wie sich das anfühlt, wenn die Kräfteverhältnisse andersherum verteilt sind. Paul und ich gegen sechs von denen. Kein Spaß, Mann, kein Spaß.

Guck dir mal meine blauen Flecken an. Die Eier muss man erst mal haben: Zu sechst ins gegnerische Viertel und dann die ersten Leute angreifen, die man trifft.«

»Aber ihr wart doch auch nur zu zweit!«

»Stimmt, aber das konnten die ja nicht wissen. Wir haben ja auch schnell Unterstützung von Pauls Nachbarn mit seiner Crew gekriegt. Wo sind die eigentlich hin, hat das jemand gesehen?«

Allgemeines Kopfschütteln.

»Bei denen würde ich mich gerne bedanken. Hoffentlich treffen wir sie nachher beim Spiel wieder.«

Lutz war mit dem Ausgang der Diskussion noch nicht zufrieden. »Ich versteh' trotzdem nicht, wieso du dich jetzt so über die Nummer aufregst. Am Derby-Tag. Außerdem ist doch alles gut gegangen, keiner wurde einkassiert …«

»Das kann noch kommen, ich kenn doch den Scheiß«, mischte sich Spezi ein. »Die Zivis treffen sich bestimmt bald mit Leimi und Auge und gleichen Fotos ab. Wart ihr alle vermummt?«

Betretenes Schweigen bei Lutz und seiner Crew.

»Wir müssen jetzt nicht den Teufel an die Wand malen«, versuchte Becker zu beruhigen. »Warten wir erst einmal ab. Wie oft haben Leute vor unseren Zivis Scheiße gebaut und es kam nichts nach.«

Dem konnte Subbe nur zustimmen: »Machen wir es einfach so wie bei einem Spiel von Sankt Pauli auch immer: Wir erwarten das Schlimmste und hoffen das Beste. Jetzt sollten wir uns lieber auf die nächste Aufgabe konzentrieren: die Nazis aufhalten.«

Martha meldete sich ebenfalls zu Wort: »Findet ihr es schlau, euch hier und jetzt darüber zu unterhalten? Das können wir doch alles noch nachher klären.«

Ihr Kommentar brachte ihr einen missbilligenden Blick von Lutz ein. Doch auch er musste insgeheim eingestehen, dass sie recht hatte. Subbe nickte: »Stimmt genau, Martha. Sorry, das habe ich selbst gerade verpeilt.«

Die Bahn kam, und die aus knapp 15 Leuten bestehende Gruppe stieg ein. Subbe seufzte. Das würde noch ein langer Tag.

10:05 Uhr (Merks)

Harburg. Hier will niemand tot über dem Zaun hängen. Voll ist es am Bahnhof trotzdem – und das liegt nicht nur an den zahlreichen Menschen, die keinen Bock auf Nazis haben.

Schon auf dem Bahnsteig waren eine Menge Robocops unterwegs, die den ankommenden Demonstranten direkt vermittelten, dass die Staatsmacht sie im Blick hatte. Stärke demonstrieren und abschreckend wirken. Merks war mit dem Anblick nur allzu gut vertraut. Wer regelmäßig beim Fußball und auf Demos unterwegs ist, für den haben die Helme, Panzer und Schutzschilde irgendwann doch stark an beeindruckender Wirkung eingebüßt. Meistens wurden sie von Merks einfach als Ärgernis wahrgenommen, als eine Einschränkung der Bewegungsfreiheit oder schlicht als repressive Maßnahme. Ein Übel, das in Kauf genommen wird. Es war keine einheitliche Grundstimmung auszumachen. Merks sah etliche angespannte Gesichter auf beiden Seiten, aber auch entspannte Mienen bei denen, die mit der Situation vertraut waren und kein nahendes Unheil zu erwarten schienen. Ein neues Lied löste *Oh Sankt Pauli, wir folgen dir, egal wohin* ab, das die ganze Zeit schon in seinem Kopf kreiste: *Come on, come on. Antifa Hooligans!* Geiler Track, immer wieder.

Die kleine Gruppe bewegte sich umgehend in Richtung Ausgang. Mit ihrer einheitlichen Kluft konnte sie nun leicht in der Masse der Demonstrierenden untertauchen – Schwarz war wie üblich die bestimmende Farbe. Gemeinsam mit vielen Gleichgesinnten kamen sie auf dem Platz vor dem Einkaufszentrum heraus, nachdem sie mehrere Tunnel und Rolltreppen hinter sich gelassen hatten. Merks und die anderen suchten sofort den Rand des Kessels auf und erklommen ein paar Stufen, um sich einen Überblick zu verschaffen.

Es waren bereits etwa 500 bis 800 Menschen versammelt, die eine Vielzahl an bunten Transparenten und Fahnen zeigten. Die übliche Demo-Folklore. Viele bekannte Gesichter, die von der Flora über das LiZ bis zur Hafen-Vokü das gesamte linke Spektrum der Stadt abdeckten. Nicht überraschend war auch eine große Zahl an Sankt-Pauli-Fans gekommen. Schließlich hatten sie rund um das letzte Heimspiel in jeglicher Form für die heutige Demo mobilisiert: über Tapeten in der Kurve, Aufrufe in allen Fanzines, von ihrer *Gegenwert* bis hin zum uralten Heft *Gräte*; außerdem im Sankt Pauli-Forum und sämtlichen sozialen Netzwerken. Auch einige Skinheads waren gekommen. Merks liebte das bunte Durcheinander auf Demos: Punks, Hippies, alles, was alternativ war, jede Menge Sneakers aus allen Kategorien, alte und junge Menschen, Männer und Frauen. Vor allem die Frauen. Merks guckte sich einfach sehr gerne auf Demos nach Frauen um. Genau genommen gab es kaum einen besseren Ort, um Frauen kennenzulernen. Man konnte sich auf jeden Fall sicher sein, politisch mit ihnen auf einer Wellenlänge zu sein. Und es war zumindest wahrscheinlich, dass beide ein gewisses Maß an Aktionismus teilten. Zudem mochte Merks den alternativen Style, solang es nicht zu sehr ins Crustpunkige abrutschte. Er mochte Dreads, er mochte Piercings, er mochte es, wenn Klamotten nicht zu hundert Prozent sauber und gepflegt waren. In dieser Hinsicht gab es wie immer bei solchen Gelegenheiten viel zu gucken. Merks sah sich auch aufmerksam nach HSVern um, konnte aber bisher keine in der Menge ausmachen. Dafür sah er eine große Zahl an Leuten, die aus der Gegend kamen und nicht wegen der Demo hier waren. Das konnte sich sowohl als Vorteil als auch als Nachteil erweisen. Und Bullen. Massenhaft Bullen. Mehrere Hundertschaften am Rand, Fahrzeuge ohne Ende – und das Anti-Konflikt-Team mit Warnwesten, das sich zwischen den Demonstrierenden bewegte. Er sah Spezi, der eben dahin unterwegs zu sein schien, als plötzlich Martha neben ihm stand und ihn anstupste.

»Was tun wir hier jetzt eigentlich genau?«, wollte Martha wissen. Merks konnte es ihr nicht sagen. Wie so oft hatten sie vorher nicht abgesprochen, was sie machen wollten und was nicht. Es würde sich ergeben. Wenn Nazis auftauchten, würden sie irgendwie reagieren. Zumindest das war sicher. Plötzlich gab es Bewegung in den Reihen der Demonstrierenden. Vor allem die schwarz Gekleideten rannten auf einmal zu den Gleisen.

10:12 Uhr (Subbe)

Harburg. Am Bahnhof ist es nun noch voller – das liegt nicht zuletzt an den Nazis, die jetzt in einer größeren Anzahl auf den Ferngleisen eintreffen.

»Mein Timing heute ist einfach perfekt«, murmelte Subbe vor sich hin, als sie in Harburg aus der S-Bahn ausstiegen. Direkt nach dem Verlassen des Zuges waren er und die anderen Ultras im Laufschritt unterwegs wer weiß wohin. In solchen Momenten fehlt oft die Übersicht: Du folgst der Masse, da du blind darauf vertraust, dass sie dich zu dem Ort führt, auf den es gerade ankommt. Klappernde Rüstungen der Cops, viele Menschen auf einmal in Bewegung. Vermutlich hatte irgendjemand irgendwo einen vermeintlichen Nazi identifiziert. Auf zehn Mal blinden Alarm folgt eine Situation, auf die es wirklich ankommt. Dieses Mal schien tatsächlich letzteres der Fall zu sein – noch bevor Subbe und die anderen am entsprechenden Gleis ankamen, sahen sie Flaschen und andere Gegenstände durch die Luft fliegen. Die Polizei hatte den Zugang zum Gleis anscheinend sofort gesperrt, als die ersten Nazis dort aus dem Zug ausgestiegen waren. Das hinderte den Mob aber nicht daran, die Faschos fleißig mit Wurfgegenständen einzudecken.

Subbe war schnell relativ weit nach vorne vorgedrungen. Da er nichts zum Vermummen bei sich hatte, wollte er sich dadurch vor allem eine bessere Übersicht verschaffen. Außerdem wusste er, dass er den Nazis vermutlich heute nicht mehr näher kommen würde als in diesem Augenblick. Er konnte hinter den Reihen der Polizei etwa 20 Personen ausmachen, die schwarz-weiß-rote Fahnen dabei hatten. Jetzt etwas zu werfen, wäre aus der zweiten Reihe nicht nur gefährlich für die eigenen Leute gewesen, sondern hätte die Strafverfolgung auch enorm einfach gestaltet. Bahnhöfe sind tendenziell immer die schlechtesten Orte für diese Art von Action – gleichzeitig aber auch die, an denen sie am häufigsten vorkommt. Trotz Kameras, Sicherheitsleuten, Aktivbürgern und Cops. Andere Antifas waren allerdings weniger umsichtig, sodass Subbe aufpassen musste, nicht von Flaschen am Hinterkopf getroffen zu werden. Die Nazis schmissen zwar ebenfalls alles in Richtung der Gegner, was sie in die Finger bekamen, doch konnte Subbe diesen Wurf-geschossen ohne Probleme ausweichen. Außer den Gegenständen wurden auch Parolen hin- und hergeworfen: Während die Nazis ihren Klassiker »Antifa – hahaha« vom Stapel ließen, riefen die Menschen auf Subbes Seite »Gebt den Nazis die Straße zurück. Stein. Für. Stein.« Ebenfalls nicht besonders kreativ, aber zumindest sehr laut. Marco hätte an dieser Stelle bestimmt etwas Lustigeres gerufen, zum Beispiel: »Wer Deutschland nicht liebt, soll Deutsch-land fair hassen!« Oder so ähnlich.

Wie so oft hatte die Polizei die Lage relativ schnell wieder unter Kontrolle: Zur gleichen Zeit strömten von mehreren Seiten weitere Einheiten auf den Bahnsteig, darunter auch die gefürchtete BFE*.

Vermutlich aus Eutin. Mit denen war nicht gut Kirschen essen, das wussten (fast) alle. Gleichzeitig nebelte die jeweils erste Reihe der Beamten nun die Leute aus beiden Lagern vehement mit Pfefferspray ein. Und so zogen sich die Leute auf Subbes Seite zügig zu den Ausgängen zurück; bis auf ein paar besoffene Punker, die den letzten Schuss offenbar nicht gehört hatten. Sie würden die Zahl der in Gewahrsam Genommenen an diesem Tag deutlich nach oben treiben.

Subbe beeilte sich, den Bahnsteig wieder zu verlassen. Er war schon so oft in ähnlichen Situationen gewesen und wusste, dass die BFE ganz leicht Leute festsetzen konnte, wenn sie denn wollte. Im Moment schien es dem Einsatzleiter jedoch wichtiger zu sein, die verfeindeten Gruppen voneinander zu trennen. So konnte sich Subbe einfach an den Beamten vorbeischieben, die das Gleis an der Treppe sicherten. Als er oben ankam, traf er dort weitere Ultras, die offenbar schon vor seiner Gruppe in Harburg angekommen waren.

»Sind noch Leute von uns unten«, wollte Martha von ihm wissen.

Subbe bewunderte es, dass sie in solchen Momenten meistens die Übersicht behielt und immer ein Auge darauf hatte, dass niemand zurückblieb.

»Niemanden mehr gesehen«, antwortete er. »Und ich war relativ weit vorne. Es müssten alle raus sein. Allerdings weiß ich nicht genau, wer überhaupt alles von uns da ist. Erstmal weg hier.«

Die nun aus etwa 25 Menschen bestehende Gruppe bewegte sich zurück zum Platz der Kundgebung, um dort zunächst in der Masse unterzutauchen.

Martha kam von der Seite und grinste breit, als sie Subbe ihr Telefon zeigte. Im Liveticker stand, dass ein Zug mit Nazis aus Bremen und Niedersachsen vor Hamburg auf offener Strecke aufgehalten worden war.

»Diese Faschos waren das wohl gerade kaum«, murmelte Martha. Subbe nickte. »Vermutlich hast du Recht.« Ob Jette und Torre dafür wohl mitverantwortlich gewesen sind?

Er sprach den Gedanken instinktiv nicht laut aus.

Um dich und alle anderen zu schützen, hältst du die Klappe, wenn du nicht selbst an einer Aktion beteiligt bist. Auch dann, wenn du beteiligt bist. Anna und Arthur halten's Maul. Immer.

»Wo kommen die ganzen Flaschen eigentlich immer alle her?« Die wohl eher rhetorische Frage kam ebenfalls von Martha, die sich über die vielen Scherben auf dem Bahnsteig vorhin gewundert hatte.

Subbe lachte. »Eigentlich trinkt ja niemand auf Demos … Du kennst das doch: Die meisten haben ›Was tun, wenn's brennt‹ noch nie gelesen.«

Martha nickte. »Für viele mehr ein Happening. Und zum ›Meet & Greet‹ gehört Alkohol.«

»Für das meiste gibt es einen richtigen und einen falschen Zeitpunkt. Zum Saufen ist hier definitiv der falsche Zeitpunkt.«

»Es heißt ja schließlich auch nicht ›Met & Drink‹«, tönte es von der Seite. Das konnte nur Marco sein.

10:28 Uhr (Jette)

Marktplatz. Einer von Hunderten. Merke: Die Preise im Supermarkt haben nur bedingt Auswirkungen auf die Trinkerkultur. Ebenso wenig wie das Viertel. Von Langehorn bis Langenfelde, vor Penny ist das Bild

dasselbe. Hier können die Vier ungestört reden und das
Erlebte sacken lassen. Und nochmal frühstücken.

Das zweite Frühstück tat allen enorm gut. Bagels, Kaffee, frischer Pfefferminztee und frisch gepresster Orangensaft brachten die Körper auf das Level, auf dem die Psyche bereits seit ihrem erfolgreichen Abgang schwebte.

»Adrenalin und Endorphin ist einfach die beste Mischung der Welt«, erklärte Jette gerade. »Wie bei einem gewonnen Kampf.«

»Wie viele Kämpfe hast du denn schon gewonnen«, fragte Heiner sofort. Er wusste zwar, dass sie für ihren Kickbox-Club schon im Ring gestanden hatte, aber nicht, wie oft und wie erfolgreich.

Jette lief ganz leicht rot an. »Einen.«

Rica lachte. »Das reicht doch für die Aussage.«

Ralle grinste von der Seite herüber. »Das Beste daran ist, dass du die Schmerzen nicht mehr so merkst.« Von allen hatte er am meisten abgekriegt: Ein Cut über dem Auge und ein geschwollener Wangenknochen waren deutliche Beweise, dass er ganz vorne mit dabei gewesen war.

»Die Schmerzen kommen noch, keine Bange«, sagte Jette. »Nach meinem ersten Kampf hatte ich zwei Wochen was davon. Und nein, das war nicht der Kampf, den ich gewonnen habe.«

Rica lenkte das Thema wieder auf das, was sie gerade erlebt hatten: »Ey, ohne Witz – ich dachte kurz, ihr kommt gar nicht mehr und die anderen fahren dann einfach ohne mich los.«

Heiner sah zur Seite und schluckte.

»Hat ja alles noch geklappt«, sprang Jette in die Bresche. »Haha, wie die Polizei an uns vorbeigeheizt ist, ohne irgendwas zu checken.«

»Das war aber auch haarscharf. Ein wenig später und sie hätten uns von der Kehre auf die Straße abbiegen sehen«, bemerkte Rica.

Ralle nickte. »Das hat aber auch übelst gescherbelt. Wäre nicht gut für uns gewesen, wenn sie uns aufgegriffen hätten. Da hätte selbst die Rote Hilfe nicht mehr viel für uns tun können.«

»Was geht denn eigentlich gerade in Harburg?«, fragte Heiner. »Weiß jemand, ob die doch noch angekommen sind und wie es da aussieht? Wollen wir mal FSK anmachen?«

»Gleich, gleich«, meinte Rica. »Lass uns kurz nochmal drüber reden. Später kommen wir dazu nicht mehr. Genau genommen ist jetzt der einzige Moment, deshalb sind wir doch hier.«

»Wir kümmern uns gleich um das Jetzt«, ergänzte Jette. »Bleiben wir kurz im Vorhin.«

»Alles klar, ich bin ganz bei euch. Hat mich nur interessiert, ob wir was erreicht haben.«

»Also ich finde: Zug aufgehalten – check. Nasen erwischt – check. Das sind schon zwei Erfolge«, sagte Ralle. »Davongekommen – check, der dritte. Wenn wir sie nicht nur kurz aufgehalten haben, wären es vier. Fast schon zu viel für einen Tag.«

»Einen fünften könnte ich schon noch ganz gut vertragen«, wandte Jette ein, »nachher im Stadion gegen die Vorstädter.«

»Ach das ist ja heute auch noch!« – »Hau mir ab mit Fußball!« – »Dass du das jetzt im Kopf haben kannst!«

Jette seufzte innerlich. Wenn du es nicht fühlst, kannst du es nicht verstehen …

10:45 Uhr (Merks)

Harburg. Die große Gruppe hat sich in kleine aufgespalten. Fünf-Finger-Taktik. Oder so ähnlich. Merks hat sich mit ein paar Leuten etwas vom Bahnhof wegbewegt und steht nun zur Lagebesprechung in einer Seitenstraße neben den ehemaligen

Phoenix-Werken. Obwohl nur einen Steinwurf entfernt, ist
hier kaum etwas von dem Trubel am Bahnhof zu spüren.

»Watt nu?« Die Frage kam von Spezi, der Martha, Marco, Paul und Merks hierher gefolgt war.

Marco seufzte. »Du kennst doch den Scheiß. Jetzt sitzen wir hier kurz rum und labern Unsinn. Anschließend schleichen wir hier noch ein wenig durch die Gegend und merken irgendwann, dass das alles total sinnlos ist. Dann fahren wir zurück und müssen zum Stadion …«

Paul und Spezi grinsten. Merks fand das gerade gar nicht so lustig. Er wusste zwar auch nicht, was sie jetzt am besten machen sollten, aber er wollte auf jeden Fall etwas tun und nicht untätig herumsitzen.

Spezi sah ihm den Tatendrang offenbar an. »Na, Hummeln im Hintern? Torre würde jetzt sagen: ›Besser blinder Aktionismus als gar keiner.‹ Ich sage: Das ergibt sich schon noch.«

Erst jetzt fiel Merks der große gelbe Button auf, den Spezi an seinem Kragen befestigt hatte. »Keine Gewalt – Ich bleibe friedlich« stand dort in dicken Blockbuchstaben geschrieben. Er zeigte darauf.

»Wo kommt der denn her?«

»Vom Anti-Konflikt-Team natürlich!«

Merks konnte sich lebhaft vorstellen, wie Spezi eine Beamtin mit seinem Charme eingewickelt hatte, die ihm den Button dann gerne aushändigte – nicht ahnend, wen sie da mit Material für groben Unfug versorgt hatte.

Paul meldete sich zu Wort: »Leute, lass mal was essen. Ich sterbe vor Hunger, und hier gibt es eine ganze Reihe an Imbissmöglichkeiten. Gyros …«

«… Graffiti. Und dazu am Start«, vervollständigte Marco den Satz.

Paul sah Spezi vielsagend an. »Siehst du, das meinte er eben mit ›Rumsitzen und Scheiße labern‹.«

Spezi nickte. »Ich nehme auf jeden Fall die Spezi-al-Soße.«

Martha unterbrach den Wettstreit um den flachsten Witz: »Kommt, da vorne ist ein Inder, der hat außer Pakora auch Döner und Pommes …«

Merks' Budget sprach zwar nicht für eine ordentliche Mahlzeit, aber er stimmte dem Vorschlag sofort zu. »Bin dafür. Woher kennst du den Laden?«

Martha lachte: »Von der letzten Demo im Herbst.«

Es war schon eine Portion Ironie dabei, dass sich viele aus der Gruppe in Harburg ganz gut auskannten – einfach nur, weil die Stadt hier öfter Naziaufmärsche erlaubte als anderswo. Aus dem gleichen Grund konnten sich etliche Leute auch in Wandsbek oder Barmbek ganz ordentlich orientieren. Viertel, in die man sonst niemals kommt, wenn man dort nicht gerade wohnt oder gute Freunde hat. Sehr gute Freunde, die den langen Weg rechtfertigen.

Merks hoffte, dass es bei dem Inder ein Klo gab. Er hatte nämlich keine Lust, hier einfach in die Büsche zu pissen. Bei Fußballspielen hatte er damit zwar keine Probleme mehr, Sanifair sei Dank. Aber hier in der Öffentlichkeit seiner eigenen Stadt kam ihm das doch komisch vor. Vor allem vor Martha.

10:55 Uhr (Walter)

Tippel II

Walter trinkt einen Kümmel. Es läuft irgendein Seemannslied.

Kundgebung. Die linke Viertelstunde ist vorüber, die Musik in Form von Schrei nach Liebe *geht aus, der erste Redebeitrag beginnt. Die Anlage scheppert, die Stimme der Rednerin ist einen Tick zu hoch.*

Subbe stöhnte innerlich auf. Wer spielt denn heutzutage noch *Die Ärzte* auf einer Demo gegen Nazis? Das war ungefähr so neu und dementsprechend cool wie ein Pulli mit einem Megafon darauf. Oder eine Mottofahrt »Polen«. Oder im Stadion mit einer Mütze aufzutauchen, die Farben und Form eines Fußballs hatte. Manche Sachen gingen einfach nicht klar. Und ein wenig Stil sollte seiner Meinung nach selbst bei Politikers noch dazugehören. Gerade in Bezug auf Musik. Außerdem hatte er ständig die Wursthaare der Person vor ihm im Gesicht. Subbe mochte die Optik von Dreadlocks durchaus, aber er hasste den Geruch. Von der Bühne drangen nur Fetzen der Rede zu ihm durch, doch die reichten ihm auch schon: »So viele ... laut und entschlossen ... Flüchtlinge ... Solidarität ... Naziscum ... nicht provozieren lassen ... 43278778*.« Wenigstens regnete es nicht.

Subbe bewegte sich aus der Masse weg und schob sich zum Rand durch. Er gehörte nicht zu den Menschen, die viel lesen, weder Zeitungen noch Bücher. Er hasste es, wenn Leute ihr so erworbenes Wissen ungefiltert über alle anderen ausschütteten. Selbst Facebook nutzte er nur sporadisch; die schiere Masse an Artikeln, die dort jeden Tag von Gruppenmitgliedern geteilt wurde, war ihm schlicht zu viel. Außerdem fiel die gerechtfertigte Empörung zu bestimmten Themen in der Regel sehr kurz aus, bevor die nächste Ungerechtigkeit diesen Platz einnahm. Der Strom an Informationen riss einfach nie ab. Dennoch bekam er die wirklich wichtigen Sachen immer mit, nicht zuletzt deshalb, weil er regelmäßig im Raum der Gruppe abhing. Die Debatten über den Umgang mit Geflüchteten hatte er zum Teil in den Medien verfolgt. Oftmals war er fassungslos angesichts der Beiträge in großen Tageszeitungen; die Kommentare der Leser guckte er sich schon gar nicht mehr an. Opportunismus war seiner Meinung nach ein zu schwacher Begriff, um die Einstellung der Chefredakteure gegenüber den sich ändernden Stimmungen zu beschreiben. Bilder und Emotionen waren immer schon prägend für die »allgemeine Meinung«. Aber gerade jetzt war er doch immer wieder überrascht, wie wenig die meisten Menschen zugänglich für Argumente waren. Oder Erfahrungen. Bomb The System. Umso wichtiger, dass es auch konstruktive Antifa-Arbeit gab. Neben Aufklärung und Erinnerung war das Kümmern ein wichtiger Punkt. Subbe schätzte es, dass sie Geflüchtete zu Spielen mitnahmen. Obwohl es immer schwierig war, sie danach wieder in die Tristesse des Wartens zu entlassen.

Subbe hielt sich am Rand der Menschenmenge, die mittlerweile bestimmt auf knapp 1000 Personen angewachsen war. Auch die Skinheads waren mit ein paar mehr Leuten aufgetaucht, seine Vermutung von heute Morgen, dass sie bei dem kurzen Scharmützel mit den Faschos Blut geleckt hatten, erwies sich also als richtig. Auf einmal sah er Lutz und weitere Gruppenmitglieder, die in einiger Entfernung an der Kundgebung vorbeieilten. Sie rannten zwar nicht, hatten aber eine Geschwindigkeit drauf, die Subbe veranlasste, sich ihnen zu nähern. Er bewegte sich langsam in ihre Richtung, solange er in Sichtweite der Staatsmacht war. Nachdem er die Polizeikette hinter sich gelassen hatte, beschleunigte er seine Schritte und schlug einen Abfangkurs ein.

»Was geht, wohin seid ihr unterwegs?«, wandte sich Subbe direkt an Lutz, während sie sich weiter entfernten, aber nun mit langsameren Schritten.

Dieser schien ihr Wortgefecht von vorhin kurzzeitig vergessen zu haben. Subbe konnte an seinen weit geöffneten Augen erkennen, dass etwas passiert sein musste. »Ihr hattet also Erfolg?«

Lutz: »Wer sucht, der findet, hähä.«

»Wo, wann, wie viele?«

Lutz grinste. »Nicht hier«, und deutete mit dem Kopf auf die Polizisten, die nur ein paar Meter entfernt standen.

»Touché. Hast von Martha gelernt. Hat es sich denn gelohnt?«

»War schon ok. Hier sind ja mehr so viele Gegner, aber kaum Feinde. Das war vorhin anders.«

Subbe wusste natürlich: Vor Ort ist es meistens schwieriger, etwas zu erreichen. Dafür bewegt man sich vom Hauptmob weg, wie es die anderen getan hatten. Oder man macht es einfach und hat Glück. Ein wenig neidisch war er nun schon, dass die anderen zumindest etwas getan hatten, während er sich auf passives Zuhören beschränkt hatte; auch wenn er andere Aktionsformen als Gewalt bevorzugte.

»Ok, können wir ja später nochmal drüber schnacken. Seht zu, dass Ihr Land gewinnt und man euch hier nicht mehr sieht.«

»Reingehaun, im wahrsten Sinne, hähä.«

12:00 Uhr (Merks)

Ultras-WG im Viertel. Es läuft Dub. Wenn es je eine typische Ultras-WG gegeben hat, dann ist es die von Paul und Spezi. Es stimmt jedes Detail. Vom Anti-Polizei-Poster (»Welcome to Hamburg«) an der Wohnungstür über den Flaschenöffner am Kühlschrank bis hin zu den Farbresten auf dem langgezogenen Schlauch-Flur, in dem man – mehr schlecht als recht,

weil eng – Tapeten malen kann. »Für mich gibt es nur
›Entweder-oder‹. Also entweder voll oder ganz!«
(Toni P.)

»Du liegst da ja auch rum wie ein Gürtel in Italien.« Paul grinste, während er über die ausgestreckten Beine von Merks kletterte, um seinen Lieblings-Sessel zu erreichen. Merks war es egal, dass seine Haltung für Heiterkeit sorgte. Hauptsache, er konnte kurz durchatmen. Darum beneidete er die Leute im Viertel sehr: das »Vor-der-Tür-Feeling«, das eine Wohnung in Rufweite zum Stadion bietet. Kurz chillen zwischen den Aktionen, einmal die Füße hochlegen – und trotzdem direkt zur Stelle sein, wenn irgendwo Not am Mann sein sollte.

»Was ist denn eigentlich mit dem Zimmer von Leif, jetzt, wo er nicht da ist?« Leif war für mindestens ein Jahr weg. Der Glückspilz hatte ein Stipendium für eine Uni in Seattle gekriegt und würde vermutlich in der Zeit nicht oft zurückkommen.

»Mal gucken. Bislang hat sich niemand gemeldet, der kurzfristig ein Zimmer braucht« meinte Paul. »Aber es kann sich eigentlich nur um Tage handeln. Wieso? Hast Du Bock?«

Merks hatte. Bei dem Gedanken daran, hier mit den anderen Kapeiken zu wohnen, wurde ihm ganz warm ums Herz. Aber er hatte keine Einkünfte. Seine Mutter konnte er nicht um die Miete bitten. »Ich fürchte, das wird leider nichts.«

Paul winkte ab. »Kein Ding. Aber du kannst, wenn du willst. Spezi hat sicher auch nichts dagegen, wenn du hier wohnst. Sag einfach Bescheid, falls sich was ergibt. Und jetzt erzähl mal deinen Witz von heute Morgen zu Ende!«

»Ok. Also: Ein Ultrà wird Journalist und erhält als erstes den Auftrag, über die Schach-WM zu berichten. Er schreibt: ›lautstärketechnisch wäre mehr gegangen. Aber der durchgängige Damen-Einsatz und gelegentliche Hüpf-Einlagen des Springers wussten durchaus zu überzeugen.‹

Der Chef-Redakteur beschwert sich, dass der Bericht zu kurz ist ...«

Merks kam wieder nicht zum Ende, denn in diesem Moment klingelte es nicht nur an der Tür, es wurde auch gleichzeitig sehr eindringlich dagegen gehämmert. Dazu der Satz, den du immer schon erwartet hast, aber der dich dennoch schockt, wenn du ihn schließlich hörst: »Aufmachen! Polizei!«

Es war tatsächlich die Polizei, aber kein bis an die Zähne bewaffnetes Einsatzkommando, sondern nur Auge und Leimi. Die beiden Zivis wollten sich einen Scherz daraus machen, die Bewohner der WG durch ihr Auftreten zu erschrecken. Doch als Paul die Tür öffnete, wich seine Anspannung weitgehend. Auch wenn er die Beamten gerne angeblafft hätte, hatte er sich ausreichend unter Kontrolle, um dies zu unterlassen. Das unnachahmliche Duo löste bei ihm in der Regel eher Mitleid aus als Ehrfurcht. Auge sah aus wie ein Zivi aus dem Bilderbuch, eine Mischung aus Motorrad-Rocker und Hooligan. Lederjacke, Bauchtasche, Blue Jeans, Sneaker, Knopf im Ohr. Leimi sah mehr denn je aus wie eine betrunkene Vogelscheuche. Trenchcoat, speckige Haare, Drei-Tage-Bart. »Ja?«

»Herr Paul Bodenbarg?« Wie üblich war Auge der Wortführer.

»Ja, Sie kennen mich doch, Herr Leimann und Herr Augast.«

»Wir informieren Sie hiermit darüber, dass wir Sie den Tag über im Auge haben werden. Sollten Sie bei einer Straftat in oder um das Stadion angetroffen werden, kann dies schwerwiegende Folgen mit sich bringen, inklusive eines Stadionverbots oder einer Haftstrafe.«

»Ist das eine Gefährderansprache?«

»Korrekt.«

»Haben Sie die dazu benötigte gesetzliche Ermächtigungsgrundlage, und können Sie diese nachweisen?« Da hatte Paul offenbar einen wunden Punkt getroffen. Auge stockte und kratzte sich am Kopf. Nun schaltete sich erstmals Leimi in das Gespräch ein.

»Junge, nimm dich in Acht! Wir können auch gleich den Richter anrufen und ein Aufenthaltsverbot für Sankt Pauli erwirken. Dann musst du an Spieltagen auf der Wache vorsprechen!«

»Machen Sie das. Ich warte solange.« Paul kannte die Schwachstellen. Obwohl Leimi einfach zum »du« umgeschwenkt war, blieb er bei der höflichen Anrede.

Derweil hatte sich hinter Paul einiges getan. Im Laufe des Gesprächs waren Lutz und seine Gang Stück für Stück aus Leifs altem Zimmer in den Flur getropft, wo sie sich kurz »frisch gemacht« hatten. Mittlerweile standen mit Merks und den anderen um die zehn Personen hinter Paul. Auge und Leimi war dies nun sichtlich unangenehm, auch wenn die drohenden Körperhaltungen der Ultras natürlich nur ein Bluff waren.

Auge zeigte nun mit dem Finger direkt auf Lutz und machte dann eine vage Handbewegung in Richtung der übrigen Menschen.

»Ich sag' nur eins: Haltet euch zurück! Wir haben euch im Blick! Und wir sitzen immer am längeren Hebel! Macht bloß keinen Scheiß heute!«

Eine Mauer des Schweigens. Daraufhin drehten sich die beiden um und gingen ohne ein weiteres Wort die Treppe hinunter.

»Was für Versager«, murmelte Paul, als er die Tür wieder geschlossen hatte. »Was für ein armseliges Dasein.«

13:12 Uhr

Always carry a book!

13:14 Uhr (Subbe)

Hooliganknast. Stresemannstraße. Keine Mucke. Schlechte Luft.
Viele junge Menschen in kleinen Zellen. Die Unsicherheit
kann förmlich aus der Luft gegriffen werden. »Die Situation
ist bedrohlich, aber nicht bedenklich« (Friedhelm F.).
Irgendein Spaßvogel pfeift die Mockingbird-Melodie aus
den Jugendliche-gegen-das-System-Filmen. Ist Marco etwa
auch hier? »Wäre, wäre, Fahrradkette!« (Lothar M.)

Subbe ärgerte sich maßlos über sich selbst. Darüber, dass er die falsche Entscheidung getroffen hatte, obwohl er es besser wusste. Dass er sich nicht besser unter Kontrolle gehabt hatte. Dass er immer wieder in solche Situationen geriet. Dass so viele andere auch hier waren. Dass so viele andere genauso dumm waren. Dass so viele immer nur an sich selbst dachten. Klar hatte er auch einfach Pech gehabt. Pech und Unvermögen kombiniert – die Topkombination.

Subbe seufzte und musterte die anderen Menschen, mit denen er sich eine Zelle teilen musste. Er sah ein junges Pärchen, so um die siebzehn Jahre alt, das sich eng umschlungen hielt. Außerdem war dort noch ein Typ, der nach Alt-68er aussah, und zwei Mittzwanziger mit schwarzen Regenjacken. Subbe kannte keine der Personen, nicht mal vom Sehen. Zwar waren außer ihm auch andere aus seiner Gruppe hopsgenommen worden, aber die saßen offensichtlich in anderen Zellen. Er war aber auch nicht unglücklich darüber, dass niemand von seinen Leuten mit in dieser Zelle war. Hier hätten sie sich sowieso nicht ungezwungen unterhalten können. Dabei war alles zunächst so entspannt gewesen …

Subbe hatte sich in Harburg nach dem kurzen Wortwechsel mit Lutz auf den Weg gemacht, um die Lage abseits der Kundgebung auszuloten. Dabei hatte er auch zufällig Merks, Marco und die anderen getroffen, die gerade in einer Seitenstraße beim Essen waren. Er hatte ihnen gerne Gesellschaft geleistet und gegrinst, als Martha ihr Essen mit Merks teilte, der dies nur widerwillig annahm, obwohl er offensichtlich Hunger hatte. Anschließend waren sie zusammen weitergezogen, aber nicht weit gekommen. Nicht nur die SMS im Verteiler des Bewegungsmelders* hatten sich auf einmal gehäuft; es war deutlich zu spüren gewesen, dass etwas in der Luft lag. Sie waren zum Kundgebungsplatz zurückgeeilt, wo die vorher relativ friedliche Stimmung scheinbar von einem Moment auf den anderen umgeschlagen war.

Flashback. Als sie um die Ecke kamen, flogen gerade Flaschen, Steine und Baustellenzubehör auf die Polizei. Vom Lauti kam noch Musik: **Atari Teenage Riot**. Wie passend. Ein Teil der Gruppe hielt sich im Hintergrund, während Spezi, Paul und Marco sich umgehend vermummten und ins Getümmel stürzten. Merks zögerte kurz, rannte dann aber hinter den anderen her. Subbe hasste das: sich an der Polizei abzuarbeiten, während die Nazis irgendwo ungestört ihr Ding durchzogen. Vermutlich war irgendeine Nichtigkeit der Auslöser für die Ausschreitungen gewesen. Jemand hatte einen Polizisten persönlich beleidigt; oder ein Robocop hatte jemanden geschubst. Vermutlich beides. Subbe konnte sich bildlich vorstellen, wie ein Grünschnabel einem Beamten etwas ins Gesicht sagte wie »Dein Beruf ist scheiße, du bist scheiße, Scheiß-Polizei!« Schubser, Drängeln, und es ging los. Schon lustig, dass selten die Besonnenen in der ersten Reihe stehen, sondern stets die Heißsporne.

Letztlich war es auch egal, beide Seiten waren eingespielt und zogen die Riot-Show durch, mit allem, was dazugehört: brennende Müllcontainer; Bullen, die sich immer wieder ein Stück der Straße zurückeroberten, indem sie mit einer Hundertschaft brüllend nach vorne liefen; Demonstranten, die dann sofort im Eiltempo zurückwichen, als würde eine Riesenwelle auf sie zurollen; Steineschmeißer, die niemals den direkten Kontakt suchen würden, sondern sich immer sofort nach einem Wurf in den Schutz der Masse zurückzogen; Unbeteiligte, die von einer der beiden Seiten verletzt wurden; und natürlich jede Menge Friendly Fire, weil Leute aus der zehnten Reihe etwas nach vorne warfen, was niemals eine Chance hatte, das angepeilte Ziel zu erreichen. Das Einzige, was den üblichen Ablauf bis ins kleinste Detail verhinderte, war der Ort. In Hamburg findet dieses Schauspiel üblicherweise vor der Roten Flora statt. Zumindest in etwa 90 Prozent der Fälle. Subbe wurde kurz an die legendäre Lampedusa-und-Flora-bleibt-Demo erinnert. Ganz so heftig ging es allerdings heute nicht zur Sache. Nun gerieten sie langsam zwischen die Fronten und mussten selbst zurückweichen. Subbe versuchte, darauf zu achten, dass alle mitkamen. Er sah Martha und Merks und ein oder zwei weitere bekannte Gesichter. Während sie den flüchtenden Demonstranten nachliefen, kam ihm plötzlich Lutz entgegen und warf eine Halterung für ein Straßenschild an ihnen vorbei. Die Reaktion der Polizei ließ nicht lange auf sich warten, das Hin und Her ging unverändert weiter. Mittlerweile waren sie unter der Brücke angekommen, die an den Kundgebungsplatz grenzte. Doch unvermittelt stürmten auch von den Seiten weitere Einheiten heran, um die Menschen unter der Brücke einzukesseln. Für Subbe ging es weder vor noch zurück. Er konnte einfach nur noch stehen bleiben und der Dinge harren, die da kommen sollten. Subbe hatte das alles schon mal erlebt: Vermutlich würden sie jetzt eine Weile im Kessel bleiben, bis die Beamten irgendwann den Abtransport organisiert hatten. Dann würden sie vermutlich einzeln aus dem Kessel geleitet, freiwillig oder mit Gewalt, um dann zunächst erkennungsdienstlich behandelt zu werden. Anschließend würden sie mit Kabelbinder gefesselt und mithilfe der Busse entweder auf verschiedene Polizeiwachen verteilt. Oder sie landeten in einer Sammelstelle, zum Beispiel dem Hooligan-Knast in der Stresemannstraße. Er seufzte und sah sich nach Leuten um, die er kannte. In seinem näheren Umkreis befanden sich überwiegend junge Menschen, denen die Angst ins Gesicht geschrieben stand. Na, wenigstens hatte so der Ermittlungsausschuss mal was zu tun …

Wenigstens waren sie jetzt schon mal in der Nähe vom Viertel. Subbe wusste nicht, wie spät es war, aber er schätzte es auf irgendwas zwischen 13 und 14 Uhr. Nicht mehr viel Zeit bis zum Spiel. Er bezweifelte, dass sie so viel Glück hatten und rechtzeitig entlassen wurden. Fuck. Subbe tat das Naheliegende und ritzte mit einem kleinen Steinchen sein Tag in die Mauer.

13:21 Uhr (Merks)

Paulinenplatz. Kleine Pause. Cheesy-Pommes im zweiten Hauptquartier. Draußen zu sitzen ist zwar reichlich frisch, aber besser, als wenn nach 10 Minuten drinnen alle Klamotten nach ranzigem Fett riechen. Außerdem ist so der Zwang nicht so groß, etwas verzehren zu müssen.

»Hey Marten, was ist los? Du siehst aus, als hätte dir jemand gesagt, dass der Pickel an deinem Arsch bald so groß ist wie deine Nase.« Paul versuchte immer wieder mal, witzig zu sein, aber meistens ging das gehörig in die Hose.

Marten war einer aus der jüngeren Fraktion, siebzehn Jahre alt, mit etwas längeren blonden Haaren, die ihm immer etwas ins Gesicht hingen. Auf den ersten Blick wirkte er unscheinbar, aber es war gerade seine ruhige Art, die ihn bei den meisten Mitgliedern der Gruppe beliebt machte. Marten war ein gutes Beispiel für ein Mittelstandskind, das bei den Ultras seine drei bis vier Jahre Rebellion auslebte, ohne dabei ein großes Risiko einzugehen. Er mochte Fußball, so lange er zurückdenken konnte, hatte früher jedes Spiel, das übertragen wurde, aufgesogen – und Ultrà war für ihn die Gelegenheit, der ganzen Sache etwas näher zu sein.

Martens Gesichtsausdruck mit »niedergeschlagen« zu beschreiben, wäre der Sache nicht gerecht geworden. Seine Miene erinnerte Merks an Keek aus *Bang Boom Bang*, nachdem der Finger im Tresor gelandet ist. »Digger, meine neue Freundin will heute zum Spiel mitkommen!«

Alarm. Sirenen. Blaulicht. Panik. Das Problem an einer neuen Freundin[6] beim Fußball mit der Gruppe? Zum einen muss sie erleben, wie sich der nette junge Mann, in den sie sich verguckt hat und bei dessen Anblick sie manchmal heimlich schon an Kinder denkt, in ein schreiendes und geiferndes Urwesen verwandelt, das mit einem vernunftbegabten Menschen nicht mehr viel gemeinsam hat. Zum anderen muss sie natürlich vor der Gang bestehen – als cool angesehen werden, aber nicht als so cool, dass sie eine Gefahr darstellen könnte. Er wäre nicht der Erste, der durch eine Beziehungskiste vom Ultras Dasein »erlöst« wird; weil ihm auf einmal aufgeht, dass es im Leben mehr gibt, als in Bussen sitzen, Bier trinken, Fahnen schwenken und gegen eine Vielzahl von mehr oder minder nichtigen Gesetzen verstoßen ...

---

6 Gleiches gilt natürlich umgekehrt, wenn ein weibliches Mitglied der Gruppe einen neuen Freund zum ersten Mal ins Stadion mitbringt. Kommt nur in der Realität leider seltener vor.

Ein schmaler Grat. Merks guckte skeptisch. Er konnte förmlich sehen, wie sich die Zuneigung im Blick von Martens Freundin während des Spiels zunehmend in Fremdscham verwandelte, während Martens Unsicherheit gleichzeitig von Minute zu Minute wuchs. »Mann, ich freue mich, dass du mich fragst, aber das schaffe ich nicht alleine. Da brauchen wir Hilfe von einem Profi. Ich hole Marco raus.«

> Manchmal musst du einfach nur wissen, wen du fragen musst. Bei einer großen Gruppe ist das natürlich einfacher.

Auch Marco verzog kurz die Miene, ließ sich und seine Freunde, die alles Vertrauen in ihn setzten, aber nicht im Stich. Er nahm einen Schluck aus der Tasse, schwenkte sie leicht und zog anerkennend die Augenbrauen hoch. »Guter Kaffee!« Als er merkte, dass keiner der beiden seine Anspielung auf *Pulp Fiction* verstanden hatte, dachte er kurz nach. »Ok, wir haben nur wenig Zeit. Zunächst brauche ich ein paar Infos, sonst kann ich nicht helfen. Marten: Wann willst du dich mit ihr treffen? Wie heißt sie? Und ganz wichtig: Kommt sie alleine oder will sie eine Freundin mitbringen? Das müssen wir nämlich unter allen Umständen verhindern. Wenn sie mit einer Begleitung kommt, die ebenfalls nichts mit Fußball zu tun hat, wird alles noch eingehender analysiert und bewertet. Da hast du kaum eine Chance.«

»Sie heißt Hannah und kommt allein«, – allgemeines Aufatmen – »wir wollten uns in einer halben Stunde hier treffen und dann zum Jolly gehen.« Oha.

»In einer halben Stunde? Verdammt, wenn es wenigstens dreißig Minuten wären …« Marco sah die verzweifelten Blicke und lenkte

Leo-Getz-mäßig ein: »Ok, ok, ok. Wir kriegen das hin. Sag mal Marten, wie schlimm wäre es, wenn sie tatsächlich mit ins Stadion kommt, auf einer Skala von eins bis zehn?«

»Weiß nicht. Siebeneinhalb? Im Grunde spricht ja nichts dagegen, aber gerade heute ...«

»Schon verstanden, musst du nicht erklären. Junge Liebe und alter Hass. Passt nicht so gut zusammen. Wie alt ist Hannah? Ist sie mehr so der Kumpeltyp oder Prinzessin? Wie lange läuft das mit euch schon?«

»Siebzehn und eher ein Kumpeltyp. Wir sind seit einer Woche offiziell zusammen. Also quasi Jubiläum heute.«

Marco verdrehte gespielt die Augen und dachte kurz nach. »Ok, pass auf: Ihr jetzt abzusagen, ist nicht wirklich eine Option. Dann fragt sie sich die ganze Zeit, warum, und alle deine Erklärungen im Nachhinein klingen dann blöd. Das gilt übrigens auch, wenn du ihr ehrlich die Wahrheit sagst.« Er blickte Marten an, ob dieser ihn bis dahin verstanden hatte. Marten nickte. Marco fuhr fort: »Am Ende sollt ihr euch beide wohl fühlen. Miteinander. Du sollst nicht das Gefühl haben, dass du fehl am Platz bist, und Hannah auch nicht. Sie soll den romantischen Nachmittag mit ihrem neuen Freund bekommen, du das Stadionerlebnis beim Derby. Im besten Fall kriegen wir das zusammen, richtig?«

Marten nickte eifrig.

»Ok, Marten, von diesem Traum musst du dich verabschieden! Das wird nichts.«

Die Niedergeschlagenheit kehrte in Martens Blick zurück.

»Wir gucken mal, was wir noch schaffen. Deshalb triffst du dich mit ihr wie geplant und dann machen wir Folgendes ...«

Während Marco in wenigen Sätzen den Plan umriss, meinte Merks zu erkennen, wie die Zuversicht in Martens Miene wieder zunahm.

13:37 Uhr (Jette)

*Fanladen, Spieltag. Es herrscht das übliche Durcheinander,
den Soundtrack zum Wirrwarr liefert heute
französischer Hip Hop, vermutlich aus Marseille.
Die Fanladenhoschis kümmern sich wie immer mit Engelsgeduld
gleichzeitig um verschiedenste Personen mit den unterschiedlichsten
Bedürfnissen: so zum Beispiel von Neugierde gesteuerte Gäste,
von Testosteron gesteuerte Jugendliche und
von Alkohol gesteuerte Fans.*

»Tschuldigung, gibt es hier diese Totenkopfpullis?« Tourist.

»Sach ma, wir wollten uns doch nochmal wegen der Nummer neulich mit den Zivis unterhalten. Habt ihr kurz Zeit? Ich hab die 20 Seiten vom Anwalt dabei!« Ungezügelter Nachwuchs.

»Ich will 'n Astra, aber 'n kaltes!« Walter.

Jette kam kaum in den Fanladen rein, so voll war es. Und das, obwohl heute nur das kleine Derby anstand, weder ein DFB-Pokal-Spiel noch ein Abstiegskrimi. Sie hatte widerstreitende Ansichten zum Umzug des Fanladens ins Stadion: Einerseits fand sie es sinnvoll, dass er direkt vor Ort war und so auch mehr Menschen einen zentralen Anlaufpunkt bot; andererseits wusste sie ein wenig Exklusivität ebenfalls zu schätzen. Zu dem alten Standort der Einrichtung mitten im Viertel hatten sich die Fans vom Stadion aus erst einmal hinbewegen müssen. Deshalb war es dort immer etwas entspannter gewesen, sogar am Spieltag zu Zeiten wie jetzt. Während sie sich durch die Menge schob, musste Jette über die Musik lachen – *IAM* erinnerte sie nämlich genau an die Zeit, als der Fanladen noch nicht in der Gegengerade war.

Jette kämpfte sich zum Tresen vor und freute sich, dort Milli zu sehen, der sie seit einer Weile schon nicht mehr begegnet war. Milli war ebenfalls glücklich, Jette mal wieder zu treffen, lachte diese über eine ganze Reihe an Leuten hinweg an und zeigte mit dem Finger auf sie. »Wenn das nicht meine Lieblings-Ultrine ist!«

Milli war seit etwa drei Jahren Fanbeauftragte. Sie kümmerte sich um alle Belange, die mit den Fans zu tun hatten, also vermittelte beispielsweise bei Beef zwischen Verein und Anhängern oder zwischen Fans und Polizei. Und organisierte alles, von Auswärtsfahrten über Infoabende bis hin zu Fußballturnieren. Das heißt, sie war gleichzeitig Muddi vom Dienst, Meisterin von Zuckerbrot und Peitsche, Diplomatin, Sozialarbeiterin, Kummerkasten, trinkfeste Partykönigin und die gute Seele des Vereins. Milli hatte eine Punkrockvergangenheit, aus der sie kein Hehl machte: Piercings, Tattoos, Doc Martens und Kapuzenpulli waren ihr übliches Outfit. Sie war eine Frohnatur – anders hätte sie den Job vermutlich auch gar nicht ausgehalten. Ihre Empathie wirkte nie hippiemäßig aufgesetzt; sie half einfach gerne anderen Menschen und war mit den meisten Problemen des Lebens vertraut. Das verschaffte ihr einen Grad der Authentizität, den andere niemals erreichen würden.

Milli verließ ihren Posten hinter dem Fanladentresen und umarmte Jette. »Alles gut bei dir? Willste was trinken?«

Jette lachte und bat um eine Mate für sich und um das kalte Astra für Walter. »Ich schnack gerne mit dir, aber ich will dich auf keinen Fall von der Arbeit abhalten.«

»Kein Problem, ich habe gerade eigentlich eh keine Tresenschicht. Muss Wichtigeres erledigen, als Menschen das aktuelle Auswärtsshirt in XXL rauszusuchen … Hast du zufällig Marx gesehen? Rainer sucht ihn die ganze Zeit schon verzweifelt.«

Marx war der Hund von Rainer, die beiden waren ein unzertrennliches Paar. Rainer war Typ in die Jahre gekommener Punker, mit allem, was dazugehört. Marx war dementsprechend eine undefinierbare Mischung, Typ Straßenköter.

»Nee, heute noch nicht«, antwortet Jette. »Ist aber auch schwer hier im Gewühl.«

»Hmm. Sag Bescheid, wenn du was mitkriegst. Ich bin erstmal im Büro hinten.« Damit war sie auch schon wieder weg.

Hinter Jette drängelte sich jemand relativ rücksichtslos durch die Menge; sie spürte gleich zwei Ellenbogen auf einmal im Rücken. Gerade wollte sie eine wütende Ansage machen, als sie aus dem Augenwinkel sah, dass es Merks war, der es offenbar sehr eilig hatte. Sie erwischte seinen Arm und lachte. »Merks'te nicht, dass du deine Freunde anrempelst?«

Er verzog keine Miene. »Den Witz höre ich heute schon zum zweiten Mal. Dass es ausgerechnet du sein musst …«[7]

»Beim dritten Mal gebe ich einen aus. Wo willst du hin, was geht?«

»Wir müssen Marten helfen, seine neue Freundin Hannah will heute ins Stadion mit.«

»Haha, Kacke, das kenne ich. Als Heiner das erste Mal mit war … schlimmstes Spiel seit ewig. Langweiliger Kick, mieser Support, Ärger im Block, Regen. Und er so: ›Das ist also dein liebster Zeitvertreib?‹ Was habt ihr denn vor? Wollt ihr ihm ein Bein brechen, damit er nicht hin kann?«

»Ganz so schlimm wird es nicht. Schlugge is da watt am planen dran.«

»Hä?«

»Egal, vergiss es. Marco hat den Masterplan.«

»Was habt ihr denn vor?«

»Marco sagt: ›Kompromiss!‹. Deshalb soll Marten Halbe/Halbe machen.«

Kompromisse, hört, hört. Jettes Achtung vor Marco wuchs.

»Und deshalb brauchen wir mächtig Unterstützung«, fuhr Merks fort. »Hast du Milli gesehen?«

»Milli soll euch helfen?«

---

7   Wenn Merks Spitzname »Gips« lauten würde, hätte es jeden Tag geheißen: »Gips doch gar nicht« – oder »Gips mal 'n Bier rüber?«

»Sie kennt doch Lara, die Sängerin von *Die Kinder des Korns*. Hannah liebt die Gruppe. Der Plan ist, Marten und Hannah auf den Sitzplätzen neben sie. In der zweiten Halbzeit kann Marten dann runter zu uns …«

»Wow! Wenn der Plan aufgeht, Hut ab. Wie war eigentlich die Demo?«

»Boah, am Anfang ganz entspannt, aber irgendwann ging's dann doch ab. Derbe Riots, bis die Polizei alle eingekesselt hat. Martha und ich hatten Glück und konnten noch an der Seite raus. Viele hatten nicht so viel Glück, Subbe und so. Die saßen da erstmal auf der Straße, die Bullen karren Busse an und alle mit. Sie sollen jetzt im Strese-Knast sein. Vielleicht haben sie Glück und sind zum Spiel wieder raus. Wo warst du denn? Ich hab dich da gar nicht gesehen?«

Jette sah sich um. »Woanders.« Und zwinkerte ihm zu.

»Machste nach dem Spiel noch was?«

»Gute Frage. Vielleicht zu Rock 'N Wrestling ins Hafenklang. Und du?«

Merks winkte mit einem bunten Flyer. »Rafael meinte, Prinzenbar wird heute richtig gut.«

Jette sah sich den Flyer etwas genauer an. »Ah, Bumm-Bumm. Mehr so Goa-Goa-MPU-Ja oder mehr so Kirmes-Techno?«

Merks blickte sie etwas ratlos an. »House?«

Jette lachte. »Alles klar. Milli ist übrigens hinten im Büro.«

13:41 Uhr (Merks)

Fanladen. Büro. Von draußen dringt Lärm und dicke Luft herein. Über Millis Schreibtisch hängt das 25-Jahre-Fanladen-Poster mit dem »Permanent Vacation«-Schriftzug. Und

ein Plakat mit einem Jungen, der zwischen Wolken zwei
Cowgirls hinterher zu springen scheint: »Punk in Drublic«

Milli blickte Merks mit einem müden, aber konzentrierten Blick
an. »So, was kann ich denn für dich tun?«

Merks druckste erst etwas herum, doch dann erzählte er, worum
es ging. Milli war eine Person, der jede und jeder sofort vertrauen
konnte – und Merks kannte sie schließlich schon seit ein paar
Tagen. Millis Miene entspannte sich während seiner Erklärung
zusehends, und am Ende lachte sie. »Soso, den Platz neben Lara
wollt ihr also. Ich kann mal gucken, was sich da machen lässt.
Ganz einfach wird das nicht, aber es ist ja nur das kleine Derby.
Ich bin aber relativ sicher, dass sie kommt. Habt ihr einen Plan B?«

Merks schluckte. »Nicht direkt.«

Flashback. Als sie um die Ecke kamen, flogen gerade Flaschen,
Steine und Baustellenzubehör auf die Polizei. Vom Lauti kam zwar
noch Musik, aber Merks nahm nur unbestimmten Lärm wahr. Er
sah, wie Spezi, Paul und Marco sich Schals vors Gesicht banden
und ins Getümmel stürzten. Merks sah sich nach Martha um, die
aber ein paar Schritte hinter ihm war. Ein Augenkontakt kam deshalb nicht zustande. Er hatte das Gefühl, auf einmal unter einer Glasglocke zu stecken. Er hörte nur noch ein undefinierbares
Rauschen, und es kam ihm so vor, als gäbe es eine durchsichtige
Trennwand zwischen ihm und der Realität. Gleichzeitig war seine
Wahrnehmung der Zeit verzerrt: Irgendwie passierte alles gleichzeitig und trotzdem in Zeitlupe. Er wusste nicht, ob er mitmischen
oder sich zurückhalten sollte. Als er sah, wie zwei Bullen auf eine
Person einschlugen, die ihnen den Rücken zugewandt hatte, nahmen ihm Adrenalin und Gerechtigkeitssinn die Entscheidung ab.
Er nahm schemenhaft wahr, dass etwas in seiner Nähe brannte. Merks bückte sich und suchte nach einem Gegenstand zum

Werfen. Er fand eine Flasche, näherte sich der Polizeikette und wollte gerade schmeißen. Doch er zögerte, weil sein Schal verrutscht war und er Angst hatte, identifiziert zu werden. Als sich die Polizeikette auf ihn zubewegte, ließ er die Flasche unauffällig hinter seinem Rücken zu Boden gleiten. Ihm kamen mehrere Demonstranten entgegengerannt und er lief ohne zu überlegen mit. Während sie sich der eigenen Seite wieder näherten, flogen ihnen ununterbrochen Steine und Flaschen entgegen. Merks verstand nicht, was das sollte, aber war auch zu aufgeregt, um irgendwie zu reagieren. Ein Typ kam ihm entgegen, der mit beiden Händen den schweren Poller von einem Straßenschild trug. Merks blickte sich gehetzt um, und die Bullen waren ihnen tatsächlich relativ dicht auf den Fersen. Der Typ warf den Poller in ihre Richtung und war auf einmal wieder verschwunden. Ein weiterer schwarz Gekleideter kam auf ihn zu, der in jeder Hand einen faustgroßen Stein hatte. Merks fiel sein strohblondes Haar auf, das unter der Mütze herausschaute, auf der ein Symbol in Rot eingestickt war, das er nicht kannte. Sah irgendwie ein wenig wie ein Megafon aus. Der Blonde sah Merks kurz in die Augen, bevor er die Steine warf und dann sofort wieder wegrannte und in der Menge verschwand. Stattdessen sah Merks Martha wieder und bewegte sich sofort in ihre Richtung. Der Beschützerinstinkt war zwar bei Martha vollkommen unangebracht, aber in diesem Moment stärker als seine Angst oder seine Rationalität. Er wollte einfach nicht, dass ihr etwas passierte. Die Glasglocke hob sich für einen kurzen Moment. Er zog seinen Schal ganz vom Gesicht weg und rief »Alles ok?«. Sie nickte und sah sich um. Dann zog sie ihn zur Seite weg, bevor die erste Reihe der Polizisten sie erreichte. Auf einmal standen sie am Rand des Hanges, von dem sogar Polizisten herunterkamen und die Falle schlossen. Martha und Merks konnten nur noch zusehen, wie der Rest der Demoteilnehmer unter der Brücke eingekesselt wurde.

Merks war empört, verwirrt, und spürte, dass hier eine große Ungerechtigkeit im Gange war. »Was passiert denn jetzt? Die können sie doch nicht alle festnehmen!«

Martha blickte ihn nachsichtig an: »Doch, das können sie. Aber für eine Festnahme reicht das nicht. Die werden wohl nur in Gewahrsam genommen.«

»Aber da im Kessel sind so viele Leute, die meisten davon haben doch gar nichts gemacht!«

»Das interessiert die Polizisten nicht. Die versauen jetzt ein paar Leuten so richtig schön den Tag. Außerdem Statistik. Müssen ja am Ende auch irgendwas vorweisen, wenn es geknallt hat.«

»Haben die Deppen keinen Plan B?«

»Schön wär's. Guck mal, da im Kessel ist Subbe. Lass mal den EA anrufen.«

Merks fiel jetzt erst auf, dass Milli heute ausnahmsweise Chucks trug. Sie sahen genau so aus, wie Chucks aussehen müssen: abgetragen, dreckig, löchrig. Aber noch in einem Zustand, den du ohne Probleme als angemessen bezeichnen würdest. Er erinnerte sich an einen Spruch von Spezi zu dem Thema: ›Deine Mudder trägt Chucks. Deine Oma trägt Chucks. Chucks waren cool, als du noch nicht warst.‹

Milli schreckte ihn aus seinen Gedanken: »Merks, ich schaue, was ich für euch tun kann. Aber jetzt muss ich mich um die Gäste aus Genua kümmern, die sind noch im Wohnprojekt. Roberto braucht noch seine Karten …«

»Alles klar. Danke für die Zeit!«

»Gar kein Ding. Ich wünschte, der Tag hätte nur solche Probleme. Aber da sehe ich eher schwarz …« Dabei sah sie Merks fragend an, als erhoffte sie sich Informationen zu eventuell geplanten Aktionen, die der Erfüllung dieses Wunsches im Wege sein könnten.

Doch Merks ließ sich nichts dergleichen entlocken. »Es ist so, wie es ist – und irgendwas ist immer.«

»Das klingt nach Torre. Oder nach Marco. Wie auch immer, wir sehen uns später. Oder warte mal kurz: Ist dir zufällig heute Marx schon über den Weg gelaufen? Der wird nämlich vermisst.«

Merks verneinte und Milli widmete sich umgehend einer anderen Sache.

Nun war Merks doch ein wenig froh, die Aufgabe erledigt zu haben und das Büro verlassen zu können. Milli konnte manchmal anstrengend sein mit ihrer Art, weil sie einem immer auf den Zahn fühlen wollte. Dabei war sie meist sehr geschickt, sodass einem gelegentlich doch eine Information herausrutschte, die man besser für sich behalten hätte. *Mark Ruffalo* lässt grüßen. Das wäre gerade heute nicht gut gewesen. Doch zum Glück war sie mit genug anderen Dingen beschäftigt, und Merks war der verbale Schraubstock erspart geblieben. Er mochte Milli echt gerne, aber hatte gleichzeitig manchmal auch ganz gut Schiss vor ihr. Würde er aber niemals offen zugeben.

14:07 Uhr (Subbe)

Hooliganknast. Stresemannstraße. Immer noch keine Mucke. Noch schlechtere Luft. Bei einigen der Insassen ist die Unsicherheit mit fortschreitender Zeit noch größer geworden, bei anderen bereits Lethargie gewichen.

Subbe war zwischendurch kurz eingenickt. Angesichts seines bisherigen Tages war das auch nur verständlich, trotz des Stresses, den Eingesperrtsein in der Regel hervorruft. Machen konnte er gerade eh nichts. Aber die fortschreitende Zeit machte Subbe doch langsam ein wenig nervös. Von den Leuten in seiner Zelle hatte niemand einen Zeitmesser mit hineinschmuggeln können. In diesem Punkt hatten die Beamten, die sie in Empfang genommen hatten, Dienst nach Vorschrift geleistet: keine Gürtel, keine Schnürsenkel, keine harten Gegenstände. Ob sie rechtzeitig zum Spiel wieder draußen waren? Subbe glaubte langsam nicht mehr daran. Er versuchte, sich innerlich mit dem Umstand abzufinden, dass er das Derby verpassen würde. War ja nur das Kleine. Hatte er schon oft gesehen. War meistens nicht so aufregend gewesen. Wird ein nächstes Mal geben. Verfluchte Scheiße, verdammte Kacke! Subbe wurde klar, was das wirklich Beschissene am Leben im Knast ist: Bedürfnisse werden, wenn überhaupt, nur unzureichend befriedigt. Ihm war klar, dass er verglichen mit anderen keinen Grund hatte, sich zu beschweren. Antifas, die lediglich aufgrund von Indizien für ein halbes Jahr in Untersuchungshaft saßen, würden über seine jetzige Situation nur lachen. Subbe würde voraussichtlich heute wieder draußen sein; spätestens morgen, wenn die Beamten auf der Wache ihnen richtig einen reinwürgen wollten. Aber das war ihm egal. Er wollte um 15:55 Uhr in der Kurve stehen, um die Choreo des Jahres vorzubereiten, sie zu präsentieren und dann ein packendes Fußballspiel zu sehen. Unbedingt. Wenigstens wollte er noch vor dem Anpfiff im Stadion sein. Das waren seine liebsten Momente: die fünf Minuten, bevor die Mannschaften einlaufen, dann die Choreos und das Aux Armes. Danach wurde es an den meisten Tagen nur schlechter.

Subbe stieß mehrmals seinen Kopf leicht gegen die Wand, als er plötzlich eine Hand auf seiner Schulter spürte. Sie gehörte dem Typen, den er aufgrund von Alter, Bart, Frisur und Kleidung als Alt-68er eingestuft hatte. »Ganz ruhig, das wird schon alles. Wir haben Kontakt zu Anwälten, uns wird schon nichts passieren. Sobald wir raus sind, regeln wir das alles.«

Selbst seine Stimme klang wie die von *Thomas Chong*. Fehlte nur noch, dass er jeden Satz mit einem langgezogenen »Maaan« beendete.

Subbe wusste, dass es gut gemeint war, und zwang sich dementsprechend zu einem Lächeln. »Weiß ich, danke. Darum mache ich mir keine Sorgen. Aber ich hab noch Termine …«

»Nichts ist so wichtig, dass du dich deswegen selbst verletzen musst.«

»Selbst verletzen? Mann, ich habe doch nur ganz leicht … Ach, was soll's. Nimm's mir nicht übel, aber ich bin gerade nur eingeschränkt kommunikativ. Lass mich einfach in Ruhe.«

»Wir sollten nicht vergessen, wer der wahre Feind ist. Hier drin müssen wir zusammenhalten. Die Repressionsorgane des Staates und die Faschisten haben heute …«

»Ey, Mann! Verschone mich damit bitte! Ich. Jetzt. Hier. Alleine. Ok?«

Der Chong-Typ hob die Hände und zog sich in seine Ecke der Zelle zurück. Die übrigen Insassen blickten Subbe mit einer Mischung aus Mitleid und Verachtung an.

Na toll, jetzt habe ich auch noch alle anderen vor den Kopf gestoßen. Das wird noch richtig nett hier drin …

Jemand intonierte die Titelmelodie aus dem großartigen Film *The Great Escape* – vermutlich derselbe Kunstpfeifer wie vorhin. *Heroes and Villains* …

14:15 Uhr (Walter)

Jolly Roger

Walter trinkt ein Pilsner Urquell. Nicht nur die Dimple Minds sind durstige Männer.

*Fanladen. Draußen. Buntes Treiben, Stimmengewirr. Die Tür
geht beständig auf und zu, das Bier perlt offenbar ganz gut heute.
Bei den meisten Leuten herrscht freudige Erwartung, Spieltag
trotz Länderspielpause, Gewohnheitstiere bei der Arbeit.*

Jette hatte es sich in einigen Metern Entfernung von der Tür
zum Fanladen »bequem« gemacht. Genau genommen hockte sie
auf einem Fenstersims, der ansonsten vor allem als Ablagefläche für
Flaschen diente. Das Fenster hinter ihr erlaubte keinen Einblick ins
Innere, da es mit einer großen Menge an Aufklebern verschönert
worden war. Müdigkeit ergriff Besitz von Jette. Der Moment der
Ruhe gab ihr die Gelegenheit, die bisherigen Ereignisse des Tages
kurz Revue passieren zu lassen. Hatten sie etwas erreicht? Oder nur
für eine Schlagzeile gesorgt, eine Fußnote am Rand eines bekackten
Tages gesetzt? Jette war sich nicht sicher. Aber noch überwog das
gute Gefühl, überhaupt etwas getan zu haben. Sich nicht auf »die
Anderen« berufen zu haben, als es darum ging, den Arsch hoch-
zukriegen. Etwas wuselte um ihre Beine. Marx. Der alte Kläffer
hatte sie anscheinend erkannt und wollte ihre Aufmerksamkeit. Sie
schnappte sein Halsband und zog ihn Richtung Fanladen. Kein
Wunder, dass Rainer den Hund verloren hatte – er war einfach zu
neugierig und gleichzeitig zu gutgläubig. Wenn ihn Betrunkene
verarschten, ging er offenbar davon aus, dass sie mit ihm spielen
wollten. Sie lieferte Marx bei Milli ab, die sich sichtlich freute.
»Geil, ein Problem weniger. Ich wusste doch, dass ich die richtigen
Leuten darauf angesetzt habe.«
Jette kehrte nach draußen zurück und sah Torre, der ein paar
Schritte entfernt stand. Sie raffte die müden Knochen auf. Mate
hilft. Torre sprach gerade mit gedämpfter Stimme mit einem Typen, den sie vom Sehen kannte. Kurze Haare, von oben bis unten

tätowiert, Jogger, Sneaker, das Übliche. Als sie dazukam, schauten die beiden hoch.

Jette kam sich etwas komisch vor, aber fragte dennoch: »Alles gut bei euch?«

Torre lachte. »Geht klar. Alle einigermaßen heil weggekommen. Ich habe auf jeden Fall ein Andenken für die nächsten zwei Wochen.« Er zeigte ihr eine dicke Beule an seinem linken Unterarm. Die würde er vermutlich heute noch öfter präsentieren.

Eine Kriegsverletzung zeigen die meisten noch lieber als erbeutete Fanutensilien. Spricht ja auch mehr für sich.

»Glaubt ihr, dass die Aktion heute was gebracht hat?« Jette war Torres Meinung in diesem Punkt tatsächlich ziemlich wichtig.

Torre wurde wieder ernst. »Gute Frage. Letztlich ist blinder Aktionismus besser als gar keiner, oder? Ist ein wenig wie beim Spiel unserer Mannschaft, wenn das Mittelfeld am Drücker ist und vorne keine Anspielstation findet: Einfach den Ball weiter nach vorne passen, obwohl jeder im Stadion weiß, dass sich gleich jemand in der Abwehr festläuft.«

»Der Vergleich hinkt, geht aber gerade noch klar. Was geht denn in Harburg ab, habt ihr was gehört?«

Der andere Typ antwortete ihr: »Sind schon 'ne Menge Leute von uns eingefahren. Hat wohl ganz gut gescherbelt zwischendurch. Bislang sind die Nasen aber nicht weit gekommen, sagt der Buschfunk jedenfalls vor 'ner knappen Stunde.«

»Also ich hab mindestens von einer uns bekannten Person gehört, die in der Strese gelandet ist«, meinte Jette.

Torre beschwichtigte: »Es wird sich auf jeden Fall gekümmert. Leute sind schon da und gucken, ob jemand rauskommt. Anwälte auch. Auf jeden Fall gibt es die klassischen Bilder: brennende Barrikaden, Polizisten im Rückwärtsgang, Verhaftungen. Wenige Nazis, die nicht vorwärts kommen. Insofern war der Tag schon ein Erfolg. Die Öffentlichkeit kriegt mit, dass die Faschos damit nicht so einfach durchkommen. Bleibt wie immer die Schuldfrage, wer letztlich den schwarzen Peter für die Gewalt zugeschoben kriegt ...« Er machte eine kurze Pause.

»Was mich jetzt gerade aber viel mehr beschäftigt: Was treiben die Vorstädter so? Zwei von uns waren eben bei deren üblichem Treffpunkt auf dem Hans-Albers-Platz. Nichts. Keiner zu sehen, keine Bewegung.« Er verstummte kurz, weil zwei Unbekannte nahe an den Dreien vorbeigingen.

Jette kannte diese Reflexe natürlich von ihrem eigenen Verhalten, dennoch fand sie es mitunter krass, wie stark die Gruppe tatsächlich von der ständigen Bespitzelung beeinflusst wurde. Überall Paranoia, mal mehr, mal weniger. Keine Pause, keine Ruhe, keine Entspannung. Es hieß immer, dass die Polizei beim Fußball »für den Ernstfall trainiere«. Was die Planer dabei aber zu vergessen schienen: Die Gegenseite lernte durch die alltägliche Drangsalierung natürlich auch dazu. Druck erzeugt Gegendruck. Und Erfahrungen werden nicht nur auf einer Seite gesammelt. Klandestine Aktionen, Ablenkung, Leute mobilisieren, Scheiße bauen trotz Observierung – hatten sie alles drauf. Und wenn sie irgendwo rein wollten, wo man nicht rein soll, dann konnten meist Graffiti-Leute wie Subbe weiterhelfen.[8]

»Auf jeden Fall könnte es gut sein, dass wir heute nochmal Ärger kriegen«, fuhr Torre fort, als die beiden Personen sich weit genug entfernt hatten. »Da liegt was in der Luft. Wir sollten vorbereitet sein.«

---

8   Fakt: 161 ist größer als 110.

»Beim Jolly sind genug Leute, auch von uns. Wir müssen nur Bescheid wissen, sobald sich irgendwo was tut«, meinte Torres Kollege selbstsicher.

»Basti, du alter Optimist! Ganz so einfach wird es nicht, fürchte ich«, widersprach Torre. Basti! So hieß der Knilch also.

»Was schlägst du denn vor?«, wollte Jette wissen.

»Gute Frage. Wir könnten tatsächlich noch ein wenig Unterstützung gebrauchen, trotz der vielen Gäste. Also vielleicht die alte Garde mobilisieren.«

»Du meinst doch nicht etwa …?«

»Doch, genau. Den Schwan und seine Gang.«

15:27 Uhr (Merks)

Viertel. Einen Steinwurf von der Reeperbahn entfernt. Das Haus, in dem eine der größten Sankt-Pauli-Legenden lebt. Von außen unscheinbar, ein gewöhnlicher Altbau in etwas runtergerocktem Zustand. Keine Totenkopf-Fahne in einem der Fenster zu sehen. Viele sind ohnehin mit alten Zeitungen zugeklebt wie in einem Laden, der gerade renoviert wird. Oder vergilbte Gardinen verwehren den Einblick. Gegenüber die typische Viertel-Mischung an Einzelhändlern: T-Shirt-Laden, Handy-Höker, Kiosk

Merks war aufgeregter, als er es zugegeben hätte. Nun sollte er nicht nur den Schwan persönlich kennenlernen, sondern sogar noch seine Wohnung sehen. Die Höhle der Legende. Für einen kurzen Moment hatte er seinen Auftrag vergessen; ebenso wie den Umstand, dass er nicht mehr viel Zeit hatte, um diesen auszuführen. Merks sah Martha an, die im Gegensatz zu ihm völlig ruhig wirkte.

Skinhead-Ole drehte sich zu ihnen um, als sie vor der Haustür standen. »Ok, Leute, ein paar Grundregeln. Erstens: Keine Bemerkungen zu seinem einen Auge. Auf gar keinen Fall! Am besten redet ihr sowieso gar nicht. Außer, er spricht euch direkt an. Zweitens: Haltet euch von seinem Kater fern! Das ist ein unausstehliches Biest und sein liebstes Wesen auf der Welt. Drittens: Das Wort ›HSV‹ ist in seiner Wohnung tabu!«

Merks nickte ergeben. Martha hatte noch Klärungsbedarf. »Meinst du, wir sollen den HSV gar nicht erwähnen? Oder nur nicht diese spezielle Buchstabenkombination?«

»Welchen Teil von ›Redet am besten gar nicht‹ hast du nicht verstanden«, knurrte Ole. Doch dann lenkte er ein: »Falls die Rede auf den HSV kommt, sagt ihr ›Stadtrivale‹, ›Vorstädter‹, ›Müllverbrennungsanlage‹ oder ähnliches. Aber eigentlich sollt ihr gar nicht in die Situation kommen. Wir wollen doch nur kurz die Info einholen, ob er und seine Jungs heute dabei sind, und dann möglichst schnell wieder weg. Schnell rein, schnell wieder raus. Wie beim Boxen.«

»Hey, ganz ruhig«, versuchte Merks zu beschwichtigen. »Was soll denn passieren, du kennst ihn doch.«

»Na ja ›kennen‹ …«, schnaubte Ole. »Eigentlich kennt niemand den Schwan so richtig. Ach, Scheiß drauf, wir gehen da jetzt rein!« Dann drehte er sich plötzlich nochmal um: »Eine Sache hab ich vergessen: Fragt ihn bloß nicht, wie alt er ist! Der Legende nach hat er den Letzten, der das gefragt hat, an seinem Nasenring aus dem Jolly geschleift und gegen die Telefonzelle geworfen.«

Ole war ein Skinhead der alten Schule, der bereits auf die Vierzig zusteuerte. Rote Docs, enge Jeans, Hosenträger, Mantel, RASH-Pin am Revers. Trotz seiner geringen Größe machte er Eindruck, was vermutlich an seinem kantigen Gesicht und den relativ breiten

Schultern lag. Drahtig und kompakt. Als Torre vorhin im Jolly nach Leuten gesucht hatte, die den Gang zum Schwan unternehmen könnten, hatte Ole sich schließlich widerwillig breitschlagen lassen. Zwar hatten sich Merks und Martha für das Himmelfahrtskommando gemeldet; allerdings sollte bei einer Person wie dem Schwan auch eine ältere Gestalt dabei sein, die sich schon lange in der Fanszene herumtrieb. Street Credibility und so. Außerdem sollte der Schwan wenigstens einen der Leute kennen. So hatten sie zumindest eine kleine Chance, dass er ihrer Bitte nachkam.

Klingelschild. Merks versuchte zu sehen, welcher Name neben der Klingel stand, die Ole drückte. Aber da stand gar nichts. Merks sah sich um: Auch das Haus selbst trug keine Nummer. Das musste man auch erstmal hinkriegen, mitten in der Stadt. Keine Gegensprechanlage, keine Reaktion. Ole versuchte es erneut. Warten. Merks wollte sich gerade wieder etwas entspannen, da er damit rechnete, dass sie erfolglos wieder umkehren würden. Doch dann ertönte auf einmal der Summer und Ole drückte die schwere Eingangstür auf. Drinnen wurden sie von einem dumpfen Geruch empfangen, den Merks nicht zuordnen konnte. Irgendwie muffig und alt. Ein wenig wie im Materiallager der Gruppe im Stadion. Sie erklommen die steile Treppe über die ächzenden Holzstufen, vorbei an Fahrrädern, zerbrochenen Holzstühlen und Farbeimern. Es war ein typischer Hamburger Altbau: Die Klos aller Wohnungen hatten nur ein Fenster – zum Treppenhaus. Dritter Stock. Merks hätte sich denken können, welche Tür zur Wohnung von Schwan gehörte: die aus massivem Stahl. Kann man nicht einfach eintreten. Sinnvoll.

Ole drehte sich noch einmal zu den beiden um und warf ihnen einen mahnenden Blick zu. Dann klopfte er in einem bestimmten Rhythmus an die Tür, an der (selbstverständlich) auch kein Name stand. Dieses Mal dauerte es nur Sekunden, bis eine Reaktion erfolgte. Sie hörten ein lautes Krachen, als ob etwas in der Wohnung umgefallen wäre. Dann ging die Tür einen Spalt auf. Eine Wolke schlug ihnen entgegen. Eine Mischung aus nassem Hund, kaltem Kippenrauch, Eifurz und alten Socken. Selbst Ole, der aus seinen Punkerzeiten einiges gewohnt war, verschlug es kurz den Atem.

Eine brummige Stimme ertönte: »Kommt schon rein, der frühe Vogel fängt den Sturm.«

Die drei holten noch einmal tief Luft – dann waren sie drin.

15:30 Uhr (Fußball)
Wann er sein sollte.

15:35 Uhr (Subbe)

Hooligan-Knast. Stresemannstraße. Es herrscht überwiegend Ruhe – nur aus einigen Zellen sind mitunter einzelne Gesprächsfetzen zu vernehmen. Warten auf Godot. Die Uhr tickt.

Die letzte halbe Stunde war Subbe im Geiste Gefängnisfilme durchgegangen und hatte analysiert, wie die jeweiligen Protagonisten geflohen waren. Klassiker: *Steve McQueen* in *Papillon*, *Clint Eastwood* in *Escape from Alcatraz*. Die lustige Nummer: *George Clooney* in *O Brother, Where Art Thou* oder *Roberto Begnini* in *Down by Law*. Die miese Action-Schiene: *Christopher Lambert* in *Fortress*. Oder die gute Action-Schiene: *Kurt Russel* in *Escape from New York*. Er fragte sich bis heute, wie *Tim Robbins* in *The Shawshank Redemption* das Poster von innen wieder über seinen Fluchttunnel hängen konnte. Wenn Marco hier wäre, könnte er ihm bestimmt noch ein paar Fun Facts zu den einzelnen Filmen erzählen, der alte Nerd. Auf einmal tat sich etwas. Subbe hörte Stimmen im Gang und das Geräusch einer Tür, die geöffnet wurde. »Es geht los, Leute«, rief einer der Glücklichen, die offenbar bereits gehen durften. Subbe holte tief Luft. Er hatte keine Ahnung, wie spät es jetzt sein mochte und ob er es noch zum Stadion schaffen konnte, bevor das Spiel angepfiffen wurde. Auch seine Zellengenossen erwachten aus ihrer Starre und mutmaßten, wann sie wohl gehen konnten. Doch es dauerte noch eine gefühlte Ewigkeit, bis auch ihre Tür aufging und ein schlecht gelaunter Beamter zu ihnen hereinschaute. »Los, los, ihr dürft abhauen.« Das war Musik in Subbes Ohren. Er drehte sich zu den anderen um: »Alles Gute für euch Leute. Haut rein.« Dann schob er sich an dem Polizisten vorbei und trottete einem anderen Beamten hinterher, um seine Sachen in Empfang zu nehmen. Vor ihm wartete ein Typ an der Ausgabestelle, der gerade seine Mütze erhalten hatte und nun aufsetzte. Auf dieser war ein rotes Symbol eingestickt; Subbe meinte, darin eine Schnecke zu erkennen. Der Träger war noch relativ jung, vielleicht gerade Anfang 20. Könnte gut ein Ultrà sein, mit den Klamotten. Dann aber keiner von uns.

Draußen empfing ihn die frischeste Luft, die er jemals geatmet hatte. Nur rein damit in die gequälte Lunge! Dann sah er eine Uhr vor der Autowaschanlage und war schlagartig beruhigt. Trotzdem setzte er sich unverzüglich in Richtung Stadion in Bewegung. Seine Laune wurde noch besser, als er nach ein paar hundert Metern auf der anderen Straßenseite eine Crew mit bekannten Gesichtern erblickte, unter ihnen auch Paul und Becker. Es war wie meistens nicht ganz einfach, die mehrspurige Strese zu überqueren, aber er schaffte es wieder einmal, ohne überfahren zu werden. Die anderen empfingen ihn euphorisch.

»Diggi, das war fast so wie damals, als Becker morgens vor der Auswärtsfahrt direkt vor seiner Wohnungstür von einem Bus angefahren wurde«, sagte Paul kopfschüttelnd.

Becker wollte daran lieber nicht erinnert werden und versuchte, das Gespräch in eine andere Richtung zu lenken: »Willkommen zurück. Erstmal 'n Burger?«

Subbe lehnte dankend ab und sah sich um. »Warten wir eigentlich noch auf jemanden oder können wir los zum Stadion? Wie spät ist es eigentlich?«

»Viertel nach oder so«, behauptete Becker. »Wir haben auf jeden Fall noch Zeit.«

»Wer fehlt denn?«, hakte Subbe nach.

»Spezi ist noch drin«, antwortete Paul. Spezi. Natürlich. Wenn es jemanden bei solchen Gelegenheiten mit Sicherheit erwischte, war es Spezi. Er könnte hinter der Polizeikette mit erhobenen Händen stehen – und würde trotzdem wegen eines Flaschenwurfes eingeknastet werden. Vielleicht lag es an seinem Galgenvogelgesicht; vielleicht aber auch einfach daran, dass er das Pech magisch anzog. Oder die Ursache war, dass er tatsächlich Mist gebaut hatte – und zwar so offensichtlich, dass ihm keine entlastende Zeugenaussage weiterhelfen würde, weil sie gegen die eidesstattlichen Erklärungen von 10 Beamten bestehen müsste. Spezi war der Typ, der alles richtig machen konnte, und dann trotzdem die Scheiße am Hacken hatte. Wie beim Pokern, wenn du eine sieben und eine zwei auf der Hand hast, diese wegwirfst – und dann liegt genau diese Kombination im Flop. Und später kommt noch eine sieben dazu.

»Das war ja eigentlich klar: Wenn es außer mir noch jemanden trifft, dann Spezi«, murmelte Subbe.

Becker nickte eifrig: »Wer sonst bringt das fertig: nicht im Kessel stehen und trotzdem in Gewahrsam genommen werden?!«

»Martha hat das gesehen«, meinte Subbe. »Er stand hinter der Polizeikette und wollte wohl gucken, ob er jemanden im Kessel kennt. Ein Robocop meinte zu ihm, dass er zurücktreten soll. Dann hat Spezi irgendwas erwidert, ich konnte es nicht verstehen. Eine Sekunde später lag er auf dem Boden, und zwei Bullen knieten auf ihm drauf.«

Subbe musste grinsen. Dabei handelte es sich nicht um Schadenfreude, sondern auf einmal sah sein eigenes Schicksal gar nicht mehr so düster aus. Er hatte zwar auch Pech gehabt und nichts Unrechtes getan; aber zumindest war er nicht schnell genug gewesen, um sich rechtzeitig aus dem Gefahrenbereich zu entfernen, als es wirklich brenzlig wurde. Somit hatte er die Zeit im Knast wenigstens ein bisschen verdient.

»Wenn man vom Toifel spricht«, sagte Becker und betonte dabei das »oi«.

Alle drehten sich um und sahen Spezi, der wie meistens sein verschmitztes und etwas schiefes Grinsen zur Schau stellte, während er über die Straße direkt auf die Gruppe zukam.

»Vorsicht!«, rief Subbe noch – quietschende Reifen und ein wild gestikulierender PKW-Fahrer, doch Spezi setzte völlig unbeeindruckt von dem Beinahe-Unfall seinen Weg fort.

»Hey, ho, Ultras«, rief Spezi, als er bei der Gruppe ankam. Schlagartig wurde Subbe bewusst, an wen er ihn immer erinnerte: Jack Sparrow. Fehlten nur ein Dreadlock und ein großer Ohrring.

»Sach ma’, Digger«, fragte Becker sofort, was alle am meisten interessierte, »was hast du denn dem Ordnungshüter gesagt? Dass er dich ohne Umschweife umwirft?«

»Er meinte: ›Gehen Sie weg, wir haben es doch schon schwer genug‹. Da meinte ich nur: ›Und ich dachte, die vier schwersten Jahre für einen Polizisten sind die erste Klasse‹. Da war es schon passiert.«

Allgemeines Gelächter. Subbe bewunderte insgeheim Spezis Hang zur Dreistigkeit.

»Das erinnert mich an was«, lachte Becker. »Man kann auch direkt vor der BFE den Zivi umboxen, weil man denkt, er ist ein Nazi.«

Paul wurde etwas rot und versuchte wie Becker vorher erfolgreich, von der ihm peinlichen Geschichte abzulenken: »Leute, lasst

uns mal los zum Stadion jetzt. Es ist spät!«
Und Spezi ergänzte: »Andiamo, Ultras!«

Stadion. Eingang Südkurve an der Ecke zur Gegengerade.
Der Gitarrenspieler ist vor Ort und spielt unverzagt seine
Lieder. Statt des rauchigen Grölens heute nur Pfeifen.
Ist ja auch nur die U23. Vor dem Tor, das noch verschlossen ist,
hat sich bereits eine ansehnliche Menschentraube gesammelt.
Kein Vergleich zu einem Heimspiel der
Profis, aber durchaus ansehnlich.

Jette hatte keine Lust, sich nach vorne durchzudrängeln. Zu viele
Menschen, zu eng, zu viel dummes Gerede. Das gab es im Stadion genug, das brauchte sie nicht jetzt schon. Stattdessen lehnte
sie sich an den Zaun, hinter dem üblicherweise der Bus der Gäs-
temannschaft hielt. Aktuell herrschte dort noch gähnende Leere.
Dass heute kein Übertragungswagen des Fernsehens anwesend war,
wunderte angesichts des Amateurderbys nicht. Doch auch am obe-
ren Ende der Treppe war erstaunlich wenig Bewegung. Nur zwei
Ordner mit Warnwesten standen dort und drehten Däumchen.
Jette hasste diesen Moment des Wartens vor dem Spiel. Dabei war
es auch egal, ob es heim oder auswärts stattfand. Stets war sie ein
wenig nervös, wenn sie vor den Toren stand; dieses Gefühl legte
sich immer erst, wenn sie den Eingang hinter sich gelassen hatte
und tatsächlich im Stadion war. Während der Warterei war es auch
fast egal, wer um sie herum stand. Die besten Freunde gingen ihr
dann kurzzeitig auf die Nerven, bis sie endlich drin war. Heute
war es besonders schlimm, da es einfach kein Anzeichen dafür gab,

dass es gleich losgehen würde. Dann tat sich doch etwas, allerdings hinter Jette. Sie drehte sich um und sah Marten, der sichtlich überfordert mehrere Leute dirigierte, die unter den Materialien für die Choreo kaum zu erkennen waren. Jette machte ein paar Schritte auf die Karawane zu.

»Was geht? Wieso sind die Sachen nicht längst in der Kurve?«, wandte sie sich direkt an Marten.

»Ey, wenn die Honks alle nicht am Treffpunkt auftauchen, verzögert sich das eben. Außerdem durften wir heute nicht wie sonst viel früher rein. Nur ein paar Tapeten sind schon drin, von heute Morgen. Die Absprache mit Didi[9] war: direkt vor dem Spiel ab halb.«

»Sind noch mehr Sachen hinten?«

»Allerdings, hast du Zeit?«

»Na klar …«

Einfach so rumstehen ist nicht Ultrà. Seufzend machte sich Jette auf den (zugegeben) nicht langen Weg zum Kabuff im Fanladen, in dem die Materialien lagerten. Wie immer herrschte in dem Raum ein muffiger Geruch. Leere Mate-Flaschen, Kabelrohre und schier unendlich viele Tapeten, Fahnen und Doppelhalter begrüßten sie – genau wie Nörb, der in der Tür stand und darauf achtete, dass alle Sachen auch tatsächlich mitgenommen wurden, die heute mit ins Stadion sollten. Jette schnappte sich eine Trommel und legte zwei Megafone hinein.

Nörb grinste. »Da hast du so viel Kampfsport gemacht in letzter Zeit und nimmst dir die leichtesten Sachen!«

»Da bist du so viel gelaufen in letzter Zeit und stehst hier einfach rum, Hase«, konterte sie.

---

9 Didi: langjähriger Sicherheitchef bei Sankt Pauli mit bewegter Vergangenheit. Zieht sowohl Liebe als auch Hass auf sich und kann damit ganz gut leben.

»Mal sehen, wie laut du in der 90. Minute noch singst. Deine Stimme für den Tag hast du ja schon verbraucht.«

»Mal sehen, wie viele Lieder dir auf dem Zaun noch einfallen. Über diesen lahmen Spruch musstest du jetzt schon so lange nachdenken.«

Sie legte noch eine Rolle Klebeband in die Trommel. »So, das kann ich gerade noch bewältigen.«

Nörb lachte und klopfte ihr auf die Schulter. Jette mochte seine lockere Art. Bei ihm hatte sie das Gefühl, dass er sie in erster Linie als Kumpel wahrnahm und nicht als Frau. Nicht alle männlichen Mitglieder in der Gruppe hatten das drauf. Ob es daran lag, dass sie allgemein Respekt vor Frauen hatten, oder daran, dass sie von Jette beeindruckt waren, wusste sie nicht. Aber ihr war schon klar, dass sie alleine aufgrund ihres Geschlechts eine besondere Rolle in der Gruppe einnahm – auch wenn sie sich oft wünschte, dass es nicht so wäre. Wenn sie ganz ehrlich gewesen wäre, hätte sie auch zugegeben, dass ihr die exponierte Position manchmal durchaus gefiel. Sie schnappte sich die Trommel und machte sich auf den Rückweg zur Kurve.

15:47 Uhr (Merks)

Immer noch beim Schwan in der Wohnung. Küche. Kriegsrat. Kasendreher liefert schepperndes Punk, es könnte sich um Schleimkeim handeln. Ist aber nicht genau zu erkennen, da die Kassette uralt sein muss und derbe leiert. Die Snare kommt zumindest durch, ebenso wie der Riff einer verzerrten Gitarre. Es riecht ein wenig wie im Treppenhaus, dazu: kalter Rauch, Schimmel, Schweiß und jetzt auch frischer Kaffee

125

»Ihr seid durchschaubar wie Sexyglas«, sagte der Schwan gerade leicht gereizt. »Ihr braucht mir gar nichts vormachen. Ihr wollt heute Trouble anfangen. Seid euch aber nicht sicher, ob ihr genug Leute habt. Und da sollen wir einspringen. Mit dieser Kinderkacke wollen wir nichts zu tun haben.«

»Nee, nee, das geht ganz bestimmt nicht von uns aus«, wandte Ole ein. »Der Ärger kommt von denen, glaub mir. Meinst du etwa, meine Leute würden sich einfach so in den Ultras-Krieg einmischen?«

Sie waren nun schon eine ganze Weile damit beschäftigt, den Alten davon zu überzeugen, dass es eine gute Sache wäre, sich heute mit dem Schutz des Viertels zu beschäftigen. Aber bislang hatten sie keinen Erfolg gehabt: Es war, als rede man gegen eine Wand. Merks hatte noch nie jemanden erlebt, der sich so dickköpfig und wenig zugänglich gegenüber Argumenten zeigte. Da kam nicht einmal Becker ran, und das war schon ein harter Hund. Wenigstens hatten sie es geschafft, den Alten nicht gegen sich aufzubringen. Martha war zwar aus Versehen seiner Katze auf den Schwanz getreten, als sie auf Klo wollte, doch das hatte er zum Glück nicht mitbekommen.

Der Schwan wischte sich über den Bart, was vermutlich bedächtig wirken sollte. Stattdessen fielen dabei ein paar Krümel in seinen Kaffee, weshalb Merks sich trotz seiner Ehrfurcht zusammenreißen musste, um nicht zu lachen. Er blickte zu Martha, die ebenfalls Schwierigkeiten hatte, ein Prusten zu unterdrücken. Merks wollte hier unter gar keinen Umständen Mist bauen. Der Schwan war niemand, mit dem man sich anlegte. Außerdem konnten sie seine Hilfe wirklich gut gebrauchen. Er biss sich auf die Zunge. Das half.

»Übermut tut zelten gut«, kam es aus dem Bart, der das ganze Gesicht des Schwan bedeckte. »Ich glaube dir, Skinhead. Aber die beiden Halbstarken dort haben doch sicher ganz andere Pläne. Denkt daran: Wer einmal lügt, den klaut man nicht. Also raus mit der Sprache: Was habt ihr vor?«

Merks wollte zu einer Antwort ansetzen, aber Martha war schneller. »Wir wollen einfach nicht, dass Sankt Paulianer heute zu Schaden kommen. Das kleine Derby zieht viele Leute an, da ansonsten spielfrei ist. Wer weiß, wann wir das nächste Mal auf die Rauten treffen. Außerdem sind viele Gäste da, zum Beispiel aus Genua und Glasgow ...«

»Und Lüttich«, warf Ole ein, der wusste, dass der Schwan dort etliche Personen kannte und bereits einige Male dort gewesen war – wenn auch schon vor langer Zeit.

Der Blick des Schwans, der zuvor auf Martha fixiert gewesen war, schweifte nun merklich in die Ferne. »Hmm, Lüttich ...«

Ole verdrehte die Augen. Die Zeit saß ihnen im Nacken. Wenn sie den Schwan wirklich überzeugen wollten, musste es jetzt ein wenig schneller vorwärts gehen. Merks sah die Ungeduld im Blick des Skinheads und fragte sich, ob ihnen das schaden konnte. Zum Glück war der Schwan offensichtlich immer noch abgelenkt.

Martha startete einen neuen Versuch. Mittlerweile hatte Ole es auch aufgegeben, alleine das Wort führen zu wollen. »Ihr habt so viel Erfahrung, das kann uns heute echt gut helfen. Bis wir euren Stand erreichen, vergehen noch ein paar Jahre. Niemand ist so gut auf der Straße wie du und deine Leute. Vielleicht kommt es ja dann gar nicht zu Stress.«

Der Zeigefinger des Schwans schoss auf Martha zu. »Nicht schlecht, junge Frau. Ehre, wem Ehre gebührt. Trotzdem sehe ich noch nicht, wieso wir da heute mitmachen sollten. Da wird doch bestimmt eine Menge Polente rumlaufen. Und ich will keinen meiner Leute in Gefahr bringen. Wir sind zu lange dabei ... Jetzt wegen einer Hauerei mit *denen* im Knast landen?«

Merks wurde es langsam zu viel. Er spürte, dass ihnen die Argumente ausgingen, und ihm fiel auch nichts mehr ein, das sie noch vorbringen konnten. Außerdem hatte er sehr große Lust, einen Joint zu rauchen. Bisher hatte er sich aber nicht getraut, zu fragen, ob das in Ordnung ginge. Doch jetzt gewann allmählich der Schmachter die Oberhand über die Furcht, etwas Falsches zu sagen. »Sach mal, ist das ok, wenn ich hier drinnen kiffe?«

Der Schwan bekam große Augen. Ole zuckte bei den Worten etwas zusammen, und Martha machte sich in ihrer Ecke etwas kleiner. »Gras, Hasch, was rauchste denn da?«

»Das ist gutes Weed, heißt ›Social Distortion‹, glaube ich«, antwortete Merks wie aus der Pistole geschossen. »Warum auch immer.«

»Huh, das ist eine Weile her. Na gut, aber lass mich mal drehen.«

Die folgenden Minuten sahen sie schweigend dabei zu, wie der Schwan aus Merks' Wochenvorrat eine amtliche Trompete zusammenklebte. »Drehen« konnte man dazu wirklich nicht sagen. Merks war fast überrascht, dass der Schwan nicht noch Kleber zu Hilfe nahm, um das Gelöt irgendwie in Form zu halten. Schließlich nahm er ein Feuerzeug, das Ole ihm reichte, und entzündete den Kolben mit einem zufriedenen Grunzen – um nach dem ersten tiefen Zug erst einmal zu husten wie ein Schuljunge, der zum ersten Mal Bong geraucht hat. Mit dem Unterschied, dass seine Lunge schon etliche Jahre mehr an schlechten Einflüssen hinter sich hatte. »Alter schützt vor Torzeit nicht.« Mit diesen Worten reichte er den Joint an Ole weiter, der dankend ablehnen wollte. Doch der Schwan sandte ihm einen Blick zu, der keinen Widerspruch erlaubte. So ergab sich Ole in sein Schicksal und nahm einen tiefen Zug. »Heute knallen wir uns zu …«

15:55 Uhr (Subbe)

Auf dem Weg zum Stadion. Bus ist voll. Strese ist voll. Langsames Vorwärtskommen. Tatsächlich sind außer der Reisegruppe Knast

noch etliche andere Sankt-Pauli-Fans im Bus, die offenbar
ebenfalls schnell zum Stadion wollen. Diese sind aber schon
leicht bis mittelschwer betrunken und haben es demzufolge
nicht ganz so eilig – außer denen, die pissen müssen.

Subbe hatte selten so wenig Bock auf Busfahren gehabt wie jetzt. Er war sonst eh nur mit dem Fahrrad unterwegs und liebte die Unabhängigkeit, selbst bei schlechtem Wetter. Aber nach der Zeit in Gewahrsam hatte er noch weniger Lust als sonst, eingepfercht zwischen fremden Menschen zu stehen. Doch wegen der fortgeschrittenen Zeit hatten sie entschieden, dass der Bus die einzig sinnvolle Option war. Oder besser gesagt: Paul hatte das entschieden. »Wenn ich jetzt wegen dieser Scheiße zu spät ins Stadion komme … Ihr könnt ja mal sehen, wer eure nächste Auswärtsfahrt organisiert«, hatte er mit einer Stimme gesagt, die keinen Widerspruch zuließ.

Nun standen sie zwischen betrunkenen Paulis, genervten Leuten, die aus Pinneberg zu einer späten Shopping-Tour in die Stadt fuhren und Menschen, die gearbeitet hatten und nur nach Hause wollten. »Also bei der Geschwindigkeit, mit der wir hier vorwärtskommen, hätten wir auch laufen können«, meckerte Spezi. Ein vernichtender Blick von Paul.

»Wisst ihr, was ich am Busfahren am meisten hasse?«, fragte Becker.

»Menschen im Allgemeinen«, vermutete Subbe.

»Nicht ganz, aber nahe dran«, fuhr Becker unbeirrt fort. »Es ist gerammelt voll – und diese Kackvögel von Busfahrern drehen die Heizung bis zum Anschlag auf. Ich meine, was soll das? Merken die das nicht? Ist denen selber nicht zu warm? Es gibt vorne und in der Mitte immer so ein paar Plätze, da pustet einem das dann so richtig schön heiß zwischen die Beine … Ekelhaft!«

»Wisst Ihr noch, als wir auswärts waren und mit HVV-Bussen nach Hamburg fahren mussten? Weil der Reisebus Allertal liegen geblieben ist?«, warf Paul ein. »Da gab es nämlich gar keine Heizung. Mitten im Winter. Für anderthalb Stunden.«

»Immer nur das Größte, Beste, Längste«, murmelte Spezi. »Extrem, Extremer, Exkremente.«

Inzwischen waren sie am Neuen Pferdemarkt angekommen und der Bus hielt. »Wollen wir nicht bis Feldstraße weiterfahren?«, fragte Spezi, als alle anderen Anstalten machten, den Bus zu verlassen.

Paul tippte sich an die Stirn. »Ja, genau. Direkt vor den Gästeeingang. Hammer-Plan! Dann können wir auch gleich umsteigen und zum Knast zurückfahren. Es ist doch schon ein Wunder, dass kein Zivi hier mit im Bus sitzt.«

»Keiner von den Bekannten vielleicht«, warf Becker ein. »Hier sind auf jeden Fall mehrere mögliche Kandidaten am Start. Zum Beispiel der da hinten mit dem …«

»Lass mal die Verdächtigungen«, unterbrach ihn Subbe. »Wir sind auf dem Weg zu einem Fußballspiel, da kann jeder Zweite ein Zivi sein. So, raus jetzt.«

Der Bus hatte die Station erreicht, und sie verließen die Rush-Hour-Sauna zusammen mit vielen anderen Menschen, von denen sich eine ganze Reihe ebenso wie sie Richtung Millerntor wandte.

»Wer wohl gleich schon alles am Jolly ist«, murmelte Spezi.

»Wahrscheinlich Leute, die beim Treffen versprochen haben, die Choreo früh ins Stadion zu bringen«, murmelte Becker.

16:1
Per sempre.

Vor der Südkurve. Die Menschentraube ist gewachsen, der
Gitarren-Pfeifer spielt unbeirrt weiter. Lustiger Vogel und so.
Die Tore zum Stadion sind immer noch geschlossen.
Erste Unmutsrufe werden laut, die aber noch die
humorvolle Tour fahren. »Wenn ich so spät zur Arbeit
käme, wie ihr hier aufmacht«. Der Style halt.

Etwas war faul. Jette spürte, dass Unheil in der Luft lag, konnte
aber nicht genau sagen, was an der Szenerie nicht stimmte. Nach
wie vor waren relativ wenige Ordner zu sehen; aber das war es
nicht, was sie an dem Gesamtbild störte. Auch dass die Leute mit
der Choreo vor verschlossenen Türen warten mussten, wunderte
sie nicht wirklich. Schließlich war es nur das kleine Derby und
heute war eh alles anders als sonst. Umso mehr fragte sie sich, wo-
durch Ihr Unbehagen verursacht wurde. Nörb kam von der Seite
und blickte sie fragend an. »Was ist denn da los? Ist es nicht schon
nach Vier?«

»Gerade erst«, antwortete Jette. »Irgendwas ist komisch, aber ich
kann nicht genau sagen, was.«

Nörb blickte sich um und deutete dann nach rechts. »Keine
Spieler da.«

Das war es. Normalerweise kamen die Busse mit Heimmannschaft und Gästen vor der Öffnung der Tore an, sodass man immer
schon einen Blick auf die Spieler erhaschen konnte. Doch der Platz
neben dem Eingang war nach wie vor leer. Es sah auch nicht so aus,
als würde sich daran in naher Zukunft etwas ändern.

»Hast du 'ne Theorie?«, wollte Jette wissen.

Nörb zuckte mit den Schultern. »Kein Plan. Vielleicht verzögert
sich alles, weil die Rauten irgendwo Stress gemacht haben. Oder die
Mannschaften müssen einen Umweg fahren, weil wieder irgendwo

eine Fliegerbombe aufgetaucht ist.« Er zückte sein Handy. »Ich guck mal, was das Internet dazu sagt.«

Jette glaubte nicht daran, dass in diesem Fall das Internet Klarheit bringen würde. Wenn es um ein Spiel der Profis gegangen wäre, vielleicht. Die üblichen Sportseiten hätten vermutlich umgehend über eine Änderung informiert. Aber die Amateure waren für die Weitergabe von solchen Infos zu unbedeutend.

»Verdammt, die werden doch nicht …« Nörbs Mundwinkel bewegten sich steil nach unten.

»Was?«

»Hier schreibt jemand, dass das Spiel abgesagt wird, weil …«

In diesem Moment kam Didi höchstpersönlich die Treppe zur Südkurve herunter. Als er so weit unten war, dass ihn alle Wartenden noch sehen konnten, winkte er zu Nörb herüber. Dieser drängelte sich zum Zaun durch. Jette konnte sehen, wie er Didi offenbar eine Frage stellte; doch der Sicherheitschef winkte ab und machte eine Handbewegung zu seinem Mund. Jetzt konnte Jette hören, wie er sagte: »Gib mir mal eine Flüstertüte rüber.« Nörb kam der Aufforderung nach.

Didi holte tief Luft, dann hob er das Megafon: »Liebe Sankt-Pauli-Fans, hört mir bitte kurz zu. Es tut mir leid, aber das Spiel heute kann nicht stattfinden.«

16:11 Uhr (Merks)

Schwan-Wohnung. Es läuft Mr. Review *mit* The Street Where I'm Living. *Ska passt ganz gut zur erheiterten Stimmung in der kleinen Küche. Eine Fliege ist zufällig in die Rauchschwaden geraten und muss nun über dem Herd notlanden, auf dem sich verkrustetes Geschirr türmt. Das Gelächter der Menschen unter ihr kann sie nicht hören. Kurz chillen. Dann vielleicht* Another Town. *»Wer das vorher gedacht hätte, hätte das sicher nicht für möglich gehalten. « (Horst H.)*

Der Schwan konnte sich kaum noch halten und kicherte unentwegt in seinen Bart. Wenn es eines Beweises bedurft hätte, dass THC zu Therapiezwecken sinnvoll ist, war er jetzt erbracht. Seit sie angefangen hatten, gemeinschaftlich die amtliche Jolle zu verhaften, war der alte Mann regelrecht aufgeblüht und hatte die eine oder andere Schote vom Stapel gelassen. Wohlgemerkt in kürzester Zeit. Sie hatten sich für eine Weile in alten Geschichten verloren, von Fahrten in den Osten kurz nach der Wende und der Notwendigkeit, seinen Schal in der Fremde das eine oder andere Mal zu verstecken. Ole war alt genug, um einige der Storys bestätigen zu können – und Bestätigung war zweifellos das, was der Schwan gerade brauchte. Es fiel Ole aber auch nicht schwer, die Schoten des Schwans zu ergänzen, während sie sich beide über die alten Kamellen beömmelten. Martha und Merks hingegen – kein bisschen weniger stoned – genossen das Schauspiel und kicherten angesichts der beiden Nostalgiker. Tatsächlich war es aber Merks, der schließlich die Sprache wieder auf die Mission brachte, mit der sie vor Urzeiten einmal aufgebrochen waren. Dass es Merks war, der den Zweck ihres Besuchs beim Schwan als einziger gerade nicht vergessen hatte, lag nahe: Auf jeden Fall hatte er von allen Anwesenden am meisten Rauch-Routine. Er unterbrach den Schwan, der gerade eine Anekdote von einer Hauerei mit Schalkern im Zug zum Besten gab, die sich auf der Fahrt nach Wuppertal zugetragen hatte.

»Vergangenheit schön und gut, aber wie sieht es denn mit heute aus?«, leitete Merks etwas plump auf das eigentliche Anliegen über. »Hast du Bock? Das Spiel fängt bald an.«

Der Schwan blickt ihn mit geröteten Augen an. Oder besser: mit gerötetem Auge. Das linke Auge war aus Glas und starr. Merks war sich nicht sicher, ob der Schwan durch ihn hindurchsah oder wenig erfolgreich versuchte, Augenkontakt mit ihm herzustellen. »Anpfiff ist die beste Verteidigung«, tönte es etwas undeutlich unter dem Bart hervor. Dann kam erstmal nichts mehr. »Gibt es denn vielleicht etwas, das wir für euch tun können?«, hakte Martha nach. »Eine Hand wäscht die andere und so.«

Schweigen. Rotes Auge. Dann ein Kichern. »Da ist tatsächlich eine winzige Kleinigkeit, die ihr für mich tun könnt …«

Als wieder nichts kam, schaltete sich Ole ein: »Und zwar?«

»Ihr kennt doch die *Kinder des Korns*? Ich habe Lara versprochen, heute mit ihr zum Spiel zu gehen. Nun werde ich aber wohl unterwegs sein, um meine Jungs einzusammeln. Habt ihr eine Begleitung für sie? Wenn es nach mir geht, am liebsten eine Frau. Lara hasst es, von irgendwelchen Trotteln angebaggert zu werden. Gib mir nochmal die Tüte!«

Merks kam dem Wunsch umgehend nach – es handelte sich eh um einen Seitenbrenner. Außerdem war er sichtlich geschockt davon, wie einfach auf einmal alles sein sollte. Als die Erkenntnis sich langsam durchsetzte, breitete sich ein Grinsen auf seinem Gesicht aus, das Jack Nicholson zur Ehre gereicht hätte. Zum Glück fiel das in diesem Moment und in dieser Runde nicht weiter auf. »Hm, na gut«, meinte Ole. »Das sollten wir wohl hinbekommen. Wir können also auf euch zählen?«

Der Schwan zupfte an seinem Bart. »Das könnt ihr. Verhauen ist gut, Kontrolle ist besser. Scheiß drauf, wir sind auf jeden Fall dabei. Wie ist der Plan?«

»Das können wir nachher unter vier Augen besprechen. Hängt halt stark davon ab, was die HSVer machen …« Noch während er es aussprach, wurde Ole klar, dass er gerade gegen zwei der eisernen Regeln auf einmal verstoßen hatte, die man beim Schwan beachten sollte. Auch Martha und Merks hatten zumindest den einen Patzer bemerkt und blickten nun gespannt und etwas ängstlich zu dem großen Mann, der nun mit dem Zeigefinger gegen sein Glasauge klopfte. Hatte Ole jetzt mit einer unbedachten Äußerung alles verkackt? Der Schwan erhob sich und ließ dann seine riesige Pranke auf den Tisch krachen, sodass der Aschenbecher umfiel und die Katze, die es sich zuvor auf der Anrichte gemütlich gemacht hatte, mit einem geübten Satz aus dem Zimmer schnellte. Von einem Moment auf den anderen schien er wieder nüchtern zu sein. »Niemand sagt in meiner Wohnung diese verfickten drei Buchstaben! Ich hasse diese Mistmaden vom Grunde meines Herzens! Das macht mich rasend!« Immerhin hat er das mit dem Auge nicht mitgekriegt ... »Und wegen meines Glas-Glubschers: So dumm kann man doch gar nicht sein! ›Unter vier Augen‹ – du Einfaltspinsel!« Dabei zeigte er auf Ole. »Dumm wie Boot, ehrlich.«

Ole wurde auf seinem Stuhl immer kleiner, während die anderen beiden sich unbewusst so weit wie möglich vom Schwan entfernten – sofern das im Sitzen denn möglich war. Der Schwan redete sich nun in Rage, bis Martha sich irgendwann ein Herz fasste und seine Schimpfkanonade unterbrach: »Du hast recht. Wir sind nicht die Schlauesten. Aber wir müssen jetzt los. Wir werden unseren Teil der Abmachung einhalten. Du kannst dir ja überlegen, ob du dein Wort hältst. Bis später oder auch nicht!«

Mit diesen Worten zog sie ihre Jacke an und ging zur Tür. Während der Schwan ihr verdattert hinterherblickte, machten Merks und Ole, dass sie ebenfalls raus kamen. Draußen angekommen waren sie fast ein wenig überrascht, dass er ihnen nichts nachgeworfen hatte.

»Was für ein Dulli, echt mal«, empfing sie Martha. »Und was für ein bescheuerter Gefallen! Als könnte Lara sich nicht selbst um Begleitung fürs Stadion kümmern.«

Merks gab ihr innerlich recht, wollte jetzt aber keine Genderdiskussion anfangen. Stattdessen wies er auf die glückliche Fügung des

Schicksals hin: »Wir fragen einfach Hannah, ob sie Bock hat. Wird sie wohl. Und dann freuen wir uns über die Win-win-Situation.«

Ole sagte gar nichts mehr, während sie sich auf den kurzen Weg zum Stadion aufmachten.

16:15 Uhr (Walter)

Goldener Handschuh. Ohrenbetäubender Lärm.

Walter trinkt Fanta-Korn.

16:16 Uhr (Subbe)

Jolly Roger, Spieltag. Muss mehr gesagt werden? Ein buntes Potpourri, eine Menge Menschen, die sich auf das Spiel einstimmen, Ballkult freut sich über den Umsatz. Auch hier zeigt sich allerdings heute, dass es sich lediglich um das kleine Derby handelt: Du kannst durch das Jolly die zehn Meter zum Klo gehen, ohne dich an 30 Leuten vorbeischieben zu müssen. Heute nur an 25.

Subbes Telefon klingelte genau in dem Augenblick, als die Gruppe am Jolly eintraf. Es war Merks, das konnte Subbe an der Nummer erkennen, aber er verstand kein einziges Wort, da es im Hintergrund schepperte. »Geh mal irgendwohin, wo es ruhiger ist«, sagte er deshalb. Es dauerte einen Moment, in dem Merks offensichtlich seine Ansage befolgte. Dann konnte er ihn auch verstehen. Zumindest akustisch. Es dauerte eine Weile, bis er alle

Informationen aus dem etwas wirren Gerede herausgezogen hatte. Subbe wiederholte sie zur Sicherheit: »Ihr habt was? Der Schwan, ja, Marten Bescheid sagen, alles geklärt, Platz für Hannah auf der Tribüne, Unterstützung für später. Alles klar. Gebe ich gleich weiter. Muss erst nach Leuten gucken.«

Aber auch dann, als Subbe mehrere Grüppchen abgeklappert hatte, erblickte er niemanden, für den sein Lagebericht interessant gewesen wäre. Marten war nicht vor Ort, und auch keiner der älteren Leute, die sich vielleicht darüber freuen würden, dass es am Abend zumindest ein Back-up für den Ernstfall gab.

Eigentlich wollten sie ja nur ganz kurz gucken, wer so alles da war und gar nicht lange bleiben. Eigentlich. Die Gefahr war einfach zu groß, hängenzubleiben und am Ende doch bis kurz vor dem Anpfiff hier Bier zu trinken. Tatsächlich war zum Beispiel Spezi direkt nach ihrer Ankunft verschwunden. Vermutlich im hinteren Bereich der Kneipe. Hinterm Jolly-Tresen stand wie üblich Jule, die einige Mühe hatte, alle Anwesenden mit Getränken zu versorgen. Der Rest der Truppe hielt sich draußen auf und stand in dem bunten Haufen auf dem schmalen Weg zwischen Jolly-Eingang und Straße. Dort standen bereits mehrere Wannen der Polizei. Auch Zivis waren zu sehen, die auffällig unauffällig auf der anderen Straßenseite hin- und herliefen und die Szenerie beobachteten. Es war genau das, was Subbe einen »Blaulichttag« nannte[10]: Wo er auch hinkam, die Bullen waren schon da. Außer natürlich dort, wo sie wirklich gebraucht wurden, so wie heute Morgen im Zug. Doch die Leute ließen sich von der Anwesenheit der Staatsmacht kaum stören. Fröhlich wurden bekannte Gesichter aus dem Viertel begrüßt oder Gäste aus Bremen, Potsdam und

---

10   Nicht zu verwechseln mit der »Blaulicht-Party«, die einmal im Jahr für Polizisten, Feuerwehrleute, Krankenschwestern etc. stattfindet – und vermutlich vor allem den Sinn hat, erstere mit letzteren zu verkuppeln.

München. Tatsächlich waren relativ viele Menschen aus befreundeten Gruppen da, gerade auch jüngere Leute oder solche aus der sportlichen Fraktion. Ein Derby wie das zwischen Sankt Pauli und dem HSV hat dann doch vor allem auf Ultras eine große Anziehungskraft. Die Möglichkeit, den Ausbruch einer jahrelang schwelenden Feindschaft live zu erleben, hatte dann tatsächlich den einen oder anderen Uffda hinter dem Ofen hervorgelockt. Sogar eine Handvoll Leuten aus Bergamo hatte den Weg nach Hamburg gefunden. Auch Glasgower waren zahlreich vor Ort, neben den jüngeren Ultras auch viele Alte – warum, wussten nur sie. Die legendäre Celtic-Party (»Wir machen die Schotten dicht«) war an diesem Wochenende jedenfalls nicht. Subbe hatte den Verdacht, dass viele Schotten vor allem wegen der niedrigen Europreise gerne herkamen. Neben »Moin« gab es demnach auch viel »Ciao« und »Hello«. Genug Gelegenheit, um ein paar Hände zu schütteln und ein Bier zu trinken.

Aber nur eins, denn zum Glück hatten sie Paul und Becker dabei, die auf ein zügiges Weitergehen drängten. Nur Spezi ließ sich nicht davon abbringen, »nur ganz kurz noch ein, zwei Leuten« Hallo zu sagen. Gerade in dem Moment, als sie aufbrechen wollten, verbreitete sich vor dem Jolly die Nachricht von der Spielabsage. »Fuck, Scheiße, Scheiße, Fuck«, war alles, was von Paul dazu zu hören war. Becker grummelte ein »Verfluchte Bullen«, während Subbe das Ganze etwas entspannter sah. »Kommt Leute, lasst uns vors Stadion zu den anderen und gucken, was da geht.«

»Und was ist mit Spezi?«, wollte Paul wissen.

»Der kommt schon nach«, meinte Subbe, der keine Lust hatte, ihn im Jolly zu suchen. »Er weiß ja, wo er uns findet.«

Dagegen ließ sich wenig sagen, und so setzte sich die geschrumpfte Gruppe ohne den bunten Hund in Bewegung.

*Vor der Südkurve. Die Leute sind geschockt und dementsprechend
ruhig. Einige wenden sich nach Didis erstem Satz ab und
gehen. Zücken ihre Telefone. Schnell ein anderes Ziel suchen,
um den angebrochenen Nachmittag nicht zu verschenken.
Oder Freunden Bescheid sagen, damit diese nicht noch herkommen.
Oder ein Privat-Match mit dem Arbeitskollegen vereinbaren,
der schon lange mit seinen HSV-Dies-Das-Sprüchen nervt.*

»Die Polizei hat die Austragung des Derbys wegen Sicherheits-
bedenken verboten. Die Rauten haben offenbar auf dem Hinweg
schon zu viel Ärger gemacht. Ich weiß nicht, ob die Polizei das
überhaupt darf, aber sie hat es getan.« Didi führte aus, wieso es zu
der Spielabsage gekommen war und wollte seinem Job gemäß die
größtmögliche Sicherheit für Sankt Pauli und alle Fans erreichen.
»Ich kann euch natürlich nicht vorschreiben, was ihr jetzt tun sollt.
Aber im Interesse des Vereins wäre es am besten, wenn ihr euch
möglichst weit vom Stadion entfernt. Dabei solltet ihr euch in
Kleingruppen bewegen. Die Vereinsführung wird auf jeden Fall
eine offizielle Beschwerde einreichen. Das tut mir alles sehr leid.
Passt aufeinander auf und bis zum nächsten Mal.«

Jette hatte sich von dem allgemeinen Schock kurz anstecken
lassen, riss sich jedoch relativ schnell am Riemen. In solchen Situationen war es besonders wichtig, dass jemand von den Älteren
eine Ansage machte. Während Didi noch mit aufgebrachten Fans
am Zaun diskutierte, rief sie laut in Richtung der Leute, die sie
kannte: »Los Ultras, die Materialien in den Fanladen! Jetzt sofort!«

Jette wusste, dass es keinen Sinn ergab, jetzt hier in der Öffentlichkeit das beste Vorgehen zu diskutieren. Dafür waren die »eigenen vier Wände« besser geeignet. Im Kabuff hinten im Fanladen
hatten sie die besseren Voraussetzungen. Die Gruppe, die immer

noch das Material für die Choreo unter den Armen hielt, setzte sich zögerlich in Bewegung. Einige warteten offenbar noch auf Klärung von Didi oder eine andere Idee. Doch der Sicherheitschef machte sich in diesem Moment zur Gegengerade auf. Als Nörb ebenfalls in Richtung Fanladen zeigte, drehten sich auch die letzten Zweifler um und trotteten dorthin. Jette suchte Nörbs Blick und hob den Daumen. Sie wartete, bis auch er sich vom Zaun lösen konnte und ging dann mit ihm gemeinsam rüber.

[...]

Weiter Kriegsrat. Einig waren sie sich nur in dem Punkt, dass es nicht infrage kam, jetzt nach Hause zu gehen. Zwar wollte niemand Didi ans Bein pissen, da er allgemein respektiert wurde; aber er repräsentierte den Verein mit allen seinen Verbindlichkeiten gegenüber Geldgebern und Politik – und sie nicht. Subbe versuchte, die Debatte um das richtige Vorgehen auf eine rationalere Ebene zurückzuholen: »Wenn wir jetzt total durchdrehen, ist die Kacke richtig am Dampfen. Dann brauchen wir uns nicht wundern, wenn in Zukunft ständig Spiele abgesagt werden. Mit der Begründung, dass es zu Ausschreitungen kommen könnte. Wir müssen doch auch an die anderen Sankt-Pauli-Fans denken …«

»Das sehe ich ganz anders«, entgegnete Paul scharf. »Es ist doch genau das Gegenteil! Wenn wir jetzt durchdrehen, bauen wir Druck auf. Dann werden sie es sich beim nächsten Mal überlegen, ob sie so einen Schwachsinn durchdrücken. Die haben doch viel weniger Stress, wenn beide Lager in ihrer Kurve sind. Stattdessen kriegen sie jetzt Banden, die sich öffentlich hauen.«

Er bekam Zustimmung von ungewohnter Seite. »Finde ich auch«, sagte Lutz. »Zeigen wir den Schweinen, dass es knallt, wenn sie uns den Sport wegnehmen.«

Diese Aussage war hingegen keinesfalls unerwartet.

»Wäre es da nicht am sinnvollsten, zusammen mit den Rauten gegen die Bullen ...« Marthas vorsichtiger Vorschlag ging in einem allgemeinen Geraune unter. Mit den HSVern gemeinsame Sache machen? Undenkbar! Jette hingegen hätte Martha in diesem Moment küssen können, obwohl sie wusste, dass es reine Don-Quijoterie war, eine solche Idee durchsetzen zu wollen.

»Stille Hasser sind tief.« Das konnte nur Marco gewesen sein.

16:34 Uhr (Merks)

Materiallager aller Gruppen im Fanladen. Die Köpfe
sind schon nach kurzer Zeit des Redens heiß. Der
Raum auch. Sauerstoff = Mangelware. Fast wie beim
normalen wöchentlichen Treffen der Gruppe.

Merks und Martha hatten versucht, sich zunächst möglichst leise und unauffällig zu der Diskussion zu gesellen. Doch Merks war aufgefallen, dass Jette sie beim Reinkommen bemerkt hatte. Vor ihren Argusaugen konnte man einfach nichts verheimlichen. Sie hatten auf dem Weg zum Stadion von der Misere erfahren. Ole war sofort zum Jolly geeilt, um die Kneipe zusammen mit den anderen Skinnern zu beschützen. Martha und Merks hingegen waren zunächst zur Südkurve gegangen, und als sie dort niemanden aus der Gruppe gesehen hatten, weiter zum Fanladen.

Merks war hin- und hergerissen, ob er Marthas gerade geäußerten Vorschlag gut fand oder derbe beschissen. Er konnte es sich wie viele andere aus der Gruppe beim besten Willen nicht vorstellen, mit den fucking Vorstädtern zusammen etwas zu starten. Bei dem Gedanken verkrampfte sich bei ihm automatisch der Magen. Andererseits hatten sie heute schon einmal auf derselben Seite gestanden, wenn auch eher unfreiwillig. Der Gedanke, den verhassten Bullen mit vereinten Kräften eins auszuwischen, hatte schon seinen Reiz – wenn auch den Reiz des Verbotenen und Abwegigen.

»Was'n das für'n Quatsch«, ließ sich nun Spezi vernehmen. »Getrennt in den Farben ...?«

» ...vereint in der Lache.« Marco. Natürlich.

Doch Spezi ließ sich durch den Einwurf ausnahmsweise nicht aus dem Konzept bringen: »Viel wichtiger: Wie schützen wir das Viertel und wie kommen wir an die HSVer ran? Sind eigentlich Späher unterwegs?«

»Zwei Leute sind mit dem Fahrrad los«, antwortete Torre, der sich bisher in der Diskussion auffällig zurückgehalten hatte. »Die müssten eigentlich gleich wieder hier sein.«

»Reden wir dann nicht eh über ungelegte Eier?«, schaltete sich nun auch Jette ein. »Erst müssen wir wissen, wo, wann, wie viele. Dann können wir einen sinnvollen Plan machen.«

»Trotzdem sollten wir uns schon mal auf ein Vorgehen einigen«, wandte Paul ein. »Es ist ja egal, was die anderen machen. Solange wir wissen, was wir wollen und was nicht, können wir auch schnell reagieren.«

Zustimmendes Nicken.

Merks war abgelenkt. Paul hatte Sneakers von einer Marke an, die er noch gar nicht kannte. Das Label konnte er auf die Entfernung nicht lesen, und die Form der Applikationen sagte ihm auch nichts. Das musste er sich nachher noch einmal aus der Nähe ansehen.

»Ich finde, wir lassen die anderen kommen«, meinte Becker. »Bisher sind wir mit der Taktik immer gut gefahren. Außerdem gilt nach wie vor der Grundsatz: Sankt Pauli greift nicht an. Außer natürlich bei Nazis.«

»Und wenn sie nicht kommen?«, wollte Lutz wissen. »Dann kann die Polizei leicht argumentieren, dass ihr Konzept aufgegangen ist. Und wir können uns schon mal ein Sky-Abo holen.«

»Das Sport-Paket ist gerade reduziert.« Der Sarkasmus in Jettes Stimme war nicht zu überhören.

Merks grübelte. Was für eine bekackte Zwickmühle. Wie man es auch drehte und wendete, es kam immer nur Scheiße raus. Dann doch lieber durchdrehen und morgen noch in den Spiegel gucken können. Oder doch nicht? Wenn die Bullen wirklich wollten, konnten sie ihnen in Zukunft richtig Stress machen. Mehr Repression, mehr Kontrollen, mehr Ärger. Die Alternative sah allerdings nur wenig besser aus: Sich ruhig verhalten und dann wenigstens noch als Gruppe existieren. Klang irgendwie gar nicht nach Ultras. So überhaupt nicht.

16:39 Uhr (Subbe)

Materiallager im Fanladen. Schweigen. Style Wars. Schon seit einer Weile waren sie mit der Diskussion nicht mehr weitergekommen. ›Keinen Schritt zurück‹ kann man sich ja zum Glück auch dann guten Gewissens auf die Fahne schreiben, wenn man gerade im Kreis läuft.

»Also im Endeffekt stehen wir wieder alle ums Jolly rum, lassen uns von Auge und Leimi begaffen und können nichts tun, wenn's wirklich knallt«, fasste Lutz gerade die letzten Vorschläge zusammen. »Zum Nichtstun verdammt – wie ich das hasse!«

Subbe verdrehte die Augen. Als ob Lutz und seine Crew sich nicht sowieso absetzen würden, um an irgendeiner Ecke auf dem Kiez eine körperliche Auseinandersetzung zu suchen. Vermutlich aber nur dann, wenn sie mindestens genauso viele waren. Er wusste selbst mittlerweile nicht mehr, was er für die beste Option hielt. Tendenziell war er aber eher dafür, die Füße stillzuhalten. Der Dinge zu harren, die da kommen sollten.

»Es ist jetzt gleich Fünf. Wir haben alle Argumente mindestens zwei Mal gehört. Langsam sollten wir zu einer Entscheidung kommen. Und an die halten sich dann alle«, forderte Paul nach einem Blick auf die Uhr. »Wollen wir einfach das Jolly beschützen oder brauchen wir eine Abstimmung?«

Lutz wollte die Aussicht auf epische Ausschreitungen offenbar noch nicht aufgeben. »Dann lasst uns abstimmen«, sagt er kampfeslustig. »Unser Viertel ist schließlich nicht nur das Jolly. Und Angriff ist immer noch die beste Verteidigung.«

In diesem Moment kam Basti herein. Haltung und Miene verhießen nichts Gutes. »Die HSVer wollten wohl vorhin gemeinsam vom Albers-Platz los. Sind aber nicht weit gekommen. Jetzt werden knapp 200 Leute von den Bullen festgehalten. Die Ansammlung könnte sich aber jeden Moment auflösen. Dazu geistern einige Kleingruppen durchs Viertel, die Ärger suchen.«

»Hast du unterwegs Ziften gesehen?« Torre.

»Nein, aber das muss nichts heißen. Hab' ich auch nicht drauf geachtet, sorry.«

»Ok. Dann sollten wir uns jetzt zumindest in Richtung Jolly begeben. Dann sind wir nicht hier am Stadion, wenn was passiert«, entschied Torre. »Lasst alles stehen und liegen, wir gehen da jetzt rüber.«

Da auch Jette und Nörb vehement nickten, gab es keine weiteren Widerworte. Die Aussicht auf etwas Action schien auch Lutz abzulenken. Schließlich war das genau der Vorschlag, den er eben noch lautstark abgelehnt hatte.

Alle zogen sich an und rüsteten sich mit den Dingen aus, die sie für am wichtigsten hielten. Das reichte von einer Kippe über ein Bier bis hin zu Fahnenstöcken. Nun sah Subbe auch Martha, die ihn leicht schuldbewusst ansah. »Sorry, Merks und ich haben in

Harburg noch gesehen, dass du im Kessel warst. Wir sind gerade noch so entwischt.«

»Alles gut«, beschwichtigte Subbe. »Niemand macht dir einen Vorwurf. Ich war auch schon mal auf der anderen Seite. Manchmal verliert man …«

» …und manchmal gewinnen die anderen«, vervollständigte Martha. »Hattest du wenigstens nette Leute in deiner Zelle?«

»Geht so. Hippies und Kinder. War ein wenig anstrengend. Aber keine bösen Menschen.«

»Na immerhin. Aber wo sollen die auch auf unserer Seite herkommen?«

Subbe zwinkerte ihr zu und deutete mit der Hand in den Raum: »Vertraust du allen Menschen hier drin absolut und ohne Einschränkung?«

Martha dachte kurz nach und schüttelte dann schließlich den Kopf. »Aber es gibt nirgendwo mehr auf einen Haufen, von denen ich das sagen könnte.«

17:01 Uhr (Jette)

Südkurvenvorplatz. Beim Vereinswappen. Die Sonne verschwindet allmählich, es fängt an zu dämmern. Kann nicht mehr allzu lange dauern, bis es dunkel wird. Ironie: Die Staatsmacht freut sich bestimmt bereits auf den Abend, wenn alles unübersichtlich wird. Ironie aus. Es ist schwer abzuschätzen, wie viele Menschen hier gerade unterwegs sind. Gewusel.

Der Haufen aus dem Fanladen war nahezu geschlossen hier rübergelaufen. Jette sah sich um, wer überhaupt alles da war – und wer nicht. Lutz zum Beispiel konnte sie nirgends entdecken. Sehr wahrscheinlich war er bereits am Jolly; oder mit einer Handvoll Leute schon weitergezogen, um den Feind aktiv zu suchen. Gar keine so schlechte Taktik, als kleine Gruppe. Mit dem Mob hier konnten sie auf jeden Fall nirgends unbeobachtet hinkommen. Sie sah auf der gegenüberliegenden Straßenseite mehrere Personen, bei denen es sich um Zivis handeln konnte. Jette gähnte und musste kurz grinsen bei dem Gedanken, dass Leimi und Auge heute ebenfalls schon einen langen Tag hinter sich hatten, der vermutlich noch für eine Weile weiterging. Mit dem Unterschied, dass sie dafür bezahlt wurden. Oder auch nicht. Politik und Fußball ist auch wie Arbeit, nur ehrenamtlich. Für. Weniger. Unbezahlte. Überstunden.

Torre kam auf sie zu und gähnte ebenfalls. »Was machen wir hier eigentlich? Sollten wir nicht längst im Bett sein? Oder wenigstens auf der Couch?«

Jette zuckte mit den Schultern. »Dazu muss ich jetzt nichts sagen, oder?«

»Ich war nur auf der Suche nach ein wenig Bestätigung. Aber die kann ich auch woanders suchen.«

»Nee, schon gut. Zu deiner Frage: ja. Sollten wir. Längst. Ist zwar bei Weitem nicht der erste krasse Tag dieser Sorte, aber der erste seit Langem.«

»Wird ja auch sowieso langsam Zeit für uns …«

»Zeit für was?«

»Fürs Aufhören. Das Durchschnittsalter für den Ausstieg bei der Antifa liegt bei 28. Ich schätze, das kommt bei Ultras ungefähr genauso hin. Wir sollten uns damit abfinden: Unsere Tage sind gezählt. Hat ja auch was, bald gemütlich mit einem Bier auf der Tribüne zu sitzen und den Nachwuchs zu kritisieren …«

Dazu fiel Jette erstmal nichts mehr ein. Torre hatte natürlich recht – aber das jetzt in diesem Moment anzubringen, war voll unpassend. Es zog sie für einen kurzen Moment auch ganz schön runter.

> Es ist wie beim Schnapstrinken: Wenn du selbst darauf kommst, dass du aufhören solltest, ist es vermutlich schon zu spät. Kotzen. Weitermachen.

Doch Jette wurde schnell von den düsteren Gedanken abgelenkt, denn auf einmal war alles in Bewegung. »Heiligengeistfeld!« hörte sie jemanden rufen. »Die kommen gerade vom Millerntorplatz runter!«

Nun gut. Dann wurde ihnen wenigstens die Entscheidung abgenommen, wie sie sich verhalten sollten. Einfach drauflos und gucken, was passiert. Auch die Anwesenheit der Polizei war jetzt mit einem Mal scheißegal. Kopfüber rein ins Getümmel. Würde schon schiefgehen. Herrlich. Ultras. Jette hoffte nur, dass es sich bei den Rauten nicht um die 200 Mann starke Truppe handelte, von der Basti eben berichtet hatte.

17:15 Uhr (Merks)

Heiligengeistfeld. Einfahrt zum Stadion an der Budapester, kurz vorm Millerntorplatz. Bisher ist kein Mob zu sehen, nur einzelne Menschen, von denen die meisten Sankt Paulianer auf dem Heimweg sind. Wenn es in der zweiten Liga angemessene Anstoßzeiten geben würde, könnte genau in diesem Moment ein Spiel der Profis abgepfiffen werden. »Halten Sie die Luft an und vergessen sie das Atmen nicht!« (Johannes B. K.)

Es handelte sich bei den Angreifern offenbar um genau die 200 Leute, von denen im Materiallager eben die Rede gewesen war. Wie auf der eigenen Seite auch waren sicherlich einige Freunde mit dabei: Vermutlich wurden die Rothosen heute von einigen Ultras aus Hannover unterstützt, dem »kleinen HSV«. Einige Bielefelder befanden sich bestimmt auch im gegnerischen Mob. Plus Kopenhagen und Rangers.

Die Bewegung von Merks' Gruppe war alles, nur kein ordentliches Vorrücken. Von außen sah es eher so aus wie die Gallier, die aus ihrem Dorf auf eine Einheit Römer zustürmen. Wie meistens gab es auch heute ein paar Hochmotivierte, die waren natürlich an der Spitze der Gruppe. Sie konnten es gar nicht erwarten, dass die Schlägerei endlich losging. Merks befand sich in der Mitte der Gruppe. Aufgrund der einbrechenden Dämmerung konnte er allerdings kaum einzelne Personen erkennen. Wie schon auf der Demo sah er vor allem ein Meer aus schwarzen Regenjacken. Der Unterschied bestand darin, dass er nun wusste, dass gute Kollegen um ihn rum waren. Der Kampfslogan des Abends war nicht sehr überraschend »Ob Schwarz-Weiß-Grün, ob Schwarz-Weiß-Blau – Tod und Hass, dem HSV!« Als die Ersten an der Einfahrt zum Stadion an der Budapester ankamen, stockte der Mob kurz. Dann ging es direkt weiter in Richtung Millerntorplatz.

17:18 Uhr (Subbe)

Heiligengeistfeld. Kein Gegner in Sicht. Wenigstens war der Soundtrack jetzt angenehmer: Nach dem kurzen Stopp kam nun der zeitlose Klassiker »Ziehst du durchs Viertel, hörst's jeden rufen« … Ein kraftvoller und aggressiver Schmähgesang gegen den Stadtrivalen. Passt. Zum ersten Mal seit Langem. »Eure Scheiß-Stimmung. Da seid ihr doch dafür verantwortlich!« (Uli H.)

Nach wenigen Metern war wieder Halten angesagt. Subbe war entgegen seiner Gewohnheit relativ weit vorne mit dabei. Das lag zum einen daran, dass er eben auf Höhe des Hotels gestanden hatte, als es losging. Zum anderen war er nun tatsächlich heiß, auch wenn er dies nur ungern zugegeben hätte. Er war zwar kein »Auge um Auge«-Typ, aber der Angriff von heute Morgen hatte bei ihm doch Spuren hinterlassen. Außerdem hasste er es, keine Übersicht zu haben. Den Fehler hatte er heute schon einmal begangen, ein zweites Mal sollte ihm das nicht passieren.

17:21 Uhr (Jette)

Heiligengeistfeld. Autonome in Bewegung. Oder so.

Jette befand sich relativ weit hinten im Haufen, ungefähr im letzten Drittel. War ihr recht, sie sah sich in der Rolle der Nachhut, die den Rücken der anderen deckt. Außerdem konnte sie so im Zweifel eher als andere sehen, wann die Polizei in solcher Stärke anrückte, dass es wirklich gefährlich wurde.

Merks

Heiligengeistfeld. Viele Fäuste für ein Halleluja

Es ertönten Rufe und der Mob befand sich in hektischer Bewegung. Merks war klar, dass der Gegner sich nun in Sichtweite befinden musste. Er selbst konnte allerdings nach wie vor nichts erkennen. Doch nun flogen erste Flaschen hin und her. Neben ihm wurde jemand an der Schulter getroffen und stöhnte hörbar auf. Könnte Marten gewesen sein. Wie am Vormittag in Harburg stülpte sich die Glasglocke über Merks. Sein Gehirn nahm nur noch Ausschnitte von dem wahr, was seine Augen übermittelten. Die schummrige Umgebung wurde von Bengalos und Leuchtspurmunition erhellt. Er sah, wie erste Personen aufeinandertrafen und Faustschläge und Tritte austauschten. Er selbst war aber wieder unfähig, etwas zu unternehmen, das über ein halblautes Rufen hinausging. Dazu stand er auch viel zu weit weg. Er hätte jetzt wirklich laufen müssen, um die Distanz zu den HSVern zu überbrücken. Doch der Adrenalinspiegel war zu hoch. Merks hatte Blei in den Beinen. Er war zum Zuschauen verdammt, ohne dies jedoch zu bemerken oder gar ändern zu können. Nach seiner eigenen Wahrnehmung befand er sich mitten im Kampfgeschehen. Er spürte förmlich eine Faust an seinem Kopf, hörte das dumpfe Klatschen und das angestrengte Keuchen. Zeitlupe und Zeitraffer gaben sich in seinem Kopfkino abwechselnd die Klinke in die Hand. Langsam kam er doch noch näher an das eigentliche Geschehen heran. Mehr aus dem Augenwinkel sah er, wie eine Gestalt von der Seite mit erhobenen Armen auf ihn zukam. Doch bevor sie ihn erreichte, taumelte plötzlich jemand anderes ins Bild und warf den Angreifer um. Beide Personen lagen auf dem Boden. Der mutmaßliche HSVer erhob sich als Erster wieder und suchte das Weite. Der andere Mensch kam nur mühsam auf die Beine und torkelte unsicheren Schrittes weiter, ohne Merks zu sehen. Es war Walter. Offenbar hatte er das Arschloch aus Versehen umgerannt. Es schien so, als wüsste er nicht so genau, wo er war und was er eigentlich wollte. Merks hätte sich gerne bedankt, bekam aber kein Wort heraus.

Heiligengeistfeld. Battle Royale

Wie immer stürmte der Haufen ungeordnet nach vorne. Ultras eben. Wenn der Feind in Sicht kommt, ist alles andere vergessen: zum Beispiel Grundsätze wie Materialien in die Mitte, keine Flaschen schmeißen, keine Waffen. Es ist, als würde das Gehirn der Beteiligten einfach ausgeschaltet, sobald Gewalt im Spiel ist. Manchmal ärgerte sich Jette über diesen geringen Grad an Disziplin und Organisation bei Ultras. Meistens jedoch schätzte sie die Anarchie, die eine willkommene Abwechslung zur relativ straffen Ordnung in den politischen Strukturen darstellte. Es war die zweite größere Schlägerei an einem Tag, und Jette hatte definitiv die Schnauze voll. Die Gewalt war zwar aktuell viel harmloser als am Vormittag, aber auch um etliche Stufen sinnloser. Nur kurz währte der Moment, in dem sie von den Vorgängen angezogen wurde; in dem sie darüber nachdachte, dem archaischen Drang nachzugeben, sich selbst in die Schlacht zu stürzen und den dummen Wichsern das zu geben, was sie vermeintlich verdienten. Sie war zwar nicht vorne mit dabei, hoffte aber, dass jemand wie Torre die eigenen Leute von dummen Aktionen abhielt. Jede Flasche, die ein HSVer jetzt abkriegte, musste später einer der eigenen Leute ausbaden, der nicht das Glück hatte, direkt im Viertel zu wohnen. Manchmal vergaß Jette einfach, wie stressig Rivalität sein konnte, wenn man noch zur Schule ging. Auch darin zeigte sich ein roter Faden des Tages, wie ihr selbst schlagartig bewusst wurde: Als Mensch mit viel Erfahrung musste sie für andere mit Verantwortung übernehmen. Völlig selbstverständlich. Auch als jemand, der nicht mehr ständig überall dabei ist. Jette schaute zur Seite und erblickte Torre, der eine blutige Nase hatte und sich nun offenbar ebenfalls aus der direkten Konfrontation heraushielt. Er rief gerade zum wiederholten Mal »Keine Flaschen!«. Gut, dass es noch mehr alte Hasen gab.

Subbe

Heiligengeistfeld. Blazing Saddles, letzte Szene

Jetzt ertönten nur einzelne Rufe, sodass Subbe das Klatschen von flachen Händen auf Haut deutlich unterscheiden konnte von dem dumpfen Knall, der ertönt, wenn Knochen auf Knochen treffen. Wie zum Beispiel eine Faust auf einen Kopf. Ein Geräusch, dass einen unwillkürlich zusammenzucken lässt. Kannst du gar nicht überhören, genau wie einen Ball, der direkt vor der Kurve an die Torlatte knallt.

Subbe ging schlagartig auf, dass er sich jetzt nicht heraushalten konnte. Die Gruppe war wichtiger als seine Abneigung gegen Gewalt. Wie sollte er nachher den anderen in die Augen sehen, wenn er sich jetzt verpisste? Außerdem konnte er alleine durch seine Anwesenheit etwas bewirken: den eigenen Haufen mächtiger wirken lassen. Bei Auseinandersetzungen dieser Art war die optische Überlegenheit eine Menge wert. Genau wie bei Türstehern, die groß und stark aussehen müssen, um die meisten Gewalttätigkeiten gar nicht erst entstehen zu lassen. Wenn der Gegner denkt, dass er verloren hat, ist der Drops gelutscht. Kämpfe sind zu 80 Prozent Kopfsache, egal ob im Ring oder auf der Straße. Tatsächlich schien diese Taktik auch jetzt aufzugehen: Kaum waren die ersten Heißsporne in der ersten Reihe aufeinandergeprallt, war der Kampf schon vorüber. Doch nur scheinbar. Denn auf einmal kam ein weiterer Haufen in Schwarz-Weiß-Blau angerannt, und die Kräfteverhältnisse wurden ins Gegenteil verkehrt. Subbe erinnerte die Szenerie an den Film *Braveheart*. Ein übermächtiger Gegner, die Niederlage droht. Doch eine Taktik, die im Vorfeld ersonnen wurde, konnte die Rettung bringen. Einen solchen Streich konnten die Braun-Weißen jetzt auch gebrauchen. Dringend sogar. Subbe war immer noch weit vorne und sah nun, wie sich die Masse der eigenen Leute zurückdrängen ließ. Die hinzugestoßenen HSVer sahen allerdings trotz Dunkelheit ganz anders aus als die jungen Ultras. Jeansjacken …?

Jette

Jette hatte von Anfang an vermutet, dass sie in der Unterzahl waren – nun schien sich diese Einschätzung zu bestätigen. Jette sah, dass immer mehr Sankt Paulianer zurückwichen und bewegte sich deshalb in die andere Richtung, nach vorne. Frontline. Trotz der wiederholten Aufforderung von ihr und Torre flogen weiterhin Gegenstände auf den Gegner. Sie wich einer Flasche aus und näherte sich weiter der Kampfzone. Als sie sah, auf welche Art jemand von ihrer Seite einen Stein warf, schüttelte sie nur den Kopf. Die Wahrscheinlichkeit, von irgendeinem Wurfgeschoss getroffen zu werden, war ungleich höher als von einer gegnerischen Faust.

Subbe

Gerade wollte er endgültig erst seine Bedenken und dann Rauten über den Haufen werfen, als sich das Blatt erneut wendete. Eine Gruppe großer Menschen kam von der Seite der U-Bahn-Station Sankt Pauli auf sie zugerannt. Subbe konnte auf die Entfernung keine Einzelpersonen erkennen, aber es waren viele große Menschen dabei, etliche davon mit längeren Haaren. Und Kutten. Plötzlich fiel es ihm wie Schuppen von den Augen: Das waren der Schwan und seine Crew. Jetzt konnten sie gar nicht mehr verlieren, da hätten die Rothosen ebenfalls ihre alte Garde aufbieten müssen. Doch die saß bestimmt in der Tankstelle oder in Lüneburg, Pinneberg oder wer weiß wo sonst und kraulte sich die Eier.

Die relativ jungen HSVer wussten offensichtlich nicht sofort, mit wem sie es da zu tun hatten und blieben zunächst stehen. Allerdings nicht lange. Subbe hörte, wie irgendjemand rief »Fuck, das ist der Schwan!«. Die imposante Gestalt kam auf die Rauten zu und schubste den ersten Gegner einfach um, seine Leute direkt hinter sich. »Schluss mit dem Kindergarten hier. Verpisst euch!«, brüllte der Schwan so laut, dass es noch bei der Domschänke zu hören gewesen sein musste. Nachdem noch zwei oder drei Rauten zu Boden gegangen waren, blühte dem Rest langsam, dass das Glück nun nicht mehr auf ihrer Seite war. Ihre nicht ganz so zahlreiche Unterstützung hatte die Situation offenbar ähnlich eingeschätzt, und gemeinsam suchten sie jetzt ihr Heil in der Flucht. Zumindest die Jungen. Subbe sah, wie sich einer der Hasen unter einem Auto verkroch, von denen es einige auf dem Heiligengeistfeld gab. Dem größten Parkplatz der Stadt, solange kein Dom ist. Die Fahrzeuge sorgten dafür, dass sich die Verfolgung etwas schwieriger gestaltete, da sich die Masse der Verfolger in mehrere Ströme aufteilte. Es war ein wenig, wie bei einem Spiel 0:2 hinten zu liegen und dann in der 87. Minute das 3:2 zu schießen: Der Gegner ist in einer Schockstarre gefangen und kann den Willen nicht mehr aufbringen, die drohende Niederlage noch abzuwenden. Wenn deine Mannschaft ein Spiel so drehen kann, verschafft dir das hingegen ein Hochgefühl, für das sich nur schwer Vergleiche heranziehen lassen. Manche Menschen beschreiben es als Orgasmus, doch das ist etwas anderes. Doch Moment, da formierten sich einige HSVer neu. Auf einmal standen sich 40 oder 50 Leute gegenüber, die aus einer anderen Zeit zu stammen schienen. Subbe hatte sich nicht geirrt: Auch bei den HSVern war eine Gruppe Kutten hinzugestoßen.

Merks

Es schien, als würde die eigene Gruppe gerade die Oberhand gewinnen. Merks sah etliche Rauten, die panisch die Flucht ergriffen und zur Seite auf das Heiligengeistfeld flüchteten. Dann erblickte er schließlich auch die Ursache dafür, dass sich das Blatt gewendet hatte: Eine Gruppe von älteren drahtigen Männern, die von einem großen, bärtigen Typen angeführt wurden. Erst auf den zweiten Blick erkannte er den Schwan, der nun deutlich imposanter wirkte als total stoned an seinem Küchentisch. Etliche aus der eigenen zweiten Reihe machten sich sofort auf, die Flüchtenden zu verfolgen. Schlagartig wurde Merks klar, dass dies seine Chance war, um sich doch noch zu beweisen. Er schnappte sich einen Stein, der direkt vor ihm auf dem Boden lag und genau in seine Hand passte. Dass er scharfe Kanten hatte, nahm er nur am Rand war. Merks blickte sich um und sah eine Gestalt, die an ihm vorbeirannte und die ihm vage bekannt vorkam. Er setzte ihr nach und sah auf einmal die Mütze mit dem komischen roten Symbol, die ihm schon in Harburg aufgefallen war. Das brachte ihn zum Stocken. Merks wurde klar, dass er genau diesen HSVer zum ersten Mal auf der Demo gesehen hatte, als sie gleichzeitig vor den Bullen weggerannt waren. Er zögerte kurz, doch dann rannte er von der Seite auf den Jungen zu. Gerade, als dieser aufblickte, schmiss Merks den Stein. Da er kein besonders guter Werfer war, verfehlte er den Kopf, auf den er gezielt hatte. Stattdessen traf das Geschoss den HSVer mit voller Wucht am Bein. Merks konnte in seinen Augen sehen, dass er Schmerzen hatte. Er blieb stehen und sah dem Flüchtenden hinterher, der nun leicht hinkte. Von einem Moment auf den anderen war die Glasglocke weg.

Jette

Jette stand dem merkwürdig anmutenden Treffen am nächsten, das durch das diffuse Licht zusätzlich an Skurrilität gewann. Es erinnerte sie nicht von ungefähr an den Schluss von *The Warriors*: Zwei Gruppen stehen sich im vermeintlichen Showdown gegenüber und mustern sich eingehend. Die Kutten beider Vereine schienen jedoch trotz der bedrohlichen Posen wenig gewillt, Ernst zu machen. Kein Wunder – mit über 40 hat man meist doch mehr zu verlieren als mit 25. Doch es kann auch andersherum sein: Wenn du mit 40 schon alles verloren hast, kann dir keiner mehr was. Sie sah, wie der Schwan vortrat. Auch bei den Rauten löste sich eine Person aus der Gruppe. Die beiden schienen sich zu kennen. Es wurden nicht viele Worte ausgetauscht, aber es gab offenbar schnell eine Einigung.[11] Beide Gruppen gingen auseinander, ohne sich zunächst aus den Augen zu lassen. Erst nach ein paar Metern drehten sich alle um und beschleunigten dann relativ schnell ihre Schritte.

Jette sah sich um und war überrascht, nirgendwo bekannte Zivis ausmachen zu können. So dumm konnten Auge und Leimi doch gar nicht sein. Allerdings hörte sie in einiger Entfernung Sirenen und wartete kurz ab, was da wohl um die Ecke kommen würde. Um die Lage besser einschätzen zu können, bewegte sie sich wieder

11   Es ranken sich Legenden darum, was tatsächlich gesagt wurde. Hoch im Kurs: Der Schwan mit »Frieden schaffen ohne Pfaffen.«

an den Rand des Geschehens. Als sie sah, wie immer mehr Wannen vorfuhren und die BFE in voller Kampfmontur heraussprang, hielt sie sich den Arm vor das Gesicht und rief, so laut sie konnte: »Rückzug! Cops!«

Subbe

Subbe war weit entfernt davon, bei dem Anblick von Polizisten in Panik zu verfallen. Die vielen Jahre mit Ultras und Graffiti hatten ihn gelehrt, dass eine ruhige Vorgehensweise meistens die beste Strategie ist, um unbehelligt davonzukommen. Unbeteiligt wirken, sich langsam bewegen, fragend gucken. Das waren Gesten, die in der Regel funktionierten, um von der Staatsmacht verschont zu werden.

> Wenn die Polizei kommt, musst du gut schauspielern können. Oder schnell sein.

Dementsprechend gab sich Subbe jetzt auch keine Mühe, wie viele der anderen kopflos davonzustürmen, sondern stellte sich an den Rand und beobachtete die Entwicklung der Lage. Sein Herz klopfte immer noch sehr schnell und auch seine Atmung war relativ flach. Dennoch schaffte er es, die Illusion des passiven Zuschauers aufrechtzuerhalten, als die Robocops an ihm vorbeiliefen.

Merks

Merks sah sich um. Sirenen ertönten, Blaulicht erhellte die Szenerie, in der Gestalten in alle Richtungen davonrannten. Er war verwirrt, immer noch überwältigt vom Adrenalin und irgendwie unzufrieden mit der Situation und sich selbst. Den Stein zu werfen, war auf jeden Fall eine dumme Idee gewesen. Dieser Gedanke ließ ihn nicht los. Gleichzeitig suchte er nach Leuten, die er kannte. Eine größere Gruppe war anscheinend in Richtung Jolly unterwegs. Nach kurzem Zögern schloss sich Merks diesen Personen an.

18:16 Uhr (Jette)

Jolly Roger. Nach der Schlacht ist vor dem Übertreiben. Der Laden platzt aus allen Nähten. Alles, was Rang und Namen hat, ist jetzt hier. Der Place to be, zumindest für die nächsten Stunden. Sowohl, um Heldengeschichten zu erzählen als auch, um den Laden vor einer möglichen Racheaktion der Rauten zu sichern. Es läuft Don't go away *von den* Hotknives. *»Scheiß HSV« wird mitgegrölt, fast so inbrünstig wie am 16. Februar 2011.**

Jette hätte sich wegwerfen können vor Lachen: Ausgerechnet Lutz hatte die große Show verpasst, weil er mit seinen Leuten gerade woanders unterwegs war. Und das nur, weil er auf jeden Fall eine Schlägerei erleben wollte und sich größere Chancen ausgerechnet hatte, wenn er mit seiner kleinen Crew nicht bei den anderen blieb. Ironie pur. Das würde ihm noch lange nachhängen, so viel war sicher.

Subbe klopfte Lutz lachend auf die Schulter. »Manchmal, nur manchmal ist die geilste Action doch beim Hauptmob!«

Der Angesprochene fand es gerade gar nicht lustig, seine Mundwinkel sprachen Bände. Aber an seinen Leuten konnte er die Wut jetzt nicht auslassen und presste deshalb die Lippen aufeinander.

Becker sah das und streute Salz in die Wunde: »Was los, Diggi? Zu früh für Gags?«

Marco ließ sich die Gelegenheit natürlich ebenfalls nicht entgehen: »Wer zu spät kommt, den bestraft das Reden!«

Martha lachte: »Das hätte auch vom Schwan kommen können!«

Lutz musste dann doch noch einen kleinen Gewinn einstreichen: »Ratet mal, wer Auge und Leimi die ganze Zeit an den Hacken hatte! Ohne uns hätte es den Clash auf dem Heiligengeistfeld also gar nicht gegeben. Also nicht so, wie es jetzt gelaufen ist. Denkt da mal drüber nach.«

Spezi ging von einem Grüppchen zum nächsten, schwenkte eine Schnapsflasche und flößte jeder und jedem davon ein, auch gegen erheblichen Widerstand. Als er zu Jette kam, wollte sie wissen, was in der Flasche drin war.

»Pfeffi, komm, nimm 'n Schluck, das ist jetzt genau das Richtige.«

»Nee, Mann, das Zeug kannst du woanders loswerden«, sagte sie höflich, aber bestimmt. »Auf 'nem Festival geht das, morgens, statt Zähneputzen. Ich bleib erstmal bei Mate. Wer weiß, was noch kommt.«

Spezi wusste, dass ein »nein« bei Jette ein »nein« blieb und keine Überzeugungsarbeit sie umstimmen konnte. Er ließ sich dadurch aber in keiner Weise von seiner guten Laune abbringen und zog mit seiner Buddel weiter zur nächsten Gruppe, wo er sofort dankbare Abnehmer fand.

Paul hatte die Szene beobachtet und kam zu Jette herüber. »Mann, der Junge war doch vor mehreren Stunden schon so blau – und da waren wir nur eine Viertelstunde hier. Ich frage mich, ob er zwischendurch irgendwo anders war …«

Jette blickte ihn mit hochgezogenen Augenbrauen an. »Würde es dich wundern, wenn er hier versackt ist?«

»Nee, aber wieder mal ein wenig erschrecken.«

Jette schob sich zur Tür vor und betrat den Laden zum ersten Mal am heutigen Tag. Sie dachte kurz an heute Morgen und ihr gemütliches Auto zurück. Seit der Rückkehr war sie beinahe konstant an Orten unterwegs gewesen, wo sich viele Menschen aufhielten. Schlechte Luft als roter Faden … Fast wie auswärts.

Sie sah eine Gruppe von Helden, die sich gegenseitig ihre Geschichten um die Ohren schlugen. Ein Wunder, dass überhaupt jemand den anderen ausreden ließ. Einige Jüngere waren dabei, Lutz mit seiner Gang, aber auch einige Ältere, Skins und zwei Leute vom Schwan. Sie sah die aufgeregten und von Gewalt berauschten Gesichter und war fasziniert und angewidert zugleich. Im Vorbeigehen schnappte sie ein paar Gesprächsfetzen auf. Es klang sehr ähnlich wie am Morgen, als sie die Skins getroffen hatten.

»Haha, die Hasen! Das wird auf Jahre die größte Niederlage für die Rauten. Und das sogar ohne Spiel!«

»Aber wie wenig bei uns doch mit draufgelaufen sind! Nur gut, dass die noch mehr Schiss hatten als die Lappen auf unserer Seite!«

»Schrecklich. Auch immer dieses Rumgeheule wegen Pfefferspray …«

»Merks, was ist mit dir? Warst du eigentlich vorne mit dabei?«

In diesem Moment bemerkte Jette erst, dass auch Merks mit bei der Gruppe stand. Er zögerte, aber nur den Bruchteil einer Sekunde.

»Klar! Die Schweine haben wir gejagt. Einen habe ich noch erwischt, der wollte sich gerade aus dem Staub machen. Der wird noch ein paar Tage an den Abend denken, der Spast!«

Jette zuckte zusammen. Keiner der Anwesenden störte sich an dem Wort, das gerade im Jolly eigentlich für Aufsehen sorgen sollte. Diskriminierungen waren nicht erwünscht, auch wenn sie »einfach so rausrutschten«. Sie würde sich den Lütten zu einem anderen Zeitpunkt noch einmal vorknöpfen. Das hatte jetzt keinen Sinn. Sie gab es auf, sich bis zum Tischkicker vorzuarbeiten und schob sich wieder in Richtung Ausgang zurück.

Torre grinste, als sie rauskam. Ihr Gesicht schien das Erlebte widerzuspiegeln.

»Na, wie war es in der Testosteronhöhle?«

»Alta, das geht ja gar nicht! Schlimmer als das T-Zelt in Montecchio*! Die kommen ja gar nicht mehr runter von ihrem Gewalttrip!«

Torre nickte. »Adrenalin: das Koks des kleinen Mannes.«

Martha hatte die beiden gehört und ergänzte: »Was mit Gewalt erlangt wird, kann nur mit Gewalt erhalten werden.«

Torre zog die Augenbrauen hoch und an seiner Zigarette. »Wo kommt das her? *Star Wars?*«

»Ghandi.«

»Ma' hat ma, ma' hat ma nich.«

Jette gab Torre einen Klaps auf den Hinterkopf. »Der war so mies, da würde sich selbst jede Muschel schaudernd abwenden.«

Martha zog Jette ein Stück beiseite. »Sag mal, wie fandest du den Verlauf des Abends bisher?«

Jette wusste nicht genau, worauf Martha hinauswollte. »Meinst du wegen der Spielabsage oder wegen der Schlägerei auf dem Heiligengeistfeld?«

»Naja, es war ja jetzt nicht überraschend, dass es noch geknallt hat. Aber ich finde, es war überflüssig. Wir wollten doch eigentlich als Gruppe hierher kommen und das Jolly beschützen …«

Jette nickte. »Das stimmt zwar einerseits; andererseits weißt du auch, dass es kein Halten gibt, wenn Gegner in Richtung Heimkurve kommen. Fand ich jetzt nicht so schlimm, dass wir dazwischengegangen sind. Aber unnötig war es schon, vor allem dieses Geschmeiße.«

»Fand ich in Harburg schon derbe daneben.«

»Zumindest zeigt man den Nazis, dass ihnen die Straße nicht gehört. Gegendruck erzeugen, sich Freiräume erkämpfen und so. Ein Zeichen setzen. Außerdem gibt es wenig, was so kacke ist, wie ein wehrloses Opfer zu sein. Dann lieber zurückschlagen und verlieren. Eine gebrochene Nase heilt in ein paar Wochen. Aber wenn du dich nicht wehrst, hast du danach monatelang oder sogar Jahre damit zu kämpfen, in dir drin.«

Martha nickte, das konnte sie gut nachvollziehen. »Glaubst du denn, heute passiert noch mehr?«

»Schwer zu sagen. Vom Ding her hecheln die jetzt zu ihrer Kneipe auf dem Hans-Albers-Platz und lecken ihre Wunden. So wie wir hier. Wenn es schlecht läuft, kommen sie noch mal mit Verstärkung rüber. Aber Team Green ist ja jetzt auch alarmiert. Ich glaube, das war's für den Tag. Wie es scheint, haben die Rauten genau wie wir ihre alte Garde aufgeboten. Die wird schon dafür sorgen, dass die jetzt die Füße stillhalten. Genau wie der Schwan bei uns. Sollte sich hier jemand im Brausebrand nochmal Richtung Albers-Platz aufmachen, braucht er gar nicht erst wiederkommen.«

Klar, der HSVer an sich ist dumm, arrogant und vor allem – nicht aus Hamburg. Aber ehrlicherweise musste Jette zugeben, dass diese Eigenschaften auch auf viele von den eigenen Leuten zutrafen. Und die schwarz-weiß-blauen Ultras haben dem gemeinen HSVer dann doch etwas voraus. Genau genommen hatten sie doch mit denen mehr gemeinsam als mit jedem anderen Menschen: Ärger mit den Bullen, dem Verein, den »normalen« Fans und dem HVV; viele Stunden auf der A7; Graffiti, Gras und große Träume.

Jule kam aus dem Jolly, und ihre Reibeisenstimme übertönte alle Gespräche: »Hat hier jemand was zu kiffen? Ich muss jetzt dringend mal einen rauchen bei dem ganzen Stress heute!«

Es fanden sich gleich mehrere Personen, die bereit waren, ihr diesen Wunsch zu erfüllen, was sie mit einem fröhlichen »Hallejulia« kommentierte.

»Das ist schon praktisch, wenn man hinterm Tresen steht und sich nie um Gras kümmern muss. Jule kann sich immer direkt mit einem Bier bedanken«, analysierte Spezi scharfsinnig.

Marco stimmte mit gespielt ernster Miene zu: »Wer den Laden hat, braucht für das Pot nicht zu sorgen.«

19:10 (Walter)

Shebeen

Irgendein Getränk. Irgendwas von ContraReal. »Auf Sankt Pauli! Auf Sankt Pauli!«

22:49 Uhr (Subbe)

Gruenspan. Der alte Kasten steht immer noch, rockt immer noch, lockt immer noch. Die Wände stecken voller Geschichten und Musik, was einen nicht unerheblichen Teil seines Charmes ausmacht. Heute spielen Madball, *mal wieder.*

Subbe wunderte sich jedes Mal, wenn er hier war, wie so viele Leute bei einem Konzert durch diesen engen Eingang in den Hauptraum gelangen konnten, ohne sich gegenseitig zu zerquetschen. Wobei: Rein ging ja noch, aber nach einem Konzert war es immer die Hölle. Er mochte den leicht modrigen Geruch des Ladens, der jedoch im Eingangsbereich aufgrund des Raucherbereichs nicht so gut zur Geltung kam. Er war zwar todmüde, wollte sich aber den Auftritt nicht entgehen lassen. Sein Plan war, dem

Wunsch nach Schlaf mit Bier entgegenzuarbeiten und Sitzen zu vermeiden. Letzteres wäre sowieso schwierig geworden.

Subbe holte sich ein Bier, das wie üblich in Plastikbechern ausgeschenkt wurde, und suchte sich einen Platz am Rand, unter der Empore. Er wollte heute nicht so hart abgehen, sondern sich das ganze Spektakel in Ruhe ansehen. Er war ja auch keine 18 mehr. Keine Macht dem Pogen. Er blickte an der Säule hoch, neben der er stand. Dass dieser Rundlauf im Laufe der Jahre nicht schon mehrfach zusammengebrochen war, würde sicherlich jeden Statiker verwundern, der sich eingehend mit dem Aufbau des Ladens beschäftigte. Obwohl der Laden nur zu zwei Dritteln gefüllt war, ging der Sauerstoffgehalt der Luft gefühlt gegen Null.

Subbe freute sich, dass er *Madball* mal wieder sehen konnte. Im Gruenspan. Im Dreieck mit *Agnostic Front* und *Sick Of It All* war *Madball* zwar ewig der kleine Bruder, aber manchmal bringen kleine Geschwister schließlich auch etwas Sinnvolles zustande. Als der Song *All or Nothing* gespielt wurde, musste Subbe unweigerlich an die Choreo denken, die nun vermutlich niemals das Licht der Stadionöffentlichkeit erblicken würde. Er seufzte angesichts der Arbeit, die nun umsonst gewesen war. Außerdem war es seiner Meinung nach seit Langem wieder einmal eine Idee gewesen, die den alten Spirit widerspiegelte: Bewegtbild mit Aussage und Humor. Schwierig, das in Zukunft wieder hinzubekommen.

[…]

Subbe war irgendwie an den Rand des Moshpits gelangt, während er über die Choreos und die Verantwortung in der Gruppe nachgedacht hatte. Wenn man nur ein wenig von dieser Energie mitnehmen könnte … Ich muss auch mal langsam etwas Kraft in mein eigenes Leben stecken. Scheiße, ich muss mal meine Zukunft planen … Eigentlich hatte er sich vorgenommen, heute nicht hart zu pogen, doch die Anziehungskraft der wogenden Menge hatte ihn schnell in ihren Bann gezogen. Dann kam *Set It Off* – und er schmiss alle guten Vorsätze über den Haufen und seinen Becher im hohen Bogen in die Luft. Ellenbogen raus, Beine hoch, rein da. Hell Yeah!

1:17 Uhr (Merks)

Prinzenbar. Deep House mit treibenden Bässen. Glitzerkonfetti, gedimmtes Licht, verrauchte Luft und der wahrscheinlich größte Thekenspiegel der Stadt. Der übersichtliche Raum wirkt wie ein Gewölbe, eine Krypta. Es ist Frühclub, die Party läuft seit 8 Uhr morgens. Der perfekte Zeitpunkt, um einzutauchen und sich fallen zu lassen. Gerade legt ein DJ von den Rotzigen Beatz *auf.*

Merks hatte jegliches Zeitgefühl verloren. Zufrieden tanzte er vor sich hin, völlig im Einklang mit sich und seiner nächsten Umgebung. Wieder hatte er eine neue Welt entdeckt, doch seine Neugierde und sein Hunger nach mehr würden ihn hier nicht dauerhaft festhalten. Rafael, sein etwas älterer und erfahrener Kollege, hatte ihn hierhin mitgenommen. Er hatte mit Fußball nichts am Hut, aber war ein Profi, was Feiern anging. Merks war ganz schön dicht; vor einer halben Stunde hatte er eine halbe Pille genommen und das MDMA durchflutete ihn vom Scheitel bis zur Sohle. Selbst jetzt, trotz der Musik, der Lautstärke und des Basses kam ihm wieder eine Melodie aus dem Stadion in den Sinn. *Bro Hymn* passt auch zu Techno … »Na alles gut bei dir?«

Merks grinste Rafael an: »Ich fühle mich pudelwohl! Hier sind ja nur coole Leute!«

Rafael nickte wissend: »Warte mal ab, ob die dich morgen ebenso freundlich grüßen, wenn du ihnen auf der Straße begegnest. Oder wenn sie vor dir in den Bus einsteigen wollen.«

Merks konnte sich in diesem Moment nicht vorstellen, dass so etwas wie Egoismus überhaupt existierte. Rafael wusste das natürlich und wollte aufgrund von Merks' fragendem Gesichtsausdruck noch etwas hinzufügen. Aber seine Antwort ging im allgemeinen Beifall unter. DJ-Wechsel. »Ha, endlich etwas mit ein bisschen mehr Wumms! Bei der Snare muss das *Mr. G* sein.« Er wandte sich wieder Merks zu und sagte lachend: »Zerbrich Dir jetzt nicht den Kopf!« Als die Basedrum einsetzte, streckte er die Hand in die Höhe und juchzte.

Doch in Merks' Kopf fuhren die Gedanken weiter Karussell. Auf einmal strömten Erkenntnisse über die Gruppe und ihre Bedeutung für sein Leben auf ihn ein. Über die Leere, die immer dann auftrat, wenn er alleine war oder kein gemeinsames Event in Aussicht stand. Über die Art, wie er von Älteren behandelt wurde, die ihm ständig suggerierte, sich beweisen zu müssen. Und über die Gemeinschaft, die zwar auch oft oberflächlicher Natur war, aber tiefer ging als das, was er jetzt gerade erlebte. Durch die Extremsituationen, in die sie als Ultras zwangsweise gerieten, wurde die Gruppe zusammengeschweißt, verloren die Streitigkeiten, die individuellen Schwächen der Mitglieder und die Rangordnung an Bedeutung. Erkläre mir die Welt in fünf Minuten und vergiss alles wieder innerhalb eines Wimpernschlags …

1:29 (a)

Sind wir alle?

Gruenspan. Draußen vor dem Eingang. Die Bässe wummern auch durch die geschlossene Tür, die Yuppies in den sündhaft teuren Neubauwohnungen gegenüber wird es freuen. Das Konzert ist vorbei, die Party danach hat bereits begonnen.

Subbe war verschwitzt, glücklich und dankbar über die frische Luft. Völlig aus der Puste. Durchtränkt von Schweiß und Bier. Er gesellte sich zu den Tresenkräften, die offenbar ebenfalls den freien Himmel bevorzugten und eine Zigarettenpause machten. Gleich würden sie noch aufräumen und den Laden wieder fit machen müssen. Subbe war nicht neidisch darauf, hinter einem Haufen besoffener Konzertbesucher sauber machen zu müssen. Er kannte die Nummer aus langjähriger Tätigkeit im Nachtleben selbst und hatte auf zahlreichen Festivals und manchmal auch in Clubs gearbeitet. Am schlimmsten waren solche Abende, an denen auf ein Konzert noch eine Party folgte. Umbauen statt Feierabend, dann das Ganze nochmal … Nur einen Steinwurf entfernt strömte das Partyvolk über die Große Freiheit. Subbe war froh, dass zwischen ihnen und ihm noch die stark befahrene Simon-von-Utrecht-Straße lag, wie eine natürliche Grenze.

Plötzlich hörte er hinter sich einen Satz, der ihn aufhorchen ließ: »Hat hier jemand einen Glimmstengel für mich? Justin Timberlake!«

Subbe drehte sich um und sah tatsächlich den Menschen, der ihm am Morgen in der Bahn den Arsch gerettet hatte. Er ging sofort hin und drückte dem Mann seine Zigarettenpackung in die Hand. »Hey Mann, alles klar? Bist du heute Morgen aus dem Zug gut weggekommen? Haben dir die Nazis etwas getan? Danke für deine Hilfe, Mann, das war Rettung in letzter Sekunde!«

Der Angesprochene sah ihn an, ohne etwas zu sagen. Dann nahm er eine Zigarette aus der Packung und hielt sie Subbe hin. Der blickte in die Augen seines Retters und merkte, dass dieser offenbar kein bisschen von seinem Redeschwall verstanden hatte.

»Nee, danke. Hab aufgehört. Die sind für dich. Genieß sie und mach's gut. Wir sehen uns. Und du hast bei mir einen gut.«

Als Subbe zum Eingang zurückkam, sah er, wie zwei Türsteher einen riesigen Typen nach draußen beförderten. »Wir haben gesagt, mit der Jacke kommst du hier nicht rein. Das meinen wir auch so!« Subbe konnte nicht sehen, was den Securitys an dem Kleidungsstück nicht gefiel. Aber es konnte gut sein, dass es eine Steinar-Jacke war. Er kam näher und sah von der Seite eine Hornbrille – und es fiel ihm wie Schuppen von den Augen. Was ein Ding, es war tatsächlich der Fascho von heute Morgen! Als der Typ sich murrend in Richtung Kiez verzog, duckte Subbe sich zur Seite weg. Er wollte sein Glück jetzt nicht überstrapazieren, Heidewitzka! Wenn er das den anderen erzählte, würde ihm das doch wieder keiner glauben.

1:48 Uhr (Jette)

Hafenklang. Rock 'n' Wrestling. Amateure verkleiden sich und spielen im Ring Krieg. Der Alkoholpegel im Raum verhält sich umgekehrt proportional zur Menge an Toren, die heute gefallen sind. Es ist die positive Art von Besäufnis, die hier immer noch stattfindet: Gleichgesinnte kommen zusammen, um auf kreative Art abzuspacken. Der Rausch fällt auf fruchtbaren Boden und fördert Erstaunliches zutage, anstatt ausschließlich zu betäuben.

Es läuft Für immer Punk *von den* Goldenen Zitronen.

Jette war eigentlich zu müde, um dem fröhlichen Gelage noch länger beizuwohnen. Eigentlich. Denn sie erkannte eine Party, die es wert ist, zu bleiben. Und diese gehörte eindeutig dazu. Jette wusste gar nicht genau, wie sie überhaupt reingekommen waren. Irgendjemand hatte jemand anderen gekannt, zackbumm, durch die Tür – und sie waren mittendrin im blanken Wahnsinn. Im Ring hatte gerade eine Tulpe eine Stadt zerlegt und war dann von einem Roboter plattgemacht worden, dazu liefen die *Beastie Boys*.[12] Nach einem solchen Tag war das die perfekte Umgebung, um den ganzen Mumpitz angemessen zu verarbeiten. Entsprechend schnell waren sie alle betrunken. Als Jette gerade mit Torre über den Sinn und Unsinn von Polizeipferden diskutierte, erhielt sie eine Nachricht:

»Hab Spaß mit den Jungs. Ich bin im Arsch. Freu mich auf Dich. Früher oder später. Heiner.«

Sie lachte, und Torre konnte sie natürlich nichts vormachen. »Na, Post vom Liebsten?« Sie war sich bis heute nicht ganz sicher, wie Torre zu Heiner stand. Jette und Torre kannten sich eine gefühlte Ewigkeit. Und obwohl nie etwas zwischen den beiden gelaufen war, gab es doch einen ganz kleinen Funken. Dieser war nun durch die Ankunft von Heiner bei ihr gelöscht worden. Zumindest vorläufig. Jette wischte den Gedanken beiseite. Jetzt war nicht der Moment für Sentimentalitäten, sondern für Gegenwart. Und Spaß.

»Checkst du das? Bin ich etwa durchschaubar wie Plexiglas.«

Torre prostete ihr zu. »Ich bin brav, aber wo ist meine first love?«

Jette lachte. »Ich mag ihn derbe gerne; aber manchmal bin ich doch noch unsicher, ob wir auf einer Wellenlänge sind. Er schreibt, dass ich den Abend genießen soll. Das habe ich vor.«

Torre grinste zurück. Falls ihn die Erinnerung daran schmerzte, dass es jemand anderen in Jettes Leben gab, der wichtiger war als er, ließ er sich nichts anmerken. »Danke der Nachfrage, es geht uns gut.«

---

12 Wenn du für einen Abend ein Wrestler wärst, wie würdest du heißen? Wie aussehen? Gegen wen würdest du kämpfen wollen? Zu welcher Musik? Genau so sieht es im altehrwürdigen Hafenklang jetzt aus. Alle haben den Hulk im Nacken und es faustdick hinter den Ohren.

Jette griff nach seinem Arm: »Mann, genau das Lied hatte ich als Ohrwurm, als wir heute Morgen unterwegs waren. Die ganze Zeit. Hammer, dass du genau den alten Track jetzt auspackst!«

»Als wüsste ich nicht, welche Raps von früher bei dir hängengeblieben sind!«

Sie teilten eine Zigarette, aber das war auch schon der heutige Gipfel der Zutraulichkeit. Allerdings war das für Torre schon nicht schlecht, der meist einer der nüchternsten Menschen war, die Jette kannte. Aber für Straight Edge reichte es dann auch nicht. Er machte sich zwar nicht so viel aus Bier, dafür aber aus Gesellschaft. Es war hier unglaublich warm, schwitzende Leiber überall; und obwohl Jette das eigentlich nicht mochte, war es ihr im Moment herzlich egal. Mehr noch: Sie fühlte sich eins mit den Menschen, die sie umgaben. Wie ein Fisch im Wasser, wenn dieser etwas abgedroschene Vergleich erlaubt ist. Die Gewissheit, dass der wichtigste Mensch für sie da war, ohne sie gleichzeitig zu sehr in Anspruch zu nehmen, gab ihr eine unglaubliche Gelassenheit und Sicherheit zugleich. Sie konnte sich einfach in den Moment fallen lassen – und das tat sie. Eine Runde Pfeffi für alle. Und ein Wasser, damit der Kater morgen nicht allzu schlimm würde. Und einen Kater würde es geben, so viel war sicher. Besser noch ein Wasser. Zum Glück war der Montag gerade in weiter Ferne. Jetzt an Arbeit zu denken, war sowieso total abwegig. Wegschieben, weitermachen, wohlfühlen.

2:47 Uhr (Walter)

Keine Ahnung, wo. Nur Schemen und Schämen.

Walter trinkt ein U-Boot. Es läuft Heintje.

Prinzenbar. Die verstrahlten Jünger huldigen weiterhin ihrer
Religion. »Die Breite an der Spitze ist dichter geworden.«
(Berti V.) Alle kauen, doch keiner isst. Alle laufen, aber niemand
kommt vom Fleck. Alle schmeißen, aber niemand fängt.

»He, Mann, alles o.k.? Du starrst ja nur noch auf den Boden. Brauchst du irgendwas? Wasser, Bier, Speed?« Rafael musterte ihn halb besorgt, halb belustigt von der Seite.

Merks brauchte ein paar Sekunden, bis er antworten konnte. »Puh, weiß nicht. Bin wohl etwas weggedriftet. Hm, Mate wäre nicht verkehrt.«

»Alles klar. Wenn's dir hier nicht mehr gefällt, sag einfach Bescheid. Die Hauptsache ist doch, dass sich alle wohl fühlen.«

Merks sah sich etwas benommen um, während Rafael Richtung Tresen steuerte. Keine leichte Aufgabe bei der Menge an euphorisierten Menschen.

> Durch eine tanzende Menge bewegst
> du dich am besten tanzend.

Rafael war ein Raver der alten Schule, der noch viel Liebe zu geben hatte. Aggression schien ihm fremd zu sein. Er war immer darauf bedacht, sich ein harmonisches Umfeld zu schaffen.

Merks ließ seinen Blick schweifen und sah sich an, was die Leute um ihn herum so anhatten. Irgendwie fühlte sich Merks farblos. Vielleicht sollte er sich auch mal etwas buntere Kleidung zulegen. Wenigstens ein Neonstreifen auf den neuen Air Max könnte schon sein – wenn es denn Air Max werden.

Kurze Zeit später war Rafael zurück und Merks nahm dankbar einen tiefen Schluck von der Mate. Schleichende Dehydrierung.

Kommt unbemerkt von hinten und schlägt dann umso härter zu. Immer wieder eine Überraschung, wie schnell man austrocknen kann.

Merks bekam gerade noch mit, dass Rafael ihn fragend ansah. »Waaaaas?« Rafael grinste.

»Sven Väth war auch früher cooler, oder?« Merks raffte gar nichts. »Wieso?«

»Weil er da noch mehr Pepp hatte!« Der Groschen war immer noch nicht gefallen.

Rafael klopfte ihm auf die Schulter. »Sorry, nicht deine Zeit. Neunziger und so.«

Merks wirkte etwas verunsichert, wurde sich dieser Außenwirkung bewusst, verstärkte aber den Eindruck durch seinen Versuch, souverän zu wirken. Ein Teufelskreis. Ein debil wirkendes Grinsen hilft einem da auch nicht raus, im Gegenteil. Sitzen wär' gut; und ein bisschen Ruhe vielleicht. Draußen das Ganze. Luft und so …

»Rafael, nimm's mir nicht übel, aber ich bin alle. Muss mal raus hier. Abkacken wahrscheinlich. War ja auch ein langer Tag. Eigentlich ein Wunder, dass ich überhaupt noch stehe.«

Rafael nickte verständnisvoll. »Endorphin-Quelle leer. Kenne ich. Aber ich muss auf jeden Fall noch tanzen. Verstehst du sicher auch. Vielleicht ziehe ich sogar noch weiter. Südpol, Moloch, oder zu den Kranichen. Wir sehen uns bald!«

Eine freundschaftliche Umarmung und Merks stapfte los. Etwas unbeholfen eierte er über die Tanzfläche, immer darauf bedacht, niemanden anzurempeln. Ein schwieriges, wenn nicht gar unmögliches Vorhaben. Alles, was Merks sich eben ausgemalt hatte, schien zum Greifen nahe. Jetzt bloß nicht noch jemanden auf der Treppe oder im Chill-Out treffen, in oberflächlichen Smalltalk verwickelt werden, bei dem man nie genau weiß, was man sagen soll, und sich dann mit einem halbgaren Gefühl voneinander verabschieden, wohl wissend, dass beide sich gedanklich bis zum nächsten zufälligen Aufeinandertreffen nicht miteinander beschäftigen werden …

Dieser Kelch ging ausnahmsweise an ihm vorüber. Draußen erwartete ihn ein relativ mildes Klima. Der Tag machte Anstalten, warm zu werden und die frühlingshaften Erwartungen nicht zu enttäuschen. Merks sah sich um und atmete tief durch. Die lauten Vögel waren nur ein Hinweis darauf, dass der Morgen schon in den Startlöchern stand. Doch wohin jetzt? Die Vorstellung seines Elternhauses und vor allem der Strecke, die er bis dahin zurücklegen musste, war eine wenig verlockende Aussicht. Und sein Handy war irgendwie im Laufe des Abends abhanden gekommen. Gierig sog er die frische Morgenluft ein, dann drehte er sich um und schlug, einer spontanen Eingebung folgend, den direkten Weg Richtung Hafen ein.

4:05 Uhr (alle)

Park Fiction. Der Hafen in seiner ganzen Pracht: Industrieromantik, Kräne, Möwen, Bilderbuchoptik. Und der Pudel, neu und doch schon im Used Look. Ein beständiges Summen liegt in der Luft, das von der nie zu endenden Geschäftigkeit auf der anderen Elbseite zeugt. Es dämmert. Die Sonne wird nicht mehr lange auf sich warten lassen, der Himmel ist wieder etwas bedeckt. »Die Luft, die nie drin war, ist raus aus dem Spiel«. (Gerhard D.)

Als Merks ankam, merkte Torre zuerst, dass der Lütte offensichtlich in anderen Sphären schwebte. »Hey Merks, alles klar? Du bist ja auch ganz schön weiß um die Nase!«

Der Angesprochene winkte ab. »Alles gut. Ich bin da in was reingeraten …«

Marco konnte sich die Gelegenheit nicht entgehen lassen: »Deinem debilen Grinsen und deinen Pupillen nach zu urteilen, ist da eher was in dich reingeraten. So was Kleines, Rundes, mit 'nem Smiley drauf.«

Torre: »Du meinst, er hat kräftig am Smarties-Automaten gerüttelt?«

Lutz: »Anders als die HSVer, die eher so am Backpfeifenbaum.«

Becker: »Walter, wo warst du eigentlich gestern Abend?«

Walter: »Och, so kleine Kieztour, nichts Besonderes. Hier und da einen gezwitschert.«

Jette: »Apropos Singvogel: Subbe, wie war es eigentlich im Knast?«

Subbe: »Ging so. War ja zum Glück nicht lange.«

Marco: »Was lange gährt, wird endlich Wut. Oder, Subbe?«

Subbe: »Irgendwas mit IKEA und schwedischen Gardinen …«

Merks: »Gardinen of the Galaxy!«

Paul: »Merkste selbst, oder?«

Merks: »Ha! Drittes Mal heute! Jette, ein Bier bidde.«

Paul: »Merks, wie geht denn eigentlich jetzt dein Scheiß-Witz?«

Merks: »Ach ja. Boah, zu spät. Zu früh. Kann jemand anders, bitte?«

Marco: »Klar doch: Ein Ultrà wird Journalist und soll als erstes über die Schach-WM schreiben. Im Artikel steht: ›Lautstärke hätte größer sein können. Aber gelegentliche Hüpf-Einlagen des Springers und der durchgängige Damen-Einsatz waren überzeugend.‹

Der Chef-Redakteur beschwert sich, weil zu kurz. Sagt der Ultrà verzweifelt: ›Wenn es beim Schach in der Mitte eine Reihe grüner Figuren geben würde, hätte ich noch schreiben können, dass trotz hoher Motivation von beiden Seiten kein Rankommen war …‹«

Es war ein nicer Moment an einem coolen Ort. Zwar nahmen ihn nicht alle Anwesenden gleich war, aber es war definitiv ein nicer Moment. Klar, sie waren es gewohnt, fast alles im Kollektiv zu erleben, auch wenn die Zusammensetzung der Gruppe nicht immer gleich war. Aber manche Momente stachen eben doch heraus. Für Jette war es ein Augenblick der Reinheit, mit nahezu meditativem Charakter, was durch die klare Luft untermalt wurde. Außerdem genoss sie es, mal wieder im Kreise der Lieben zu sein. Dies gehörte zu den Dingen, die sie vom Ultras Dasein am meisten vermisste: Mit coolen Leuten derbe durchgerockt, übermüdet und nur noch Scheiße labernd für den Moment zu leben. Merks fühlte sich im Kreis seiner Freunde gerade vor allem geborgen. Von Subbe hatte eine Leichtigkeit Besitz ergriffen, dass er fast das Gefühl hatte, fliegen zu können, wenn er es wirklich gewollt hätte. Marco nutzte die Gelegenheit, um die einzelnen Szenen des Tages vor seinem inneren Auge noch einmal vorbeiziehen zu lassen, was ihm in Gesellschaft der Menschen, mit denen er alles erlebt hatte, wesentlich angenehmer war als alleine. Martha fand es einfach cool, einem Sonnenaufgang beizuwohnen und um diese Zeit noch mit der Gruppe unterwegs zu sein. Becker hatte in seinem langen Fußballfan-Dasein schon oft ähnliche Momente erlebt, in denen alle erschöpft waren und eigentlich nicht mehr konnten, aber nach einem solchen Tag war es auch für ihn etwas Besonderes. Torre fand es einfach nur logisch, den Tag auch gemeinsam ausklingen zu lassen. Für Spezi war es einfach eine Gelegenheit, die eine oder andere Anekdote des Tages noch einmal hervorzukramen und in bierseliger Weise zu wiederholen. Lutz wüsste gar nicht, wo er jetzt sonst sein könnte und mit wem er sich über den Fußballkram sonst unterhalten sollte. Für Walter war es ein willkommener Anlass, um das (vermeintlich) letzte Bier im Kreise guter Bekannter zu vernichten.

Jette sah Torre an. »Dein Spruch vorhin am Stadion war ganz schön hart, wegen Aussteigen und so.« Sie pustete sich ein paar Haare aus dem Gesicht. »Manchmal habe ich einfach das Gefühl, dass wir nicht mehr real sind, sondern einfach nur hängengeblieben.«

Torre legte seinen Arm um Jettes Schulter. »He, Kopf hoch. Wir sind zwar älter, aber nicht alt. Irgendwann ist es Zeit zu gehen. Wenn du das merkst, dann mach's. Die meisten sind irgendwann einfach weg. Freundin, Job, andere Stadt, whatever. Ist doch irgendwie auch normal. Wir sind halt nicht in Italien. Und selbst dort läuft es oftmals so ab.«

»Ich war ja nicht viel da in letzter Zeit. Und dann vermisse ich den ganzen Unsinn. Wenn ich dann da bin, komme ich mir fehl am Platz vor.«

»Mensch, Jette, freu dich doch. Du hast ein Leben außerhalb vom Fußball. Freunde, die mit dem ganzen Quatsch nichts zu tun haben. Die über andere Sachen reden. Wie viele hier können das von sich sagen?«

Jette sah Spezi, der gerade versuchte, den eingenickten Subbe mit Bier zu dekorieren, ohne dass dieser wach wurde; sah Marco, der Martha und Merks mit einer hanebüchenen Story unterhielt; sah Becker, der vermutlich gerade im Kopf bereits an einem Artikel über den Tag für die »Gegenwert« schrieb; sah Walter, der sein Bier austrank und dann einfach zur Seite hin umfiel – und konnte laut und befreit lachen.

> Wenig gibt dir so viel Sicherheit wie eine eigene Crew – wenn es eine gute Crew ist.

4:20 Uhr (Marie-Johanna)

»Verdammt ... Schon das fünfte Mal, dass ich diese Woche zu spät komme. Und heute ist erst Dienstag!«

5:06 Uhr (Jette)

Ottensen, in der Nähe des Alma-Wartenberg-Platzes. Die Straßen sind nahezu menschenleer. 5er-WG in einer Altbauwohnung von der etwas heruntergekommenen, aber behaglichen Art. Alter Dielenboden. Bad und Klo getrennt. Langer, schmaler Flur mit vielen Zimmern. Die Mitbewohnerinnen und Mitbewohner schlafen. Heiners Zimmer ist groß, hell und wirkt trotz der wenigen Möbelstücke nicht leer, was auf die vielen herumliegenden Klamotten, Bücher und Schallplatten zurückzuführen ist.

Die Zigarette danach. Jette hasste Rauch in der Wohnung außerhalb der Küche. Eigentlich. Das war eine der wenigen Ausnahmen. Sie neigte leicht den Kopf und pustete den Rauch in Richtung Zimmerdecke. Heiner konnte wirklich unglaublich gut küssen, fand sie. Kein übertriebenes Rumgeschlecke, also nicht zu viel Zunge auf einmal und nicht zu feucht. Aber auch nicht zu trocken. Sie aschte mit der rechten Hand ab in den Aschenbecher auf dem Nachttisch, was keine leichte Übung war, da Heiner auf dem anderen Arm lag.

Unvermittelt richtete Heiner seinen Kopf auf und sah sie mit einem Blick an, den sie nicht deuten konnte. »Ich muss dir was gestehen.«

Ihr Herz stockte kurz. Echt jetzt? Was kommt nun?

Er zögerte kurz, bevor er mit leiser Stimme weiterredete: »Bei der Nummer heute am Zug … Ich war nicht zu spät zurück beim Auto, weil ich aufgehalten wurde. Als es losging, habe ich mich fast sofort in die Büsche geschlagen. Direkt, als ich gemerkt habe, dass wir in der Überzahl sind und keine Gefahr droht. Ich kann diese Gewalt nicht mehr sehen. Das ist doch alles total sinnlos. Es hätte doch gereicht, den Zug aufzuhalten. Ich meine, mit Verprügeln ist doch niemandem geholfen. Auf diese Weise wirst du nichts und niemanden ändern.« Er druckste rum, bevor er fortfuhr: »Ich fühle mich total feige, weil ich dich und die anderen im Stich gelassen habe. Wenn dir etwas passiert wäre, hätte ich mir ewig Vorwürfe gemacht und …«

Jette legte ihm den rechten Zeigefinger auf die Lippen.

»Du hast recht: Mutig war das nicht. Aber ich verstehe das besser, als du dir jetzt vielleicht vorstellen kannst.« Sie küsste ihren etwas verdutzten Freund auf den Mund und lächelte. »Die ganze Nummer mache ich schon so lange – ich bin langsam echt zu alt für den Scheiß.«

»Heißt das, du willst jetzt gar nicht mehr …«

»Langsam, sagte ich.«

Auswärts

Man ist so Alk, wie man sich fühlt.

Drei Dinge gehörten für Subbe in dieser Reihenfolge zur perfekten Rückkehr nach einer langen Auswärtsfahrt[13]:

- Schuhe aus
- kacken
- duschen

Als vierten Punkt kannst du »essen« ergänzen, doch dieser fällt meistens dem fünften Punkt »schlafen« zum Opfer. Vorausgesetzt, Subbe ist fertig genug, um dem sonst unvermeidlichen Kopfkino entgehen zu können.

Punkt eins wirkt in dieser Aufzählung mit lebenswichtigen Bedürfnissen fehl am Platze. Gehörst du zu den Menschen, die Freiheit lieben und denen immer zu warm ist? Es gibt wenig, was erleichternder ist, als nach einer langen Zeit der Eingeschlossenheit den Zehen die Bewegungsfreiheit zurückzugeben, die sie verdienen. Und zu lüften. Füße können so abartig stinken, selbst nach einer »nur« 24 Stunden dauernden Tour. Dumpfer Duft, mieser Mief, grausamer Geruch. Vor allem, wenn alle Mitbewohner gleichzeitig zu Hause ankommen.

Alle Punkte erledigt. Subbe auch. Aber er konnte jetzt sowieso nicht einschlafen. Deshalb setzte er sich umgehend an den Rechner, um die letzte Aufgabe des Tages zu erledigen. Oder zumindest anzufangen.

Ein unbeschriebenes Blatt, ein blinkender Cursor, keine ultimative Idee. Es sollte nicht der hundertste Auswärtsbericht für die »Gegenwert« werden, der auf gleiche Weise beginnt und endet:

.

---

13 »Lange Auswärtsfahrt« bedeutet: Du warst mindestens zwölf Stunden unterwegs, mehr als 300 Kilometer weit weg, in der Regel inklusive einer schlaflosen Nacht und meistens mit ordentlich warmem Bier auf der Rückfahrt.

»Morgens traf man sich müde am Bus« Zeitraffer: Bahnhof, Fahrt, trinken, Bahnhof, Stress, Stadion, Stress, Bahnhof, Fahrt, saufen, Bahnhof. »Alle, die nicht dabei waren, haben etwas verpasst! Fahrt auswärts, Ultras!«.

Subbe hasste es, den Bericht direkt im Anschluss an die Fahrt zu verfassen. Obwohl die Erinnerungen frisch waren, herrschte oft gähnende Leere. Müdigkeit schlägt Einfallsreichtum. Da half auch kein Schluck schales Bier. Überzeugend wirken bei völliger Ahnungslosigkeit. Schreiben ohne zündende Ideen.

Erstmal einen Schluck Bier und 'ne neue Flubbe.

Den Tag Revue passieren lassen und auf eine Eingebung warten. Bier. Kippe. Musik?

Ordner auf, wildes Geklicke. Ah, was gefunden. *Esther Phillips* mit *Home is where the hatred is*. Das passte. Melancholie am Morgen. Zu Hause war er schließlich, und Hass empfand er gegenüber der leeren Seiten. Subbe zog die Augenbrauen zusammen und versuchte, seine Konzentration zu bündeln. Wie hatte der Tag angefangen?

Bier?

Als der Wecker klingelte, brauchte Jette eine Weile, um sich zu orientieren. Tief geträumt und noch nicht ganz da. Nur langsam konnte sie die Welten voneinander trennen. Der Blick auf den Wecker war wenig aufmunternd: Drei Uhr dreißig. Fuck. In Momenten wie diesen hasste sie Paul dafür, dass er immer einen großzügigen Zeitpuffer einplante. Abfahrt um fünf. Wenn alles gut lief, waren sie schon zwischen zwölf und eins in Dresden. Na gut, ein wenig Extrazeit konnte kaum schaden. Andererseits war es auch nicht mehr Anfang des Jahrtausends, als sich alle nur mit Helmen auf die Reise nach Sachsen begeben hatten. Sie musste zum ersten Mal an diesem Tag grinsen. Definitiv ein guter Start.

Aufstehen. Alles Routine. Duschen, die Sachen anziehen, die sie gestern zurechtgelegt hatte (cool, bequem, nicht zu eng, nicht zu warm für Herbst). Küche. Brötchen schmieren. Trinken nicht vergessen. Mit und ohne Alkohol. Was sollte es heute sein? Wenn überhaupt: Bier, Wein oder Schnaps? Schloss sich nicht aus. Ging alles. Scheiß drauf, zu schwer jetzt. Konnte später noch erledigt werden.

> Alkohol auf Auswärtsfahrten ist zwar lästig wegen der Klogänge; solltest du aber zumindest in Erwägung ziehen und dich entsprechend ausstatten.

Eintrittskarte, Geld, Tabak, Feuer, was zu lesen. Nur BFU griffbereit, keine aktuelle Antifa-Lektüre. Na dann. Ein Behältnis, um die ganzen Dinge zu transportieren. Kein Bock, den Rucksack zu nehmen. Eine Tüte musste her, aber keine zu schäbige. Ein wenig Style darf auch eine Plastiktüte haben. Weiß, Schallplatte drauf, passt. Richtiges Schuhwerk: fest, aber nicht zu warm. Schließlich würde sie heute mehr Zeit in der Bahn verbringen als irgendwo sonst. Jette sah zur Uhr und rechnete, ob die Zeit noch für einen Kaffee reichte. Egal, das konnte sie auch noch unterwegs erledigen.

Im Treppenhaus empfing sie der gewohnt miefige Geruch. Warum gerade in Hamburg die Treppenhäuser immer so stanken, war ihr ein Rätsel. Vor allem die Altbauten schienen diese Eigenschaft aufzuweisen. Gerade auf Sankt Pauli und drumherum. So ein moderiger Geruch nach altem Holz und altem Leberwurstbrot. Die fünf Stockwerke nach unten zu hechten, sich aufs Fahrrad schwingen und lospesen war eine Sache von Sekunden. Zumindest für Jette, die in der Regel immer ein klein wenig zu spät dran war.

Als sie am Stadion ankam, standen die meisten Mitreisenden schon dort, wo früher das Clubheim gewesen war. Etliche Ultras schleppten gerade Fahnenbündel und Trommeln dorthin. Jette nahm sich Zeit, möglichst viele Leute zu begrüßen. Sie war gleichzeitig überrascht und davon angetan, wie viele Menschen sich ganz offensichtlich freuten, dass sie heute mitfuhr. Die Reaktionen reichten von »Ey Jette, du hier? Nichts Besseres zu tun an einem Freitag?« (Spezi, mit »Odio Perugia«-Shirt) über »Was gehd'n? Hohe Prominenz!« (Becker) bis hin zu einem einfachen »Schön, dass du auch dabei bist!« (Martha). Jette hatte kaum Zeit, sich über Spezis Anwesenheit zu wundern, denn eigentlich hatte er seit dem Sommer die Gruppe gemieden. Seit wann er wohl wieder am Start war? Paul kratzte sich am Kopf, als er sie sah, und dachte kurz nach. Dann meinte er in seiner unnachahmlichen Art einfach: »Krass, ich hab dich seit der Tour nach Genua nicht mehr gesehen. Und das war kurz nach dem kleinen Derby, was wiederum fast ein halbes Jahr her ist …«

Jette lachte, war aber leicht peinlich berührt. »Okay, okay, ich hab's kapiert: Ich war länger nicht da.«

Sie war sich voll bewusst, dass sie als Frau in diesem Fall einen Bonus genoss. Wäre sie ein Mann, der zum ersten Mal seit langer Zeit mitfuhr, würden die Reaktionen garantiert weniger enthusiastisch ausfallen. Eher in Richtung: »Na, du alte Kackbratze, haste Langeweile?«, oder gar völlige Nichtbeachtung durch die meisten Mitfahrerinnen und Mitfahrer. Jette versuchte, sich zu orientieren und Bezugspersonen für den Tag zu finden. Das war angesichts der Situation gar nicht einfach, da alle gerade ihre Tüten und Rucksäcke aufhoben und sich in Richtung U-Bahn bewegten. Dass Paul den Startschuss zum Losgehen gegeben hatte, hatte sie offenbar nicht mitgekriegt. Ein Teil der Gruppe würde heute nicht mit dem Zug fahren, sondern mit Wagemutigen aus anderen Gruppen per PKW anreisen. Sie hatten einen Plan, um der »(L)Ost-Auswärtssaison« (Fanladen-Motto) bei ihrem Gastspiel in der 3. Liga in Dresden einen würdigen Abschluss zu erweisen. Dafür war es unbedingt erforderlich, dass sie auf unterschiedlichen Wegen in »Elbflorenz« einfielen. Jette hatte sich zusammen mit weiteren Leuten, die schon länger dabei waren, der Zug-Crew angeschlossen. Ihre Aufgabe war relativ einfach: in Dresden so viel Aufmerksamkeit wie möglich erregen. Falls sie aus irgendeinem Grund inkognito bleiben konnten: auch gut. Würde aber angesichts der Gruppengröße von etwa 100 Personen schwer werden. Die knapp 40 Autofahrer würden sie, wenn alles gut lief, am späten Nachmittag vor der Frauenkirche wiedersehen. Wenn es schlecht lief, im Stadion. Wenn es richtig mies lief, erst wieder in Hamburg. Spezi und Basti gehörten zu den Leuten, die mit Autos fuhren.

Jette grinste mal wieder angesichts der fabelhaften Saison, die sie bis jetzt gehabt hatten. Viele ihrer Freunde waren über den Abstieg enttäuscht gewesen. Jette hingegen hatte sich angesichts der Gegner auch ein wenig gefreut. Die geilste 3. Liga aller Zeiten – und Sankt Pauli mittendrin. Da sie im Vorfeld vermutet hatten, dass der direkte Wiederaufstieg gelingen würde, hatten sie alles mitgenommen, was ging. Erfurt, Magdeburg, Aue, Chemnitz, Halle, Cottbus, Rostock und jetzt zum Abschluss Dresden. Hammer. Bei jedem Spiel im Osten hatte die Gruppe gezündet, der Ruf eilte ihnen bereits voraus. Und das, obwohl sie noch nie besonders gut darin gewesen waren, Sachen ins Stadion zu schmuggeln. Das hatte sich in dieser Saison gebessert. Das Problem war natürlich, dass sowohl die Polizei als auch die Ordner fest damit rechneten, dass Sankt Pauli wieder Pyro dabei hatte. Es war also ungleich schwerer, den Stuff tatsächlich ins Stadion zu kriegen. Zumal sie eine ganze Menge an Bengis brauchen würden, um die geplante Choreo umsetzen zu können. Jette war zwar nur in Aue dabei gewesen, aber sogar im Erzgebirge hatten sie in dieser Beziehung viel Spaß gehabt. Obwohl es in Aue meistens Stress gab. Das heutige Spiel war allerdings nicht nur wegen Dresdens berüchtigter Fanszene brisant – Sankt Pauli musste gewinnen, um sich die Chance auf den Aufstieg zu erhalten. Das würde ein heißer Ritt werden, und da durfte Jette einfach nicht fehlen, Alter hin oder her. Als Rosinenpicker musst du die Rosinen natürlich auch erkennen. Diese hier konnte niemand übersehen.

> Mit Fußballspielen ist es wie mit Partys: Um die richtig guten zu erwischen, musst du immer da sein. Oder derbe Glück haben.

Torre kam von der Seite und boxte Jette freundschaftlich in die Schulter. »Na, Bock auf auswärts?«

Jette rang sich ein Lächeln ab. »Frag mich das in ein paar Stunden noch mal. Dann hängen wir bestimmt in Uelzen fest, weil irgendjemand ein Wurstbrot auf Magdeburger geworfen hat ...«

»Ach komm schon, Wochenendticket-Tour ist doch genau dein Ding!«

Da hatte Torre allerdings nicht ganz Unrecht.

Am meisten hasste Jette bei Auswärtstouren die langen Fahrten mit dem Bus. Die nicht enden wollenden Stunden auf der Autobahn. Die Geruchsbelästigung durch Schweiß, Billigbier und Fertigfrikadellen. *The Big Lebowski* auf Deutsch und auf einem winzigen Bildschirm, nach jeder Niederlage. Busfahrer, die Didi Hallervorden und Mario Barth für die Speerspitzen des deutschen Humors hielten.

Wenn Raststätten zu Highlights werden, dann ist der Tag definitiv im Arsch.

Die ewig gleichen Gesichter, die immer gleichen Witze von denselben Leuten, die gleichen Gesprächsthemen. Der winzige Mikrokosmos der eigenen Gruppe, isoliert vom Rest der Fanszene, machte sie auf Dauer verrückt.

Die Zugfahrten lagen ihr da schon eher, trotz der größeren Strapazen. Wochenendticket. Bis zu 20 Stunden unterwegs. Aber mehr Bewegungsfreiheit. Die Möglichkeit, eine Gruppe Unfug Redender zu verlassen, um sich einer anderen anzuschließen, die sich stattdessen mit Nonsens die Zeit vertrieb. Außerdem der Kontakt zu den »normalen Fahrgästen« und den anderen Fanclubs, der oft für eben jene außergewöhnlichen Momente sorgte, für die du überhaupt auswärts fährst.

Als hätte er ihre Gedanken gelesen, tauchte Becker neben ihr auf und fing an, über Busfahrten zu meckern: »Bin ich froh, dass wir heute nicht mit dem Bus unterwegs sind! Es ist ja nicht nur die zwangsweise aufkommende Langeweile. Oder der spezielle Geruch, der nur auftritt, wenn viele junge Männer auf engem Raum eingepfercht sind. Und der, nebenbei, durch das Rauchverbot noch schlimmer geworden ist. Es geht auch darum, dass ich in Bussen nicht schlafen kann und dass die Raststätten überteuert sind. Außerdem steht in den Ultrà-Fanzines überall das Gleiche drin. Es sind die schlecht gelaunten Busfahrer mit ihren bekloppten Lenkzeiten. Und es ist vor allem die A7! Ich kann sie nicht mehr sehen! Vogelpark Walsrode! Raststätte Allertal ...«

»Becker nicht rum! Außerdem predigst du einer Gläubigen. Du weißt doch, dass ich das genauso sehe«, versuchte Jette den Redefluss zu bremsen. Vergeblich.

»Und dann diese engen Sitze. Ich meine, welcher Mensch über einsfuffzich kann da bequem sitzen? Und diese gedankliche Inzucht ... Auf Touren wie heute, da hat man wenigstens Einheimische zum Schnacken oder im Zweifel als Spottobjekte. Aber nur Ultras um einen herum? Scheiße nochmal, das macht mich rasend! Und wenn dann noch besoffene Scherzbolde wie Marco dümmste Witze reißen und den Duftspender alle 30 Sekunden betätigen – wer soll das aushalten? Nee, nee, ich lob' mir die Zugfahrten wie Regionalliga in Kiel … Das waren immer die schlimmsten Suff-Touren, aber auch immer Highlights! Ach ja, und die Klos im Zug sind im besten Fall nach einer Stunde noch benutzbar. Sonderzüge ausgenommen.«

Torre versuchte es nun auch: »Becker, du hast ja absolut recht, aber Abwechslung …«

»Abwechslung? Pah! Nee, nee. Ich sag's nicht gerne, aber die Rostocker Ultras hatten uns in puncto Auswärtsfahren einiges voraus. Alles Wochenendticket. Immer. Umsonst. Keine Finanzspritzen nötig, keine Langeweile, keine engen Sitze …«

« … und dauernd Stress mit Bullen, anderen Fangruppen, lustige Nächte an Umsteigebahnhöfen im Nirgendwo …«

Hier musste wieder Jette eingreifen: »Stopp! Kennst du den Begriff ›self-fulfilling prophecy‹ nicht?«

Inzwischen waren sie an der Haltestelle Sankt Pauli angekommen und trampelten die Treppe zu den Gleisen herunter. Es war noch früh; aber nicht so früh, dass die Zahl derer, die die Nacht durchgefeiert hatten, die derjenigen überstieg, die schlafen gegangen waren. Ansonsten hätten sie jetzt ein lautes und kraftvolles »Sankt Pauli« zum Besten gegeben – ganz im Kontrast zu dem langgezogenen »Sankt Paul-e-ee«, das vor allem dazu geeignet war, bei Heimspielen die anderen Kurven aufzuwecken.

> Sobald es die Chance auf einen Hall gibt: lauter werden! Klingt ja auf dem Video vom Corteo auch viel beeindruckender.

Die Haltestelle war gefüllt mit Kiezgängern, die sich auf dem Heimweg befanden. Eine große Gruppe schwarz gekleideter Gestalten machte um diese Uhrzeit noch mehr Eindruck als sonst. Entsprechend wichen die Betrunkenen und Übermüdeten aus und machten den Ultras bereitwillig Platz. Jette befand sich in der Mitte des Haufens und hoffte, dass keine Menschen mit HSV-Devotionalien oder anders aufsehenerregenden Kleidungsstücken unterwegs waren. Sie wollte den langen Tag nicht unbedingt mit Stress beginnen. Die üblichen Verdächtigen sahen das ein wenig anders: Lutz und seine Crew gingen den Bahnsteig auf der Suche nach leichter Beute ab. Jette sah, dass sich auch Merks dieser Gruppe anschloss und nahm sich vor, ihn im Laufe des Tages mal unauffällig zu interviewen, welche Einstellung er mittlerweile zu den Troublemakern hatte.

Walter torkelte an ihr vorüber. Er hatte definitiv in der vergangenen Nacht kein Auge zugetan – womit er sich einen strafenden Blick von Paul einhandelte. »Mann, was ist, wenn Rostock uns auflauert? Oder Cottbus? Wir fahren da direkt dran vorbei, check das doch mal. Dann brauchen wir jeden. Du kannst ja nicht mal geradeaus laufen, in deinem Zustand!«

Walter grinste und hob den Zeigefinger: »Ich bin 'ne menschliche Waffe. Wenn's losgeht, müsst ihr mich zurückhalten. Gegen mich hat keiner 'ne Chance. Ich bin gestern erst in'n Zaubertrank gefallen ...«

Paul winkte mit einem grimmigen Blick ab. Walter zog weiter, um sich einen Trinkgenossen zu suchen.

Der Zug kam, die ersten zehn Minuten Bahnfahrt gingen relativ schnell vorüber. Hauptbahnhof, Reisezentrum. Hier hatten alle die Chance, zu der Gruppe zu stoßen, für die der frühe Treffpunkt am Stadion aus verschiedenen Gründen nicht infrage gekommen war. Die meisten Leute sammelten sich draußen, unter den Lautsprechern mit klassischer Musik. Rauchen. Frische Luft. Einige nutzten die Wartezeit, um sich schnell noch mit Brötchen, Bier und Lesestoff für die Fahrt einzudecken.

Jette suchte Torre in der Menge und wurde schnell fündig. Er stand mit Becker und Paul an einer Ecke, von wo aus sie die gesamte Menge im Blick hatten.

»Habt ihr ein Bahnticket und noch einen Platz frei?«

Paul lachte. »Ja und ja. Torre, Becker und Subbe sind bislang mit drauf. Aber bei der Masse heute brauchen wir eh nicht so viele Karten wie sonst.«

Jette wusste, dass er recht hatte, als sie ihm das Geld gab. Dennoch fühlte sie sich meistens besser, wenn sie ihren Teil dazu beitrug, dass die Reise funktionierte. Zwar waren die meisten Kontrolleure nicht auf der Suche nach Stress: Wenn eine große Gruppe wie ihre einstieg, die offensichtlich zum Fußball wollte, verhielten sich die Bahnmitarbeiter möglichst unauffällig und sahen großzügig darüber hinweg, dass vielleicht nur die Hälfte der Leute eine Fahrkarte besaß. Aber es gab auch andere Kandidaten – und dann zählte jede Karte mehr, um das Weiterkommen zu gewährleisten.

»Erinnerst du dich noch an Uelzen damals, als der Schaffner die Bundespolizei gerufen hat, weil wir um 8:55 Uhr mit einer 9-Uhr-Karte unterwegs waren?«, warf Torre ein.

Paul wiegelte die Bemerkung mit einer Handbewegung ab. »Klar. Aber das war die Ausnahme von der Regel. Und du weißt, wie es ausgegangen ist: Die Bullen haben ihm den Vogel gezeigt und wir durften weiterfahren.«

»Und wie ich deine Reiseplanung kenne, haben wir einen Zeitpuffer, der für anderthalb solche Situationen reicht«, bemerkte Jette.

»Noch lachst du. Warten wir mal ab, was heute so passiert. Unsere sympathische Begleitung ist auf jeden Fall schon da.« Dabei machte Paul eine Kopfbewegung hin zu den Containern der Polizei auf dem Bahnhofsvorplatz. Dort standen nicht nur Auge und Leimi, sondern auch zwei Beamte der Bahnpolizei, die sie vermutlich den Tag über begleiten würden. So viel zu der Hoffnung, wenigstens halbwegs unbemerkt in Dresden einfallen zu können.

»Hervorragende Aussichten«, seufzte Torre. »Na, hoffen wir mal, dass sie wenigstens auf die Behelmten verzichten. Das gibt sonst nur wieder unnötig Ärger.«

Vier Uhr fünfzig. Die Meute setzte sich in Bewegung, um das Gleis für die Abfahrt anzusteuern. Ebenso die Zivis und die Sicherheitsleute der Bahn, sowohl mit als auch ohne Uniform. Auf dem Weg zum Bahnsteig konnten Letztere aber nicht verhindern, dass ein paar Rostocker weggeschubst wurden und ein bis zwei Schals verloren. Falscher Ort, falsche Zeit. Jettes Mitleid hielt sich in Grenzen. Dass überhaupt Rostocker von Hamburg aus zu Spielen starteten, in voller Montur, war ihr unbegreiflich. Aber zumindest wurden so alle noch einmal deutlich daran erinnert, dass Rostock heute ebenfalls spielte.

Es ging direkt rein in die Regionalbahn in Richtung Berlin, die bereits auf dem Gleis stand. Jette nutzte wie viele andere die letzte Gelegenheit, um legal eine Kippe zu rauchen. Naja, legal auch nicht ganz, weil das Rauchen auf dem Bahnsteig natürlich ebenfalls verboten war. Der Zug war mit der großen Gruppe bereits jetzt mehr als gut gefüllt. Zugfahren. Menschen mit all ihren nervigen Eigenschaften. Viele Menschen. Laut essend, im Schlaf furzend, ins Telefon schreiend. Und der höchste Grad der Belästigung im Zug: Fußballfans. Jette grinste. Zwar gehörte sie zur letztgenannten Gruppe, fühlte sich aber trotzdem von allen anderen gestört. Jette blieb direkt im Eingangsbereich und suchte sich neben Torre und Paul einen Platz auf den Stufen. Andere Fahrgäste verdrehten beim Einsteigen die Augen und versuchten, so viel Platz wie möglich zwischen sich und die Fußballfans zu bringen. Jette kannte diesen Reflex; wenn sie alleine unterwegs war und auf eine Fangruppierung traf, verhielt sie sich ebenso. Nur auf das Naserümpfen und Augenverdrehen verzichtete sie.

Als sich der Zug langsam in Bewegung setzte, drehte sich Torre um: »Jetzt ist der Moment, in dem du fragen kannst: ›Was zur Hölle mache ich hier eigentlich?‹.«

»Und, hast du eine Antwort parat?«

»Weil wir die Geilsten sind, deshalb.«

»Gutes Argument. Erinnere mich daran, wenn wir in Uelzen festhängen.«

»Was habt ihr heute alle mit Uelzen«, schaltete sich Paul ein. »Ist doch schön, der Hundertwasser-Bahnhof.«

Jette schüttelte den Kopf. »Ja klar. Der Christkindl-Markt in Nürnberg ist auch schön.[14] Trotzdem will ich da nicht festhängen, wenn Sankt Pauli spielt.«

»Wir steigen dort doch gar nicht um heute. Könnten höchstens ein paar Rostocker hinzukommen …«

Jette konnte sich eine schnippische Bemerkung nicht verkneifen: »Das wird natürlich dafür sorgen, dass wir pünktlich ankommen.«

Drei Stunden bis Berlin. Das kann ja noch heiter werden … Wenigstens hatte sie auf dieser Teilstrecke einen Sitzplatz. Das konnte sich im Laufe der Fahrt noch ändern. Jette lehnte sich auf den Stufen in eine halbwegs bequeme Position zurück, schloss die Augen und ließ das Gespräch für einen Moment an sich vorbeifließen. Sie dachte an all die Menschen in ihrem Bekanntenkreis – Eltern, Freunde, Arbeitskollegen – die voller Unverständnis den Kopf schütteln würden, wenn sie Jette jetzt sehen könnten. Konnten sie aber nicht. Ultras no Internet. Bestimmt machten auch viele lustige Paulis eine große Zahl sinnloser Bilder für ihre Social-Media-Seiten, von Bierkronen und dekorierten Betrunkenen; aber zumindest niemand, den Jette persönlich kannte. Glaubte sie jedenfalls. Hoffte sie. Ganz fest.

14   Wird überbewertet. Wie die Würstchen.

»Nee, Mann, das heben wir uns für die 20-Jahre-Choreo auf«, sagte Paul gerade.

Subbe widersprach ungewohnt heftig: »Immer die gleiche Scheiße, Blockfahne, kleine Fahnen an den Seiten, Vereinswappen, braun-weiß-rot. Gähn. Also wir brauchen etwas, das nicht nur groß ist, sondern auch originell! Old School. Mit Witz und so.«

Jette hatte kurz Schwierigkeiten, in das Gespräch ihrer Freunde zurückzufinden, obwohl ihr natürlich sowohl der Streitgegenstand als auch die Argumente durchaus vertraut waren. Subbe führte weiter aus, warum sie mehr Innovationen bei der Kurvenoptik brauchten. Offenbar war das bei ihm immer noch ein wunder Punkt. Sie stand auf, um sich die Beine zu vertreten; und zu gucken, ob es irgendwo in der Nähe etwas lustiger war als hier gerade. Treppe hoch – und Bingo! Oben in dem Doppelstockzug hatte sich eine heitere Crew versammelt, zu der unter anderem Martha, Nörb, Becker und Marco gehörten. Martha war die einzige in der Runde, die kein Bier in der Hand hielt. Gesprächsgegenstand war gerade das Thema ›Songs, mit deren Melodie man mal ein Lied fürs Stadion dichten müsste‹. Da konnte Jette sofort einsteigen, ohne den vorherigen Ablauf der Diskussion zu kennen. Lieder lagen ihr mehr als Choreos.

»Das Dumme ist einfach, dass sich nichts auf ›Sankt Pauli‹ reimt«, meinte Nörb gerade. »Und dieses ›Paul-e-ee‹ nervt sowieso seit Anbeginn der Zeit.«

»Hauptsache, wir machen mal wieder ein paar Lieder, in denen die Worte ›magisch‹, ›Sieg‹ und ›bei dir sein‹ vorkommen«, bemerkte Marco nicht ganz ernst gemeint. »Am besten auf die Melodie von einem 80er Track, den wir noch nicht verwurstet haben; so was wie Meat Loaf oder so ...«

»Rock-Klassiker gehen immer. Die Euro-Dance-Nummer ist fürs Stadion eher raus«, warf Martha ein. »Leider. Da gibt es so viele gute Nummern, von *It's my life* über *Somebody dance with me* bis hin zu Mr. Vain. Aber alles zu schnell oder zu kompliziert.«

»Du hast zwar recht«, meinte Paul, »aber ›zu kompliziert‹ ist schon eine harte Aussage, wenn es um die Neunziger geht. Dann ist *Blümchen* auch zu intellektuell …«

»Ey, ›Nur geträumt‹ kann man ja wohl auf Sankt Pauli umdichten, oder nicht?«, ließ sich Becker gespielt empört vernehmen. »Beziehungsweise passt der Text ja wohl auch ohne Anpassung: Dass man verrückt wird, wenn es heute passiert – hallo? Auswärtssieg?«

Ihr Gespräch wurde unterbrochen – eine Gruppe Frauen, knapp über 30, kam durch den Gang. Jette ahnte das Unheil als Erste und sollte recht behalten: ein Junggesellinnenabschied.

»Rette sich, wer kann!«, konnte sie noch rufen, doch da hatten sie die Grazien schon erreicht. Alle in Weiß, bis auf die Braut, die in ihrer Verkleidung wohl eine Fee darstellen sollte. Aufgrund ihres schieren Körperumfangs wirkte sie allerdings eher wie eine Artischocke. Wer auch immer Grün als Farbe für ihr Kleid ausgewählt hatte, konnte dabei nur Böses im Sinn gehabt haben. Keiner aus der Gruppe konnte es glauben, dass um diese Zeit und vor allem in diese Richtung eine solche Truppe unterwegs war. In der Regel fuhren die Heiratswilligen und ihre Anhängerinnen nach Hamburg, um auf dem Kiez die »Nacht der Nächte« zu erleben. Hier ging es wohl eher nach Berlin, »den Alex« und »das Kotti« unsicher machen. Selbstverständlich hatte die Fee einen Bauchladen dabei, auf dem ein Potpourri der schlechtesten Schnäpse und Likörchen versammelt war. Dazu das übliche Grauen in Form von Strohhalmen, Eiswürfeln und Nudeln – alle in Penisform. Haha. Der erwartungsfrohe Ausdruck im Gesicht der zukünftigen Braut wich allerdings schnell Missmut, als sie auf eine Wand der Ablehnung stieß. Nicht einmal Walter war für einen Apfelkorn zu begeistern.

»Nimm es nicht persönlich«, versuchte Martha die Fee zu trösten. »Geht einfach weiter und habt woanders ganz viel Spaß.«

Grimmige Grimassen und unverhohlenes Unverständnis.

»Ich hoffe, ihr verliert«, zischte eine der Begleiterinnen im Vorbeigehen.

Vor Jettes innerem Auge verwandelten sich die Mitglieder der »Hen Party« in Katzen, die ihre Krallen ausfuhren und fauchten, mit der Braut als launischer Anführerin. Es war zwar gleichzeitig gemein und vorschnell geurteilt, aber Jette konnte sich nicht vorstellen, dass dies eine glückliche Ehe würde. Andererseits: Wer sie und ihre Leute von außen beobachten und bewerten sollte, konnte auch schnell zu einem niederschmetternden Urteil kommen. Die Person musste nur eines der Gruppentreffen besuchen … Jette erinnerte sich gut an das letzte Treffen, das in der alten Schilleroper stattgefunden hatte – und das so typisch gewesen war, wie ein Treffen der Gruppe nur sein konnte.

Flashback. Uhrzeit und Ort hatten sich im Laufe der Zeit mehrfach geändert; der Tag und auch der Ablauf waren hingegen seit der Gründung mit einigen Ausnahmen gleich geblieben. Ebenso wie die gute Luft. Das Treffen hatte stets in Räumlichkeiten stattgefunden, die eine ausreichende Versorgung mit Sauerstoff für eine große Anzahl an Personen gewährleisten konnten. Auf diese Weise war es möglich, auch nach mehreren Stunden noch angeregt zu diskutieren, ohne dass das eigene Wohlbefinden darunter leiden musste. Allerdings waren die Debatten innerhalb der Gruppe immer so zielführend, dass langes Palavern in der Regel gar nicht nötig war. Üblicher Hergang: Jemand spricht ein Problem an und präsentiert in der Regel direkt einen optimalen Lösungsvorschlag. Anschließend werden verschiedene Alternativen erörtert, ohne dass dabei Leute mehr reden, die länger dabei sind, weniger schüchtern oder sich besser ausdrücken können als andere. Alle Stimmen sind gleich viel wert. Außerdem kann jede Person, die sich an der Diskussion beteiligt, immer ausreden. Was ebenfalls zu einem schnellen Ende der Gespräche beiträgt, ist der Umstand, dass alle Argumente und Beispiele immer nur einmal vorgebracht werden. Es redet nie jemand, um sich zu profilieren, um sich reden zu hören oder weil er oder sie einfach so noch etwas sagen will. Geeignete Stichworte: Gesprächskultur, Effizienz, Rücksicht, Basisdemokratie. Am Ende gibt es immer ein Ergebnis, mit dem alle zufrieden sind. Nie wird eine Entscheidung aufgeschoben oder von nur wenigen Mitgliedern gefällt. Beim letzten Treffen hatten sie gleich mehrere Themen auf einmal abgehandelt: Stimmung, Drogen, Gewalt und den richtigen Umgang mit der Polizei. Nur die Haltung der Gruppe zum Israel-Palästina-Konflikt und zur Definitionsmacht hatten sie auf den Gruppentag im Sommer verschoben. Jette erinnerte sich gut daran, dass sich schon im Vorfeld alle lange auf den Abend gefreut hatten. Los ging es mit der Frage, wie sich die Gruppe am besten verhalten sollte, wenn sie auswärts von der Polizei daran gehindert wird, zu Fuß zum Stadion zu gehen; ein Problem, das ihnen voraussichtlich auch heute in Dresden begegnen würde. Paul hatte vorgeschlagen, sich mit anderen Gruppen aus der Fanszene zusammenzuschließen und dann einen gemeinsamen Marsch zu veranstalten. »Auf diese Weise sind alle zufrieden: Die Polizei hat uns an einem Ort, alle kommen möglichst ohne Gewalt zum Stadion und der Fanladen hat möglichst wenig Arbeit.« Allgemeine Zustimmung.

Lutz: »Allerdings sollten wir auch nicht vergessen, dass Ultras sich solche Einschränkungen üblicherweise nicht gefallen lassen. Es könnte also auch erwogen werden, physische Argumente vorzubringen. Oder Fünf-Finger-Taktik und wir legen die Scheißstadt komplett in Schutt und Asche.«

Torre: »Ein guter Einwand, Lutz. Allerdings sind wir ja mittlerweile erwachsen und sollten uns auch entsprechend verhalten. Oder sehe ich das falsch?« Keine Einwände.

Jette: »Spitze. Damit haben wir die Tagesordnungspunkte Polizei und Gewalt bereits erledigt. Wie sieht es mit Stimmung und Drogen aus?«

Marco: »Finde ich beides gut.« Wohlwollendes Gelächter.

Merks: »Ich spreche da jetzt nicht nur für mich, sondern für alle jüngeren Mitglieder: Zwar wollen wir auf der Fahrt Spaß haben, finden es aber wichtiger, dass alle Menschen und Materialien sicher nach Dresden und wieder zurück kommen. Deshalb bleiben alle nüchtern, an den Stationen beim Material und immer zusammen.«

Torre: »Sehr cool. Auf diese Weise ist ja allen geholfen. Welche Lieder werden bei diesem wichtigen Spiel angestimmt?«

Nörb: »Selbstverständlich sind alle Lieder und Aktionen auf das Geschehen auf dem Platz ausgerichtet. Wir peitschen die Mannschaft nach vorne, verzichten auf eintönige Gesänge - und ich stimme ein paar Klassiker an, wenn wir vorne liegen und nichts mehr anbrennen kann.«

Paul: »Topnice! Wir treffen uns um 4.30 Uhr am Stadion und fahren dann gemeinsam zum Hauptbahnhof.«

Und alle so: »Yeah!«

Paul: »Auf diese Weise haben wir genug Zeit, um in Dresden zu Fuß zum Stadion zu laufen. Falls der Polizei dieses Vorhaben nicht gefällt, können wir alternativ immer noch mit öffentlichen Verkehrsmitteln fahren.«

Torre stieß Jette an: »Geil. Dann können wir noch länger mit diesen liebenswerten Freaks abhängen. Ohne riesigen Zeitpuffer und mit Ausschlafen wäre das Ganze ja auch langweilig.«

Sie nickte. »Eben.«

Auf einmal flog eine Fahne in die Mitte. »Ich wollte auch noch mal was in den Raum werfen«, meldete sich Marco. Mit diesem äußerst komischen Gag ging das Treffen auch schon zu Ende, und alle entfernten sich gut gelaunt, nachdem jede Person ihren Müll weggeräumt hatte, die Getränke komplett bezahlt waren und alle gemeinschaftlich den Raum gesäubert hatten.[15]

Jette grinste. Vielleicht wäre das Urteil eines Beobachters doch nicht so vernichtend, wie sie eben gedacht hatte. Sie sah sich um, sah Leute, die an einem Freitag um fünf Uhr morgens Bier tranken und Quatsch erzählten, dachte dann ans Stadion und Menschen, die am Zaun rüttelten und mit Gegenständen warfen, weil auf dem Platz ein Spieler umgefallen war. Na gut, vielleicht doch …

Sie stand auf. Fragender Blick von Martha.

»Ich drehe mal eine kleine Runde«, warf ihr Jette im Vorbeigehen zu. Dass sie vorhatte, nach Merks zu sehen, musste sie ja nicht jedem auf die Nase binden. Ultrà-Muddi on Tour. Sie arbeitete sich durch mehrere Waggons vor, die ihr alle ein ähnliches Bild präsentierten: kleine Grüppchen von Paulianern, die entweder schlummerten oder dem Alkohol frönten. Insgesamt herrschte eine relativ ruhige Stimmung. Noch. Als sie den vierten Waggon erreichte, wurde sie von lauter Musik und einigermaßen genervten Fahrgästen begrüßt. Es lief irgendwas von Den Atzen, wie sie zu erkennen glaubte. Oder auch nicht, auf jeden Fall Kirmes-Techno. Grauenhaft. Die Truppe rund um Lutz hatte offenbar nicht geschlafen und setzte die Party vom Vorabend ungerührt fort. Wie dieser Haufen in Dresden irgendetwas erreichen wollte, war ihr schleierhaft.

Lutz erzählte gerade von ihrer Genua-Fahrt: »Also, die Doriani bereiten sich schon vor und sagen uns, dass wir besser nicht mitkommen sollen, weil es richtig hart wird. Aber wir natürlich vorne mit dabei. Deshalb waren wir schließlich da. Und sie hinterher so voller Ehrfurcht, weil wir uns gut geschlagen haben …«

Jette erinnerte die Geschichte etwas anders und unterbrach: »Na Leute, Bock auf geilen Support heute?«

---

15 Genau so war's gewesen. Nämlich.

Die Ironie wurde nicht erkannt oder bewusst ignoriert.

»Na logo! Komm Jette, trink einen Schnaps mit uns«, ließ sich Lutz vernehmen. Der Tonfall seiner Stimme war noch eine Spur scheppernder als sonst.

»Was habt ihr denn da?« Jette wollte wenigstens wissen, was sie ablehnte.

»Borghetti oder Limoncello«, kam es wie aus der Pistole geschossen.

»Das Frühstück der Champions …« Was Besseres fiel Jette auf die Schnelle nicht ein.

Sie wandte sich direkt an Lutz: »Hast du Merks gesehen, ich dachte, er wäre bei euch.«

Lutz legte die Hand ans Kinn und warf sich in Denkerpose. »Merks, Merks … Ist das dieser Kleine, der immer etwas schüchtern rüberkommt?« Als er sah, dass Jette es ernst meinte, lenkte er ein. »Der ist gerade mit Marten und Daniel in Richtung Klo abgezogen, glaube ich zumindest.« Dabei grinste er breit.

Jette konnte sich denken, dass sie nicht zum Pissen dorthin gegangen waren. Daniel war einer der Leute, die alles mitnahmen, was sich ihnen an einfachen Vergnügen bot. Das Ding war, dass man ihm bereits ansehen konnte, dass er gerne Speed nahm – was für ihn nicht gerade vorteilhaft war. Es unterstrich sein ohnehin schon hageres Gesicht. Lutz hatte ihm einmal zum Geburtstag den berühmten Staubsauger aus dem Headshop auf dem Kiez geschenkt: ein Utensil, mit dem man keine Lines mehr legen musste, sondern einfach einen Haufen ziehen konnte. Das Traurige war, dass Daniel sich sogar darüber gefreut hatte. War ja auch ein unglaublich praktisches Tool.

Jette war sich nicht sicher, was sie jetzt tun sollte. Auch wenn sie selbst keine Drogen nahm, Kaffee, Nikotin und Alkohol ausgenommen, fand sie es nicht schlimm, wenn andere das taten. Sie hatte nur das Gefühl, dass sie Merks vor Leuten wie Lutz und Daniel beschützen sollte. Sie mochte den Lütten und wollte verhindern, dass er auf »der dunklen Seite der Macht« landete. Als solche empfand sie die Mischung aus Drogen und Gewalt. Andererseits: Wer war sie, dass sie anderen Menschen Vorschriften machen konnte, auch wenn diese jünger waren? Musste nicht jede Person ihre Erfahrungen bis zu einem gewissen Grad selbst machen? Sie entschied sich erneut dazu, Merks zu einem späteren Zeitpunkt vorsichtig zu interviewen, wenn es die Situation erlaubte.

»Warum bist du eigentlich nicht bei der Auto-Crew dabei?«, fragte sie Lutz. »Wäre das nicht genau dein Ding, mitten in Dresden einen auf dicke Hose zu machen?«

Lutz winkte ab. »Eigentlich schon. Aber ich dachte, dass die Wahrscheinlichkeit nicht besonders hoch ist, dass dieser Plan funktioniert. Dann lieber mit allen fahren und das Spiel sehen können.«

Jette zog eine Augenbraue hoch, sagte aber nichts. Sie hatte den Verdacht, dass Dresden einfach eine Nummer zu groß für Lutz und seine kleine Firma war – und dass Lutz das auch wusste. Allerdings konnte sie sich auch in diesem Punkt irren. Ihr Urteilsvermögen schien heute leicht getrübt zu sein.

»Das versteh ich. Bis später«, sagte sie noch und machte sich dann auf den Rückweg zu der Gruppe, von der sie eben gekommen war.

Kurz bevor sie dort ankam, sah sie am Ende einer Kloschlange Andrew und entschied sich, kurz mit ihm zu schnacken. Andrew war übergesiedelt. Er kam aus Glasgow und sah genau so aus, wie du dir Andrew aus Glasgow vorstellst: ein rundes Gesicht, das von rötlich-braunen Locken eingerahmt wurde; eine mittelgroße, stämmige Gestalt, zu der weiße Turnschuhe perfekt passten. Er war Mitte Zwanzig, selbstverständlich Celtic-Fan. Allerdings schaffte er es nicht mehr so oft zu Spielen seiner Mannschaft. Andrew war erst seit ein paar Monaten in Hamburg, aber schon die ganze Zeit über mit Sankt Pauli und der Gruppe unterwegs. Methadon, sozusagen.

Für eine Weile ist es total cool, mit einem anderen Verein unterwegs zu sein. Horizont erweitern und so, gewisse Dinge schätzen lernen. Aber letztlich ist es immer nur ein Ersatz und einfach nicht das gleiche, wie in der heimischen Kurve mit alten Freunden abzugehen. Bei anderen Personen, die von der Seite reingegrätscht kamen, war die Gruppe inzwischen misstrauisch geworden. Zu viele Fälle von verdeckten Ermittlern hatten die linke Szene der Stadt in den letzten Jahren erschüttert. Es hätte Jette derbe gewundert, wenn in all den Jahren nicht auch jemand auf ihre Gruppe angesetzt worden wäre. Aber sich darüber den Kopf zu zerbrechen, war müßig und vergiftete das Klima. Außerdem ging die Wahrscheinlichkeit gegen Null, dass Andrew eigentlich eine Marke trug. Da hatte er den Briten-Bonus. Er freute sich sichtlich, als er Jette sah und begrüßte sie mit einem »Moin«, das bei ihm immer eher wie ein »Mong« klang. »What's up, Dude«, fragte Jette lachend. »Hast du schon ein paar Bier getrunken?«

»Das kannst du so sagen, ja?«, antwortete Andrew. »Ich wünschte, wir würden haben Pause, damit alle könnten pissen.«

»Auf dem Bahnsteig, alle in einer Reihe? Auch nicht die beste Wahl, oder?«

Andrew winkte ab. »Wenn du musst pissen, ist alles andere egal. Und niemand tut sich kümmern um meinen Dick, wie sagt man noch auf Deutsch …?«

»Schwanz«, sagte Nörb, der hinter Jette aufgetaucht war, ohne mit der Wimper zu zucken. »Pimmel, Würstchen, Lümmel, Pullermann, Piller, Willi, Schwengel, Dödel, Schniedelwutz …«

Andrew unterbrach ihn, so laut musste er lachen.

»Kannst du wiederholen das Letzte? Shneeglewhats?«

Nun musste selbst Jette grinsen. Andrews Fröhlichkeit war einfach ansteckend, selbst wenn es um männliche Geschlechtsteile ging.

Etwas über eine Stunde unterwegs und schon der erste Stau. Hoffentlich auch der letzte. Skinhead-Ole lehnte sich auf dem Beifahrersitz des Neuners zurück und seufzte. Das konnte ja noch heiter werden. Wenigstens lief mit *Come On Eileen* von *Save Ferris* halbwegs gute Musik – auch wenn sie besser zum Fahren geeignet war als für Stillstand. Aber er war mit guten Kollegen im Auto unterwegs, die er kannte und die ihn nicht nervten, so wie andere Paulis im Fanladenbus oder Ultras und Normalos im Zug. Zwar waren mit Spezi und Basti zwei Vertreter der Uffdas mit an Bord – aber die beiden kannte Ole schon seit einer Weile und wusste, dass man sich auf sie verlassen konnte. Außerdem konnten sie so jederzeit eine Pause machen, wenn ihnen gerade danach war. Zumindest theoretisch, wenn sie nicht gerade im Stau standen so wie jetzt. Er sah sich im Wagen um.

»Seid ihr alle fit?«

Basti grinste. »Klar. Hab die ganze Woche hart an meinen Judo-Skills gefeilt.«

»Judo, die Blockflöte unter den Kampfsportarten? Ich hab 'nen schwarzen Gürtel in Mikado!«

Auch wenn Spezi jetzt Quatsch erzählte – wenn es ernst wurde, war auf ihn Verlass. Ja, mit dieser Crew konnte man sogar in Dresden etwas reißen. Ole hatte auf jeden Fall richtig Bock, sich genau dort zu präsentieren. Vielleicht gab es dafür auf die Mütze, aber das wäre es wert. Diese Gelegenheit gab es vermutlich auch so schnell nicht wieder. Der Wiederaufstieg für Sankt Pauli aus der 3. Liga schien sehr wahrscheinlich und Dresden würde vermutlich noch eine Weile dort herumdümpeln. Sollte die Aktion wenigstens zum Teil gelingen, würde man darüber in beiden Städten noch eine Weile reden. Das wog ein blaues Auge und ein paar Hämatome locker auf …

Berlin-Spandau. Umsteigen. Die ganze Meute belagerte den Bahnsteig. Eine knappe Viertelstunde, bis der Anschlusszug kommen sollte. Jette entschied sich dazu, das Gleis noch einmal zu verlassen und sich ein Brötchen oder ein Getränk zu holen. Oder einfach noch etwas anderes zu sehen als müde und betrunkene Sankt Paulianer, die auf die nächste Bahn warteten. Treppe runter, keine Bullen weit und breit. Mit so einem Haufen hat hier um diese Uhrzeit niemand gerechnet, trotz Wochenende und Spieltag. Ihr sollte es mehr als recht sein, bedeutete es doch mehr Bewegungsfreiheit und weniger Stress.

Unten kamen ihr Torre und Lutz entgegen, die über beide Ohren grinsten. »Was ist denn mit euch los? Habt ihr Geld gefunden?«

»Viel besser«, antwortete Lutz sofort. »Komm Torre, zeig mal unsere Eroberung.«

Torre griff unter seine Jacke und zog ein Screwdriver-Shirt hervor. Den Rest der Geschichte konnte sich Jette denken, doch Lutz erzählte sie natürlich trotzdem: »Haha, so ein völlig orientierungsloses Pärchen, er mit dem Shirt, sie mit Thor Steinar-Gürteltasche. Fragen uns, ob wir uns auskennen und ihnen sagen können, wie sie am schnellsten zum Hauptbahnhof kommen. Und Torre so ganz trocken: ›Nein, nein, du miese Mistmade!‹. Und ich dann so ›Fick dich, Nazi‹ und Torre noch trockener: ›Du hast jetzt genau eine Möglichkeit, um nicht in die Schnauze zu kriegen‹. Da hat er uns schnell sein Shirt gegeben und sich verpisst, oberkörperfrei …«

»Bleibt nur die Frage, warum ihr die Bauchtasche nicht auch habt«, meinte Jette.

Lutz' Grinsen wurde noch breiter, und er zog sie unter seiner Jacke hervor. »Das Beste kommt noch; du wirst nie erraten, was da drin ist.«

»Na?«

Lutz zog den Reißverschluss betont langsam auf – und dann zwei Karten für das heutige Spiel hervor. In Dresden, für die Heimkurve. Jette staunte nicht schlecht, dass die beiden tatsächlich zwei Dynamo-Fans in Berlin abgefangen hatten, während Lutz schon wieder wilde Pläne schmiedete.

»Dann sneaken wir uns da rein, möglichst unauffällig, und gucken uns die Kurve mal aus der Nähe an. Wenn es gut läuft, machen wir einen auf Zwickau und hängen einfach während des Spiels ein Transpi ab …«

»Ohne Nörb kommt da wohl keiner heil wieder raus«, mahnte Jette. »Wenn ein Einheimischer die beiden Selbstmörder anspricht, die das durchziehen wollen, ist Hochdeutsch nicht angesagt.«

»Du musst uns doch jetzt nicht gleich alles wieder madig machen mit deinem Realismus«, beschwerte sich Torre, obwohl er natürlich genau wusste, dass sie recht hatte.

»Du hast es heute mit Maden, kann das sein«, schoss Jette umgehend zurück.

In diesem Moment kam Marco vorbei: »Mladen Petric?«

Altdöbern, Lampertswalde, Priestewitz. Ein Ortsname schöner als der andere. Wenn man auswärts fuhr, und sei es nur hin und wieder so wie Jette gerade, merkte man erst richtig, wie gut man es in einer Stadt wie Hamburg hatte. Wer würde sonst auf die Idee kommen, an einem Sonntagmorgen für einen Tagesausflug nach Sandhausen oder Heidenheim zu fahren? Eben. Durch das Auswärtsfahren wirst du mit dem unbekannten Kleinstadtleben direkt konfrontiert. Mit dem, was viele aus der Gruppe sofort als »Elend« bezeichnen würden. »Hier will ich aber auch nicht tot überm Zaun hängen« war zum Beispiel ein Satz, den Jette auf solchen Touren schon häufig gehört hatte – und das nicht nur aus dem Mund von Becker. Bei Dörfchen wie Elsterwerda-Biehla ist großstädtische Großkotzigkeit garantiert.

Bier, Kloschlange, Mumpitz. Das Entertainment ließ jedenfalls zu wünschen übrig. Jette gähnte wieder einmal und beobachtete heimlich die Familie, die sich mitten zwischen ihnen auf einem Vierer breit gemacht hatte. Sie ließ sich von dem Treiben um sie herum scheinbar nicht im Mindesten beim Verzehren von Stullen und bei »Vier gewinnt« stören. Jette bewunderte den Gleichmut der Eltern und fand ihn gleichzeitig merkwürdig. Ob sie auch so gelassen sein würde, wenn sie jemals Kinder hatte? Wenn sie umgeben war von Menschen, die sich betranken und unflätige Wörter benutzten? Wohl kaum. Leude gibt's, die gibt's gar nicht.

Die Gruppe auf den Nebensitzen hatte das, was Torre gerne als den »Pauli-Pegel« bezeichnete. »Der Pauli-Pegel«, hatte er einmal erklärt, »ist ein Grad der Betrunkenheit, auf dem du eine derbe bescheuerte Idee hast. Nichts und niemand kann dich dann davon abhalten, sie auch in die Tat umzusetzen. Und du machst auch dann weiter, wenn es faktisch gar nicht möglich ist, das Ziel zu erreichen.«

Bei ihren Sitznachbarn äußerte sich das gerade folgendermaßen: Die derbe bescheuerte Idee bestand aus dem Versuch, die Schaffnerin davon zu überzeugen, dass einer aus der Gruppe mitkommen und über das Mikrofon eine Durchsage machen durfte. Nicht davon abhalten konnten sie: die Schaffnerin, die Normalos auf dem Vierer daneben, die Bahn-Zivis, die offenbar von der Gruppe gar nicht erkannt wurden, und Jette. Gar nicht möglich war es, die Idee auszuführen, weil es schon enormer Gewaltanwendung bedurft hätte, um ohne die Zustimmung der Schaffnerin an das Mikrofon zu gelangen. Aber: Sie versuchten es weiter.

Torre seufzte. »Wie war das noch mal mit dem blinden Aktionismus, der besser ist als keiner?«, wollte er von Jette wissen.

Als er keine Antwort erhielt, fügte er hinzu: »So viel vergeudete Energie ...«

Lutz hatte offenbar den letzten Teil des Satzes aufgeschnappt: »Was ist mit Energie? Ich hasse Cottbus, es gibt keine Szene, die ich mehr hasse!«

In Senftenberg war es dann vorbei mit Inkognito und Geheimniskrämerei. Als die Regionalbahn auf den Bahnsteig einfuhr, standen bereits zahlreiche behelmte Polizisten bereit. Diese stiegen zwar nicht in den Zug ein, aber waren ein deutliches Zeichen dafür, dass sie auch in Dresden bereits erwartet wurden. Nun gut, dann also Plan B. Das bedeutete, ein klassisches Ablenkungsmanöver zu starten: laut sein, Ärger machen, die Polizeikräfte binden. Auf diese Weise konnten sie den übrigen Leuten in der Stadt möglicherweise etwas Luft verschaffen.

Die knapp eine Stunde, die die restliche Fahrt nach Dresden noch dauerte, war die steigende Anspannung deutlich spürbar. Jette hatte sich mittlerweile an einem Ausgang postiert. Dieser Standort hatte zwei Vorteile: Zum einen konnte sie so sehen, wer einstieg, falls Beamte, Nazis oder Dynamo-Fans in den Waggon kommen sollten; zum anderen gehörte sie so zu den Ersten, die am Zielbahnhof aussteigen konnten. Das war ein Moment, den Jette am Zugfahren zu Auswärtsspielen schätzte: am Hauptbahnhof der Heimmannschaft ankommen und das laute »Sankt Pauli!« herausschreien. Macker hoch hundert, aber geil. Wenn überhaupt etwas passierte, dann meistens in diesem Moment. Oder kurz danach. Trotz Polizei. So wie das eine Mal, als sie im Münchner Hauptbahnhof von Nürnberg-Fans angegriffen worden waren.

Kurz vor Dresden gesellten sich Torre und Nörb zu ihr. »Ich glaube, ich war noch nie im Osten mit der Bahn unterwegs und habe so wenig Nazis gesehen wie heute«, meinte Torre.

Jette stimmte ihm zu. »Hast recht. Wenn selbst in Berlin mehr Action ist als in Sedlitz Ost, stimmt doch irgendwas nicht. Ist heute ein Aufmarsch irgendwo oder ist es einfach noch zu früh?«

»Bestimmt zu früh«, winkte Nörb ab. »Deshalb haben wir ja auch erst eine Handvoll schwarzgelber Schals gesehen. Die kommen alle erst später aus ihren Löchern gekrochen. Wenn die wüssten, dass die Paulis einfach mitten durch ihre Gegend fahren …«

»Freut euch schon mal auf die Rückfahrt, das wird ein Riesenspaß: Spießrutenlaufen wie damals in den Neunzigern«, prophezeite Torre.

»Warten wir doch erstmal ab, was der Tag bringt, bevor wir den Teufel an die Wand malen«, wandte Jette ein. »Es kann noch so viel passieren.«

»Ja, geil. Stellt euch mal vor, wie öde es wäre, wenn wir wieder Bus gefahren wären.«

Jette teilte Nörbs Meinung nur zum Teil. Mit dem Bus fahren hat auch Vorteile, zum Beispiel eine relativ sichere Ankunftszeit bei der Rückfahrt. Nach dem Spiel würden sich viele einen Bus wünschen, dessen war sich Jette sicher. Aber in diesem Moment hatte sie auch Bock auf Action, deshalb war sie schließlich hier. Und natürlich auch, um die Mannschaft in der Fremde bestmöglich zu unterstützen.

»Ist Willy eigentlich mit?« Ihr war aufgefallen, dass sie den trinkfesten Hallodri bislang noch gar nicht gesehen hatte.

»Pfhhhhhh«, kam es lediglich als Geräusch von Nörb.

»Willy ist schon länger nicht mehr aufgetaucht«, erklärte Torre. »Nach Genua war er noch ein paar Mal mit auswärts. Aber in letzter Zeit nicht mehr. Kein Plan, ob der sich wieder blicken lässt.«

»Hm, schade wär's schon«, meinte Jette.

»Ach, naja. Wir haben schon wichtigere Leute verloren im Laufe der Jahre«, meinte Torre.

Dresden. Ankunft. Die Türen des Zuges gingen auf, alle raus, alle laut. Der Bahnsteig war wie erwartet zugeschissen mit Cops. Jette schob sich schnell nach vorne durch und gehörte zu den Ersten, die vornweg liefen. Arme hoch und den Namen des eigenen Vereins brüllen, so laut es geht. Adrenalin und ein unglaubliches Hochgefühl. Auch wenn die Polizei alles unter Kontrolle hatte und sie zunächst nicht weit kamen – allein überhaupt hier im Bahnhof anzukommen, und nicht direkt vor dem Stadion aus einem Bus zu fallen, hatte schon was. Als die Polizei den Marsch stoppte und sie warten mussten, blickte sich Jette suchend um. Neben ihr waren die üblichen Verdächtigen, auch Lutz befand sich ziemlich weit vorne. Irgendwo musste doch auch Merks sein. Wie so oft war es nicht ganz einfach, die Leute auseinanderzuhalten: Schwarz, wo sie auch hinsah. Auf den zweiten Blick war es aber kein Problem, ebenfalls wie so oft. Die Leute mussten einfach nur zwei Schritte laufen, damit Jette sie auch von hinten erkennen konnte. Die Polizisten schienen relativ entspannt zu sein. Auch keine Selbstverständlichkeit in Sachsen. Trotzdem durften sie nicht zu den Schließfächern, sondern sollten sich geschlossen auf den Bahnhofsvorplatz begeben. Weise wie sie nun einmal waren, hatten sie sich dazu entschieden, heute nur ein paar Fahnen mitzunehmen. Auf die Trommeln wollten sie aber nicht verzichten, für die Materialien gab es ein Extra-Auto. Zumindest mussten sie sich so unterwegs nicht mit dem Material beschäftigen und die Sachen beschützen, sondern alle konnten sich relativ frei bewegen. Das Auswärtstranspi hatte eine vertrauenswürdige Person um den Bauch gebunden. Jette vermutete, dass es entweder Marco oder Torre war, der diese Aufgabe übernommen hatte. Zwar war Marco ein klassischer Hans Guckindieluft, bei solchen Dingen konnte man aber voll auf ihn zählen. Dresden auswärts, Digger. Da würde er keinen Mist bauen, selbst wenn er dadurch die Gelegenheit für einen schlechten Witz verpasste. Gleichzeitig hatten sie einen

»falschen Hasen« dabei: Paul trug gut sichtbar einen großen Wanderrucksack. Darin befanden sich allerdings nur ein paar Flaschen Wasser. Nörb hatte ein Megafon dabei – und wie üblich wollten die Bullen mit ihm die Route absprechen und ihn dazu anhalten, bestimmte Verhaltensregeln an »seine Leute« weiterzugeben, die »ja schließlich auf ihren Chef hören würden«. Nörb ignorierte die Anquatschversuche der Cops und zeigte ihnen die kalte Schulter. Wie üblich stieß er damit auf Unverständnis. Wie üblich war ihm das scheißegal.

Als sie auf den Bahnhofsvorplatz kamen, lösten sich ihre Pläne in Rauch auf, die Innenstadt zu Fuß zu erreichen. Es waren enorm viele Polizisten anwesend, die zwar ihre Helme nicht aufhatten, aber dennoch darauf hindeuteten, dass es um ihre Bewegungsfreiheit in Dresden nicht gut bestellt war. Auch als sie wieder anfingen, laut »Sankt Pauli!« zu rufen, verzogen die Cops keine Miene. Sie waren sich bewusst, dass sie genug Personen vor Ort hatten, um den doch recht überschaubaren Mob aus Hamburg in Schach zu halten. Jette spürte eine Berührung an ihrem Arm. Es war Torre.

»Was sagst du: Plan B?«

Sie überlegte kurz. »Wie sollen wir hier jetzt noch mehr Bullen nötig machen, ohne so sehr über die Stränge zu schlagen, dass wir dafür einfahren? Das Risiko ist hoch – und schließlich ist das Spiel wichtiger als unser Rumgemacker auf der Ost-Tour.«

Torre nickte. »Ich glaube sogar, dass wir unseren Teil allein dadurch erfüllt haben, dass wir da sind. Guck mal, wie viele Sixpacks die hier alleine zum Abriegeln des Platzes haben. Das könnte schon reichen. Hoffentlich haben die Autofahrer in der City ein wenig Spaß.«

»Wir werden sehen.«

Der Lautsprecherwagen der Polizei gab knarzende Geräusche von sich. Die folgende Durchsage ging in lauten Schlachtrufen unter. Es war Tradition und Selbstschutz, eine Ansage der Staatsmacht nicht verstehen zu können. Einzelne Wörter konnte Jette dennoch heraushören – wie erwartet sollten sie mit Bussen und unter Polizeischutz zum Stadion gebracht werden. Als die Durchsage beendet war, wurden auch die Gesänge vorerst wieder eingestellt.

»Wie, keine Mucke zur Beruhigung?« Die Entrüstung in Beckers Stimme war so sehr gespielt, dass niemand darauf einging. Die Geschichte war uralt: Damals, beim Derby in Leipzig, war im Stadion zu diesem Zweck *Sunshine Reggae* gespielt worden, was von findigen Ultras sofort auf den eigenen Verein umgedichtet worden war. Spezi war dabei gewesen (mit »Aue = Schweine-Shirt«) und hatte die Story bestimmt schon hundert Mal zum Besten gegeben. Tatsächlich hätte das Lied gepasst: Es war sonnig und angenehm draußen. Noch. Später würde es vermutlich sehr warm werden. Jette stimmte *Like Ice In The Sunshine* an, als sie sich zu den Bussen aufmachten, die tatsächlich schon kurze Zeit später bereitstanden. Das war ihr Gute-Laune-Klassiker.

Im Bus wurde es dann tatsächlich sehr schnell sehr heiß. Da war sie wieder, die self-fulfilling-prophecy. Hätte Jette bloß mal ihre Klappe gehalten. Da die Polizei offenbar nicht mehrmals zwischen Bahnhof und Stadion hin- und herfahren wollte, sollten alle anwesenden Sankt-Pauli-Fans mit einer Fuhre rübergebracht werden. Zwar standen drei Busse bereit, doch wegen der nicht ganz so kleinen Gruppe wurde es sehr eng. Jette hatte wieder einmal den Vieh-Flash, wie sie es nannte, der immer nur auswärts auftrat: Die eigene Gruppe erschien vor ihrem inneren Auge wie eine Herde Kühe, die zur Schlachtbank getrieben wird. Sie fand es immer wieder zum Kotzen, dass man sich wie ein Tier behandeln lassen musste, nur weil man in einer anderen Stadt ein Fußballspiel sehen wollte. Am schlimmsten war dieses Gefühl in Dortmund gewesen, wo in den winzigen

Bahnen viel zu viele Menschen zu diesem viel zu großen Stadion transportiert werden mussten, das viel zu wenige und zu kleine Ausgänge hatte. Als hätte es Tragödien wie die *Loveparade* oder *Heysel* nie gegeben.

Die Fahrt dauerte nicht allzu lange; anders als in Braunschweig, wo die Busse vom Bahnhof stets die längstmögliche Strecke nahmen, um die Gästefans so lange wie möglich vom Stadion fernzuhalten. Obwohl die Fahrt relativ schnell vorbei war, wurden gerade die letzten Minuten für Jette zur Geduldsprobe: Sie brauchte dringend frische Luft und wollte außerdem den ganzen schwitzenden Leibern nicht so nahe sein. Dafür war es definitiv noch zu früh. Und die üblichen Gags trugen ebenfalls nicht dazu bei, die Fahrtzeit zu verkürzen.

> Egal, welche Fanszene, egal, welches
> Fortbewegungsmittel: Irgendwann wird ein
> Witzbold den Scherz machen: »Die Fahrscheine, bitte!«

Die letzten Kilometer mit dem Zug waren genutzt worden, um das Feuerwerk zu verteilen. Sie hatten lange überlegt, wie sie die »heiße Ware« am besten ins Stadion schmuggeln könnten – vor allem, weil die Ordner hundertpro damit rechneten, dass sie Bengalos dabei hatten. Die Sporttasche mit dem Stuff stand etwas verloren beim hinteren Ausgang. Jette seufzte. Sankt Pauli hatte nicht gerade den Ruf, alles immer problemlos überall mit reinzubekommen. Ihr fiel die Geschichte mit dem Freundschaftsspiel in Babelsberg ein: Nicht einmal da hatten sie es geschafft. Stattdessen hatte jemand die Tasche über den Zaun beinahe direkt in die Arme der Ordner geworfen.

»Blocksturm können wir knicken, dafür haben die zu viele Module bei der Security«, meinte Nörb. »Dresden halt. Jeder Ordner ist zwei Mal ich. In Hannover ging das damals vielleicht, aber hier …«

»Dann machen wir es Old School: Jeder von uns nimmt etwas mit. Auf diese Weise kriegen wir möglichst viel rein.« Wieder mal ein guter Vorschlag von Martha. Unauffällig hatte sie sich dazugesellt; Jette hatte sie seit dem Ende der Zugfahrt nicht mehr gesehen. Sie hatte Merks im Schlepptau, der wieder mal einen etwas schiefen Blick drauf hatte. Kein Wunder, dachte sie, wenn er mit Daniel unterwegs gewesen war.

»Auf diese Weise verlieren wir bestimmt viele Leute«, grummelte Paul.

»Ah, der Optimist wieder«, meldete sich Torre erneut zu Wort. »Hast du eine bessere Idee?«

Schweigen. Jette vermutete nicht ganz zu Unrecht, dass Paul einfach das Risiko vermeiden wollte, das Spiel zu verpassen.

»Also los, die Tasche ist da. Jeder nimmt sich etwas raus. Unauffällig verstauen und dann sind alle auf sich alleine gestellt. Nicht die beste Lösung, aber na gut.« Wenn jemand für Nägel mit Köpfen gut war, dann Torre.

Beim Stadion angekommen, sammelten sich alle vor der Gästekurve und schnappten erst einmal nach Luft. Jette wusste nicht, wie das imposante Ding gerade hieß. Sie erinnerte sich noch an »Rudolf Harbig« und auch an den etwas merkwürdig anmutenden Namen »Glücksgas Arena«. Doch wer aktuell für die Bezeichnung bezahlte, war ihr nicht bekannt. Und auch irgendwie egal.

»Was jetzt?«, fragte Marco in die Runde, nachdem alle ihren naheliegenden Bedürfnissen nachgegangen waren (pissen, rauchen, nach der Öffnungszeit für die Gästekurve fragen).

Bis zum Anpfiff waren es noch knapp drei Stunden, die sie eigentlich für den Stadtbesuch eingeplant hatten. »Na, Bier holen natürlich«, antwortete Lutz wie aus der Pistole geschossen. Jette fand die Idee nicht schlecht, obwohl sie von Lutz kam. Sie hatte keine Lust, die Wartezeit bis zur Stadionöffnung ausschließlich in dem geschützten Bereich vor dem Gästeblock zu verbringen. In Dresden gab es schließlich immer etwas zu erleben. Dazu kam, dass bestimmt nicht alle mitwollten. Hier vor der Kurve war es deutlich sicherer als draußen auf der Straße und im angrenzenden Park, wo es bald von Dynamos wimmeln würde. Also schnappte sie sich Marco und Torre, die sie nicht lange überzeugen musste, und machte sich auf den Weg zum nahegelegenen Supermarkt. Sie waren keine 20 Meter weit gelaufen, als sie an einem Polizeiwagen vorbeikamen, an dem ein älterer Polizist lehnte und in aller Gemütlichkeit einen Kaffee trank. Er musterte sie kurz und kam dann grinsend zwei Schritte auf sie zu.

»Leute, so könnt ihr hier doch nicht rumlaufen«, begrüßte er sie in breitestem Sächsisch. Sie schauten ihn fragend an, ohne etwas zu erwidern. Er deutete eine Kopfbewegung zu ihren Händen an.

»Mensch, Beck's trinkt hier doch keiner. Ihr müsst euch ein Feldschlößchen oder so holen. Dann fallt ihr nicht auf. Sonst habt ihr schnell Ärger.«

Auch wenn es ein Cop war, von dem der Ratschlag kam – er hatte auf jeden Fall recht, das mussten sie eingestehen. Also tranken sie aus und stellten die Flaschen neben den nächsten Mülleimer.

»Pfand gehört daneben«, bemerkte Jette. Marco sah sie von der Seite schief an. »Wann bist du denn zum Hippie geworden? Warst du so lange weg? Fand gestört das eben!«

Torre und Jette lächelten nachsichtig – wussten sie doch, dass sie alle in solchen Dingen einer Meinung waren. Durch das Danebenstellen erleichterten sie den Pfandsammlern die Arbeit. Im Dreck zu wühlen ist scheiße.

> Wenn du anderen Menschen auf einfache Weise ihre
> Würde erhalten kannst, solltest du es in jedem Fall auch tun.

Im Supermarkt ein paar Pilsetten zu holen, war weniger aufregend, als Jette sich das vorgestellt hatte. Tatsächlich waren bislang nur wenige Schwarz-Gelbe hier unterwegs – und das war auch eher so Kuttenvolk. Trotzdem mochte sie es immer gerne, in anderen Regionen einkaufen zu gehen. Eine andere Produktpalette präsentiert zu bekommen, war immer lustig. Am meisten mochte sie Lidl in Großbritannien, wo die Läden zwar auf den ersten Blick wie gewohnt aussahen, in allen Packungen aber andere Sachen drin waren. Steak Pie ...

Sie entschieden sich, gleich einen ganzen Kasten mitzunehmen. Schließlich hatten sie noch genug Zeit und konnten deshalb gleich vor dem Stadion ein paar Biere verschenken. Auf dem Rückweg passierten sie erneut den gemütlichen Wachtmeister und prosteten ihm mit dem heimischen Bier zu. Er zwinkerte und hob seinen Kaffeebecher.

»Der erinnert mich an die Polizisten damals in Magdeburg, als wir aufgestiegen sind und die nicht«, meinte Torre versonnen. »Wisst ihr noch, wie die nur die ganzen Schreibtischhengste zu unserem Schutz abgestellt hatten, weil gleichzeitig G8 in Heiligendamm war ...«

»Na klar«, lachte Marco. »Die alte Story. Haben uns oft genug den Kopf gerettet, die Dödel in Uniform.«

»Aber auch genauso oft derbe reingeritten«, erwiderte Torre. »Und das nicht nur mit der Pferdestaffel in Lübeck. Alleine immer die Scheiße mit dem Diffidati-Marsch bei Heimspielen, von Eutin ganz zu schweigen.«

Mittlerweile waren sie schon wieder in der Nähe des Stadions und damit beinahe in Rufweite zur Gästekurve.

In diesem Moment kam Lutz an ihnen vorbeigelaufen und winkte hektisch, drei seiner Leute im Schlepptau.

Sobald einer losläuft, gucken alle anderen wie aufgescheuchte Rehe hoch – oder laufen einfach mit, ohne nachzudenken.

»Was ist denn los, was geht?«

Torres Frage blieb unbeantwortet, doch Marco hielt das nicht davon ab, den vier Jungs hinterherzurennen. Jette und Torre, die gemeinsam den Kasten trugen, blieben erst einmal stehen. Jette hatte keine Lust, den Kapeiken blind zu folgen, ohne zu wissen, worum es überhaupt ging. Torre schien das ähnlich zu sehen, obwohl sie natürlich schon ein Interesse daran hatten zu erfahren, was eigentlich los war. Während sie an der Kehre warteten, gesellten sich Nörb, Merks und Paul hinzu. Merks freute sich über das Bier und nahm sich sofort eine Flasche. »Habt ihr auch Wasser mitgebracht?«, wollte Nörb wissen.

»Gegenfrage: Ist der Rucksack von Paul schon leer?«

Es dauerte nur wenige Minuten, bis Lutz, Marco und der Rest wieder zurückkamen. Ihre Mienen verhießen allerdings nichts Gutes. Lutz fasste sich an die Nase, während Marco offenbar Schmerzen im rechten Arm hatte, da er ihn in einer nicht gerade entspannten Position hielt.

Er schnitt eine Grimasse, die Jette nicht deuten konnte. »Ach Fuck, Mann, ich hab vergessen, dass ich den Lappen dabei hatte. Wir haben ihn verloren.«

Folgendes war passiert: Als Marco Lutz und dessen Leute eingeholt hatte, hatten diese gerade ein Gebüsch umkurvt – und dann
ist es auch schon losgegangen. Dort hatten drei Dynamo-Fans
gestanden, auf die Lutz und seine Leute sofort draufgeschlagen
hatten, ohne viel Federlesen. Marco hatte sich der Szene genähert, ohne sich jedoch aktiv einzumischen. Er hasste es, wenn er
nicht wusste, worum es bei einer körperlichen Auseinandersetzung
überhaupt ging. Die Schlägerei ist nur von kurzer Dauer gewesen,
da die Dynamo-Anhänger sich so gut wie gar nicht gewehrt hatten. Sie hatten auch nicht besonders sportlich ausgesehen, eher
nach Biermuskeln, aber nach zwei, drei Ohrfeigen angefangen,
sich ziemlich laut zu beschweren. Als sich durch den Lärm weitere
Heimfans genähert hatten, entwickelte sich das Ganze schnell zu
einer klassischen »Ey, Ey, Ey«-Situation: die Streithähne in der
Mitte, etliche Leute kamen hinzu und alle riefen durcheinander.
Irgendjemand zog jemanden weg, jemand anderes fing wieder an,
und schon bald wusste niemand mehr, was eigentlich der Auslöser
für die Hauerei war. Aber Hauptsache, jeder gab lautstark seinen
Senf dazu.

Marco hatte gerade noch mit jemandem diskutiert, als er aus
dem Augenwinkel undeutlich eine Person wahrnahm, die sich ihm
näherte. Er hatte den Schlag gar nicht kommen sehen, sondern
ging sofort zu Boden. In diesem Moment war Lutz gekommen und
hatte den Typen mit einem eingesprungenen Knie weggerammt.
Tony Jaa und Iko Uwais hätten ihre wahre Freude gehabt. Doch es
war zu spät: Der Typ, der anscheinend zu der stabileren Sorte gehörte, hatte sich bereits zuvor das Transpi gekrallt, das Marco unter
seiner Jacke getragen hatte. Nun war er zügig in Richtung seiner
Leute unterwegs. Lutz hatte Marco aufgeholfen, und dann mussten
sie auch sofort ihre Beine in die Hand nehmen, da der gegnerische
Mob ihnen zahlenmäßig mittlerweile deutlich überlegen war. Zum
Glück waren sie alle ganz gut in Form, sodass sie schnell wieder vor

dem Gästebereich ankamen. Einige der Dynamos waren ihnen zwar gefolgt; doch an der Bullenkette kamen sie nicht vorbei. Da half auch das Lamentieren nicht, dass »die Scheiß-Zecken schließlich angefangen haben«.

Die sprichwörtliche Schrecksekunde dauerte faktisch viel länger: Als Marco mit seiner Erzählung fertig war, vergingen einige lange Momente, bis wieder jemand etwas sagen konnte. In Jette brodelte es.

»Was war denn das für eine Kacke? Wie hat die ganze Scheiße überhaupt angefangen?«

Lutz druckste etwas herum. »Na ja, die kamen halt vorbei, als wir da standen, und der eine meinte, wir sollten mal reingehen, da dies ihr Revier sei und so …«

Das war zu viel für Jette. Der berühmte Tropfen, der das Fass zum Überlaufen bringt. Ohne, dass sie es bewusst steuern konnte, bewegte sich ihre flache Hand auf sein Gesicht zu. Zack, auf die Nase. Vor allen Leuten. Das saß. Völlig verdattert sah er sie an, zu keiner Reaktion fähig. Jette hingegen ließ ihrem Unmut freien Lauf:

»Mann, wie bescheuert kann man denn sein? Von so einer Scheiße lasst ihr euch provozieren? Und dann zieht ihr noch Marco mit rein? Du würdest doch Gästefans vor unserem Stadion genauso eine Ansage machen – und zwar mit Recht!«

Lutz war immer noch zu keiner Antwort fähig. Jette konnte sehen, wie es in ihm arbeitete. Er als selbsternannter Anführer seiner kleinen Truppe konnte die Schelle eigentlich nicht auf sich sitzen lassen. Andererseits wusste er auch, dass seine Reaktion jetzt über seine nahe Zukunft in der Gruppe und auch bei Sankt Pauli allgemein entscheiden konnte. Wenn er sich jetzt gehen ließ, konnte er sich auch gleich ganz verpissen. Außer Subbe und Nörb waren inzwischen noch mehr Leute hinzugekommen und beobachteten ihn genau.

»Ist aber auch nicht schlau, mit einem Lappen draußen rumzulaufen«, mischte sich Paul von der Seite ein. »Auch wenn es nicht das Haupt-Transpi war, sondern nur das ›Diffidati con noi‹-Banner.«

Jette hatte kurz den Drang zu schreien, hatte sich aber schnell wieder unter Kontrolle.

»Okay, Paul, stimmt. Aber du kannst doch nicht eine Riesendummheit entschuldigen, indem du eine andere Dummheit als Vergleich heranziehst. Das ergibt einfach keinen Sinn.«

»Ey, ich nehme das auf meine Kappe«, versuchte Marco die Situation zu entschärfen. »Ich habe einfach vergessen, dass ich das Transpi dabei habe. Hätte ja auch nicht mitlaufen müssen, als Lutz an uns vorbeikam.«

Jette ignorierte diese Bemerkung und wandte sich stattdessen direkt an Lutz: »Hast du die Karten für die Heimkurve noch?«

Lutz nickte und zog die Beuteltasche unter seinem Pullover hervor. Jette griff danach und drehte sich zu Torre um: »Kommst du mit?«

Torre war nicht anzusehen, was er gerade dachte. Er zögerte nur ein paar Sekunden, bevor er sich einen Ruck gab. »Ach, was soll's. Alles oder nichts.«

Die beiden entfernten sich schnellen und entschlossenen Schrittes von der Gruppe. Dabei machten sie einen weiten Bogen um die Bullen, die immer noch mit einigen Dresdnern diskutierten.

Mittlerweile strömten immer mehr Sankt Paulianer in Richtung Gästeblock. Auch der Fanladenbus war offenbar schon angekommen und hatte einen Haufen betrunkener Menschen auf das Stadion losgelassen. Subbe sah zwei Typen, die sich nur mit Mühe und Not zum Eingang schleppten, indem sie sich gegenseitig stützten. Dabei versuchten sie, ihre noch vollen Flaschen zu leeren. Ein Großteil des Inhalts landete überall, nur nicht in ihren Mündern.

»So«, sagte Nörb, »da ist die Masse, in der wir untertauchen können. Lass uns mal zum Eingang, die anderen aufsammeln und dann rein. Jetzt ist der beste Moment, um so wenig wie möglich aufzufallen.« Er holte das Auswärts-Transpi hervor, das Torre ihm eben vor seinem Ausflug gegeben hatte.

»Hat eigentlich jemand was von den Leuten gehört, die sich an der Frauenkirche treffen wollten?« Becker war wie aus dem Nichts aufgetaucht.

»Nope. Da werden wir uns wohl gedulden müssen, bis die hier ankommen und erzählen. Oder aus dem Knast anrufen.«

»Danke Paul, das war genau das, was ich hören wollte.«

Marten kam um die Ecke und sah irgendwie unglücklich aus. »Alles okay?«, wollte Subbe deshalb wissen.

Marten druckste etwas herum. »Äh, ich könnte am Eingang ein Problem kriegen ...«

»Wieso, was ist los?«

Verlegenes Schweigen.

»Komm schon, spuck's aus. Sonst kann dir auch niemand helfen.«

»Von meiner Eintrittskarte fehlt ein Stück.«

»Wie ist das denn passiert?« Nun hatte sich auch Paul eingeschaltet. Das machte die Lage für Marten nicht besser.

»Hm, ich dachte, dass es eine alte Karte ist und brauchte einen Filter ... Und dann habe ich noch einen abgerissen und verschenkt.«

Paul bekam vor Lachen kaum noch Luft und kriegte sich gar nicht mehr ein.

»Das kann sich doch kein Mensch ausdenken!«

»Hey, das klappt schon noch«, versuchte Subbe zu beruhigen. »Reiß es einfach so ab, dass es wie ein gerader Riss aussieht. Und nicht, als hättest du einen Filter gebraucht.«

Subbe war wie viele andere nicht gerade ein Schmuggelkönig,

aber im Laufe der Jahre waren ihm ein paar Lücken im System aufgefallen, die man oftmals einfach ausnutzen konnte. Grundlage beim Schmuggeln von verbotenen Gegenständen in ein Fußballstadion ist die Einsicht, dass es jemandem mit einem unverschämt niedrigen Stundenlohn im Prinzip scheißegal ist, was du dabeihast. Der Mensch wird dich genau so durchsuchen, wie es ihm sein Vorgesetzter gezeigt hat. Wenn dann noch der Ansturm auf die Kurve gerade besonders groß ist, geht die Genauigkeit beim Filzen erst recht flöten. Den Moment hatten sie gut abgepasst: Gerade wollten die Neuankömmlinge, darunter auch die Insassen des Fanladenbusses, scheinbar alle gleichzeitig rein. Da Subbes Leute heute keine Fahnen dabeihatten (danke, Autofahrer!), waren sie auch nicht so leicht als Ultrà-Gruppierung zu identifizieren. Zudem gingen alle mehr oder weniger einzeln rein und nicht als Haufen. Klar ist: Wenn du in Schwarz ankommst und eine Bauchtasche schräg über der Brust trägst, dazu Nikes oder New Balances, am besten noch einen Jogger und einen Stone-Island-Pulli, musst du mit einer etwas genaueren Kontrolle am Eingang rechnen. Dann kannst du es knicken, ein Bengalo im Schritt mit reinzubekommen. Wohlweislich hatten sie den Pappenheimern in dieser Aufmachung keine heiße Ware anvertraut. Wenn du dich hingegen etwas geschickt anstellst, und zudem ein bisschen schauspielern kannst, genervt, aber trotzdem unbeteiligt wirken, hast du bessere Karten. Sehr gut ist die Taktik, die Ordner durch etwas Bestimmtes abzulenken, zum Beispiel einen Hoodie, bei dem sie die Kapuze durchsuchen müssen. Dann werden sie vermutlich deinem unteren Bein oder Schuh nur geringe Aufmerksamkeit schenken. Marco sah normal (und alt) genug aus, um nicht auf eine spezielle Variante angewiesen zu sein. Er hatte das Bengalo klassisch in der Unterhose verstaut. Kein Nacktzelt, keine Hunde – das sollte klappen. Tat es auch. Hinter ihm in der Schlange stand Daniel, der vom Style her genau dem Klientel entsprach, auf das es das Security-Personal abgesehen hatte. Als Subbe schon drin war, hörte er ihn lautstark protestieren: Der Ordner solle mal locker machen. Auch das war clever: So zog er die Aufmerksamkeit auf sich, und andere konnten relativ einfach durchschlüpfen. Zumindest während er im Eingangsbereich war, bekam Subbe keinen Fall mit, in dem jemand aus der Gruppe rausgezogen wurde und das Stadion wieder verlassen musste. Auch Merks war reingekommen. So weit, so gut.

Jette und Torre waren völlig ohne Probleme zum Heimbereich vorgedrungen. Vermutlich waren sie als Pärchen unauffälliger und fielen einfach durch das Raster der hiesigen Ultras, die nach Fremden die Augen offen hielten. Hinzu kam sicherlich auch ihr Klamottenstil, der als »normal« bezeichnet werden konnte. Weder zu zeckig noch zu ultrig. Normale Sneakers, nicht zu neu, nicht zu teuer. Jette hatte sich immer gefragt, wie einfach es wohl war, in andere Kurven zu kommen. Letztlich war es wohl in jedem Stadion prinzipiell möglich. Außerhalb des harten Kerns gab es immer neue Leute; und in dem bunten Gewusel einer Stehkurve die Übersicht zu behalten, dürfte auch den Dresdner Ultras äußerst schwer fallen. Problematisch war natürlich der Dialekt. Sie durften so wenig wie möglich reden, sobald sie einmal im Stadion waren. Deshalb legten sie sich ihren Plan auf dem Weg fest: Sie wollten einfach gucken, was sich machen ließ. Ihr Vorteil war, dass die Dresdner sie nicht gesehen hatten. Im Übrigen war das auch der Hauptgrund dafür, dass Jette nach dem Vorfall selbst losgestürmt war. Ansonsten hätte sie Lutz und Marco hierher geschickt. Ein anderer Grund war, dass ihr der Verlust des Transpis nahe ging. Es war schon alt, aber sie hatte es damals mit Torre und Subbe zusammen gemalt, als sie noch die Flora als Basis genutzt hatten. Dieser spezielle Lappen bedeutete ihr etwas. Und davon abgesehen hatte sie gerade heute keine Lust, eine ihrer Fahnen am Zaun der Gegner zu sehen. Allein der Gedanke daran machte sie rasend. Sie hätte auf jeden Fall etwas gebraucht, um ihre Wut zu kanalisieren. Für den Gruppenfrieden war es besser, wenn sie dann nicht in der Nähe von Lutz war. Torre hatte ihr auf dem Weg auf die Schulter geklopft und für einen kurzen Moment gelächelt.

»Wie du Lutz eine geballert hast, alle Achtung. Das hätte kein Mensch außer dir so machen können. Jeden anderen hätte Lutz anschließend zerrupft. Da müssen wir aber nachher noch mal mit den anderen drüber reden, in Ruhe. Stehen lassen können wir das so auch nicht.«

»Sehe ich ein. Aber jetzt sollten wir uns erstmal darauf konzentrieren, wie wir das Banner zurückkriegen.«

Lutz und Marco hatten den Angreifer beschrieben, so gut es ging. Allerdings war ihre Personenschilderung nicht gerade geeignet, das Auffinden zu erleichtern: »Relativ groß«, »breite Schultern, aber kein Modul«, »kurze Haare« und »dunkelgrauer Pullover mit gelbem Schriftzug auf der Vorderseite« waren keine Kennzeichen, die hier auf wenige Leute zutrafen. Genau genommen sah jeder Zweite so aus.

Sie schwiegen, als sie sich der Schlange zum Eingang näherten. Langsam wurde es ernst. Jette lauschte den Gesprächen um sie herum, konnte aber keine feindselige Bemerkung ihr oder Torre gegenüber ausmachen. Eine gewisse Beklemmung rief die Lage aber natürlich hervor. Rund um sie herum war alles Schwarz-Gelb, den einen oder anderen Seidenschal konnte sie ebenfalls ausmachen. Steinar gehörte hier zwar nicht zur Grundausstattung, tauchte aber im Bild durchaus häufiger auf. Ruhig Blut. Es ging relativ schnell vorwärts, und nach kurzer Zeit waren nur noch zwei Personen vor Jette, die auf die Einlasskontrolle warteten. Auf einmal fiel ihr siedend heiß ein, dass sie immer noch das Bengalo in der Jackentasche trug, das Nörb ihr vorhin gegeben hatte. Jetzt war es auch zu spät, um umzudrehen oder es fallen zu lassen. Fuck, fuck, fuck!

Im Stadion ging Subbe erst einmal seinem Auswärtsritual nach: Klo besuchen, Kurve besichtigen, Stadionwurst holen. Die Wurst in Dresden war annehmbar, im Gegensatz zu Aue. Die klassischen Wurststädte wie Nürnberg, Erfurt oder Frankfurt konnten mit ihrem Stadion-Catering nicht punkten. Dann schon eher die Traditionsclubs im Pott. Essen und so. Beckers Theorie war: Wo es gute Wurst gibt, gibt es auch gute Hauer. Subbe glaubte angesichts seiner Erfahrungen allerdings nicht, dass es da einen Zusammenhang gab. Zu seiner Überraschung wurde trotz des Risikospiels Vollbier ausgeschenkt, das gar nicht so schlecht schmeckte. Sogar aus einem Plastikbecher.

Draußen vor der Kurve traf er auf Milli, die noch ein klein wenig erschöpfter aussah als gewöhnlich. »Hey Milli, alles klar? Wie war eure Fahrt hierher?«

Milli verdrehte die Augen. »Grauenhaft. Die Leute waren so breit, auf Höhe Mölln waren einige schon bei ›Meister‹ …«

»Meister?«

»Ja, so aus der siebten Reihe nach vorne zum Busfahrer durchbrüllen: ›Ey Meister, mach mal die Musik lauter!‹ Unerträglich. Du weißt oft nicht, ob sich die Leute einfach gleich im Bus prügeln, wegen irgendeiner Scheiße …«

Subbe hatte einen großen Respekt vor der Arbeit des Fanprojekts – und Arbeit war es, obwohl es vielen Menschen von außen betrachtet nicht so erschien. A là: »Du bist doch eh Sankt Pauli-Fan, dann kannst du so alle Spiele sehen und hast dein Hobby zum Beruf gemacht.« Pustekuchen. Genau genommen musst du eher aufpassen, dass du den Glauben an deinen Verein nicht verlierst, weil du dich die ganze Zeit mit Leuten auseinandersetzen musst, die zwar deine Farben tragen, mit denen du aber sonst nichts gemeinsam hast. In diesem Fall musste Milli sogar zwei Typen buchstäblich auseinandersetzen, weil sie sich um »die Alte« des einen stritten, bei der angeblich »Tag der offenen Tür« gewesen war, wofür der andere »gar nichts konnte« …

»Grauenhaft! Und dann haben sie später doch wieder zusammen gesoffen. ›Ey Meista, gib ma' den Pfeffi rüba!‹ Teufelsdroge Alkohol, ich sach's dir.«

Subbe lachte. »Ich glaube, die beiden habe ich eben draußen vorm Eingang gesehen. Könnten sie zumindest gut gewesen sein. Lattenstramm. Konnten ihr Bier und sich selbst kaum noch halten.«

»Ich bin froh, wenn ich die Flitzpiepen mal für 105 Minuten nicht an der Backe habe«, seufzte Milli. »Ich freue mich jetzt schon auf die Rückfahrt: alle 20 Minuten Pinkelpause ...«

»Sag mal, hast du was von den Autofahrern gehört, die zur Frauenkirche wollten? Haben sie es geschafft?«

Milli zuckte mit den Schultern. »Bisher nichts gehört. Irgendjemand meinte eben, dass Ole ihm zwischendurch eine SMS geschrieben hätte. Aber ich komme nicht mehr drauf, wer es war. Sind von euch Leute dabei?«

»Nur ein oder zwei. Kennst uns Ultras doch. Wir wollen um keinen Preis der Welt das Spiel verpassen. Ein eisernes Gesetz, das in Stein gemeißelt wurde und über dem ein rotes Tuch liegt.«

»Ach, erzähl mir nicht, dass es niemanden reizt, hier in Dresden den Dicken zu machen!«

»Mach ich ja gar nicht. Aber selbst für Ultras gibt es Wichtigeres als Rummackern, nämlich das Fußballspiel. Wenn beides gleichzeitig geht, umso besser. War heute nicht so.«

»Touché.«

Frauenkirche, Vorplatz. Ole und seine Crew hatten den Wagen in einer Seitenstraße geparkt und sich auf den Weg zum Treffpunkt gemacht. Nach dem ersten Stau waren sie gut durchgekommen und hatten nun noch genügend Zeit bis zum Spiel. Worauf es jetzt ankam, war das richtige Timing: Alle mussten etwa zur gleichen Zeit auflaufen, sonst würden sie A) keinen Eindruck machen und B) ein leichtes Ziel sein. Sie mussten das Ding durchziehen, solange sie noch niemand auf dem C)-ttel hatte. Natürlich hatten sie kurz vor Dresden noch einmal mit den anderen Autobesatzungen gesprochen. Dennoch waren alle gespannt, ob die Aktion letztlich so klappen würde, wie sie sich das vorgestellt hatten. Bisher sah es gut aus: Sie waren früh genug angekommen, der große Platz war bis auf ein paar Touri-Gruppen relativ leer, und Ole hatte den Eindruck, dass die Zeichen für sie günstig standen. Er blickte auf seine Uhr – in zwei Minuten sollte es losgehen. Wäre Ole ein Pferd gewesen, hätte er jetzt mit den Hufen gescharrt. Er guckte zu den anderen aus seinem Auto herüber: Spezi schien kein Anzeichen von Nervosität zu zeigen, Basti hingegen kaute auf seiner Unterlippe herum. Na gut, bei den Ufftas steht es 50/50, aber wie sieht es bei meinen Leuten aus? Es schien das gleiche Verhältnis zu sein: Die Hälfte war zumindest oberflächlich ruhig, während die andere Hälfte schwache Nerven zeigte.

»So, geht los jetzt!«

Zügigen Schrittes setzten sie sich in Bewegung, auf die Frauenkirche zu. Ole sah aus dem Augenwinkel, wie noch mehr Leute aus verschiedenen Richtungen denselben Punkt wie sie ansteuerten. Es dauerte keine zwei Minuten, da waren alle versammelt. Es mussten so um die 30 Leute sein. Offenbar hatten es einige nicht geschafft. Egal, 30 war eine ordentliche Zahl für einen Freitag in Dresden. Der Mob formierte sich auf den Stufen der Kirche. Im Handumdrehen hatten sie die mitgebrachte Tapete ausgerollt, auf der in brauner Farbe stand: »Ob Norden, Süden, Westen, Osten – wir halten allerorts den Posten«. Auf einer zweiten Tapete stand »Scheiß Pegida« in Anlehnung an die Montagskundgebungen der islamophoben Wichser. Dazu wurden die linken Fäuste gereckt und ein lautes »Allerta, Allerta – Antifascista!« angestimmt. Ein wenig roten Rauch gab es dazu. So weit, so gut. Ein paar Fotos waren im Kasten. Jetzt blieb nur die Frage, wie lange sie den Posten im

Zentrum der Stadt tatsächlich halten konnten. Ole wandte sich zu Spezi, der neben ihm stand: »Was glaubst du, wie lange wir hier mit der Nummer durchkommen?«

Spezi sah ihn etwas schief von der Seite an. »Ich glaube, dass die Bullen vor den Dresdnern hier sind.«

Er sollte sich irren.

Jette war früher ganz gut darin gewesen, unerlaubte Dinge ins Stadion zu schmuggeln: Den ein oder anderen Flachmann oder Blinker hatte sie schon in die Kurve bekommen. Ihre derzeitige Situation erforderte nun aber Improvisation. Deshalb entschied sie sich für die Flucht nach vorne, setzte ihre Mütze auf und nahm das Bengalo einfach in die Hand. So platziert, dass das hintere Ende in ihrem Ärmel verschwand. Kackendreist. Entsprechend war der Grad der Nervosität, den sie selbst bei Heimspielen am Eingang immer verspürte, deutlich höher. Doch es klappte wie am Schnürchen: Die Ordnerin kontrollierte die Mütze sehr genau und beachtete ihre Hände gar nicht. In der Nebenschlange sah sie einen mutmaßlichen Ultrà Anfang Zwanzig. Er betrachtete ihre in die Höhe gereckten Hände und bemerkte offenbar das Bengalo. Zum wiederholten Male an diesem Tag schien Jettes Herzschlag für einen Moment auszusetzen – doch der Typ grinste nur und zwinkerte ihr zu. Dann war sie durch. Ohne sich nach Torre umzudrehen, steuerte Jette den ersten Bierstand an. Nicht groß rumgucken und erstmal ausstatten. Mit leeren Händen sah man automatisch doof aus. Bier, Kippe und am besten noch das Handy. Kein Problem. Schwierig war nur der Akzent, doch Jette hob einfach wortlos zwei Finger. Diese Geste funktioniert in jedem Fußballstadion der Welt – umgehend bekam sie zwei Bier. Als sie diese bezahlt hatte und anhob, stand Torre bereits neben ihr.

»Du hier? Gibt's ja gar nicht!«

Sie sparte sich eine Antwort auf diese mäßig lustige Bemerkung und drückte ihm den Plastikbecher in die Hand. »Was jetzt? In die Kurve?«

Es war noch relativ leer, auch wenn langsam immer mehr Leute kamen. Ein guter Moment, um sich einen Überblick zu verschaffen. Torre blickte sich um, ob jemand in der Nähe stand und nickte.

»Lass mal da links hoch, Richtung J-Blöcke. Vom Umlauf sehen wir vielleicht etwas, das uns bei unserer *Mission Impossible* weiterhilft.«

Als sich bei den Sankt-Pauli-Fans vor der Frauenkirche gerade ein wenig Entspannung einstellen wollte, brach auf einmal die Hölle los: wildes Geschrei, Fäuste krachten, Stühle flogen durch die Luft. Für einen Außenstehenden musste es wie der blanke Wahnsinn wirken. Für die Involvierten beider Seiten war es hingegen nur die logische Konsequenz nach dem Auftauchen der Gästefans im Herzen der Stadt. Ole hatte das Gefühl, dass der Vorplatz von einem Moment auf den anderen schwarz-gelb geworden war. Allerdings eher Richtung schwarz, da die Angreifer kaum Fanutensilien trugen, die eine Zugehörigkeit zu Dynamo verrieten. Doch der aufmerksame Zuschauer konnte durchaus erkennen, dass es sich um lokale Fighter handeln musste: kurze Haare, breite Schultern, große Nacken mit zahlreichen Tattoos – und eine Menge Camouflage-Cargohosen. Klischeegewitter hoch zehn. Die Braun-Weißen befanden sich von Beginn an im Rückzugsgefecht, aber hielten alles gegen die blanke Wut, was sie hatten. Ole hatte es gerade mit einem vergleichsweise kleinen Exemplar zu tun. Mit einem Tritt aus der Hüfte in Richtung Bauch wehrte er den Angreifer ab, der daraufhin kurz zurücktaumelte; doch er hatte gleichzeitig einen weiteren Kontrahenten im Rücken, was er an der Faust merkte, die nur knapp an seinem Ohr vorbeizischte. Er drehte sich um und erhielt im selben Moment einen Schlag auf die Nase, der ihn wieder in die andere Richtung trieb. Dort sah er Basti, der gekonnt unter einem Schwinger durchtauchte, um dann mit einem Haken zu antworten. Doch einzelne gute Momente konnten nicht über die allgemeine Situation hinwegtäuschen: Für seine Kollegen sah es insgesamt nicht besser aus als für ihn. Sie hatten es mit einer großen Übermacht zu tun, sowohl von der Menge der Dresdner als auch in Bezug auf deren Stärke. Dementsprechend dauerte es nicht lange, bis die Provokateure alle auf dem Boden lagen oder das Weite gesucht hatten. Ole gehörte zur ersten Kategorie. Er war froh, dass es in diesen Breiten und bei den Alten noch Ideale gab, denn wer nicht mehr stand, wurde auch nicht mehr angegangen. »Das ist nicht nur die Vorhut, das sind alle«, hörte er noch einen der Angreifer sagen. Als schließlich doch die Polizei eintraf, entfernten sich die Dresdner schnell, nicht ohne dabei den Gegner zu verhöhnen: »Hier gewinnt nur einer – Dresden und Thor Steinar!« Zum Abschied ertönte laut »Ehre! Stärke! Dynamo!« – dann war es vorbei. Von Oles Freunden versuchten nun noch alle, die es konnten, einen halbwegs glimpflichen Abgang hinzulegen. Zurückgelassen wurde dabei natürlich niemand. Allerdings wollten sie nicht den Dresdnern erneut in die Arme laufen. Da aber an den meisten Stellen genau das passieren würde, wenn sie sich zu weit von dem Platz entfernten, trotteten viele zurück und ließen von den Bullen die Personalien aufnehmen. War nicht ideal gelaufen. Schwamm drüber. Wieder Klischee: Die Zecken kriegen aufs Maul. Was soll's. Scheißegal, Drogen rein, Sankt Paulee …

Noch fünf Minuten bis zum Anpfiff. Bei Jette stellte sich wieder eine leichte Nervosität ein. Diese war anders als das Unbehagen, das sie immer vor dem Eingang empfand – und das war heute aus gegebenem Anlass besonders stark ausgeprägt gewesen. Es war eine Mischung aus Angespanntheit und Hochgefühl, das bis auf wenige Ausnahmen stets eintrat, wenn sie ins Stadion ging, um Sankt Pauli zu unterstützen. Klar, jeder Kick lässt irgendwann nach. Keine Pille ist so gut wie die erste. Ähnlich verhält es sich mit Boxkämpfen, Fallschirmsprüngen und allem anderen, bei dem Adrenalin und Endorphin sich in deiner Blutbahn freudig begrüßen. Trotzdem willst du es immer wieder aufs Neue haben. Für viele Leute ist es der Moment, wenn ein Tor für den eigenen Verein fällt. Für Jette waren es immer schon die paar Minuten vor dem Anpfiff gewesen. Wenn die Fans sich einsingen und gegenseitig das erste Mal dissen, wenn die Choreos gezeigt werden, wenn die Einlaufmusik ertönt, wenn die Mannschaften das Feld betreten, wenn das »Sankt Pauli! Sankt Pauli!« so laut und durchdringend geschrien wird wie dann meistens für den Rest des Spiels nicht mehr. In nun knapp zwölf Jahren hatte Jette so viele Spiele gesehen, an die sie sich nicht im Mindesten erinnern konnte: vor allem die unzähligen Heimspiele an verregneten Samstagen, ganz früher in der Nordkurve, dann in der Gegengeraden im D-Block, dann in der Südkurve, Grottenkicks und miese Stimmung ... Das Gleiche in unzähligen sinnlosen Stadien der 2. und 3. Liga. Aber allein für diese Minuten vor dem Anpfiff war sie immer da gewesen. Und nun war sie sauer und frustriert, dass ihr dieser großartige Moment genommen wurde. Zwischen den gegnerischen Fans zu stehen, war zwar auch ein Kick, aber bei Weitem nicht der gleiche wie der, sich unter Gleichgesinnten zu befinden. Gerade wollte sie nirgendwo auf der Welt lieber sein als auf der anderen Seite des Stadions. Scheiße! Als Torre ihr dann noch sein Handy zeigte, erfasste sie für einen kurzen Moment vollkommene Mutlosigkeit: Die Truppe in der Stadt hatte zwar offenbar einen Teilerfolg mit ihrer Aktion gehabt, aber dafür auch übel aufs Maul gekriegt. Jette biss sich gereizt auf die Lippe.

Subbe war ebenfalls nervös, aber aus einem anderen Grund. Zwar liebte auch er den Moment vor dem Anpfiff; und hier, in der Fremde, wo sie als Zecken gehasst wurden, war dieser besonders fett.

Eigentlich. Die gelb-schwarze Wand vor Augen, die er persönlich immer schon beeindruckender gefunden hatte als die in Dortmund, das Anschreien dagegen und das Unterstützen der braunweißen Spieler, bedingungslos, ganz egal, wie der Spielstand war. Geil. Sorgen bereitete ihm derzeit aber vor allem die Choreo, die er mit anderen an einem Abend vor ein paar Wochen im Jolly ausgebrütet hatte. Im wahrsten Sinne des Wortes eine Schnapsidee, zu der Marco seinen Teil Verrücktheit beigesteuert hatte. Aber ohne die verlorene Fahne und mit Jette und Torre auf der anderen Seite wollten sie das Ganze nicht starten. Nach kurzer Diskussion hatten sie sich dagegen entschieden, das Haupt-Transpi verkehrt herum aufzuhängen. Optimistisch wollten sie abwarten, bis sie etwas von drüben hörten. Vielleicht hatten die beiden ja Erfolg.

Merks war ein wenig neben der Spur. Überfordert mit sich und der Welt. Ihm war das alles gerade zu viel: in der Fremde, leicht betrunken, etwas bekifft, obwohl er doch eigentlich nüchtern bleiben wollte, bedrückt durch das verlorene Transpi und die aufgeladene Stimmung innerhalb der Gruppe, Schuldzuweisungen, dazu die Ungewissheit, ob die Choreo jetzt durchgeführt würde oder nicht. Außerdem musste Merks pissen wie Hulle und stand mitten im Block, das Rauskommen war ein schwieriges Unterfangen, selbst in nüchternem Zustand. Demnach war er froh, als Nörb einen Gesang anstimmte, der weite Teile der Kurve mitriss – zumindest in dem Bereich, in dem er stand. Weiter ging seine Wahrnehmung in diesem Moment sowieso nicht. Alles was er wollte, war, von der Masse mitgerissen zu werden und sich um nichts kümmern zu müssen. Mit *Karma Chameleon* klappte das wunderbar. Als Martha neben ihm auftauchte und ihm einen Becher mit Wasser reichte, war seine Dankbarkeit für einen Moment riesengroß. Sein Herz weitete sich, und er sah sie mit einem Blick an, der ihr fast ein wenig unheimlich war.

»Warum guckst du mich so an?« Direktheit war ihre Stärke, auch das hatte er schon in einigen Situationen sehr geschätzt.

»Alles gut. Ich bin ein kleines bisschen breit, wollte ich eigentlich gar nicht. Sorry, wenn ich schiele. Und danke für das Wasser. Bin bestimmt bald wieder klar.«

»Kein Problem, Wasser ist immer gut.«

Sie mussten sich fast anschreien, um sich bei dem Lärm verständlich zu machen, denn gerade ertönte die Hymne von Dynamo. Schalparade und Euphorie auf der Heimseite.

»Hast du was von drüben gehört? Hat Jette sich bei dir gemeldet?« Martha schüttelte den Kopf.

Ole schüttelte den Kopf. Das konnte doch jetzt wirklich nicht wahr sein! Dresdner, okay, Bullenstress, alles klar – aber das hier … Sie standen mit ein paar Leuten vor dem, was einmal sein Auto gewesen war. Viel erinnerte nicht mehr an den Wagen, auch wenn die Form der Karosserie noch halbwegs zu erkennen war.

»Fuck, die haben ja zuerst die Scheiben eingeworfen, dann die Spiegel abgetreten und das Ding mit einer Axt bearbeitet. Und es dann erst angezündet«, bemerkte Spezi beinahe etwas anerkennend.

Einer der Acker-Demiker war auch da und zitierte wieder Adorno, auch wenn die Schlägerei längst vorbei war: »Kunst ist Magie, befreit von der Lüge, Wahrheit zu sein.«

Ole warf beiden einen vernichtenden Blick zu. Zwar hatte er durchaus einen Sinn für kunstvolle Zerstörung, aber es war natürlich etwas anderes, wenn es den eigenen Besitz traf.

»Woher wussten die denn, dass die Karre zu uns gehört? Die können doch jetzt nicht jedes Auto mit Hamburger Kennzeichen …«

»Diggi, die haben Späher, die haben uns aussteigen sehen«, fiel ihm Basti ins Wort. »So weit weg haben wir jetzt ja nicht geparkt. Ist zwar scheiße, aber wir können nichts dran ändern. Lass uns zum Stadion und dann wenigstens noch den Rest des Spiels gucken.«

»Genau«, unterstützte ihn Spezi. »Schließlich rege ich mich auch nicht auf, obwohl im Auto eine Flasche Kümmel und meine gefälschte Ray-Ban-Sonnenbrille waren.« Ole musste gegen seinen Willen grinsen, er konnte nicht anders.

Jette und Torre waren mehrmals hinter der Kurve auf- und abgelaufen und hatten verschiedene Winkel ausgekundschaftet. Aber irgendwann hatten sie das Gerenne aufgegeben, um sich nicht verdächtiger zu machen, als sie ohnehin schon waren. Mitten in den K-Block zu gehen, war jedenfalls keine Option. Lebensmüde waren sie nicht, und für den Mut der Verzweiflung war es noch zu früh. Es war einfach kein Rankommen an den harten Kern, an das Vorsängerpodest, in dessen Umkreis sich garantiert ihr Banner befand. Sie konnten es von ihrem Posten aus sehen, aus dem Oberrang der angrenzenden J-Blöcke, wo sich vor allem Leute befanden, die mit den Ultras sympathisierten und der Stimmung nah sein wollten, ohne sich jedoch zwangsläufig beteiligen zu müssen. Jette konnte sogar einen Haufen mit Taschen neben dem Vorsänger erkennen. So nah und doch so fern. Die Einlaufmusik ertönte. Jette sah zu Torre hinüber, der ihrem Blick auswich und niedergeschlagen zu Boden sah. Die Mannschaften liefen ein. Im Gästeblock war es relativ still, die Choreo wurde nicht gezeigt. Anscheinend warteten alle darauf, dass das gestohlene Banner präsentiert wurde. War jetzt wirklich alles zu spät? Doch es passierte vorerst nicht, stattdessen gingen im Heimblock ein paar Bengalos an. Offenbar wollten sich die Dresdner die Demütigung für später aufsparen. Plötzlich hatte Jette eine Idee. Ja, das könnte klappen. Sie stieß Torre an, der sich zu ihr umwandte. Jetzt war auch alles egal.

»Achtung, wir müssen gleich schnell hier weg«, raunte sie ihm zu. »Und ich brauche kurz eine Ablenkung.« [16]

16 Glück und Zufall saßen wieder mal am Tresen, als ihnen auf einmal jemand stürmisch auf die Schulter klopfte. Es war die Eingebung. »Na, Leute, wie wär's? Machen wir zusammen einen drauf?«

Torre sah sie fragend an, nickte dann aber zustimmend. Er drehte sich um und stolperte, fiel hin und rempelte dabei mehrere Leute an. Die allgemeine Aufmerksamkeit in der näheren Umgebung richtete sich sofort auf ihn. Jette nutzte den Moment, zog das Bengalo unter dem Pulli hervor und riss an der Schnur. Es ertönte das typische Knallen, gefolgt vom ebenso unverwechselbaren Zischen. Die Leute neben ihnen an der Brüstung schauten verwundert. Das Feuerwerk kannten sie zwar, aber in der Regel war es weiter weg als jetzt. Jette wartete zwei Sekunden, bis sich die tausend Grad heiße Fackel ganz entzündet hatte – um sie dann mit einem gekonnten Wurf in Richtung der Taschen zu werfen, die unter ihr im Ultras-Block standen. Sie verfolgte die bogenförmige Flugbahn des brennenden Stabs und sah, dass er genau an dem Ort aufkam, auf den sie gezielt hatte. Sie bekam gerade noch mit, wie sich gefühlt Hunderte Köpfe in ihre Richtung umdrehten, bevor Torre sie von der Brüstung wegzog und Richtung Ausgang drängte. Einige der umstehenden Leute rümpften die Nase oder protestierten. Aber anscheinend ging niemand davon aus, dass das Bengalo mit Absicht im K-Block gelandet war. Unbehelligt erreichten sie den Ausgang der Kurve und wandten sich nach rechts, um den Gegnern nicht in die Arme zu laufen. Im Umlauf verlangsamten sie sofort ihre Schritte und trotteten Richtung Eingang, ganz wie ein Paar, das noch ein Bier holen will, bevor der Anpfiff ertönt. Doch sie kamen nicht weit: Schon nach wenigen Schritten sahen sie am Ende des Ganges einen wütenden Haufen, der ihnen entgegengerannt kam. Nahm das denn gar kein Ende mehr …?

Hinter Subbe stand Lutz und zischte unentwegt: »Ich hasse Dresden, es gibt keine Szene, die ich mehr hasse.«

Subbe drehte sich um und sein Blick schoss giftige Pfeile auf Lutz ab. »Halt's Maul jetzt, halt einfach dein Maul! Mit Dresden hat das alles gar nichts zu tun, sondern mit deiner Scheißaktion eben. Jetzt können wir wegen dir die geilste Auswärts-Choreo seit Ewigkeiten nicht machen. Das kotzt mich so dermaßen an!«

Lutz trat nahe an Subbe heran, sodass sich ihre Nasen beinahe berührten und schob seine Schultern nach vorne.

»Ey, Digger, von dir muss ich mir gar nichts sagen lassen, du Pisser! Deine Scheiß-Choreo interessiert mich nicht! Geh doch Tapeten malen und lass mich in Ruhe!«

»Fick dich! Deine Assi-Tour kotzt mich einfach nur noch an. Und nicht nur mich, da kannst du dir sicher sein. Nimm doch deine harten Kollegen«, dabei deutete er auf Daniel, »und geh auf'n Acker. Da könnt ihr dann zeigen, dass ihr nicht nur für harte Sprüche gut seid. Ach nee, warte, dafür habt ihr ja zu sehr die Hosen voll. Sonst wärt ihr mit zur Frauenkirche und nicht hier!«

Paul und Becker stellten sich hinter Subbe, während sich Lutz' Gefolgschaft ebenfalls um ihn scharrte. Marco war zwar in der Nähe und sicherlich ebenfalls auf Subbes Seite, hielt sich aber demonstrativ raus. War vermutlich besser so, da er schließlich für den Schlamassel mitverantwortlich war. Nörb sah das Ganze vom Zaun aus und schüttelte den Kopf.

»Ey Leute, da läuft ein Spiel! Verschiebt eure Streiterei mal auf später.« Dass Nörb eine solche Ansage durchs Megafon machen musste, ärgerte ihn selbst vermutlich am meisten. Er hasste es, wenn der Support durch persönliche Befindlichkeiten unterbrochen wurde, das wusste Subbe aus Erfahrung. Bevor die Situation eskalieren konnte, drehte er sich weg und entfernte sich ein paar Schritte.

»Wir sprechen uns noch«, warf er Lutz über die Schulter zu.

Zum Glück war das Geschehen auf dem Rasen einigermaßen dazu geeignet, die Masse zu fesseln. Es ging gleich in den ersten Minuten heiß her: Ein Abwehrspieler (war es die Nummer 4?) der Braun-Weißen hatte gerade den Ball kurz vor der Torlinie mit einer Grätsche ins Aus gelenkt. Allgemeines Aufatmen, dann ein von der ganzen Kurve getragenes »Sankt Pauli!« – ähnlich, aber nicht ganz so kraftvoll wie das am Morgen bei der Ankunft am Hauptbahnhof.

Jette bekam nur halb mit, dass Dresden offenbar gerade eben eine Torchance versemmelt hatte. Zwar hörte sie das laute »Ouhhhh« der Heimkurve, das darauf hindeutete, dass es beinahe ein Tor gegeben hätte; doch ihr Kopf konnte die Information gerade nicht richtig verarbeiten. Torre und sie waren einfach weitergegangen, obwohl ihnen die Meute wütender Ultras entgegenkam. Ihre zunächst selbstsicheren Schritte gerieten allerdings angesichts der großen Zahl an Gegnern ins Stocken. Damit ihre Tarnung nicht auﬄog, mussten sie die Fassade irgendwie aufrechterhalten: dass sie ein betrunkenes Paar waren, das mit der ganzen Sache nichts zu tun hatte. Jette sah, dass die ersten Typen in dem Haufen sie bereits abcheckten und ihren Kollegen Signale gaben. Sie sah, dass sich in Torres Blick langsam Panik breit machte und schob ihn mit sanftem Druck in Richtung der nächsten Wand. Als die ersten Ultras beinahe bei ihnen waren, drückte sie ihn gegen die Wand und sah ihm in die Augen.

»Küss mich!«

Ein billiger Trick. Torre zog zum wiederholten Mal an diesem Tag eine Augenbraue hoch. Kurz entschlossen drückte sie deshalb ihre Lippen auf seinen Mund und fuhr ihm dabei mit ihrer rechten Hand durch das Haar. Nun schaltete er endlich und erwiderte ihren Kuss. Doch so würde das nicht funktionieren. Wenn sie wirklich überzeugend ein Paar darstellen wollten, das alles um sich herum vergessen hat, mussten sie etwas leidenschaftlicher vorgehen. Zum Glück schien er dies nun ebenfalls geschnallt zu haben, öffnete seine Lippen und tastete vorsichtig mit seiner Zunge, was sie sofort ebenfalls tat. Für den Bruchteil einer Sekunde vergaß Jette ihre Situation; dann allerdings trat die Absurdität des Moments mit voller Macht in ihr Bewusstsein. Sie hörte eine Stimme, die sächselte:

»Kommt schon, zum Spannern ist jetzt keine Zeit!«

Offenbar war ihr kleines Schauspiel überzeugend genug gewesen. Sofern es denn ein Schauspiel gewesen war, da war sich Jette nicht so ganz sicher. Torre hatte die Lage im Blick – und als die Gegner einigermaßen weit genug entfernt waren, löste er sich von Jette und sah sie etwas verlegen an. Sie grinste. »Komm schon, zum Jammern ist jetzt keine Zeit!«

Er wandte den Blick ab, und sie setzten ihren Weg Richtung Ausgang fort. Jette bereute ihre spöttische Aussage sofort. Sie wusste, dass sie nach dem Ende des kurzen körperlichen Kontakts ihren Schutzschild automatisch wieder aufgebaut hatte. Ob Torre dies ebenfalls klar war, konnte sie allerdings nicht sagen. Sie musste sich aber ehrlicherweise eingestehen, dass der Kuss nicht unangenehm gewesen war – im Gegenteil. Auch wenn diese Erkenntnis keinesfalls verwunderlich war, bereitete sie Jette dennoch ein wenig Unbehagen. Sie fragte sich, wie das wohl weitergehen würde. Doch zunächst mussten sie erst einmal möglichst unbehelligt aus diesem Stadion rauskommen und zur anderen Seite hinüber. Es schien so, als hätten sie die größte Gefahr hinter sich gelassen. Nun sollten sie schnell und doch unauffällig ihren Weg fortsetzen.

Halbzeit. Vor der Kurve traf Subbe auf Horst, einen zugleich riesigen und äußerst herzlichen Menschen. Horst war einer der Sankt-Pauli-Allesfahrer. So alles alles. Horst war der Typ, der sich extra Urlaub nahm, um die Mannschaft im Trainingslager auf Mallorca besuchen zu können. Und natürlich, um dabei auch das Testspiel gegen CD Atlético Baleares nicht zu verpassen, das an einem Dienstag, mittags bei 35 Grad im Schatten ausgetragen wurde. Sehr aussagekräftig für die kommende Saison, wenn es im Nieselregen gegen Kaiserslautern gehen würde.

»Horst, was geht?«

Horst lachte, als er sich umdrehte und Subbe erkannte. »Wenn das nicht mein Lieblings-Ultrà ist! Wo warst du letzte Woche bei der U21?«

»Ey, Horst, manchmal habe ich auch andere Sachen als Fußball ...«

»Was soll das denn sein? Nenn mir ein Beispiel!«

»Hmmm ...«

»Dachte ich mir. Also, nächsten Dienstag um 16.30 Uhr in Norderstedt, ich zähle auf dich.« Dabei richtete er seinen Zeigefinger auf Subbe.

In diesem Moment kam Marco von der Seite: »Ich hoffe Horst hält, was er verspricht.«

»Ah, noch so 'n Schnagger«, polterte Horst. »Was ist denn heute eigentlich los? Warum habt ihr nicht gezündet? Angst vor Dresden? Keine Kohle mehr für Bengalos? Das ist nicht mehr mein Pauli!«

Marco tat das, was er meistens tat, und reagierte mit einem Gag: »Du weißt doch, Horst, Held regiert die Welt.«

Horst war das offenbar zu viel – er schüttelte nur schmunzelnd den Kopf und wandte sich wieder seinen Jungs zu, um über aussichtsreiche Spieler in der A-Jugend zu diskutieren.

Marco wollte wissen, wo Subbe gerade hin wollte.

»Nur 'n bisschen rumgucken, wir können eigentlich auch zurück in die Kurve. Was von Jette und Torre gehört?«

Marco schüttelte den Kopf. Als sie gerade am Eingang angekommen waren, kamen ihnen Lutz und Daniel entgegen, die anscheinend auf dem Klo gewesen waren. Marco wollte die Streithähne noch trennen, doch es war zu spät: Sofort standen sich Subbe und Lutz wieder gegenüber.

»Mann, du bist echt 'ne arme Wurst, dass du dich dermaßen aufspielen musst«, begann Subbe die Kette der gegenseitigen Beleidigungen, die nun unweigerlich folgten.

»Ach ja? Wenigstens mach ich mich für Sankt Pauli gerade, was du nicht von dir behaupten kannst.« Lutz redete schnell. Nicht unbedingt nervös. Aber erst mit Antrieb, dann mit Nachdruck. Er fixierte etwas neben Subbe, das unglaublich wichtig zu sein schien.

Subbe hatte überhaupt keine Lust, die Fehde jetzt hier in aller Öffentlichkeit auszutragen. Deshalb war es in gleich mehrfacher Hinsicht wie Musik in seinen Ohren, als er eine bekannte Stimme hinter sich hörte: »Was geht denn hier ab? Ich war doch nur eine Halbzeit weg!« Jette.

»Mann, hier herrscht ja eine miesere Laune als drüben. Und dabei ist hier kein Sack mit Transpis in Flammen aufgegangen.« Torre.

Subbe fielen gleich zwei Steine vom Herzen. Der eine, weil die beiden wieder zurück waren. Der andere, weil sie unbeschadet zurück waren. Jette und Torre würden die Situation schon wieder geradebiegen, da war er sich sicher. Tatsächlich bewirkte einzig ihr Auftauchen, dass sich selbst Lutz' Gesichtszüge etwas entspannten. Es dauerte selbstverständlich nicht lange, bis sich die gute Nachricht verbreitete. Allerdings konnten weder Jette noch Torre mit Sicherheit sagen, ob das Diffidati-Banner noch existierte oder nicht. Doch sie hatten jetzt erst einmal Wichtigeres zu tun, als sich den Kopf zu zerbrechen: Die zweite Halbzeit kündigte sich an.

»Was machen wir denn jetzt?«, wollte Subbe deshalb wissen. »Choreo ja oder nein? Wir brauchen jetzt sofort eine Entscheidung.«

Kurzes Schweigen. »Ich bin dafür«, meldete sich Torre zu Wort. »Ihr habt doch den ganzen Mist nicht reingeschmuggelt, damit wir ihn anschließend wieder mit raus nehmen.«

Lutz sagte einfach: »Machen!«

Nörb nickte. »Finde ich auch. Scheiß auf die, wir ziehen unser Ding jetzt durch und gehen dann mit erhobenem Kopf nach Hause. Meine Meinung habt ihr, ich muss jetzt wieder auf den Zaun.«

Marco stampfte theatralisch mit dem Fuß auf und reckte eine Faust in die Höhe: »Ein Mann, ein Ort!«

Es ging los: Die Spieler betraten das Feld in geordneten Reihen, in der Kurve gingen viele Schals vors Gesicht und zeitgleich genau fünf Bengalos an, vorne am Zaun. Als das letzte erloschen war und nur noch die dicke Rauchdecke über der Kurve hing, zeigten sie einen relativ großen Doppelhalter – den einzigen, den sie heute mitgenommen hatten. Darauf waren lediglich vier runde Löcher in einer Reihe zu sehen. Hinter dem Doppelhalter standen Subbe und Marco und zogen ein Stück Stoff hin und her, sodass immer zwei Punkte auf der Vorderseite gleichzeitig schwarz unterlegt waren. Dadurch wirkte es, als würden die Punkte von der einen Seite zur anderen und wieder zurück wandern. Dazu hielten ein paar Leute vorne am Zaun eine Tapete, auf der nur ein Wort stand: »Buffering«. Nachdem sie diese beiden Elemente etwa eine halbe Minute präsentiert hatten, gingen alle übrigen Bengis an. Es mussten so etwa 15 oder 20 Stück sein. Dazu ertönte das Stakkato »Sankt-Pauli« in mehr als ordentlicher Lautstärke. Hammer! Jette fand es unfassbar geil. Als Subbe ihr zum ersten Mal von der Idee erzählt hatte, war sie schon begeistert gewesen. Aber in der Umsetzung war es natürlich noch um ein Vielfaches besser. Blieb nur wie immer die Frage, wie es von außen aussah. Sie bildete sich aber ein, selbst auf die große Entfernung erkennen zu können, dass drüben im K-Block kurz innegehalten wurde. Dort gab es zum Einlauf eine Menge Doppelhalter und ein großes Spruchband vor der Kurve, natürlich gereimt, natürlich anzüglich: »Die Hure Europas – treibt's nur noch mit Opas.« Dazu das Bild von einer alten Frau in Ledermontur mit Sankt-Pauli-Wappen. Sollte wohl eine Domina sein, die von zahlreichen sabbernden Lustgreisen umgeben war. Diese trugen verschiedene Vereinssymbole, so zum Beispiel von Sampdoria Genua, Bayern München und Hapoel Tel Aviv. Was genau die Aussage sein sollte, erschloss sich Jette nicht. Aber sie musste unwillkürlich an den »femininen Muschipups« denken, den die Rostocker damals salonfähig machen wollten. Eine Liga, im direkten wie im übertragenen Sinn.

Wegen der Aktion im Gästeblock verzögerte sich der Anpfiff etwas. Doch da der Rauch nach hinten wegzog und nicht aufs Spielfeld, blieb alles im Rahmen. Hier waren sie wohl auch Schlimmeres gewöhnt. Die Ordner jedenfalls verzogen keine Miene, obwohl das Gezündel im Block natürlich ein Zeichen dafür war, dass der Sicherheitsdienst am Eingang versagt hatte. Lediglich Auge und Leimi, die unter dem Block standen, machten sich eifrig Notizen. Sollten sie doch. Hauptsache, es hatte gut ausgesehen. Anders als die beiden Schnüffler selbst – neben ihren fitten Kollegen aus Dresden wirkten sie noch mehr als sonst wie Vogelscheuchen.

Anpfiff, »Diffidati con noi« für die Stadionverbotler. So laut wie noch nie. Alle warteten gespannt, ob die Gegenseite nun das geklaute Banner präsentieren würde. Aber es kam nichts. Nörb stimmte das »Aux Armes« an, im Wechselgesang mit dem Nebenblock. Es war genauso, wie es eigentlich vor der ersten Halbzeit hätte sein sollen, nur halt etwas später. Man merkte, dass Spannung in der Luft lag, dass die Leute Bock hatten, dass heute noch etwas ging. Jette zündete sich erstmal eine Zigarette an. Anschließend würde sie alles mitsingen, was da kam, selbst Neunziger-Songs wie *Give it Up*. Aber zunächst musste sie ihre Nerven etwas beruhigen und kurz chillen. Sie sah Torre, der wie üblich ganz nahe an der Trommel stand und offenbar versuchte, die verpasste erste Halbzeit durch doppelte Lautstärke beim Singen wieder wettzumachen. Er strahlte dabei eine Energie aus, die sie in dieser Intensität niemals würde produzieren können. Jette ertappte sich dabei, wie sie ihn anstarrte. Ein Knuff in ihre Seite weckte sie aus ihrer Starre. Es war Subbe, der sie anstrahlte. »Na, war das eben geil, oder was?«

Jette nickte, lachte, zog an ihrer Zigarette und runzelte dann die Stirn. »Wie steht's überhaupt?«

Das 0:0 zog sich hin, aber der Block war nach wie vor gut laut. Die Nachricht von Jettes und Torres Aktion in der Heimkurve hatte sich schnell herumgesprochen. Selbst der Umstand, dass die Dresdner an der Frauenkirche gewonnen hatten, tat der Stimmung kaum Abbruch. Subbe war bisher zufrieden, und auch Nörb auf dem Zaun erweckte nicht den Eindruck, dass sie einen miesen Support ablieferten. Fast stellte sich so etwas wie eine allgemeine Leichtigkeit ein – zumindest sah Subbe mehr lachende Gesichter um sich herum als die schlecht gelaunten Fressen, die immer dann auftauchten, wenn wieder mal alles den Bach runterging. Er drehte sich für einen Moment um und musterte die Kurve mit dem Rücken zum Spielfeld. Seine Ansicht wurde bestätigt: Selbst die ansonsten eher sangesfaulen Sankt-Paulianer kriegten heute ihren Mund auf. Ging ja auch um was. Instinktiv spähte Subbe auch nach Lutz, konnte ihn aber nirgends entdecken. Weit weg würde er nicht sein, dessen war er sich relativ sicher. Er glaubte zwar nicht daran, dass Lutz zu diesem Zeitpunkt erneut Ärger anzetteln würde, aber sicher war sicher und Vorsicht die Elefantenmutter im Porzellanladen. Da Subbe sowieso gerne während des Spiels in Bewegung blieb und keine Lust auf Einhaken und Ultràkopter hatte, ging er in Richtung Ausgang. Einmal kurz vor der Kurve Luft und Bier holen, konnte nicht schaden.

Fuck! Es war dieser klassische Moment, wenn du genau in dem Moment nach oben guckst, unmittelbar bevor ein Tor fällt. Vorher warst du mit etwas anderem beschäftigt, hast zum Beispiel gerade die gegnerische Kurve fixiert, den Blick auf dein Bier oder dein Telefon gerichtet oder warst durch irgendetwas anderes vom Spiel abgelenkt. Doch dann hat dich dieser magische Moment aufblicken lassen, wenn die Spannung im Stadion kurz greifbar ist und alle zigtausend Menschen auf denselben Punkt sehen – kurz bevor auf der einen Seite Jubel ausbricht und die andere Seite erstarrt, oder anfängt zu fluchen. Merks war dankbar dafür, dass er diesen siebten Sinn besaß. Ansonsten hätte er vermutlich die meisten Tore verpasst. Doch auch in diesem Moment ließ ihn das Gefühl nicht im Stich, sodass er mitbekam, wie dem Dresdner Stürmer der Ball irgendwie vor die Füße fiel und er einfach nur noch einnetzen musste.

»Fuck!«

Merks gehörte nicht zu der Sorte Mensch, die den Zorn über das Versagen der eigenen Mannschaft in sich aufstaute. »Verdammte Kackscheiße!«

War es das jetzt schon mit dem direkten Wiederaufstieg? Wohl kaum. Aber die Chance, dass Sankt Pauli in diesem heiß umkämpften Spiel jetzt noch ein Tor schoss, war denkbar gering. Es musste mindestens die 70. Minute oder so sein. Viel Zeit blieb auf jeden Fall nicht, um den Rückstand aufzuholen, auch wenn es nur ein Tor war. Bis zu diesem Zeitpunkt hatte Merks geglaubt, dass mindestens ein Null-Null drin war. Fast wünschte er sich, dass er das Tor nicht gesehen hätte. Vielleicht wäre er dann jetzt nicht so sauer. Er sah zu Martha rüber, die immer noch neben ihm stand und sich auf die Lippe biss. Gerne hätte er auch wie Lutz gegen den Zaun getreten und die Dresdner wüst beschimpft, die sich vor ihrer Kurve in den Armen lagen. Aber wenn Martha dabei war, hielt er sich meistens zurück. Zumindest, seit sie offiziell ein Paar waren. Nicht, dass sie das von ihm gefordert hätte. Aber er hatte doch das Gefühl, dass sie es lieber mochte, wenn er sich nicht so derbe gehen ließ. Abgesehen von Martha und seinem eigenen Gefühl handelte er sich durch solche Aktionen auch stets missbilligende Blicke von anderen ein. Vor allem von Jette, wenn sie denn mal da war. Aber egal, es ging weiter. Die

Braun-Weißen auf dem Feld schnappten sich den Ball und liefen zum Mittelkreis. Anstoß. Es ging direkt mit viel Schmackes nach vorne. Merks schöpfte noch einmal die Hoffnung, dass sich auf dem Rasen doch noch alles zum Guten wenden könnte. Festgelaufen in der Abwehr. Klassischer Fehler. Es ertönte das lang gezogene »Eyyyyyyy!«, eigentlich sein Lieblings-Fußball-Geräusch. Es ist unweigerlich zu hören, sobald irgendein Spieler auf dem Platz zu Boden geht, wie auf Knopfdruck. Autsch. Da war ihm jemand von der Seite auf den Fuß getreten. Er stand wohl wieder mal zu nah am Aufgang. Seine in Genua noch neuen Schuhe waren mittlerweile eh fast hinüber. Merks war hin- und hergerissen. Es sind nur Sachen … Trotzdem blöd, vorne wieder ein Kratzer mehr. Fuck, fuck, fuck!

Typisch! Subbe war zwar während eines Spiels immer gerne unterwegs, verließ aber nur selten den Block. Jetzt hatte er es einmal getan und natürlich sofort ein Tor nicht mitgekriegt. Während er auf dem Klo war, vernahm er das Jubeln des Stadions und den Moment der Erstarrung in der eigenen Kurve. Wenigstens hatte er kein Tor von Sankt Pauli verpasst, das hasste er am meisten. Neben ihm an der Pissrinne stand ein reichlich betrunkener Mann mittleren Alters, der einen etwas abgerissenen Eindruck machte. Während des Urinierens murmelte er vor sich hin. Als das Tor fiel, schreckte er auf und blickte Subbe unter seinen langen grauen Haaren verwirrt an.

»Sinn wir jetz' eine Runde weiter?«

Subbe konnte nicht einmal sagen, ob es sich um einen lokalen oder einen aus Hamburg mitgereisten Sankt-Pauli-Fan handelte. Er schüttelte nur den Kopf und antwortete: »Nee, Mann, das wird erst im Elfmeterschießen entschieden.«

Beruhigt wandte sich der Typ wieder seinem Geschäft zu und grinste. »Na, dann hab ich ja noch Zeit …«

Als Subbe aus dem Klo trat und sich über die frische Luft freute, sah er auf einmal Spezi, der gerade auf den Eingang zur Kurve zusteuerte.

»Ey, Spezi, warte mal. Was geht? Wie war's in der Stadt?«

Als sich der Angesprochene umdrehte, sah Subbe sofort, dass es auf jeden Fall Feindkontakt gegeben hatte: Spezis blaues Auge sprach Bände.

»Wow, was ein Veilchen! Wie ist das passiert? Habt ihr die Tapete vor der Frauenkirche gezeigt?«

Spezi grinste, wie es so seine Art war. Allerdings lachten die Augen nur zum Teil mit.

»Ja, hat geklappt. Allerdings waren schnell viele Dresdner da, müssen zufällig in der Nähe gewesen sein. Haben uns ganz ordentlich auseinandergenommen, aber wir haben auch ein paar Backpfeifen verteilt. So richtig gut haben wir allerdings nicht ausgesehen. Die haben schon mehr gute Hauer als wir.«

Jette war kurz davor, die Leute um sie herum derbe anzuschnauzen. Innerlich verteilte sie bereits Ohrfeigen, äußerlich war ihr der Ärger nicht anzusehen. Es war der Auswärts-Evergreen: lauter Leute aus der Umgebung im Block, die zwar mit viel gutem Willen, aber ohne Plan am Start waren. Studenten, die Bier tranken, ein Selfie für Instagram machten und ein paar Unterhaltungen mit anderen Studenten führten, die sie sowieso jeden Tag sahen. Mitgesungen wurde dann, wenn es mal ein langgezogenes »Sankt Pauli« gab. Oder wenn irgendjemand, der vermutlich nicht aus dem Ultras-Block stammte, »Wir sind Zecken« anstimmte – weil das ist ja lustig, Pauli mit Selbstironie und so. Jette riss sich vor allem auch deshalb zusammen, weil sie eigentlich guter Dinge war. Das Geschehen auf dem Platz hatte darauf zwar auch Einfluss, aber aus der Höhle des Löwen entkommen zu sein, hob die Stimmung doch deutlich mehr. Endorphin und Adrenalin, der beste natürliche Drogencocktail. Endorphin gewann nun die Überhand. Deshalb hatte sie keine Lust, den Umstehenden die im Grunde fälligen Ansagen zu liefern und biss sich auf die Zunge. Aber nur kurz, denn schließlich wollte sie wenigstens selbst alle Lieder so laut mitsingen, wie sie konnte. Zumindest die Leute, die sie kannte, waren am Abgehen und hatten sichtlich Spaß. Also entspannte sie sich innerlich und fing wieder an zu lächeln. Nun riss sie auch das Spiel wieder mit, sie sah Martha vor sich, die in ihrer gewohnten Weise alle paar Minuten wie ein Vulkan ausbrach, um dann wieder zu verstummen; sah Nörb, der auf dem Zaun alles tat, um möglichst viele Menschen mitzureißen und zu animieren; sah Subbe, der mit jeder Hand eine Fahne schwenkte, die jeweils größer war als er selbst; und wollte in diesem Moment nirgendwo anders sein als genau hier. Da verzieh sie auch den Touristen im Block, dass sie keine Ahnung von gar nichts hatten. Hauptsache, niemand stimmte »Ihr seid do-of!« an, sobald irgendwo ein Bengalo anging. Oder noch schlimmer: »Pyrotechnik ist kein Verbrechen« …

Spitzenreiter unter den schlechten Gesängen ist und bleibt alles, was mit »Allez-allez-allez-allez-ohhhh« beginnt …

… aber alles, was auf »klatschklatschklatsch-klatschklatsch-klatsch-klatschklatsch-klatsch« endet, macht einen hervorragenden zweiten Platz.

Das Spiel war vorbei. Fuck it. Du kannst dich innerlich noch so sehr auf eine Niederlage vorbereiten, wenn es passiert, schmerzt es trotzdem jedes Mal. Auch wenn eigentlich allen vorher klar war, dass die Mannschaft den Aufstieg heute nicht klarmachen würde, war der Ärger groß. Wenn es die Chance gibt, etwas einfach über die Bühne zu bringen – Sankt Pauli wird es nicht tun. Aus Prinzip. Ein in Stein gemeißeltes Gesetz. Als Sankt-Pauli-Fan bist du Verlieren gewohnt. Doch wenn es dann mal kurzzeitig gut läuft, vergisst du schnell, wie das ist. Wenn es dann unvermeidlich doch wieder passiert, erinnerst du dich schnell. Und die Kulmination der alten und neuen schlechten Erfahrung haut dann richtig rein. Mundwinkel nach unten. Falte zwischen der Stirn. Fußball ist Leiden, aber es hätte so schön sein können. Da konnte man schon mal mit dem Schicksal hadern und Glück und Zufall verfluchen. Merks konnte nicht verstehen, dass Leute um ihn herum lachten und sich im Kopf langsam wieder anderen Dingen zuwandten. Sie hatten verloren! In Dresden! Und der sicher geglaubte Aufstieg stand wieder auf der Kippe. Wie konnte man sich da unmittelbar nach dem Abpfiff über Partys, Rezepte oder das Studium unterhalten? Scheiß-Hippies! Kack-Paulis!

Der Block leerte sich langsam, aber schneller als sonst. Vermutlich auch deshalb, weil sie weniger Material dabei hatten als bei den meisten anderen Spielen.

Jette sah Marco, der auf sein Handy starrte. »Was ist los, geht das Spiel im Fernsehen noch weiter?«

Er blickt hoch und grinste. »Ich wollte nur kurz gucken, ob es schon Fotos von der Choreo gibt und sie dann mit Spezi teilen, der es ja nicht live gesehen hat.«

»Teilen? Share dich zum Teufel!«

Er blickte sie mit einer Mischung aus Staunen und Hochachtung an. »Wow. Du bist ja richtig on fire heute. Willst du mir Konkurrenz machen?«

»Nur im Tausch, wenn du dafür meine Haupteigenschaft übernimmst.«

»Wie, soll ich mich denn jetzt unsichtbar machen?«

Bähm, das saß. Jette wusste nicht genau, ob sie sich nun recht-fertigen oder zurückschlagen sollte, sodass der für eine Antwort angemessene Zeitraum verstrich. Marco merkte das, blickte erneut von seinem Handy auf und lächelte Jette an.

»War nicht böse gemeint. Im Gegenteil. Viele würden sich freuen, wenn du dich wieder häufiger blicken lässt.« Als Jette doch noch zu einer Antwort ansetzen wollte, hob Marco die Hände.

»Ey, du musst nichts sagen. Ich weiß doch, wie das ist. Bin ja selbst auch keine 25 mehr. Und mach den Quatsch fast genauso lange wie du.«

Jette ließ sich die Antwort dennoch nicht nehmen. »Bist du denn regelmäßig dabei? Ich meine, jetzt, wo du doch auch in festen Händen bist und so.«

Marco grinste. »Du hast natürlich recht, ich hab auch nachgelas-sen. Ist manchmal ein gritzekleines bisschen schöner, zu zweit im Bett zu kuscheln, als in aller Herrgottsfrühe quer durchs Land zu eiern. Aber: Ich habe ihr gleich zu Beginn unserer Beziehung gesagt, dass ich alle zwei Wochen weg bin. Das respektiert sie.«

In diesem Moment kam Milli auf die beiden zu und wandte sich direkt an Jette: »Was war denn das für eine Nummer vor dem Spiel eben? War das nötig, sich mit den Dresdnern anzulegen? Waren das Faschos oder was?«

Jette nahm die goldene Brücke nicht an, die ihr da von der Fan-laden-Mitarbeiterin gebaut worden war. Sie hatte absolut keinen Bock, Milli die Unwahrheit zu erzählen. Die Nazi-Keule rauszuho-len, fand sie kacke. Auch wenn es vielleicht sogar stimmte.

»Nee, ich glaube nicht, dass da Politik im Spiel war. Das waren einfach irgendwelche Öddel, und die Möglichkeit Stess zu machen, wurde von unseren Jungs angenommen.«

»Ihr müsst echt mal mehr darauf achten, was eure Leute so trei-ben«, meinte Milli mit gerunzelter Stirn. »So ein Mist fällt am Ende immer auf die ganze Fanszene zurück.«

Jette hasste es, in solchen Situationen für Leute wie Lutz Partei ergreifen zu müssen. Andererseits konnte sie auch keine Mitglieder der eigenen Gruppe über die Klippe springen lassen. Da war Diplomatie gefragt, mal wieder.

»Stimmt. Du weißt aber auch, wie schwierig das manchmal ist in solchen Situationen. Gerade auswärts, gerade im Osten. Da in Sekunden zu entscheiden, ob es das jetzt wert ist oder nicht und dann noch zu reagieren … Das überfordert selbst die Besten.«

»Zu denen du ja zweifelsohne gehörst«, erwiderte Milli grinsend. »Können wir nächste Woche noch mal in Ruhe drüber schnacken? Auf jeden Fall haben mich sogar schon Aufsichtsratsmitglieder darauf angesprochen, was denn da los war. In der sportlichen Runde wird das sicherlich noch mal Thema, wenn auch das Präsidium anwesend ist.«

Geil. Fehlte nur noch, dass jetzt jemand wie Rica um die Ecke kam und kritisierte, dass das Ganze aus politischer Sicht betrachtet werden müsse und die Gruppe eine klare Linie brauchte, um nach außen nicht wie ein dahergelaufener Hool-Mob zu wirken. Manchmal wünschte sich Jette, dass nicht immer alles auch eine politische Komponente hätte. Es würde vieles einfacher machen, wenn sie tatsächlich einfach ein dahergelaufener Hool-Mob wären. So mit Scheiß-auf-alles-Attitüde und ohne sich vor jemandem rechtfertigen zu müssen. Aber das war bei Sankt Pauli undenkbar. Und auch im Grunde gut so. Wenn sie es nicht schafften, im eigenen kleinen Umfeld Regeln aufzustellen und durchzusetzen, wie sollte dann erst eine herrschaftsfreie Gesellschaft möglich sein? Jette seufzte. Es lag noch viel Arbeit vor ihnen – und in einer linken Gruppe bedeutete das diskutieren. Und debattieren. Und palavern. Und salbadern. Und sabbeln, was das Zeug hielt. Sie seufzte erneut. Milli interpretierte das falsch und klopfte Jette auf die Schulter.

»Na komm, die aus der Chefetage werden euch schon nicht fressen. Ist ja schließlich nicht das erste Mal. Und die wissen auch, dass es im Osten immer etwas anderes ist als in Burghausen oder Paderborn.«

»Das ist gar nicht das Ding«, meinte Jette. »Ich denke nur manchmal, dass ein autoritärer Kommunismus gegenüber dem Anarchismus auch seine Vorteile hat … gegen meine Überzeugung, versteht sich.«

Milli zog die Augenbrauen hoch. Es schien Jette am heutigen Tag zu begleiten, dass alle Personen immerzu verwundert über ihre Aussagen waren. Aber der Schwenk gerade war wohl auch ein wenig krass gewesen; von der fragwürdigen Aussage einmal ganz abgesehen. Jette blickte Milli mit müden Augen an. »Sorry, ich bin nur gerade überfordert vom Zwischen-den-Stühlen-Sitzen. Immer kommen alle von allen Seiten und üben Druck aus: Verein hier, Gruppe da, Fanladen dort, andere Fans da hinten … Aber du hast vollkommen recht: Lass uns nächste Woche mal in Ruhe drüber reden.«

Marco, der sich den Dialog bis zu diesem Punkt schweigend angehört hatte, meldete sich zu Wort: »Das Proletariat – braucht keine Hierarchie – für den Kommunismus – und Sankt Pauli!«

Milli schüttelte den Kopf, aber ihre Augen zeigten, dass sie innerlich lachte. »Ihr werdet noch eine vergnügliche Rückfahrt haben, das sehe ich schon.«

»Dein Wort in Gottes Gehörgang, Macker!«

Nachdem Ole Milli getroffen hatte, war alles klar. Er konnte ohne Probleme mit dem Fanladenbus zurückfahren, es waren noch ein paar Plätze frei. Er war erleichtert, dass zumindest der Verlust des Wagens in diesem Moment nicht noch mehr Stress verursachte. Einsteigen, sich um nichts kümmern und einfach irgendwann zu Hause ankommen. Vielleicht noch ein Bier trinken. So gesehen schien es ganz okay, die Auswärtstour mit einer Busfahrt zu beenden. Old School.

Exkurs:

Der Auswärtsbus

Der Auswärtsbus ist wie eine Party im Club, nur auf sehr engem Raum. Und mit Menschen, die du gut kennst. Leute präsentieren sich, Leute übergeben sich, Leute schlafen erschöpft neben der Box ein. Der größte Unterschied zum Club ist die räumliche Enge: Jeder sieht genau, wann du auf's Klo gehst, wann du das nächste Bier holst oder dich hinpackst, weil du nicht mehr gerade laufen kannst. Alles wird von allen wahrgenommen und umgehend kommentiert. Vor allem auf der Rückfahrt, wenn alle stinken, kann dies unangenehm werden.

Im Auswärtsbus gelten bestimmte Regeln: Schuhe ausziehen: tabu. Auf dem Klo kacken gehen: tabu. Von hinten nach vorne brüllen, dass die Musik lauter gestellt werden soll: tabu. Deo im Bus benutzen: tabu. Knutschen im Bus: geht klar, ist aber unrealistisch. Natürlich sind diese Regeln nicht unumstößlich. Es kommt wie bei vielen Dingen im Ultras-Universum auch immer darauf an, wer etwas macht. Zieht zum Beispiel jemand seine Schuhe aus, der schon seit zehn Jahren dabei ist, werden nur wenige eine Ansage machen. Außer, sie sind selbst schon eine Weile am Start.

Entscheidend ist – gerade bei längeren Touren – die Wahl des richtigen Sitzplatzes. Nicht zufällig stehen viele ansonsten sehr soziale Menschen lieber vor der Bustür Schlange, um sich ihren Lieblingsplatz zu sichern, als beim Einladen der Fahnen und Getränke zu helfen. Bei der Sitzwahl gilt es einiges zu beachten. Die vordersten Plätze im Bus beispielsweise haben Vor- und Nachteile: Du siehst die Straße, bist über Strecke, verbleibende Fahrtzeiten und anstehende Pausen informiert. Außerdem hast du Einfluss auf Musik und Temperatur (Vor- und Nachteil zugleich). Oftmals wirst du aber auch vom Busfahrer zugelabert, dem auf einer langen

Fahrt einfach langweilig ist. Zudem hast du, je nach Bus, weniger Beinfreiheit. Das gilt übrigens auch für die Plätze direkt hinter der Tür in der Mitte. Dort bist du zwar dem Fernseher sehr nahe, aber auch dem Klo. Ganz hinten kannst du dich mit Glück mal langmachen, wenn der Bus nicht ausgebucht ist. Dafür wird dort aber in der Regel auch gefeiert. Bedenke: die Lümmel von der letzten Bank. In manchen Bussen ist es im vorderen Teil kalt, im hinteren warm – oder umgekehrt. An einigen Plätzen zieht es, sobald die Dachfenster geöffnet sind.

Am wichtigsten ist allerdings die Frage, wer neben und wer hinter dir sitzt. Jemand wie Merks zum Beispiel möchte bestimmt nur ungern neben dem neuen Mädchen sitzen, das erst zum zweiten Mal mitfährt. Subbe hingegen ist ein Schläfer, der sofort einratzt, sobald der Bus in Bewegung ist. Ihm ist es egal, neben wem er sitzt, solange es einigermaßen ruhig ist (also eher vorne). Wenn jemand in deinem Umfeld gerne Fertigfrikadellen isst oder im Schlaf furzt, hast du im wahrsten Sinne des Wortes die Arschkarte.

Du siehst, es gibt eine Menge Fallstricke beim Auswärtsfahren mit dem Bus. Letztlich hilft nur ein wenig Erfahrung, um die meisten davon zu vermeiden. Oder pures Glück. Grundsätzlich solltest du morgens möglichst geduscht zum Bus kommen, um die Person neben dir nicht direkt mit Todesgeruch zu belästigen. Tipp: Du kannst in fast jedem Fall mit einem außergewöhnlichen Getränk oder Fanzine punkten. Eiswürfel kommen auch gut an, allerdings erweckst du damit unweigerlich den Verdacht der Spießigkeit. Genauso wie mit einem unfassbar leckeren Nudelsalat, den du am Abend vorher zubereitet hast. Zu viel Vorbereitung ist auch nicht Ultrà?

Das alles betraf Ole natürlich nicht oder nur kaum. Denn zum einen fuhr er ja im Bus des Fanladens und nicht in dem der Ultras; und zum anderen hatte er keine freie Sitzplatzwahl, da er nur die Rückfahrt mitmachte. Er konnte also nur hoffen, dass er nicht neben irgendeinem Klappskalli landete, der schon völlig drüber war und ihm irgendwann auf die Schulter kotzte. Hatte er alles schon erlebt. Wenn wenigstens Spezi oder Basti mitkämen … Aber die beiden hatten sich verständlicherweise zu ihren Ultrà-Freunden begeben, die mit der Bahn zurückfuhren. Er fragte Milli am Eingang, wo noch ein Platz frei war. Ihm schwante Übles, als sie ihn mitleidig ansah: »So weit ich weiß, ist der freie Platz ganz hinten in der Ecke. Du musst neben Rainer und Marx sitzen. Leider ist da irgendwo ein Loch in der Karosserie, deshalb zieht es ein wenig.«

Ole stöhnte innerlich auf, versuchte aber, sich nichts anmerken zu lassen. Okay, es war definitiv nicht wie auf der Hinfahrt im eigenen Wagen. Aber wenigstens auch nicht wie mit Alternativ-Busreisen.

»Wie geht es dir denn?«, wollte Milli noch wissen. »Alles in Ordnung? Keine schlimmen Verletzungen?«

Ole grinste gequält. »Um ein Auto ärmer, aber um eine Erfahrung reicher. Ich hätte es auch gemacht, wenn ich vorher gewusst hätte, wie es ausgeht. Na ja, eigentlich wussten wir es ja alle vorher. Und die Schmerzen sind auszuhalten. Da hat es andere schlimmer erwischt. Also: Ich bereue nichts.«

Die Rückfahrt im Bus zum Bahnhof war genauso ätzend wie die Hinfahrt: eng, heiß und feucht. Genau genommen war sie sogar noch beschissener, denn nach der Niederlage waren alle noch gestresster. Dazu kamen die Spannungen innerhalb der Gruppe: Stirne wurden gerunzelt, Lippen zusammengepresst und Fäuste in der Tasche geballt.

Jette war unendlich müde. Sie versuchte gar nicht, an der allgemeinen miesen Stimmung etwas zu ändern. Sie wollte einfach nur kurz chillen und im besten Fall selbst von jemandem aufgebaut werden. Dann konnte sie sich vielleicht auch wieder dem Wohl der anderen widmen. Von Paul erhoffte sie sich positive Informationen bezüglich der Rückfahrt, wohl wissend, dass dies auch nach hinten losgehen konnte. »Paul, sag mal, wie sieht es mit der Rückfahrt aus? Wann geht es los, wie lange sind wir unterwegs, können wir zwischendurch abkürzen? Sag mir was Gutes, ich kann etwas Aufmunterung vertragen!«

Paul verzog keine Miene. »Also hier in Dresden geht wenig, wenn du auf die ICE-Nummer anspielst. Das könnte unterwegs klappen, aber nur, wenn wir viel Glück haben. Am Hauptbahnhof haben wir gleich eine halbe Stunde Zeit, dann geht es auf Gleis 5 los.«

»Danke dir. Das ist zwar nicht das, was ich jetzt gerne gehört hätte, aber das Leben ist halt kein Ponyhof. Und kein Wunschkonzert.«

Jette schob sich drei Meter zu Nörb durch, der in der Nähe des mittleren Ausgangs direkt am Fenster stand.

> Wenn es sehr eng ist, kann dein Ziel unendlich weit
> weg sein, auch wenn es eigentlich nur wenige Meter sind.
> Im Stadion genauso wie im Bus oder in der Bahn.

»Nörb! Du kannst mir doch bestimmt etwas Aufmunterndes sagen?«

Nörb sah sie mit einem Blick an, der genauso müde aussah, wie Jette sich fühlte. »Wieso fragst du da ausgerechnet mich? Wo ist denn Marco, wenn man ihn braucht?«

»Keine Ahnung, vermutlich ganz hinten oder ganz vorne. Auf jeden Fall nicht hier.«

»Hmmm … Auf die Schnelle fällt mir da nur der alte Witz ein von dem Typen in der Bar, der zwei Bier bestellt und dann …«

»Nee, lass mal, danke. Ich dachte eher an einen lustigen Schwank, der auf Tatsachen beruht und ein wenig Optimismus verbreitet. An einem düsteren Tag wie diesem.«

»Ich hab' da was«, ertönte eine lallende Stimme von der Seite. Spezi. Das konnte entweder eine Knüllergeschichte werden oder ein totaler Reinfall.

»Passt auf, die Geschichte ist tatsächlich genau so passiert, ischwör!« Bis jetzt hielt sich die allgemeine Begeisterung in überschaubaren Grenzen.

»Also, ein Kollege von mir nach'm Festival, total durch, hat sich übers Wochenende alles reingefahren, was geht und ist mit seinem VW-Bus selbst zurückgefahren …« Das allgemeine Interesse stieg.

»Er also nett, bringt noch einen Freund nach Hause in die Hein-Hoyer-Straße. Freut sich, dass der ganze Stress vorbei ist und fährt los. Hat nur wenige Meter über die Reeperbahn bis zu seiner Wohnung. Findet auf dem Beifahrersitz ein Bier und macht es auf, ohne nachzudenken. Ein tiefer Schluck, ein Blick zur Seite – steht da ein Streifenwagen, der Bulle auf dem Beifahrersitz fixiert ihn. Er hat ein gutes 5,0er-Bier in der Hand, keine Fragen offen. Der Streifenwagen setzt sich vor ihn, Blaulicht, ›Bitte fahren sie rechts ran‹ und so weiter …« Nun hatte der Erzähler die volle Aufmerksamkeit der Umstehenden.

»Er steigt also aus, mit dem Bier in der Hand, gibt ja eh keine Chance, es zu verstecken. Hört sich die Leier an von wegen Alkohol am Steuer, blabla, ihr kennt den Mist. Dann sieht einer der Beamten seinen Wagen und den Parkplatzaufkleber vom Festival. Hab den Namen vergessen, irgendwas großes Elektronisches …«

»Fusion«, »VooV«, »Melt«, »3000 Grad« – die Zuhörer hätten bestimmt noch weitere Namen in die Runde geworfen, wenn Spezi sie nicht gestoppt hätte.

»Ich habe doch gesagt, ich erinnere mich nicht an den Namen. Ist ja auch egal, auf jeden Fall sagt der Bulle eiskalt: ›Da ist jetzt ein Urintest fällig, mein Freund, aber so was von‹. Mein Kollege denkt sich nur ›Scheiße, jetzt bin ich am Arsch!‹, sagt aber nichts. Er weiß natürlich genau: Wenn er sich jetzt weigert, muss er zur Blutabnahme, und dann sieht er seinen Lappen nie wieder, selbst wenn er bis dahin noch zwei Wochen Zeit hätte. Er kriegt das Plastikdöschen in die Hand gedrückt, und die Bullen gucken ihn erwartungsvoll an. Er sieht sich um und fragt ›Soll ich jetzt hier auf offener Straße pissen?‹. Der eine Bulle grinst und deutet mit dem Daumen über die Schulter, wo eines der öffentlichen Pissoirs steht.« Spezi holt Luft und nimmt einen tiefen Schluck Bier. Die Kunstpause geht gerade so klar, alle warten gespannt auf das Ende der Story.

»Er also rein und denkt fieberhaft nach, was er jetzt noch tun kann. Die Bullen können ihn nicht sehen, und irgendwas muss er machen. In seinem Blut sind Rückstände von so ziemlich allem, was man auf einem Techno-Festival so nehmen kann: Speed, MDMA und natürlich jede Menge THC. Ihr könnt es euch vorstellen. Er blickt sich panisch um und sieht eine vollgepisste Klorolle in der Ecke stehen. Wie auch immer die da hinkommt, an so eine Pissrinne an der Straße. Er denkt sich ›Ach, was soll's, ich hab eh nix zu verlieren‹, und drückt die Klorolle in den Plastikbecher aus. Geht zurück und gibt das Ding ab. Die Bullen denken sich nichts und halten ihren Teststreifen rein.« Wieder ein Schluck Bier. »Ja und, was kam raus?«

Spezi grinst. »Nix. Sauber. Negativ. Keine Rückstände von irgendwas. Musste noch pusten, aber nach einem halben Bier ging das klar. Durfte weiterfahren. Und hat später drei rote Kreuze im Kalender gemacht, das könnt ihr mir glauben.«

»Und woher willst du wissen, dass die Geschichte stimmt?«, will Nörb wissen. »Ich meine so, Kollege erzählt Freund vom Bruder der Mudder …«

Alle Blicke auf Spezi.

»Ganz einfach«, erklärt dieser. »Direkt danach kam er zu mir zum Händewaschen, weil ich am nächsten dran wohne.« Befreites Gelächter von allen Seiten.

»Wie war denn eigentlich die Nummer heute Morgen in Dresden? Du warst doch dabei, oder nicht?«, fragte einer von den Jüngeren.

»Erzähle ich später«, meinte Spezi nur. »Ich sollte doch eine positive Geschichte vom Stapel lassen.«

Jette grinste, zwinkerte zu Spezi rüber und hob den Daumen.

Bahnhof. Durch die halbe Stunde Wartezeit war Stress vorprogrammiert, da konnte die Polizei machen, was sie wollte. Leute wollten zu den Schließfächern, sich mit Getränken und Essen für die Fahrt eindecken oder einfach eine rauchen – es würde kaum eine Chance auf gelungene Fantrennung geben. Dazu kamen außerdem noch die Personen auf beiden Seiten, die sich keinen schöneren Zeitvertreib vorstellen konnten, als ein paar Schellen zu verteilen.

Subbe vertrat eine ähnliche Einstellung wie Jette: In erster Linie wollte er seine Ruhe haben, um dann im zweiten Schritt die Unstimmigkeiten mit Lutz und den anderen diskutieren zu können. Er erwartete allerdings keine Entspannung: Die Stressmacher würden die Situation nutzen, um neuen Ärger anzufangen. Wenn sich nichts anderes ergab, auch innerhalb der eigenen Gruppe. Teufelsdroge Alkohol. Und Langeweile als Katalysator. Was sollte daraus aus langer Sicht werden? Womöglich die Spaltung der Gruppe? Worst-Case-Szenario. Bremer Verhältnisse wünschte sich nun wirklich niemand.

Doch Subbe hatte wie so oft die Rechnung ohne den Wirt gemacht: Die Dresdner nahmen ihnen das Problem ab, indem sie selbst permanent für Stress sorgten. Kaum hielt der Bus, flogen erste Gegenstände auf die aussteigenden Sankt-Pauli-Fans. Subbe drängte nach draußen, da er in solchen Situationen nur ungern drinnen gefangen blieb. Andere hatten die gleiche Idee – »Materialien in die Mitte« wurde wieder einmal vernachlässigt. Doch die Bullen hatten wie schon heute Morgen einen Kessel geschaffen, sowohl mit Fahrzeugen als auch mit Robocops in voller Montur. Somit gab es weder die Möglichkeit, den Kessel zu verlassen, noch in diesen einzudringen. Subbes Gruppe wurde nach dem Aussteigen umgehend aufs Gleis geleitet und dort festgehalten. Keine Chance, etwas kaufen zu können, oder jemanden umzuwämsen, der nicht zur eigenen Crew gehörte. Subbe seufzte und steckte sich eine Kippe an. Wenigstens das konnten die Cops nun auf dem Bahnsteig nicht verhindern. Hatte aber auch niemand Interesse dran. Selbst die Angestellten der Bahn nicht. Wenn ein Mob unterwegs ist, egal ob wegen Fußball oder Politik, war auch für die DB Ausnahmezustand – die oberste Devise lautet dann immer, mögliche Eskalationen zu vermeiden und für Entspannung zu sorgen. Da sich auf diesem Bahnsteig ohnehin fast ausschließlich Anhänger von Sankt Pauli befanden, ließ man sie einfach gewähren.

Der Zug kam, und Merks sah sich nach Martha um, die eben gerade noch direkt neben ihm gestanden hatte. Sorgen machte er sich nicht, da ohnehin niemand den Bahnsteig verlassen konnte. Aber er wäre gerne zusammen mit ihr eingestiegen, denn bei so großen Gruppen und so kleinen Zügen war es oft schwer, später noch den Standort zu ändern und jemanden zu finden. Er schnappte sich eine der Trommeln, die vor dem Zug standen, und stieg ein. Das trug ihm einen anerkennenden Blick von Subbe ein. »Nice, finde ich super, dass du die Sachen mit im Blick hast. Es kümmern sich immer noch viel zu wenig Leute um den Stuff, wenn wir einsteigen. Weiter so!«

Merks nickte, war in Gedanken allerdings woanders. Es beschäftigte ihn immer noch, wo Martha wohl gerade war. Alle stiegen ein, großes Gedränge, große Enge. Tendenziell war der Zug jetzt viel voller als auf der Hinfahrt. Das lag daran, dass sich etliche Sankt Paulianer für die Rückfahrt einfach der größten Gruppe angeschlossen hatten – und das war nun einmal »Focus it back«. Außerdem war es Freitagabend und Dresden eine große Stadt. Merks gab es für den Moment auf, Martha zu finden. Er musste erstmal irgendwie eine halbwegs bequeme Haltung finden. Er wollte nicht über die Trommel fallen, die er hinter sich gestellt hatte und an die er immer näher herangeschoben wurde. Er kriegte es kaum mit, dass der Zug losfuhr. Um ihn herum waren einfach zu viele Menschen, und er hatte das Gefühl, kaum noch Luft zu bekommen. Als der Zug aber nach kurzer Zeit wieder ruckartig zum Stehen kam, kriegte Merks das sehr wohl mit – und fiel nun wirklich über die Trommel. Es knackte leicht, aber sie schien keinen Schaden davongetragen zu haben. Im Gegensatz zu einigen der Leute um ihn herum, die sich verschiedenste Körperteile gestoßen hatten. Merks hörte Schreie und splitterndes Glas, aber das Geschehen schien mindestens einen Waggon von seinem Standort entfernt zu sein. Er sah Paul, der versuchte, sich durch die Menge in Richtung der Action vorzukämpfen, dabei aber nur langsam vorankam.

»Paul, was geht denn da vorne ab?«

Paul drehte sich hektisch um: »Was glaubst du? Dresden greift an, komm mit jetzt!«

Merks ließ die Trommel Trommel sein und hängte sich an Paul, der das Vorhaben nicht aufgab, die Front noch rechtzeitig zu erreichen.

Als neben ihr ein Stein durch die Scheibe flog und das Glas splitterte, zuckte Jette zusammen. Das lag aber nicht nur an dem erschreckenden Geräusch, sondern vor allem daran, dass sie sofort an die Antifa-Aktion erinnert wurde, bei der sie am Tag des letzten kleinen Derbys den Zug voller Nazis aufgehalten hatten. Aber jetzt befand sie sich auf der anderen Seite des Fensters.

In und bei Zügen hab ich immer die krasseste Gewalt erlebt, dachte sie noch, da zog sie schon jemand weg. Es war Nörb. Sie erreichten den nächsten Ausgang, wo Torre und Spezi gerade mit aller Kraft versuchten, die Türen zu öffnen. Becker hielt in beiden Händen je eine Flasche und bereitete sich darauf vor, diese nach draußen zu feuern, sobald der Spalt groß genug war. Jette spähte durch die gesplitterte Scheibe und winkte ab. »Keine Panik, da ist nur eine Handvoll vermummter Gestalten, vielleicht fünfzehn oder zwanzig.«

»Dann sollten wir da jetzt sofort drauf! Die Chance kriegen wir so schnell nicht wieder«, kam es von irgendwoher aus der Menge. Jette war sich fast sicher, dass es Lutz gewesen war. Aber nur fast. Doch die Chance auf eine körperliche Auseinandersetzung war schnell vorbei. Die Angreifer wollten es offenbar nicht darauf ankommen lassen, unter Umständen doch noch auf die Schnauze zu kriegen und zogen ab. Allerdings nicht, ohne noch wilde Gesten in Richtung des Zuges gemacht zu haben, die Jette nicht so richtig deuten konnte. Dazu Hool-Gesänge.

»Bleibt die Frage, ob wir jetzt weiterfahren oder hier auf die Bullen warten müssen. Dann könnte das mit dem Anschlusszug schwierig werden ...«

»Paul, du alter Optimist«, antwortete Nörb lachend. »Warum sollten wir denn jetzt hier stehen bleiben? Ich glaube, es geht gleich weiter.«

»Wieso hast du denn jetzt so gute Laune?«, wollte Paul wissen.

»Na, ist doch alles gut gegangen. Keiner wurde ernsthaft verletzt und wir haben etwas, worüber wir uns den Rest der Fahrt unterhalten können. Irgendjemand hat doch bestimmt auch ein Video gemacht. Und in irgendeinem Forum wird bestimmt jetzt schon darüber diskutiert, wer eigentlich gerade ›gewonnen‹ hat. Wenn das alles keine Gründe sind, um sich zu freuen, weiß ich auch nicht.«

Jette fragte sich immer noch, ob sie mit dem Bengalo vielleicht doch ein wichtiges Transpi der Dresdner angekokelt hatte. Zumindest war keines dabei gewesen, das aus Funk und Fanzine bekannt war. Die heftigen Reaktionen im Stadion und eben gerade ließen zumindest darauf schließen, dass sie außer ihrem eigenen Lappen auch ein wenig Material der anderen erwischt hatten. Sie stieß Torre an. »Meinst du, wir haben heute irgendwas Gutes von denen zerstört?«

Torre grinste. »Sollte es ein bedeutendes Stück gewesen sein, werden wir vermutlich noch ein offizielles Statement der Dresdner Ultras zu lesen kriegen.«

Stellungnahmen ... Immer der gleiche Scheiß:

»Aufgrund der ehrlosen Attacke müssen wir leider mitteilen ...«, «... unter diesen Bedingungen müssen wir den Support bis auf weiteres einstellen ...«, «... sehen wir uns in der aktuellen Situation zu diesem Schritt gezwungen ...«, «... werden auch in Zukunft alles für den Verein und die Kurve geben ...«, »... bedanken uns bei allen, die über die Jahre ...« und so weiter und so fort.

Jette war klar, dass in einem schriftlichen Statement zu einer solchen Situation Ironie eher weniger angebracht war. Aber sie fand es in jedem Fall besser, sich mit einem Knall zu verabschieden als mit einem lauen Luftzug. Diese Floskeln wollte doch niemand mehr lesen. »Wisst ihr, was mal eine geile Auflösungserklärung wäre? ›Bis hierhin war's geil. Jetzt ist es kacke. Wir sind dann mal weg.‹ Oder so.«

Torre sparte sich die hochgezogenen Augenbrauen, Nörb stieg sofort darauf ein: »Ja geil. Oder so was wie ›Ultras XY sind nun Geschichte. Ihr werdet aber die gleichen Hackfressen bald hinter einem neuen Banner bewundern können. Denn wir haben sowieso nichts anderes als Fußball. Vielleicht benennen wir sogar unser

Fanzine um. Die Lieder bleiben aber gleich, versprochen.‹ Haha, das würde ich derbe abfeiern.«

Paul hatte auch eine Idee: »Bullshit! Wenn man sich mit einem Knall verabschieden will, braucht die Stellungnahme mehr Hass: Die Bullen auf der Straße und die Bonzen im Verein hassen uns. Fickt euch! Ohne eine feste Gruppe mit einem Namen haben wir bessere Möglichkeiten, um das System von unten zu zersetzen. Scheiß DFB! Scheiß moderner Fußball! Scheiß Millionäre!«

Jette nickte anerkennend. »Guter Ansatz. Da könnte man auch noch Minderheiten, Religionen und Frauen beschimpfen, um die Sache abzurunden. Da würde die Szene drüber reden – eine Viertelstunde oder so. Da hätte man zum Abschluss nochmal seine 15 Minuten Ruhm. Im Forum …«

Nun meldete sich auch Torre zu Wort: »Oder einfach ein Zitat? Torch? ›Das ist 'ne Farce. Die Karriere ist vorbei, das war's. Ihr rockt die Kurven und wir hocken in den Bars‹?«

»Digger! Du musst was nehmen, was die Leute kennen, nicht deinen Hip-Hop aus den 90ern«, meinte Nörb mit gespielter Entrüstung. »Wie wäre es zum Beispiel mit *Marteria*: ›Randale und Krawall. Die Zeiten sind jetzt vorbei. Wo sind meine Leute hin? Die waren früher überall‹.«

»Alle ham 'ne Kurve. Ich hab Langeweile. Keiner hat mehr Bock auf Kiffen, Saufen, Keile. Ja, so geht das hier im Block, Tag ein, Tag aus …«, ergänzte Torre.

Jette hielt sich die Ohren zu. »Aufhören! Diese schlechten Reime hält doch kein Mensch aus!«

»Deine Mudder verkauft mir jetzt Drogen? Ok, cool.« Das letzte Wort kam von Marten, der als Jüngster in der Runde eindeutig neuere Tracks kannte als der Rest.

»Ey, du hast recht.«

Subbe war überrascht und gleichzeitig erfreut, bei Lutz auf Verständnis zu stoßen. Als er seinen inneren Schweinehund überwunden hatte und aufgebrochen war, um die Sache aus dem Stadion mit Lutz zu klären, hatte er mit vielem gerechnet: mit einer längeren Auseinandersetzung, mit heftiger Gegenwehr, mit Streit, Stress und sogar Schlägen. Stattdessen traf er auf einen scheinbar geläuterten Rowdy, der seine Handlungen reflektiert hatte. Demzufolge wusste Subbe auch gar nicht genau, was er antworten sollte. Er stammelte irgendwas von wegen »kein Ding«, »ich war ja auch nicht gerade freundlich« und »wir haben alle schon mal Mist gebaut«.

Lutz winkte ab. »Ach, scheiß drauf. Langer Tag, kein' Bock mehr zu streiten. Lass mal lieber ein Bier trinken!«

»Aber einfach gar nicht mehr drüber reden geht auch nicht.«

»Es wurmt mich immer noch, dass wir damals bei der Nummer nach dem kleinen Derby den Schwan und seine Kutten um Hilfe gebeten haben. Das hätten wir vielleicht alleine nicht geschafft, aber so war das allemal ehrlos. Wir stehen voll als Verlierer da, obwohl wir gewonnen haben.«

»Verstehe ich nur halb. Schließlich haben die praktisch das Gleiche gemacht, deren alte Garde war ja auch da.«

»Stimmt, aber das konnten wir vorher nicht wissen. Ich finde jedenfalls nicht, dass wir Hilfe nötig haben. Und selbst wenn, muss es auch ohne gehen. Und dann diese Nummer in Genua. Ich meine, wir hatten verabredet, nicht nach vorne zu gehen, und dann sind auf einmal doch alle da und Roberto …«

»Die beiden Sachen haben doch nicht viel miteinander zu tun, oder ist mir da etwas entgangen?«

Lutz hatte sich aber bereits in Rage geredet. »Und dann noch diese ständige Politisierung von allem und jedem. Echt mal. Ich find Nazis ja auch kacke, aber immer *dieses nicht sagen, jenes nicht dürfen* … Ich will im Stadion ›Fotze!‹ oder ›Hurensohn!‹ schreien, wenn mir danach ist. Aber dann kommt sofort jemand und mault mich an.«

Subbe ließ Lutz gewähren, es hatte sowieso keinen Sinn, den Redefluss jetzt aufhalten zu wollen.

»Ich sag ja gar nicht, dass Politik im Stadion nichts verloren hat. Aber manches geht einfach zu weit. Ich finde auch nicht, dass Frauen aus der Kurve sollen, aber manchmal lenken sie ab. Manchmal wird in der Süd nicht mehr ordentlich supportet, weil alle am Flirten sind.«

»Jetzt übertreibst du aber hart. Es geht doch genau darum: *Alle* sollen in unsere Kurve können. Niemand soll dort diskriminiert werden. Und ich hab eher den Eindruck, dass sich die jungen Leute noch mehr ins Zeug legen, *weil* das jeweils andere Geschlecht da ist.«

»Ja, weiß ich alles. Trotzdem sind mir die ganzen Regeln oft im Weg, verstehst du? Dann kann ich mich auch nicht voll ausleben, ist das keine Diskriminierung?«

»Nein. Aber ich weiß schon, was dich stört. Es gehört nun mal dazu, auf andere Rücksicht zu nehmen. Auch im Stadion. Das wird sich nie ändern.«

Es würde zu keiner Einigung kommen. Keiner würde den anderen jemals von seinem Standpunkt überzeugen können. Das war Subbe nun mehr als je zuvor klar. Es gab beide Seiten. Es würde sich nicht ändern. Dennoch schätzte er es, dass sie geredet hatten. Und jetzt anstoßen und sich dabei in die Augen blicken konnten.

Jette traute dem Braten nicht. Subbe hatte ihr umgehend von dem Gespräch mit Lutz erzählt. Sie wurde den Verdacht nicht los, dass Lutz nur vorübergehend einlenkte, um dem größten Ärger aus dem Weg zu gehen. Ihrer Meinung nach hatte er gleich, sobald Subbe weg war, seinen Jungs erzählt, was für ein harter Macker er war. Bei der nächsten Gelegenheit würde er dann wahrscheinlich direkt zeigen, dass er kein Stück dazugelernt hatte; dass er nach wie vor seine Meinung über die von anderen stellte; dass er völlig ohne Probleme sein Gehirn ausschalten konnte, wenn eine entsprechende Situation eintrat. Es wäre aber auch nicht das erste Mal, dass er scheinbar Einsehen zeigte. Schon öfter hatte er den Anschein erweckt, verstanden zu haben, dass seine Handlungen sich tatsächlich auch auf andere auswirkten. Vielleicht hatte er sogar selbst daran geglaubt, dass er sich gebessert hatte – und dann irgendwann wieder alle enttäuscht, sich selbst eingeschlossen. Aber Jette wollte auch nicht vorschnell urteilen. Sie schätzte an Lutz, dass er in allgemeinen Diskussionen in der Regel nicht mit seiner Meinung hinterm Berg hielt.

Das hatte ja geil ausgesehen, eben an der Brücke. Von wem war das wohl? Wer war hier aktiv, so kurz vor Uelzen? Subbe wusste gute Ultrà-Graffitis zu schätzen, auch wenn die meisten Bilder mit denen von 24/7-Sprühern nicht mithalten konnten. Aber er mochte den einfachen Style, das *In-die-Fresse* von markigen Sprüchen im Großformat. Wie das eine Bild mit Fäusten, das er einmal gesehen hatte, als er mit der Antifa in Dresden war, um einen Nazi-aufmarsch zu verhindern. Bud-Spencer-Style. Geil waren natürlich auch Dinger wie das Bild von Rostock, mit der Unterschrift ›Auf der Suche nach Gästefans‹. Direkt am Hauptbahnhof. Hammergut. Okay, ich setze das ganz oben auf die To-do-Liste, schwor er sich selbst. In Hamburg müssen wir an den zentralen Punkten wieder präsenter sein. Und auf Platz zwei kommt dann ganz klar das Kümmern um eine Arbeit. Keinen Job, sondern eine richtige Arbeit. Langfristig musste er auf jeden Fall etwas machen können, das ihn befriedigte. Sollte aber auch nicht zu anstrengend sein. Also vielleicht doch noch mal studieren. Ja, das war eine gute Idee.

Jette drängelte sich durch die Leute zu Paul durch.

»Na, wie ist die Lage? Haben wir eine Chance auf Abkürzung?«

»Also bis zum nächsten Zug, den wir benutzen dürfen, sind es locker anderthalb Stunden. Allerdings kommt in zehn Minuten ein ICE nach Hamburg ...«

»Hehe, alles klar. Dann sollten wir mal gleich auf uns aufmerksam machen.«

Sie fuhren in Uelzen ein. Zwar war die örtliche Polizei darauf vorbereitet, dass sie hier noch einmal durchkamen; allerdings standen auf dem Bahnsteig nur fünf Cops, und die trugen normale Uniform. Bei ihnen standen natürlich wieder Auge und Leimi und versuchten, wichtig auszusehen.

Die Ansage war klar: Alle, die den Zug verließen, gaben sich Mühe, so laut und ausfallend wie möglich zu sein. Es wurde gebrüllt, Flaschen flogen durch die Luft, irgendjemand zündete sogar noch einen Böller. Wo zur Hölle kam der jetzt noch her? Egal. Er erfüllte seinen Zweck. Die örtliche Polizei zuckte merklich zusammen. Die Mundwinkel gingen steil nach unten. Der gleiche Gedanke stand allen Beamten gleichermaßen ins Gesicht geschrieben: »Scheiße, wie werden wir die jetzt möglichst schnell wieder los?«

Unter großem Lärm bewegte sich der Mob in Richtung des Gleises, auf dem der ICE in wenigen Minuten fahren sollte. Jette sah, wie ihre Zivis den Braten rochen und anfingen, mit der örtlichen Polizei zu diskutieren. Sie sah auch, wie der ältere Cop, der offensichtlich hier das Sagen hatte, auf die Uhr deutete und energisch den Kopf schüttelte. Ihr Plan ging offenbar auf. Der ICE kam, und sie stiegen sofort in den Zug ein. Der Schaffner zog sich bei dem Anblick entsetzt die Mütze vom Kopf, aber ließ sie gewähren, nachdem der befehlshabende Beamte mit ihm gesprochen hatte. Jette malte sich den Dialog aus.

Schaffner: »Von denen hat doch niemand eine gültige Fahrkarte!«

Oberbulle: »Also ich brauche ein, zwei Stunden, um genügend

Einheiten herzubeordern. Dann müssen wir 150 bis 200 Anzeigen aufnehmen, für die ich Sie als Zeuge brauche. Das dauert dann ungefähr …«

Schaffner: »Die eine Stunde werden das die anderen Reisenden schon aushalten!«

Jette stieg als eine der letzten Personen ein und atmete tief durch. Vorletzter Reiseabschnitt.

»Ey, Mann, ein warmes Astra ist *niemals* besser! Bier muss kalt sein. Und kein Astra.«

Subbe platzte langsam der Kragen. »Digger, ich kenne Alkoholiker, die trinken kein kaltes Bier, weil sie ihren Pegel den Tag über halten wollen. Körpertemperatur. So kannst du easy nachschütten, ohne Bauchschmerzen zu kriegen.«

Paul setzte nach: »Also ich würde eher ein warmes Beck's als ein kaltes Astra trinken. Und niemals ein warmes Astra.«

»Auch nicht auf der Rückfahrt nach einem 3:2-Auswärtssieg gegen Rostock, wenn niemand mehr im Zug eine andere Pilsette auf Lager hat?«

»Auch dann nicht, wenn ich in der Wüste unterwegs wäre und seit drei Tagen nichts getrunken hätte!«

»Hähähä …«

»Was?«

»Zwei Nazis in der Wüste. Sagt der eine: ›Ne' Oase wäre jetzt gut‹. Sagt der andere: ›White & Pride nichts zu sehen‹.«

In diesem Stil ging es weiter, und auch andernorts war die Stimmung eher gelöst. Merks hatte seine guten Vorsätze mittlerweile völlig über den Haufen geworfen. Nach so einem Tag musste ein ordentlicher Rausch aber auch drin sein, oder nicht? Martha jedenfalls hatte sich nichts anmerken lassen, als er mit geweiteten Augen vom Klo zurückkam. Sie selbst war zwar stets nüchtern, urteilte aber nicht über die Breitheit von anderen. Gerade gab Walter eine Hopping-Geschichte zum Besten, die sie alle schon mindestens hundert Mal gehört hatten.

»Genau wie damals in Genua, weißt du noch?«, sagte er lachend. »›Bringt mich zum Hafen, dann finde ich den Weg nach Hause. Kein Problem. Vom Wasser aus ist es total easy.‹ Und dann sind wir drei Stunden im Kreis gelaufen. Am Ende waren wir wieder genau bei der Kneipe, von der wir gestartet sind. Haha, das Gesicht von Roberto werde ich nie vergessen.«

»Alles okay?« Merks blickte auf, Jette stand direkt vor ihm und blickte ihn fragend an.

»Ja klar, bisschen fertig, aber schon in Ordnung. Was geht?«

»Ich wollte mal hören, wie bei dir die Lage ist. Haben uns ja noch gar nicht richtig unterhalten heute.«

»Tjoah, eigentlich ganz gut. Martha und ich kommen gut zurecht. Oh, und ich ziehe vielleicht zu Paul und Spezi in die WG. Das wäre geil, oder? Endlich zu Hause raus und rein ins Viertel …«

»Ja, das klingt nice. Aber wie geht es sonst weiter? Was sind deine Pläne?« Merks war schon klar, dass sie mit der Frage nicht etwa auf Ultras und Co. hinauswollte. Aber er hatte überhaupt keinen Bock, sich jetzt mit ernsten Zukunftsplänen zu beschäftigen. Aber er wusste auch, dass er Jette nicht mit flapsigen Kommentaren loswurde.

»Ach, mal sehen. Vielleicht studieren? Abi ist ja bald geschafft. Also vermutlich. Dann erstmal ausziehen.«

»Und worauf hättest du Lust? Mehr so Geisteswissenschaften oder was Handfestes?«

»Müssen wir das jetzt besprechen? Ich hab das echt noch nicht entschieden.«

»Alles gut. Ich wollte nur auf Stand kommen. Manchmal kann man ja helfen. Du kennst mit der Gruppe schließlich knapp 200 Leute. Das kannst du auch mal privat nutzen.«

»Stimmt, gute Idee. Das mach ich.«

»Und freut mich, dass es mit Martha klappt. Ihr seid echt süß zusammen.«

»Böarks!« Merks imitierte ein Kotzgeräusch.

Jette lachte. »Komm schon, aus meiner Sicht ist das so. Darf ich sowas nicht auch mal raushauen? Mein Vater sagt immer …« Plötzlich fiel ihr siedeheiß ein, dass ihr Vater heute Geburtstag hatte. Fuck! Dabei hatte sie letzte Woche noch überlegt, womit sie ihm eine Freude machen könnte. Da musste heute wohl ein Anruf aus dem Zug reichen, wie früher … Zum Glück war er das von ihr gewohnt. Wenn dein Leben vom Spielplan bestimmt wird, musst du Abstriche machen. Bei Jette war es früher meistens die Zeit mit der Familie gewesen, die sie als Erstes geopfert hatte. Aber dass ihr das nun passierte, obwohl sie gar nicht mehr so oft fuhr, war ihr unangenehm.

»Mal Hand aufs Herz! Wie oft warst du diese Saison auswärts? Und wie viele Spiele kommen noch?«

Jette ließ Spezis Frage unbeantwortet. Was hätte sie auch sagen sollen? Sie war halt nicht mehr so am Start wie früher. Die alte Leier. Deal with it!

Doch auf einmal war Spezis Blick für einen Moment klar, und er sah Jette direkt in die Augen:

»Mann, ich mach doch nur Spaß. Du baust dir wenigstens ein normales Leben auf. Nach dem kleinen Derby war ich für eine Weile raus. Weißt du ja, hab's nicht mehr ausgehalten, das Ganze. Aber es hat mir auch schnell gefehlt. Kein Fußball ist auch keine Lösung. Nu bin ich wieder da. Ist das besser? Ja. Ist das gut? Ich weiß nicht. Ich bin hängen geblieben, mit meinem Woche für Woche Durch-die-Gegend-Fahren …«

»Na, ob ein ›normales Leben‹ wirklich besser ist?«

Doch Spezi ließ sich nicht beirren. »Mach du mal genau so weiter und lass dich nicht von irgendwelchen Honks abbringen. In ein paar Jahren bist du froh, glaub mir.« Sein klarer Blick war von einem Moment auf den anderen wieder verschwunden. Er drehte sich um, reckte sein Bier in die Höhe und stimmte das *Schleswig-Holstein-Lied* an: »Da wurd' die Sau geschlacht' – die Sau! Da wurd' die Wurst gemacht – die Wurst …«

Eine Reihe an Leuten stimmte sofort mit ein, die Party war wieder im Gange. Jette sang mit, war aber mit dem Herzen nicht dabei. Der Alkohol half ihr gerade nicht, sich fallen zu lassen, sondern brachte sie eher noch mehr ins Grübeln. Sie verließ die Gruppe, um Torre zu suchen. Er würde sie in diesem Moment sicher verstehen.

»Zigarette?«

»Ja, ich weiß.«

Sie lachten beide, dann schwiegen sie erst einmal. Torre war es, der schließlich das Gespräch wieder aufnahm. »Und, was haben wir heute gelernt?«

»Zum Beispiel, dass du das mit dem Nichtrauchen ganz gut durchhältst.«

»Hast du mich den ganzen Tag über observiert?«

»Nein, aber das schmeckt man.« Torre war kurz peinlich berührt. Aber nur kurz.

»Und was noch?«

»Hm.« Jette musste kurz nachdenken. »Am Ende gewinnen doch die Guten?«

»Vielleicht. Aber deshalb bist du vermutlich nicht hergekommen, richtig?«

»Ehrlich gesagt weiß ich nicht genau, warum ich jetzt in diesem Moment hergekommen bin. Wahrscheinlich fühle ich mich unsicher, weil ich wieder in alte Muster verfalle. Und befremdet und gleichzeitig angefixt bin. Und jemanden brauche, der das kennt.«

»Das war mehr eine rhetorische Frage. Ey, nach der Nummer heute musst du mir gar nichts mehr erklären. Ein Wunder, dass wir überhaupt noch reden können.«

»Was ist denn eigentlich mit Rostock? Sind wir da schon durch?«

»Ich glaub schon. Das fehlte jetzt auch noch, um den Tag abzurunden ...«

Torre rutschte an der Wand demonstrativ noch etwas weiter nach unten, sodass er schon fast lag, und nahm einen tiefen Schluck aus einer undefinierbaren Flasche. Sie befanden sich in dem Abteil, das für Fahrräder reserviert war. Viel Platz für einen Asi-Mob, um sich breitzumachen.

»Jetzt könnte ich mir schon fast wieder eine Zigarette vorstellen ...«

»Vergiss es, von mir kriegst du garantiert keine.« Jette lachte, aber sie war auch ein wenig enttäuscht. Typisch. Es war so schwer, Torre auf ein Gefühlsthema anzusprechen. Da half auch ein Wink mit dem Zaunpfahl nichts. Sie überlegte, ob sie ihren Kopf an seine Schulter legen konnte, ohne dass es ihm unangenehm war. Ach, fuck, einfach machen.

»Hey Jette, lange nicht gesehen! Was machst du denn hier?«

Jette drehte sich auf dem Bahnsteig um und sah ihre alte Freundin Lena. Na toll, perfekter Moment! Sie waren zusammen zur Schule gegangen und sich danach noch hin und wieder an der Uni begegnet. Aber in letzter Zeit hatten sie nicht viel miteinander zu tun gehabt.

»Hi Lena«, begann Jette und brach dann ab. Sie wusste einfach nicht, was sie auf die Frage antworten sollte. ›Ich komme gerade von einem Fußballspiel aus dem Osten. Bier, Gewalt, Stress mit den Bullen, Ärger in der Gruppe, ein Transpi verloren, ein Megafon kaputt, das Übliche halt. Ultras. Und du so?‹ Das würde sogar jemanden vor den Kopf stoßen, der selbst Ahnung von Subkultur hatte.

»Du siehst müde aus«, meinte Lena und stellte mehrere Tüten ab. Sie war offensichtlich auf Shopping-Tour gewesen.

Jette sah die Mädels und Jungs ihrer Gruppe an ihnen vorbeilaufen und Lena mustern. Gleichzeitig sah sie Lenas Blicke, die ihre Freunde vermutlich abstoßend fand. Sie blickte an sich herunter und stellte fest, dass auch sie nicht gerade salonfähig aussah. Wie auch, nach gefühlt 24 Stunden Auswärtsfahrt. Jette entschied sich für den direkten Ausweg aus der unangenehmen Situation.

»Lena, nimm es mit nicht übel. Ich bin gerade extrem fertig und will nur nach Hause. Lange Fahrt hinter mir. Ruf doch mal an, dann trinken wir einen Kaffee zusammen.«

Lena nickte zwar, doch ihrem Gesicht war es anzusehen, dass sie gerade ebenfalls am liebsten Land gewinnen wollte. Für Menschen, die nichts mehr hassen als Kontrollverlust und fehlende Souveränität, war vermutlich allein die Vorstellung von etwas wie einer Auswärtsfahrt tödlich.

Jette nahm Lena kurz in den Arm, obwohl es ihr unangenehm war. Sie konnte nur erahnen, welche Gerüche sie gerade ausdünstete. Doch der Moment war zum Glück schnell vorüber und sie eilte ihren Leuten hinterher, die auf dem Weg zum Stadion waren, um den Stuff zurückzubringen.

Jette tat es etwas leid. Sie mochte Lena, auch wenn sie aus einem komplett anderen Universum zu stammen schien. Oder vielleicht auch gerade deswegen. Das Wandeln zwischen den Welten hatte Jette schon immer gefallen, wie eine Doppelagentin mit mehreren

Identitäten. Das Ding war, dass sie in mehreren Welten klarkam und sich bewährt hatte: als Tochter, als Studentin, als Partnerin, als Angestellte, als Führungspersönlichkeit, als Kampfsportlerin und auch als Ultrà. Trotzdem sah sie die verschiedenen Welten am liebsten getrennt. Ihre Partner hatte sie nie gerne zum Fußball mitgenommen, geschweige denn Familienmitglieder. Sie wäre im Traum nicht darauf gekommen, jemanden wie Lena zu einem Spiel einzuladen. Derbe abwegig.

Jetzt brauchte sie schnell eine Versicherung, dass sie an der richtigen Stelle war. »Torre, wie sieht's aus? Wollen wir Sonntag mal wieder eine schöne ›Sport im Osten‹-Session machen, so wie früher?«

Torre sah sie etwas schief an, wirkte aber nicht im Mindesten überrascht. »Klar, gerne. Bei dir, bei mir, im Raum?«

»Können wir dann ja sehen. Ich will nur mal wieder das geilste Fußballprogramm mit einem der besten Ultras.«

»Ergebensten Dank«, freute sich der Gebauchpinselte. »Tatsächlich ist das die unterhaltsamste Sendung im Fernsehen zur zweitliebsten deutschen Freizeitbeschäftigung.«

»Klar. Genauso wie die Berichte vom Alten Stamm das Beste im Mitgliedermagazin sind.«

Torre gähnte. »Und heute? Einige gehen ja gleich noch ins Übel …«

»Da bin ich sowas von raus«, lachte Jette. »Ich für meinen Teil geh jetzt erst mal nach Hause und werde zwei Tage lang nur schlafen. Dann habe ich vielleicht wieder genug Kraft, um in Ohnmacht zu fallen.«

»Das klingt nach einem soliden Plan. Aber ein Bier im Jolly können wir doch noch trinken, oder? Zum Glück muss ich dieses Mal den Auswärtsbericht nicht schreiben. Subbe macht das. Dank englischer Wochen ist morgen schon Deadline für das Heft. Das wär nix für mich, jetzt noch schreiben …«

»Ach, Subbe kriegt das hin. Guter Mann, top Texte!«

Obwohl sie vergleichsweise wenig Material mitgenommen hatten, brachten sie es kollektiv zum Stadion zurück. Entsprechend machte sich eine große Gruppe auf den Weg ins Viertel. Ein ordentlicher Haufen ging bestimmt noch ins Jolly, einige zögen dann zum amtlichen Feiern weiter. Der Rest wohnte einfach auf Sankt Pauli und freute sich aufs Bett. Jette war unentschlossen, wie es weitergehen sollte. Zwar war sie tatsächlich hundemüde, aber nach Auswärtsfahrten alleine zu Hause zu sein, schreckte sie oftmals ab. Manchmal war es das Beste, einfach ins Bett fallen zu können, ohne noch mit jemandem reden zu müssen. Manchmal aber auch nicht. In solchen Momenten hatte sie sich früher immer gefreut, wenn jemand auf sie wartete. Oft reichte schon das Bewusstsein, dass sie nicht alleine sein musste. Na ja, Pustekuchen. Dann wohl doch noch zwei oder drei Bier im Jolly, um die innere Leere gar nicht erst aufkommen zu lassen. Oder zumindest noch etwas hinauszuzögern. Noch ein wenig im Kreise der Lieben verweilen, bis die Augenlider wirklich so schwer waren, dass dem Einschlafen nichts mehr im Weg stand als die kurze Strecke nach Hause. »Okay, Torre, auf ein Bier komme ich mit. Dann ist aber Daddeldu. Sternhagelmüde und so.«

»Alles klar, ich freue mich.«

Subbe schreckte hoch. Er lehnte sich kurz in seinem Stuhl zurück und kratzte sich am Kopf. Bier, schal natürlich. Wie sollte er das alles in einen ordentlichen Bericht kriegen? Aus einer anderen Perspektive erzählen? Aus Sicht des Busfahrers? Einer Bauchtasche? Zu abwegig. Oder das Ganze wie einen Film aufbauen: zum Beispiel rückwärts, wie *Memento*. Gab es schon. Oder wie Nanni Balestrini schreiben. Auch schon gesehen. Zurück zur Perspektive. Sich in eine andere Person reinversetzen. Das könnte funktionieren. Aber wer kommt dafür infrage? Marco? Zu viele schlechte Witze, die keiner versteht außer ihm selbst. Becker? Zu viele Rückblicke, zu viele

Wiederholungen. Lutz? Zu ungenau, zu wenig pointiert. Jette? Das könnte gehen. Vielleicht im Wechsel mit anderen Leuten, so wie in *Trainspotting*. So könnte es ein Hammerbericht werden. Utopisch, wie sie im Osten sagen würden. Kein Standard-Geschwurbel, wie du es in jedem Kurvenheft findest. Wie sagte ein bekannter Hamburger Nike-Fetischist einmal treffend: »Wer Hip-Hop macht und nur Rap hört, betreibt Inzucht.« Dieser Satz lässt sich direkt auf das Ultrà-Universum übertragen. Denn wer als einzige Inspirationsquellen YouTube und BFU nutzt, wird schwerlich mit innovativen Ideen aufwarten können. Die Kopie einer Kopie einer Kopie … Das überzeugt niemanden mehr, der den Scheiß schon länger als fünf Jahre verfolgt. Subbe brach das Gedankenkarussell ab, bevor er zu Graffiti-Einflüssen und Style-Entwicklungen bei Gruppenbannern kam. Von Gewalt ganz zu schweigen. Moment – das wäre doch ein geiler Name für ein neues Zine: »Vollkontext«. Richtig geil. Das musste er bei Gelegenheit mal mit Becker bequatschen. Oder mit den Acker-Demikern. Das würde ihnen gefallen. Doch jetzt zurück zum Rechner, schließlich musste der Scheiß-Artikel irgendwann fertig werden. Also los:

»Sag Ja zum Leben, sag Ja zu Dauersupport, sag Ja zu auswärts, sag Ja zur Gruppe. Sag Ja zu einem pervers großen Megafon. Sag Ja zu Reisebus, Billichbier und Raststätten-Hauereien. Sag Ja zu Suff, niedrigem Niveau und Schlafmangel. Sag Ja zum Verein, sag Ja zur ersten Gefährderansprache, sag Ja zu deinen echten Freunden…«

Hoppen

Wer Tresen kann, ist klar im Vorteil

Als ich zu mir kam, saß ich in gekrümmter Haltung auf einer Treppe. Meine rechte Hand umklammerte das Geländer, der Schweiß tropfte mir von der Nase. Ich hatte nur ein T-Shirt an, aber mir war nicht kalt, trotz Morgenfrische. Im Gegenteil. Genau genommen war mir heiß und kalt gleichzeitig. Oder eher abwechselnd, in kurzen Hitze- und Kälteschüben. Auf jeden Fall zitterte ich gerade. Ich blickte mich um. Irgendein Treppenhaus, keine Ahnung, wo ich war. Mein Blick verschwamm und ich musste mich sehr anstrengen, um wieder einigermaßen klar sehen zu können. Übelkeit, Würgen, ein metallischer Geschmack im Mund. Ich schluckte hart und fasste den Entschluss, mich zu erheben. Es dauerte eine gefühlte Ewigkeit, bis ich mich in der Lage sah, dieses Vorhaben in die Tat umzusetzen. Ich bereute es auch sofort wieder. Zwei Stockwerke fiel ich mehr, als dass ich ging, immer wieder panisch nach dem Geländer greifend, von einer Wand zur anderen schwankend. Ich stolperte in dem halbdunklen Flur über ein paar Schuhe und fiel polternd die letzten Stufen herunter. Wie auf Äther im *Circus Circus* in Las Vegas. Musste das ganze Haus geweckt haben, aber zum Glück wollte niemand nachsehen, wer für den Lärm verantwortlich war. Mit letzter Kraft zog ich mich an der Tür hoch, öffnete sie und wankte ins Freie. Die für den Sommer relativ kalte Luft machte mich für eine Sekunde stocknüchtern, bevor der Nebel erneut Besitz von meinem Kopf ergriff. Wieder Schwierigkeiten zu fokussieren. Die Straße kam mir vage bekannt vor, aber ich konnte sie nicht einordnen. Kalter Schweiß, Bibbern, Übelkeit. Ich war irgendwo in Hafennähe, konnte aber nicht einmal sagen, auf welcher Seite der Elbe. Ich taumelte los, blindlings nach vorne.

Lost.

Gleich mussten Leute um die Ecke kommen und mir wahnwitzige Geschichten über die Insel erzählen, auf der ich mich befand, und über die Leute, die ich verloren hatte. Und über die Vorgeschichten würde ich dann irgendwann auf den überraschenden Kern des Ganzen stoßen. Oder noch schlimmer, auf das, was wirklich passiert war. Das Wichtigste waren in jedem Fall die nicht vorhersehbaren Wendungen …

In diesem Moment hasste ich das vertraute Gefühl des Filmrisses mehr als meinen schlimmen physischen Zustand. Nicht, dass ich es sonst gut leiden konnte. Diese Diashow, die je nach Verlauf der Nacht aus fünfzehn oder auch nur zwei oder drei Bildern bestand. Davon war ich zum jetzigen Zeitpunkt aber noch weit entfernt.

Ich hörte Autos, eine größere Straße musste ganz in der Nähe sein. Ich lief über eine Brücke und sah einen Deich. Wilhelmsburg, Fährstraße, Freihafen, Zoll. Immerhin das mit der Insel stimmte. Unnötig zu erwähnen, dass ich noch keinen blassen Schimmer hatte, wie ich hierhergekommen war. Mein Telefon klingelte. Torre.

»Marco! Bringst du gleich das kleine Auswärtsbanner mit, das müsste noch bei dir liegen.« Aus meinem Mund kam nur ein Ächzen, ich musste zweimal schlucken, bevor ich antworten konnte: »Wieviel Zeit bleibt mir?«

»Mann, wo steckst du denn? Es geht in einer Stunde los. Sag bloß, du schaffst das nicht.« Eine Stunde. »Torre, ich bin auf dem Weg.« Auflegen.

Ich wollte klarkommen. Die Zeit war gegen mich, das Schwanken musste aufhören. Ich steckte mir den Finger in den Hals und ließ mir die Nacht noch einmal durch den Kopf gehen. Soll heißen: Ich kotzte, was das Zeug hielt. Ein mächtiger Schwall platzte förmlich aus Mund und Nase heraus. Niagara. Pamukkale. Naja, vielleicht eher die Rheinfälle von Schaffhausen. Würgen. Schlucken. Zweite Welle. Stöhnen. Der Konsistenz nach zu urteilen, hatte ich seit geraumer Zeit keine feste Nahrung mehr zu mir genommen. Und Jägermeister getrunken. Widerlich. Ein Bild von einem orangen Fischerhut und einem Junggesellenabschied. Fraglich, ob das eine Erinnerung oder Einbildung war. Hoffentlich nur Letzteres.

Ich richtete mich auf. Es wird immer erstmal schlimmer, bevor es besser wird. Mein Blick war jetzt wieder etwas klarer und weniger getrübt. Ich hatte dem Schild, welches auf den nächsten Supermarkt hinwies, einen neuen Anstrich verpasst. War schöner jetzt. Realer. Noch eine Stunde. Sollte ich durch den Hafen laufen? Mit dem Bus bis zur Veddel und dann S-Bahn fahren? Der Griff zur Gesäßtasche machte die Entscheidung leicht. Nicht nur, dass mein Portemonnaie nicht mehr da war – die ganze Hosentasche war weg. Meinen Tabak hatte ich noch, der einzige Gegenstand, der mir jetzt nicht weiterhelfen konnte.

Ich joggte los, doch natürlich stockte mir schon nach wenigen Metern der Atem. Meine Beine fühlten sich an wie Blei, und die Kälte ließ das Geilometer meiner Situation auch nicht gerade stark ausschlagen. Weit und breit kein Kartoffelsack, aus dem ich mir *Rambo*-mäßig einen provisorischen Umhang hätte reißen können. Meine Kraft dürfte eigentlich für einen solchen Gewaltmarsch nicht reichen, aber die unbedingte Gewissheit hatte von meinem Kopf Besitz ergriffen, dass ich den Treffpunkt erreichen *musste*. Es gab gar keine andere Möglichkeit. Ich konnte unmöglich diese Tour verpassen, das war nicht drin. Dafür war ich mit der Gruppe zu oft in Fürth gewesen, in Ahlen und Aalen; bei Leverkusen II neben der BayArena mit der fünf Stufen hohen ›Kurve‹; bei diversen Oddset-Pokalspielen und langweiligen Hallenturnieren in der Alsterdorfer Sporthalle; war in Paderborn fast erfroren und in Erfurt fast verbrannt; hatte Lübeck wie keine zweite Stadt hassen gelernt; und war zu den langweiligsten Spielen in den hinterletzten Orten gepilgert, um bloß nichts zu verpassen. Und jetzt lag es vor mir: Genua-Derby, verdammt![17] Also Zähne zusammenbeißen und weiter. Schlechte Idee, so bekam ich keine Luft mehr. Ich

17 Die Bedeutung von Stadtderbys sollte dir spätestens nach dem ersten Teil dieses Buches bekannt sein. Aber Genua! G8, Guevara, ganz großes Kino.

musste den Schmerz aushalten, weiterkämpfen und den inneren Schweinehund überwinden. Die Talsohle durchschreiten, das Kind schon schaukeln, auf das Licht am Ende des Tunnels zulaufen. Bis zum alten Elbtunnel waren es allerdings noch ein paar Meter. Um das Bild des harten Kämpfers zu perfektionieren, hätte ich mir eigentlich noch das Shirt vom Leibe reißen müssen. Und barfuß weiterlaufen, durch die Fluten waten. Ich wollte trotz der widrigen Umstände kurz über mich selbst und dieses überzogene Männlichkeitsbild lachen, das so gar nicht zu meiner jämmerlichen Gestalt passen wollte; aber es war nur ein gequältes Grinsen drin. Auch okay. Hauptsache, immer weiter. Die Aussicht, um die Ecke an der Budapester Straße in die Auffahrt zum Stadion einzubiegen und den Haufen der Getreuen vor mir zu sehen, hielt mich bei der Stange. *Lauf, Forrest!*

Als ich die Gruppe der wartenden Ultras erreichte, war der Schmerz fast vergessen. Vor allem mein rumorender Magen und der sich hohl anfühlende Kopf erinnerten mich noch daran, dass ich den Akku meines Körpers über Gebühr beansprucht hatte. Der Notgenerator sprötzelte schon vor sich hin, mit den letzten Tropfen Sprit. Wenn die aufgebraucht waren, musste ich mir etwas einfallen lassen. Etwas Gutes. Doch erst einmal konnte ich mich in das Kollektiv der Gruppe fallen lassen. Die Verantwortung abgeben. Vorher musste ich nur noch die Begrüßung über mich ergehen lassen, die selbstverständlich zu meinen Ungunsten ausfiel. Der erste Spruch kam von Torre, der lachend den Kopf schüttelte.

»Marco, du siehst so scheiße aus, dass ich einen kleinen schwarzen Beutel über meine Hand stülpen möchte, um dich aufzunehmen und dann zu entsorgen.« Ich grinste schwach und drückte ihm das Banner in die Hand. »Auch braun«, etwas Schlagfertigeres fiel mir nicht ein. Weiter ging das Spießrutenlaufen durch Spott und Häme.

»Hältst nichts mehr aus, was?« Walter, betrunkener als ich.

»Ich spiele heute garantiert nicht den Aufpasser für dich. Komm mal klar!« Paul, halbernst.

»Siehst du ehrenamtlich so beschissen aus oder kriegst du Geld dafür?« Willy, Standard.

»Hier, trink mal Wasser!« Martha, fürsorglich.

»Klauen deine Eltern? Du siehst so mitgenommen aus.« Merks, verschmitzt.

»Bist du wieder Leuten auf die Nerven gegangen? Hast allen gesagt, wie lieb du sie hast? Oder weißt du am Ende gar nichts mehr?« Jette, ironisch.

»Du siehst so kacke aus – lass das mal mit dem Profilbild!« Noch mal Merks, Facebook-geschädigt.

Ich setzte mich auf einen Poller und drehte mir eine Zigarette. Ich bin zu alt für den Scheiß. Erster Zug. Würgereiz als Reflex. Geschmack nach kalter Kotze. Weiterrauchen. Nach dem dritten oder vierten Zug ging es einigermaßen.

Ich war durch die Hölle gegangen und hatte überlebt. Dem Schicksal ein Schnippchen geschlagen. Schon die warme Dusche zu Hause hatte das unsanfte Erwachen und die folgende miese Tour durch den Hafen fast wieder wettgemacht. Aber jetzt hier zu sein, und das nicht einmal zu spät, war die Krönung. Vorläufig.

Becker kam auf mich zu, musterte mich ausgiebig und winkte ab. »Ach, das habe ich mir unterhaltsamer vorgestellt. Gegen die Chaotiker ist das gar nichts. Diese eine Tour, wo sie beim Umsteigen auf dem falschen Gleis gelandet sind. Und dann auf ihrem Bierkasten lagen, übereinander, mehr tot als lebendig. Wie sie entgeistert unserem Zug hinterher geguckt haben …«

»Digger, ich bin gerade von Wilhelmsburg hierher *gerannt*. Der beste Spruch kam vom Fahrstuhlführer im alten Elbtunnel: ›Junge, Junge, ich hoffe, sie war es wert!‹ Den kannst du mit der Chaotiker-Story nicht toppen, die wir alle schon tausend Mal gehört haben!«

»Und, war sie's wert?«

»Ich kann mich nicht mal erinnern, wo ich war. Oder mit wem. Oder warum. Guck mal, ich glaube, es geht gerade los.«

Tatsächlich machte sich der aus elf Personen bestehende Trupp langsam auf den Weg. Dabei waren: Merks, Martha, Jette, Becker, Paul, Walter, Torre, Lutz, Subbe, Willy und ich. Willy war noch nicht lange dabei und mit seinen 27 Lenzen eigentlich auch schon zu alt für den Einstieg ins Ultras-Dasein. Alte Einsteiger können eigentlich sehr angenehm sein: Machen keinen peinlichen Scheiß, packen mit an, wenn es nötig ist und kennen sich im besten Fall auch mit Subkulturen aus. Willy war nichts von alledem. Er war ein versoffener Penner mit vielen Tattoos und einer Narbe auf der Wange, ein echter Gesichts-HSV'er, laut und ungehobelt, der in der Regel kein Fettnäpfchen ausließ. Aber eine Seele von Mensch. Genau die richtige Begleitung für so einen Trip in die Heimat der Bewegung. Wobei Willy von Style und Haltung zum Sport eher nach Großbritannien gepasst hätte als nach Italien. Hauptsache breit und pöbeln oder dumme Sprüche machen – je nach dem, was gerade weniger angebracht war.

Da gerade kein Dom war, ging es quer übers Heiligengeistfeld zur U-Bahn. Die meisten waren mit leichtem Gepäck unterwegs, Backpacker-Style.

Der Bahnhof St. Pauli war, wie um diese Zeit üblich, mit den übriggebliebenen Partygängern bevölkert. Einige feierten unverdrossen weiter, andere hatten einen guten Abend gehabt und strahlten zufriedene Fertigkeit aus. Die meisten hingen mächtig in den Seilen. Für mich war es, wie in einen Spiegel zu gucken, für die meisten anderen ein gewohntes Bild, das man kaum wahrnimmt. Innerlich hoffte ich wieder einmal, dass es keinen Ärger geben würde. Aber es waren weder HSV'er zu sehen, die sich im Brausebrand wahrscheinlich unbesiegbar gefühlt hätten, noch Steinar-Atzen, die unweigerlich eine körperliche Auseinandersetzung bedeutet hätten.

Die Bahn kam. Einsteigen. Mein Telefon klingelte. Unbekannte Nummer.

»Hi!« Pause. »Marco?«

»Ja, das bin ich. Und du?«

»Grit.« Pause. »Erinnerst du dich nicht?« Ein fröhliches Lachen. Das klang gar nicht nach mir, Frauen auf Partys kennenzulernen.

»Ähm, ehrlich gesagt … Haben wir uns gestern getroffen?«

»Allerdings. Weißt du gar nichts mehr? Du hast mich den ganzen Abend immer ›True Grit‹ genannt, wenn wir uns gesehen haben. Aber bei deinem Pegel gestern wundert es mich nicht, dass du dich jetzt nicht erinnerst.« Das klang nach mir.

»Ich höre deine Stimme und wünsche mir sehr, ich könnte mich erinnern. Das kommt wohl später. Grit, ich bin gerade auf dem Weg nach Italien und Montag wieder hier …«

Sie unterbrach mich. »Marco, ich weiß. Du hast ausführlich davon erzählt. Sonst würde ich auch nicht um diese Zeit anrufen. Aber du meintest mehrmals ›Ruf mich später noch mal an, bevor wir losfahren‹. Das soll euch Glück bringen. Und dann hast du gefragt, ob ich den Film *Gridlocked* mit Tupac kenne. Falls du meine Antwort nicht mehr weißt: Ja, kenne ich. Hab ich noch nie gehört, den Witz.« Der Sarkasmus troff förmlich aus dem Telefon. Wenn ich es zu diesem Zeitpunkt ausgewrungen hätte, könnte es für eine Folge Monty Pythons *Flying Circus* reichen. Mir fiel nichts Passendes ein, aber zum Glück gab sie den imaginären Gesprächsball nicht aus der Hand.

»Aber ›Broßgritannien‹ war neu. Und über ›Du bist nicht gritikfähig‹ habe ich sogar laut gelacht!« Anscheinend hatte ich nichts ausgelassen, aber sie redete ausgelassen weiter: »Marco, hab einfach ein gutes Wochenende mit deinen Fußball-Hoschis. Pass auf dich auf und melde dich, wenn du wieder da bist!«

»Mach ich. Und danke! Und dir auch ein gutes Wochenende. Und Grit?«

»Ja?«

»Ich hoffe, meine Verpeiltheit ist kein Griterium für dich, mich nicht zu mögen.«

Sie lachte und legte auf.

Shit! Ich war ein wenig verzweifelt angesichts meiner Ahnungslosigkeit. Und noch mehr über die Klischeehaftigkeit der Situation. Denn auch, wenn ich mich nicht an Grit erinnern konnte, so war sie mir doch durch und durch sympathisch. Sie war wortgewandt, hatte Humor und eine sehr angenehme Stimme. Und was ist schließlich wichtiger als das? Torre riss mich aus meinen Gedanken.

»Schlechte News? Bei dem geistreichen Gesichtsausdruck kann das nur deine Mutter gewesen sein. Wollte sie wissen, ob du einen Job gefunden hast?«

Ich klärte ihn auf. Die Antwort hätte Torre-typischer nicht ausfallen können.

»Worüber machst du dir Sorgen? Wenn sie dich gestern besoffen mochte, mag sie dich nüchtern auch. Ist ja nicht so, dass du keine Scheiße erzählst, wenn du nichts getrunken hast. Und außerdem hat *sie dich* angerufen.«

Damit war der Fall für ihn abgeschlossen.

Die Bahn fuhr in den Hauptbahnhof ein. Da der Vorstadt-Verein wieder mal erst am Sonntag spielen sollte, waren auch hier keine ernsthaften Probleme zu erwarten. Zügig legten wir die Strecke zum ZOB zurück, der Bus nach Lübeck stand schon bereit. Ich verstaute meinen Rucksack, rauchte eine weitere Kippe, stieg in den Bus und ließ mich seufzend in einen Sitz sinken. Die Scherze der restlichen Mitreisenden gingen an mir vorüber. Nach wenigen Sekunden schlief ich ein.

Als ich aufwachte, stand der Bus schon vor dem Terminal des kleinen Flughafens. Die Straße, die eine direkte Verbindung zur Autobahn schaffen sollte, war immer noch nicht fertig. Baustellen-Atmosphäre am Morgen. Fehlten noch Mettbrötchen und eine Bauarbeiterknolle. Bei dem Gedanken an den Geschmack von Bier wurde mir kurz übel, aber ich verdrängte ihn und trottete den anderen hinterher, die gut gelaunt den Flughafen enterten. Ich musste dringend herausfinden, mit wem ich gestern unterwegs gewesen war. Das war gerade wichtiger als das Gepäck aufzugeben, ein überteuertes Croissant zu kaufen oder die Sicherheitskontrolle über mich ergehen zu lassen. Wieder war es Torre, der mir weiterhelfen konnte.

»Du warst mit Willy unterwegs. Mann, das weißt du nicht mehr? Er hat dich doch schon beim letzten Treffen die ganze Zeit vollgelabert, dass ihr unbedingt am Wochenende losziehen müsst, weil eine gemeinsame Freundin von euch Geburtstag feiert.«

Bei dem Wort ›Geburtstag‹ fiel es mir wie Schuppen von den Augen. Jetzt begann die kurze, aber doch erhellende Dia-Show. Das Vorglühen im Jolly, der Weg nach Wilhelmsburg, der größten innerstädtischen Insel Europas; die kleine, aber gemütliche Wohnung von Franzi, die durch die vielen Menschen aus allen Nähten platzte; und endlich auch ein unklares, verwischtes, aber dennoch lebendiges Bild von Grit. Eine kurze Szene an einem Kühlschrank, Lachen, ihr Blick – ich hatte es. Und würde es so schnell nicht wieder loslassen. Ihre kurzen Locken, die braunen Augen, die Grübchen in ihren Wangen.

»Bist du noch da?« Torre musterte mich amüsiert von der Seite. »Wir müssen nämlich langsam mal einchecken.«

»Sorry, bin kurz weggedriftet. Ich erinnere mich jetzt, ich glaube …«

»Wir sind jetzt im Jetzt. Aber das Jetzt ist jetzt Vergangenheit«, unterbrach mich Torre.

»Mann, *Spaceballs*-Zitate sind voll Neunziger! Dann lass uns jetzt mal los in die Zukunft …«

Und als wir in die Abflughalle kamen, fügte ich voller Inbrunst ein »Welcome to another weekend full of fun and excitement!« hinzu, das alle anwesenden Ultras grinsen ließ. Den übrigen Reisenden hingegen stand überwiegend ein Satz deutlich ins Gesicht geschrieben: »Oh nein, hoffentlich sind die Fußball-Asis nicht in meinem Flieger!«

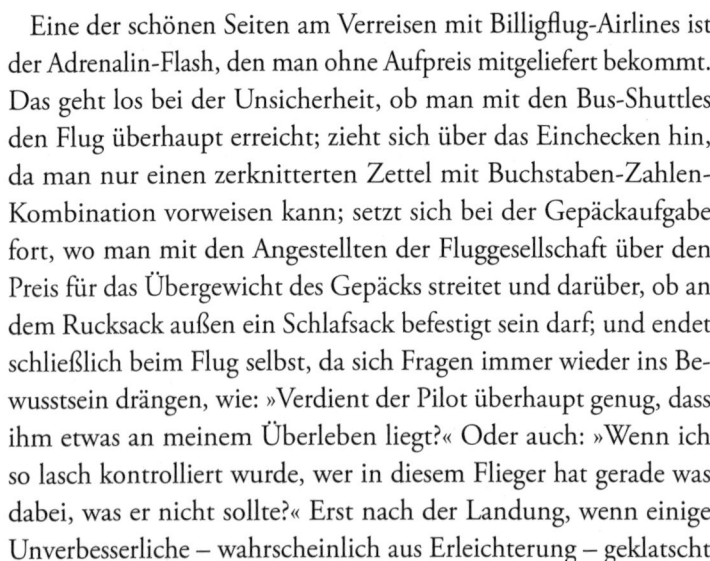

Eine der schönen Seiten am Verreisen mit Billigflug-Airlines ist der Adrenalin-Flash, den man ohne Aufpreis mitgeliefert bekommt. Das geht los bei der Unsicherheit, ob man mit den Bus-Shuttles den Flug überhaupt erreicht; zieht sich über das Einchecken hin, da man nur einen zerknitterten Zettel mit Buchstaben-Zahlen-Kombination vorweisen kann; setzt sich bei der Gepäckaufgabe fort, wo man mit den Angestellten der Fluggesellschaft über den Preis für das Übergewicht des Gepäcks streitet und darüber, ob an dem Rucksack außen ein Schlafsack befestigt sein darf; und endet schließlich beim Flug selbst, da sich Fragen immer wieder ins Bewusstsein drängen, wie: »Verdient der Pilot überhaupt genug, dass ihm etwas an meinem Überleben liegt?« Oder auch: »Wenn ich so lasch kontrolliert wurde, wer in diesem Flieger hat gerade was dabei, was er nicht sollte?« Erst nach der Landung, wenn einige Unverbesserliche – wahrscheinlich aus Erleichterung – geklatscht haben, kann man langsam wieder entspannen. Vorausgesetzt, man ist kein Fußballfan, denn als solcher muss man immer damit rechnen, nicht ein- oder ausreisen zu dürfen.

Das mit der Ausreise hatte geklappt: Die Zollbeamten hatten zwar bei einigen aus unserer Gruppe die Brauen hochgezogen und sich bei zwei oder drei Leuten versichert, dass man nicht vorhabe, in Italien eine Sportveranstaltung zu besuchen. Aber durchgekommen waren alle. Sogar Merks, dem man seine Nervosität deutlich ansah. Dabei war gerade er noch gar nicht lange genug dabei, um in den relevanten Dateien aufzutauchen. Doch wer weiß schon wirklich, was wo gespeichert ist.[18]

Die italienischen Beamten interessierten sich schließlich einen Scheiß für uns. Also folgten wir dem Rudel zum Laufband, um das Gepäck aufzusammeln. Das Warten auf den eigenen Kram ist das Drittnervigste an Flugreisen – auf der Topliste noch vor den Sicherheitsvorführungen gelangweilter Stewardessen, aber deutlich abgeschlagen hinter schreienden Kindern und furzenden Sitznachbarn. Als Rucksackreisender kann man sich meistens relativ sicher fühlen und aus ausreichender Entfernung amüsiert beobachten, wie sich beleibte Herren mittleren Alters darum streiten, wem der graue Rollkoffer nun wirklich gehört. Vorausgesetzt, man hat eine Ader für Boshaftigkeit und neigt nicht zum Fremdschämen.

Ich wollte nur raus aus diesem Gebäude, frische Luft, rauchen und den Blick schweifen lassen. Das tat ich auch mit einigen der anderen, die ebenfalls nur mit leichtem Gepäck unterwegs waren.

Der Anblick, der mich draußen erwartete, war zwar nicht überraschend, aber auch nicht dazu geeignet, meinem müden Geist neues Leben einzuhauchen. Der Flughafen in Bergamo ist ein Flughafen

---

18   Ja, es gibt mitunter Ausreiseverbote, wenn du in bestimmten Dateien auftauchst. Freizügigkeit am Arsch.

wie jeder andere auch. Schmucklos, eintönig, funktional. Wenn das sommerlich trockene Klima nicht gewesen wäre, hätte es wenig Hinweise auf den tatsächlichen Aufenthaltsort gegeben, von den italienischen Schildern einmal abgesehen. Wenigstens ist die Vereinheitlichung der Flughäfen noch nicht so vorangeschritten wie die der Bahnhöfe. Zum Thema Flughäfen und Bahnhöfe musste natürlich ein Zitat her: »Sie steigen also in den Hauptbahnhof ein, Heathrow, Charles de Gaulle in Frankreich … Weil das ja klar ist.« Fragende Gesichter. »Leute, echt … Stoiber[19], Transrapid, klingelt's nicht?!« Offensichtlich nicht. Oder kein Humor um diese Uhrzeit. Das konnte ja heiter werden.

> Wenn man einen Witz erklären muss,
> vor allem ein Zitat, dann hat man ihn verkackt.
> Er ist unrettbar verloren.

Langsam tröpfelte nun auch der Rest hinaus in den italienischen Morgen. Oder in das, was davon übrig war. Denn es ging schon langsam auf den Mittag zu. Für mich war es gefühlt schon Abend.

Das Gute am Urlaub ist, dass man theoretisch für alles Zeit hat. Und die Freiheit, es zu tun, wann es einem passt. Ganz im Gegensatz zum Alltag, also in unserem Fall dem Auswärtsfahren. Keine Bullenketten, die einen nicht zum Bäcker, aufs Klo oder an das Schließfach lassen, weil sie rigide Fantrennung betreiben – und die man nur durchdringen kann, wenn man keine Farben trägt und die nötige Dreistigkeit an den Tag legt. Also als Hool.

Von daher sollten eigentlich keine Körperfunktionen unser positives Urlaubsgefühl beeinträchtigen. Es gab nur zwei Faktoren,

---

19   Guter Name für eine Punk-Band: Stoibers Froinde.

die das entspannte Vorwärtskommen in diesem Fall verhinderten: Denn zum einen hatte Paul die Reise organisiert, was bedeutete, dass wir einen strikten Zeitplan ohne Lücken einzuhalten hatten. Zum anderen wollte natürlich jeder Mensch unserer Gruppe etwas anderes: Zug erreichen (Paul), Klo (Martha), Strand (Lutz), etwas Handfestes für den Magen (Willy), Zeitung (Torre), Joint (Merks), keinen Stress (ich) und natürlich Kaffee (alle außer Walter, der wollte ein Bier. Oder einen Mai Tai).

Für einen kurzen Moment redeten alle durcheinander und versuchten, die enorme Bedeutung ihres aktuellen Bedürfnisses hervorzuheben.

Ich hörte mir das eine Weile an, dann brüllte ich laut: »Plenum!«

Dieser spontane Ausbruch erntete ein paar nachsichtige Lacher und ein paar erschrockene Gesichter. Okay, Punkt für mich. Denn ernsthaft diskutieren wollte natürlich niemand. Das letztendlich ausschlaggebende Argument lieferte Paul, der uns halbwegs glaubhaft versicherte, dass wir nach kurzer Fahrt in Mailand umsteigen müssten und dort genug Zeit für alles hätten.

»Mailand oder Madrid ...«, begann ich.

«... Hauptsache Fressalien«, führte Willy den Satz zu Ende.

»Und leben wie Gott in Frankreich«, fügte Becker hinzu.

Griechischer Wein, *Puff in Barcelona* und *Die Holländer sind keine Brasilianer, das hat man klar gesehen* waren weitere geistreiche Beiträge.

Nachdem Nonsens also wieder mal auf seine einzigartige Weise den Frieden gerettet hatte, setzte sich der Trupp in Bewegung, um den angepeilten Zug zu erreichen.

Zugreisen sind in Italien eigentlich ebenso abenteuerlich wie zu Hause auch. Es ist eher unwahrscheinlich, dass du dein Ziel auf genau dem Weg erreichst, den du vorher geplant hast. Irgendwie kommt man zwar irgendwann an, aber fragt sich am Ende, wie das eigentlich möglich war. In solchen Situationen ist es Gold wert, Paul dabei zu haben. Er war nicht zufällig der inoffizielle Reiseleiter der meisten Unternehmungen, die im Kollektiv unternommen wurden. Und gar nicht zufällig der offizielle Reiseleiter für normale Auswärtsfahrten. Zwar beschwerten sich oft Mitfahrer über die frühen Startzeiten, da er stets einen Sicherheitspuffer einplante; letztlich waren aber alle glücklich, dass sich überhaupt jemand so zuverlässig um die Planung kümmerte. Auf diese Weise konnten die meisten Mitfahrer einfach dem Rudeltrieb folgen und sich gehen lassen, während gleichzeitig sichergestellt war, dass irgendjemand anders das Kind schon schaukeln würde.

Natürlich hatten wir unseren Zug verpasst. Oder er war nicht gekommen. Oder es gab die Verbindung gar nicht. Paul stand am Schalter und klärte mit einem gestikulierenden Angestellten der Bahn unsere Möglichkeiten ab, während ich mir erstmal eine Zigarette anzündete. Wie so oft fragte ich mich, was Nichtraucher in solchen Momenten eigentlich tun, um sich zu entspannen. Ich blickte mich um. Wie es aussah, entspannten sie einfach *nicht*. Die meisten aus meiner Reisegruppe wirkten aufgekratzt und munter. Voller Tatendrang und Abenteuerlust in der Fremde. Noch. Es konnte nicht mehr allzu lange dauern, bis die ersten von der Müdigkeit eingeholt wurden, die mir schon die ganze Zeit in den Knochen steckte. Ich spiegelte mich in einer Glasscheibe, hinter der keine Werbung steckte. Mein Gesicht hatte auch schon mal fitter ausgesehen. Fuck it. Ich war auch schon mal fitter gewesen.

Paul kam zurück: »Also: Die Drei-Stunden-Verbindung haben wir nicht gekriegt. Es scheint, als sei sie ausgefallen, den Grund konnte ich nicht verstehen. Aber in knapp einer Stunde geht es weiter. Auch über Mailand, aber mit ein paarmal mehr umsteigen. Wir kommen also etwa drei Stunden später an als geplant. Ich hab Roberto schon Bescheid gesagt.«

Direkt sackte die Stimmung etwas ab. Aber nur etwas. Willy ging sofort los, um Bier zu holen. Ich zündete mir eine weitere Zigarette an, die 63. von vermutlich etwa 350, die ich dieses Wochenende rauchen würde. Schöne Aussichten für meine Lunge.[20] Merks kam auf mich zu und erwartete offenbar Entertainment. Das konnte ich ihm in diesem Moment nicht bieten. Als Ausgleich lobte ich seine Schuhe, die mir vorher gar nicht aufgefallen waren. »Nicht schlecht, deine Kicks! Neu?«

Er freute sich offenbar über das Kompliment. »Danke, Mann, habe ich lange nach gesucht. Konnte mich ewig nicht entscheiden. Wollte einerseits etwas Geiles und Buntes, sollte aber nicht zu mainstreamig sein. Und nicht so übertrieben. Saucony ist's dann geworden. Die gibt's schon voll lange, wusstest du das? Rapper haben die in den 80ern getragen, hat Subbe mir erzählt …«

Wusste ich nicht, interessierte mich auch nicht. Wie ich Merks kannte, hatte er wieder irgendetwas Chemisches intus und hatte seinen Redefluss nicht unter Kontrolle. Das war bei ihm anscheinend zur Gewohnheit geworden in letzter Zeit. Ich nahm mir vor, das mal im Auge zu behalten. Schließlich müssen sich die Alten hin und wieder ein wenig um die Jungen kümmern, auch wenn es spießig wirkt. Früher war das Jettes Job gewesen, als Ultrà-Muddi. Doch seit sie sich zurückgezogen hatte, lief das bei dem Lütten manchmal etwas aus dem Ruder.

«… und dann dachte ich, dass Air Max ja auch nicht mehr so richtig cool sind und irgendwie auch mehr von Frauen getragen werden in letzter Zeit und deshalb bin ich dann extra rausgefahren

---

20 Kippen, bis die Achse bricht.

in dieses Outlet-Center in Billwerder-Moorfleet, weil so viel Geld wollte ich auch nicht für Schuhe ausgeben …«

Und was war eigentlich mit Merks und Martha? Die beiden schienen sich doch etwas näher gekommen zu sein bei der Nummer damals in Harburg, an diesem verrückten Derbytag im Frühling. Aber so ganz richtig offiziell zusammen waren sie bislang wohl auch nicht. Musste ich auch mal beobachten. Sollte ja nicht so schwer sein, auf so einer Reise dahinterzukommen. Schließlich würden wir für das ganze Wochenende Tag und Nacht miteinander verbringen. Im Zweifel würde ich mir Martha einfach mal schnappen und interviewen. Von ihr erwartete ich mir mehr Aufschluss als von dem Verpeiler, der gerade einen endlosen Monolog über seine neuen Sneakers hielt. Da schien sich ja einiges aufgestaut zu haben.

«… und der Laden war auch kacke, aber dann kannte Raphael zum Glück diesen einen Typen mit dem eigenen Laden in Altona, in so 'nem Hinterhof in der Nähe vonner Königsstraße, und der hat mir diese hier dann günstiger gegeben. Ganz geil, oder?«

»Ja, kann man schon machen«, meinte ich. »Aber die Schuhe ziehen sie mir jetzt auch nicht gerade aus.«

Es dauerte einige Sekunden, bis der Groschen gefallen war.

»Haha. Hammer-Gag. Ist mir aber egal, mir gefallen sie.«

»Und das ist schließlich immer die Hauptsache. Lass dir von den Älteren bloß nicht reinreden, wenn es um Style geht. Na ja, außer manchmal, wenn es wirklich nicht klargeht. Aber das merkst du dann schon.«

»Muss ich ja …«

»Und wenigstens sind sie nicht so hässlich wie die ganzen neuen Sneakers, die alle so aussehen wie eine Socke, an die man ein zu großes Stück Styropor geklebt hat.«

»Diggi, letzten Endes ist es doch scheißegal, was du anhast!« Jette.

»Innere Werte, oder was?« Ich grinste.

Jette lachte. »Style ist gut. Aber wichtiger ist, was du machst. Guck dir Subbe an, mit seinen ewig gleichen Klamotten voller Farbe. Graffiti, Choreos … Er verdient sich den Respekt.«[21]

Der Zug kam, alle rein, Plätze suchen. Das war nicht schwer, da der Zug nicht besonders voll war. Auch wenn du mit Verbindungen ähnlich dran bist wie hierzulande – von innen sind die Züge in Italien eine ganz andere Nummer. Uralte Stoffpolster, in denen der Schweiß von Generationen hängt. Gusseiserne Gepäckhalter über den Sitzen. Klimaanlagen, aus denen im Hochsommer nichts als heiße Luft kommt. Auch gerne mal ein Loch in der Wand, das den Blick auf Leitungen und Rohre freigibt. Und Schaffner, die gleichzeitig noch misstrauischer und gelangweilter sind als die bei uns. Wir machten es uns gemütlich, so gut es ging, und tranken erst einmal das Bier, das Willy dankenswerterweise besorgt hatte. Es war zwar nicht besonders kalt, aber das störte fast niemanden. Nur Subbe verzog etwas das Gesicht und murmelte irgendwas von Plastikbechern, das ich nicht richtig verstand. Ich ließ meine Gedanken schweifen und lauschte dem gleichmäßigen Scheppern des Zuges, das klang, als würde er jeden Moment in seine Einzelteile zerbrechen. Und nahm noch einen tiefen Schluck. Safety Thirst!

Roberto war vor Ort der Chef, ein herzlicher Mensch mit vielen Tattoos und einer Reibeisenstimme, die sich fast, aber nur fast,

---

21   Action Speaks Louder Than Nerds!

mit der eines alten Recken aus Lüttich messen konnte. Oder mit der von *Joe Cocker*. Nach dem Wochenende würde ich beim Reden vermutlich in eine ähnliche Kategorie fallen. *Sail away*, Alder. Roberto war extra gekommen, um uns abzuholen und zu seiner Wohnung zu bringen. Nachdem wir uns noch auf dem Gleis alle umarmt hatten, machten wir uns auf den Weg zum Ausgang. Weit kamen wir allerdings nicht – in der Halle des Bahnhofs wartete eine unangenehme Überraschung auf uns. Kaum waren wir von der Rolltreppe herunter, wurden wir von mehreren Personen umringt, die uns nach den Ausweisen fragten. Roberto raunte mir noch ein »Sbirri« zu, bevor er von drei Leuten in eine Ecke der Halle geführt wurde. Zivis. Ein schöner Empfang. Wir wurden zunächst in Ruhe gelassen, fühlten uns aber natürlich nicht gerade wohl in unserer Haut. Die Zivis, die zu unserer Bewachung abgestellt waren, lüfteten wie zufällig ihre Jacken, sodass wir ihre Waffen sehen konnten. Merks, Becker und Willy fanden auf einmal den Ständer mit Postkarten hochinteressant, der vor einem Kiosk stand. Erst als Jette mir zublinzelte, wurde mir klar, dass sie dort ihr Dope deponierten. Auffällig unauffällig. Die Kartoffeln haben's einfach drauf – nicht? Von meinem Standort aus konnte ich sehen, dass die drei Cops wild auf Roberto einredeten. Sie hatten sich nicht einmal die Mühe gemacht, ihn weit weg zu bringen, sondern vernahmen ihn gleich in aller Öffentlichkeit. Nach etwa fünf Minuten war alles vorbei und die Beamten verzogen sich wieder. Allerdings nicht, ohne uns warnende Blicke zugeworfen zu haben. Die drei Kapeiken wollten natürlich als erstes ihr Weed aus dem Kartenständer holen, fanden allerdings nur zwei Päckchen wieder. Es würde ein ewiges Mysterium bleiben, wohin der dritte Beutel verschwunden war. Roberto kam zu uns, und der Capo hob beschwichtigend die Hand, auch wenn er einen ernsten Gesichtsausdruck zur Schau stellte. »Porca Puttana! Vaffanculo«, eröffnete er seine Erklärung. Im Folgenden teilte er uns mit, dass die Cops ihm eine deutliche Ansage gemacht hatten. Sie hätten uns im Blick, und er sei als Gastgeber für uns verantwortlich. Sollten wir im Zusammenhang mit dem Derby bei irgendwelchen Vorkommnissen erwischt werden, müsse er dafür seinen Kopf hinhalten. Er sagte nicht, dass wir nichts machen sollten; bat uns aber, im Zweifel an ihn und die Verantwortlichkeit zu denken. Ich fragte, wie viel Einfluss die Bullen hier haben und wie ernst ihre Drohung zu nehmen sei. »Cazzo!«, antwortete Roberto und spuckte auf den Boden. Aber ich nahm ihm diese Geste nicht ab. Er hatte auch schon viel Scheiße mit der Staatsmacht erlebt und wollte auf seine alten Tage sicherlich nicht erneut Ärger bekommen. Hier schienen die Uhren auf jeden Fall etwas anders zu laufen – eine persönliche Ansprache mit Bedrohungsszenario in der Öffentlichkeit war selbst für uns ungewöhnlich. Und dabei hatten Auge und Leimi sogar schon einmal Lutz bei der Arbeit besucht und seinen Chef gefragt, ob er wisse, was sein Azubi in seiner Freizeit so treibe. Verglichen mit dieser hinterhältigen Methode der Einschüchterung war das offene Visier der italienischen Cops dann zumindest ehrlich.

Der Weg zur Wohnung von Roberto führte uns einmal quer durch die Altstadt von Genua. Unglaublich, wie eng die Gassen waren und wie nah die Häuser aneinander standen. Ich konnte mir gut vorstellen, wie sich Leute abends einfach eine Kippe über die Straße reichten, auch wenn das in der Realität vermutlich nicht klappte. Die Vorstellung, wie es hier im Mittelalter ausgesehen hatte, wollte sich trotzdem nicht so recht einstellen. Was mir auffiel war auch, dass es doch recht viel Graffiti in der Stadt gab. Ich befand mich am Ende der Gruppe, vorne palaverte Roberto mit Becker und Paul. Das Wort »radebrechen« fiel mir ein, so wie immer, wenn es um Kommunikation mit italienischen Freunden ging.

»Was eine Scheiße mit den Bullen eben!« Subbe riss mich abrupt aus meinen Gedanken. »Zivi-Wichser. Was die sich hier rausnehmen können!«

»Hast recht. Bei uns quatschen die wenigstens nicht Leute vor dem Rest der Gruppe voll. Dafür gibt's in Hamburg aber jede Menge verdeckte Ermittler.«

»In der Flora vielleicht, aber doch nicht bei Ultras!« Subbe schien sehr überzeugt. Ich weniger.

»Glaubst du wirklich, dass in all den Jahren nicht mal kurz jemand reingeschnuppert hat? Wir machen es ihnen ja nun echt leicht, mit dem Prinzip der offenen Gruppe. Kommste an, machste derbe mit, biste drin. Drei bis sechs Monate reichen doch schon.«

»Fuck, Scheiße, jetzt kriege ich wieder Paras wegen dem Mist. Was sollen wir denn machen? Gruppe zu, Zivi tot.«

»Wenn wir das machen, haben sie gewonnen. Ist das Gleiche wie mit Terrorismus. Du musst offen bleiben, sonst blutest du dich selbst aus. Auch wenn es schwer fällt. Wo sollen denn neue Leute herkommen, wenn wir uns abkapseln? Wir brauchen Nachwuchs, sonst enden wir noch wie die Skins …«

»Nix gegen unsere Skins!«

»Ach was. Aber wann hast du bei denen mal junge Leute gesehen?«

»Haha, das erinnert mich an Spezis Auftritt in Osnabrück, als er mit Ole in die Gaststätte am Bahnhof reinkommt und brüllt: ›Ich krich zwei Bier! Und mein Kollege hier auch!‹«

Wir saßen bei einem kalten Bier, irgendwo zwischen Hafen und Stadion. Mir fiel zum ersten Mal auf, dass Spezi gar nicht mit war. Ich schüttelte den Kopf über mich selbst. »Wo ist Spezi eigentlich?

Er lässt sich ausgerechnet diese Fahrt entgehen?«

Jette sah mich etwas schief von der Seite an, als ob ich sie verarschen würde. Als sie keine Spur von Ironie in meiner Miene wahrnahm, kam der Hammer: »Mann, das habe ja sogar ich mitgekriegt. Spezi ist raus.«

Ich stand total aufm Schlauch. »Wie raus?«

»Keinen Bock mehr. Ausgebrannt. Zu lange die gleiche Scheiße gemacht. Fahnen genäht, sich um Kram gekümmert. Zu wenig Anerkennung gekriegt. Du kennst doch das Phänomen: Die einen kommen, nehmen alle guten Sachen für ein paar Jahre mit und sind dann von einem Tag auf den anderen wieder weg. Die Scheiße bleibt immer an den gleichen Leuten hängen.«

»Ja, Andi Brehme.«

»Hä?«

»Haste Scheiße am Fuß …«

»Mann, Marco, manchmal möchte man dir echt nur eine reinhauen.«

»Ey, ich muss das erstmal verarbeiten. Wie lange ist das denn her?«

»Weiß nicht genau. Zwei Wochen?«

»Und so lange hat ihn auch niemand mehr gesehen?«

»Genau. Vollkommen raus.«

Paul mischte sich ein. »Geht's um Spezi? Der ist angeblich nicht mal im Jolly gewesen seitdem.«

Ich hatte es immer noch nicht richtig realisiert. »Krass. Aber zwei Wochen – vielleicht fängt er sich ja wieder. Also hoffentlich.«

Jette und Paul sahen beide nicht überzeugt aus, widersprachen mir aber auch nicht.

Das brachte mich aber natürlich auf ihre Anwesenheit, die ja auch keinesfalls selbstverständlich war: »Ey Jette, wie kommt es eigentlich, dass du dabei bist? Warst ja lange nicht mehr mit uns unterwegs, und dann gleich Derby in Genua …«

»Ehrlich gesagt hat mich die Trennung von Heiner ganz schön mitgenommen. Ist drei Wochen her. Ich musste einfach raus und wollte eh mal wieder mit euch allen etwas machen. Wie du weißt, sind auf solchen Touren immer mehr Gute und Alte mit als beispielsweise bei einem Auswärtsspiel im Pott … Du weißt, was ich meine, oder?«

»Klar. Das mit Heiner tut mir leid, das wusste ich noch gar nicht. Hast du Schluss gemacht oder er, oder willst du gar nicht darüber reden?«

»Doch, geht schon klar. Ist auf meinem Mist gewachsen.«

»Wolltest du wieder mal reflexartig auf Abstand gehen?«

»Ja, auch. Aber letztlich ist das Quatsch, es hat einfach nicht gepasst. Am Ende waren da doch zu viele Dinge, die mir an ihm nicht gefallen haben. Da dachte ich, besser jetzt die Reißleine ziehen als das Ganze langsam ausbluten lassen.«

»Boah, das klingt hart. Du bist manchmal echt ein harter Hund, Jette.«

»Streunender Köter halt … Aber ich hab mir das jetzt auch nicht leicht gemacht. Im Gegenteil. Ich kann Heiner schon auch immer noch mehr als gut leiden, weißt du.«

»Ey, kein Urteil. Aber es klingt manchmal schon sehr abgeklärt … Apropos: Hier riecht es etwas nach Kloake, findet ihr nicht? So eine Mittelalterstadt hat auch ihre Nachteile.«

»Schnauze, Marco!«

Wir standen etwas unschlüssig vor der Kneipe, als es um uns herum auf einmal unruhig wurde. Mehrere Leute gingen schnellen Schrittes zu ihren Autos und Mopeds und holten verschiedene Gegenstände. Hätte mir vorher jemand gesagt, wie viele Schlagwerkzeuge man unter dem Sattel einer Vespa verstauen kann, hätte ich ihm sicher nicht geglaubt. Es dauerte nicht einmal eine Minute, bis gut dreißig Mann mit Helmen, Baseball-Keulen und sogar Eisenstangen und schweren Ketten ausgestattet waren. Ob das die erste Reihe sein sollte oder die schwere Artillerie für Notfälle, konnte ich nicht sagen. Ich suchte die Nähe von Jette und Torre und warf den beiden einen fragenden Blick zu.

»Was geht?«, sprach ich die Frage dann doch noch laut aus, als keine Antwort auf meine nonverbale Kommunikation erfolgt war. »Gehen wir da gleich mit oder warten wir hier?« Jette nahm eine Zigarette aus der Packung, die ich den beiden hinhielt. Torre hingegen winkte mit dem Zeigefinger ab. Hatte er aufgehört?

Torre biss sich auf die Unterlippe und wirkte unentschlossen. »Einerseits ja, andererseits hmm. Wir sollen Roberto schließlich nicht in die Bredouille bringen. Mal gucken.«

»Wo steckt er denn, fragen wir ihn doch.« Jette mit dem Pragmatismus, den ich von ihr erwartet hatte.

»Er ist ja selbst in der Zwickmühle«, meinte Torre. »Gehen wir mal in gebührendem Abstand mit und gucken, was passiert.«

Wir mussten nicht lange warten. Auf einen Zuruf hin formierte sich der Sampdoria-Mob auf der Straße, wie zu einer Demo. Nur dass statt eines Transpis in der ersten Reihe die Baseball-Keulen und die übrigen Prügel-Geräte am Start waren. Diese Frage wäre also geklärt. Es ging auch direkt los, einmal ums Stadion rum. Wo schon seit Tagen ständig Bullen patrouillierten, war plötzlich weit und breit keine uniformierte Person mehr zu sehen. Nicht einmal zwei Querstraßen weiter stand der Haufen vom CFC und wartete. Beide Gruppen riefen sich etwas zu und marschierten entschlossen aufeinander zu. Die Gegner waren ähnlich ausgestattet wie die vorderen Leute auf unserer Seite – und alle sahen aus wie auf den Bildern vom G8-Gipfel 2001.[22]

Es dauerte nur Sekunden, bis aus dem Austausch von Verbalinjurien und hin- und herfliegenden Bengalen, Fahnenstangen und

---

22 Legendäre linke Folklore.

Stühlen eine ernsthafte Massenschlägerei wurde. Torre, Jette und ich suchten Schutz in einem Hauseingang, von dem aus wir alles sehen konnten, aber weit genug weg waren, um nicht zufällig doch von einer umherfliegenden Fahrradkette getroffen zu werden. Es ging auf jeden Fall heiß her. Schon kurz nach Beginn der Auseinandersetzung kamen mehrere Doriani mit blutenden Kopfwunden an uns vorbei und verzogen sich nach hinten. Auf der anderen Seite dürfte es ähnlich ausgesehen haben, so wie die Fans beider Seiten aufeinander eindroschen. Zwei Dinge beeindruckten mich nachhaltig: dass sowohl Verletzte als auch unbeteiligte Passanten sich scheinbar relativ entspannt und ruhigen Schrittes vom Ort des Gemetzels entfernten; und dass beide Parteien mit einer Heftigkeit und einer Unerbittlichkeit aufeinander einprügelten, als handele es sich um eine Schlacht im Trojanischen Krieg und nicht um eine Fußball-Hauerei. Genua ist mit über einer halben Million Einwohnern zwar keine Kleinstadt, aber auch nicht New York, wo man sich nicht wiedersieht, nachdem man Warriors-mäßig im Viertel einer anderen Gang unterwegs war. Vor allem teilen sich beide Vereine nach wie vor ein Stadion, davon ganz abgesehen, dass man sich vermutlich eh über den Weg läuft, wenn man zur Arbeit, Uni oder Schule unterwegs ist.

Torre sagte etwas, aber ich konnte ihn aufgrund des Gebrülls um uns herum nicht verstehen. Er versuchte es erneut.

»Sollen wir doch noch näher an die Front? Lutz ist bestimmt vorne mit dabei«, meinte er.

»Lutz? Ich glaube kaum«, erwiderte Jette.

»Das kann schon sein«, warf ich ein und dachte, diplomatisch zu sein. »Lutz ist doch immer auf der Suche nach Stress und das hier ist ja wohl die derbste Form von Stress …«

Jette deutete hinter uns. »Lutz steht da mit Paul und glotzt, genau wie wir.«

Ich bediente mich eines Tricks: Ablenkung von der eigenen Unzulänglichkeit. »Wären die Acker-Demiker jetzt hier, würden sie sich

da vorne rumtreiben und wieder Adorno zitieren, zum Beispiel mit
›Ein Leben, das Sinn hätte, fragte nicht danach‹ oder so.«

»Halt mal kurz die Klappe!«

Irgendwas änderte sich gerade an der Szenerie, aber ich konnte
nicht genau sagen, was es war. Jette wollte es auf jeden Fall wissen
und kletterte auf einen Mauervorsprung, um eine bessere Übersicht
zu erhalten. Torre hielt ihre Hand, damit sie sich in alle Richtungen
drehen konnte. Nach einigen Sekunden kam sie wieder herunter.
»Die Bullen laufen gerade auf, an der Kreuzung da hinter uns«,
berichtete sie. »Lass mal zurück, bevor uns am Ende noch die Zivis
sehen und Roberto wirklich Ärger kriegt.«

Doch da hatten wir die Rechnung ohne den Wirt gemacht. Gerade in dem Moment, als wir uns aus der Gefahrenzone bewegen
wollten, verschob sich die Frontlinie innerhalb von Sekunden. Die
Doriani und ihre Helfer verloren an Boden – und auf einmal sahen
wir uns den Gegnern Auge in Auge gegenüber. Ein Bengalo flog in
unsere Richtung, das Torre mit einem gekonnten Kick abwehren
konnte. Aber als vier Typen mit hasserfüllten Gesichtern und gezückten Fahnenstangen auf uns zukamen, war auch er mit seinem
Latein am Ende. Wie aus dem Nichts tauchte Lutz zwischen uns
auf. Ohne zu zögern, sprang er auf den ersten Angreifer zu und
versetzte diesem einen Schlag auf die Brust, sodass ihm die Luft
wegblieb. Dem Zweiten trat er gegen das Knie, woraufhin der zumindest kurzzeitig gebremst wurde. Die anderen beiden zögerten.
Diesen Moment nutzte Lutz, drehte sich zu uns um und rief nur:
»Glotzt nicht so, kommt mit jetzt!«

Wir zogen uns schnell zurück, während hinter uns das Gemetzel
mit neu entflammter Heftigkeit weiterging, da die Doriani sich
offenbar entschieden hatten, wieder vorzurücken. Ich konnte noch
sehen, wie Lutz einem der Gegner eine gekonnte Links-Rechts-
Kombination vor den Latz knallte, bevor er selbst ein paar Treffer
einstecken musste. Als Lutz merkte, dass er wohl das Nachsehen

haben würde, löste er sich von seinem Kontrahenten und sprintete uns hinterher. Auch Willy kam auf einmal aus Richtung des Kampfes, keine Ahnung, wie lange er schon so weit vorne gewesen war. Jette wollte sich bei Lutz bedanken, aber das war gar nicht nötig. In seinen Augen brannte das Adrenalin. »Heftig, Alter, was hier abgeht! Diiiigger!«

Als wir die Kreuzung erreichten, kam allmählich Bewegung in die Reihen der Polizisten. Dabei sahen sie fast gelangweilt aus. In kompletter Riot-Ausrüstung wirkte die Einheit sehr entspannt. Ein Typ mit blutendem Kopf kam angerannt, der sich das Auge hielt. Interessierte die Cops nicht. Ich sah, wie einer der Polizisten mit einem der Doriani sprach. Es war offenbar derselbe Typ, der auch vorhin zum Angriff geblasen hatte. Auf mich wirkte es so, als wollte die Polizei vor allem Präsenz zeigen, nach dem Motto: Ihr hattet euren Spaß, aber jetzt reicht's auch mal langsam, bevor noch jemand ernsthaft zu Schaden kommt. Auch zeitlich war es ratsam, die Ausschreitungen zu beenden, da das Spiel schon in einer knappen halben Stunde angepfiffen werden sollte.

Als wir bei der Bar ankamen, von der aus wir eben gestartet waren, wartete Roberto bereits auf uns. Auch Becker, Willy und Paul standen dort.

»Wo sind Merks und Martha?«, wollte Jette wissen.

»Die sind schon im Stadion«, antwortete Paul. »Lass da jetzt auch mal hin, es scheint gerade eng zu werden an den Eingängen.«

»Andiamo Ultras«, forderte uns auch Roberto auf.

Ich fragte ihn, ob er sich an der Schlägerei beteiligt habe.

»No«, war seine einfache Antwort. Dabei malte er mit dem Zeigefinger einen Kreis neben seine Schläfe. Ich wusste nicht genau, was er damit sagen wollte. Es konnte heißen, dass er die ganze Aktion behämmert fand. Oder er wollte andeuteten, dass er nicht so blöd sei, wegen der gestrigen Ansage der Zivis heute etwas zu riskieren. Falls Letzteres der Fall war, waren wir indirekt dafür verantwortlich. Ob das jetzt gut oder schlecht war, konnte ich ebenfalls nicht genau sagen.

Ins Stadion zu kommen, war eine Sache von Minuten. Roberto winkte einem Ordner am Eingang, und wir durften rein. Kein Ausweis, kein Abtasten, wir mussten nicht mal unsere Karten vorzeigen, die wir alle brav in der Hand hielten. Tessera* am Arsch. In der Kurve trafen wir auch direkt auf die anderen. Das Gesprächsthema für die Zeit bis zum Anpfiff war klar.

»Wow, so viel Gewalt. Zu Hause würde es so etwas nicht geben.« Merks war nachhaltig beeindruckt. Ich wollte gerade etwas erwidern, aber Torre hatte sich der Sache bereits angenommen. Auch gut. Vielleicht würde er eher Merks' Sprache sprechen als ich.

»Gewalt, was? Also in den Neunzigern gab es Vergleichbares auch bei uns. Aber heutzutage wohl kaum, da gebe ich dir recht.«

»Und wie war das früher?«, wollte Merks wissen. »War das nicht geil, einfach so drauflos und alle haben mitgemacht?«

»Ja und nein. Je mehr Geschichten du über die Zeit hörst, desto weniger romantisch klingt das. Frag mal den Schwan. Wenn er sich an dich erinnert, wird er bestimmt die eine oder andere Story vom Stapel lassen. Damals sahen halt alle aus wie ein Weihnachtsbaum, mit Kutten und Schals, und wenn es losging, ging es eben los. Mal waren auf der eigenen Seite mehr und mal auf der anderen. So einfach war das.«

»Und heute? Was machen denn die ganzen Hools von damals?«

»Heute ist das derbe professionell. Wenn du nicht mindestens eine Kampfsportart beherrschst, regelmäßig trainierst und über 90 Kilo wiegst, nimmt dich kaum jemand mit. Überhaupt ist die ganze Hool-Nummer ein Witz: Wenn du dich zu einem 20 gegen 20 mit Magdeburg verabredest, stehen da auch mal 30 Leute, von denen nur sieben wirklich aus Sachsen-Anhalt sind.«

»Aber bei Ultras sind doch die Leute aus einer Gruppe zusammen unterwegs ...«

»Stimmt. Aber wenn du wirklich Gewalt suchst, bist du bestimmt nicht mit Ultras unterwegs. Wer zieht in einer fremden Stadt alle Aufmerksamkeit auf sich? Wer ist immer im großen Rudel unterwegs, will auf keinen Fall das Spiel verpassen und muss sein Banner beschützen? Genau.»[23]

Das Gespräch fand ein abruptes Ende, denn die Mannschaften liefen ein und die Gegenseite fuhr dick auf, mit vielen Fahnen, Spruchbändern und Konfetti. Aufseiten der Doriani gab es eine einfache Schalparade. Man hatte sich entschieden, keinen Deal mit den Bullen einzugehen und demnach auf eine große Choreo zu verzichten. Schweren Herzens, wie mir Roberto später verriet. Aber sich treu zu bleiben, war den organisierten Fans in diesem Fall wichtiger, als dem Derby Respekt zu zollen. Als ich die vielen Che-Guevara-Fahnen und linken Symbole auf der anderen Seite sah, beschlich mich kurz das Gefühl, in der falschen Kurve gelandet zu sein. Tatsächlich gab es das Gerücht, dass sich aufseiten der Doriani vorhin auch politisch unkorrekte Kämpfer herumgetrieben hätten. Das ärgerte mich sehr. Aber wenn du Gast bist, muckst du nicht wegen einer Mutmaßung auf, die irgendjemand in die Welt gesetzt hat. Das ungute Gefühl blieb zwar, aber zunächst zog uns das Spiel in seinen Bann. Ich hatte schon ziemlich Bock, dass unser Gastgeber gewann – alleine, um nachher noch eine geile Party feiern zu können, bevor es morgen schon wieder nach Hause ging. Aber obwohl das Spiel durchaus ansehnlich war, der Support eines Derbys angemessen und es sogar Bier gab, schweiften meine Gedanken während der 105 Minuten häufig ab. Einerseits war das eben Erlebte noch zu präsent, um mich auf die 22 Spieler

23   Deshalb: In kleinen Gruppen, ohne Gesänge!

und den Ball konzentrieren zu können, andererseits dachte ich an Grit. Was sie wohl denken würde, wenn sie mich jetzt so sähe? Könnte sie auch nur im Ansatz nachvollziehen, was Fußball für einen Stellenwert in meinem Leben einnahm? Wieso ich für ein Fußballspiel eine solche Reise auf mich nahm, von einem Verein, der nicht einmal mein eigener war? Dabei gab es zu Genua sogar noch eine relativ starke Verbindung. Die Sprachbarriere war kaum ein Hindernis in der Entwicklung einer echten Freundschaft. Die Untiefen des Hoppens sind viel schwieriger nachzuvollziehen: So viele Spiele wie möglich sehen, in so vielen unbekannten Stadien, wie es nur irgendwie geht, an Orten, an denen am besten noch nie ein Europäer ein Spiel gesehen hat ... Länderpunkt, Ground, mindestens eine Halbzeit, Ball berühren bei Verspätung, Stadionwurst, Foto und weiter ...

Das Spiel selbst war mäßig spannend. Tatsächlich zeigte sich wieder mal ein Phänomen des Hoppens: Mitunter kommen einem die 105 Minuten endlos lang vor, wenn man halbwegs nüchtern ist und nicht das eigene Team spielt. Das mit der Nüchternheit änderte sich im Verlauf des Spiels zumindest ein wenig; und auch die Kurve der Doriani sorgte dafür, dass es nicht komplett langweilig war. Etliche Gesänge erkannte ich wieder aus Zeiten, in denen es noch nicht selbstverständlich war, einfach einen Gruppennamen mit Songtitel auf YouTube zu suchen. CFC führte schnell mit 1:0, aber das interessierte mich weniger als die Art, wie hier Fußball geguckt wurde. Schon auch sehr englisch mitunter, das Ganze. Und die Bierkarawane am unteren Ende des Blocks, beziehungsweise an den Aufgängen scheint es auch in jedem Stadion zu geben. Das 1:1 weckte die Kurve kurzzeitig etwas auf. Mich allerdings ließ das Geschehen auf dem Rasen weiterhin eher kalt.

> Tore sind immer nur so viel wert, wie du reinsteckst, wie du investiert hast. Wenn du mit ganzer Seele dabei bist, gibt es nichts Besseres.

Da war der Dialog neben mir spannender, der sich gerade zwischen Merks und Jette entwickelte. »Was geht denn, ich meine, du bist gar nicht mehr am Start«, wollte Merks wissen. »Vor 'nem Jahr oder so, da warst du immer da. Ich finde es nicht gut, dass du dich zurückziehst. So wie *Marteria* in diesem Bang Bang-Lied singt.«

»Wer?«

»Marteria, der Rostocker? Der auch dieses schreckliche Lied über die Stadt gemacht hat?«

»Ach, Marsimoto. Klar.«

Torre von der Seite, wie üblich: »Kommst du denn in Zukunft mal wieder mit auswärts? Bei der Lost-Tour sind ja durchaus noch ein paar Kracher übrig.«

Jette runzelte die Stirn. Ich kannte sie lange genug, um zu wissen, was das bedeutete: Sie hasste es, auf bestimmte Fahrten festgenagelt zu werden, vor allem lange vorher. Doch dieses Mal überraschte sie mich. »Ich hab überlegt, nach Dresden zu fahren. Da geht immer was. Fährst du denn auch?«

Torre winkte ab. »Dresden? Na ja, da war ich nun wirklich schon sehr oft. Mal sehen, wie die Saison bis dahin verläuft. Wenn dann was auf dem Spiel steht ...«

»Ach, komm schon. Wenn ich fahre, musst du auch. Was soll ich denn auswärts, wenn kaum noch Leute mit sind, die ich kenne?«

Merks meldete sich zu Wort: »Also ich bin auf jeden Fall dabei. Und du kennst mich.«

Jette lachte. »Stimmt. Aber wenn Torre jetzt sagt, dass er mitkommt, komme ich auf Hundert mit.«

Torre überlegte nicht lange. »Deal!«

Ich von der Seite: »Der Weg ist das Deal. Ich bin dabei.«

Halbzeitpause, Stadionwurst, dann nochmal 45 Minuten. Ich war ausgelaugt, wollte lieber ein Bier im Sitzen trinken und nicht mehr auf einen bestimmten Ausschnitt starren müssen. Den anderen aus meiner Reisegruppe schien es ähnlich zu gehen: Nach dem Abpfiff dauerte es nur Minuten, ehe wir uns alle vor dem Ausgang versammelt hatten. Torre fragte Roberto, ob er nach dem Spiel noch mit weiterem Stress in der Stadt rechne. Dieser schüttelte nur den Kopf und grinste. »No, basta. Fighting over. Alle müde. They party, we party.«

Bei der Feier abends konnten wir uns dann langsam wieder etwas entspannen. Wie immer in Italien war es schwierig, auch nur ein einziges Getränk selbst zu bezahlen. Ich stand dieser Art der Gastfreundschaft zwiespältig gegenüber. Auf der einen Seite war die schier grenzenlose Freigebigkeit herzerwärmend. Auf der anderen Seite schien es oft etwas zwanghaft, da keinesfalls alle Gastgeber reich waren. Außerdem schaffte es immer den Druck, sich bei einem Besuch entsprechend zu revanchieren, was oftmals ebenfalls nicht einfach war. Ich verzichtete auf eine Runde Bier und ging lieber nach draußen, um ein wenig frische Luft zu schnappen und noch ein wenig von dem mittelalterlichen Flair aufzusaugen. Von irgendwo wurde mir ein Joint gereicht, den ich ausnahmsweise auch annahm. An einem Tag wie diesem passte das einfach. Allerdings wurde mir schon nach zwei Zügen sehr merkwürdig zumute. Nach dem dritten Zug veränderte sich meine Wahrnehmung merklich.

Später wurde mir von Willy bestätigt, dass in diesem Gelöt definitiv auch etwas anderes als Marihuana drin gewesen war. Ihm erging es offenbar ähnlich wie mir. Es war vergleichbar mit der Erinnerungs-Diashow, die nach meinem Wilhelmsburg-Exzess eingesetzt hatte – nur dieses Mal live. Bruchstücke der realen Welt flogen an mir vorbei. Achterbahn. Vielleicht war es auch gar nicht die Wirklichkeit.

Auszüge:

Jette: »War früher wirklich alles besser?«
Ich denke kurz nach. »Nein, nur anders.«
War früher wirklich alles anders gewesen? Ich ließ mir ein paar Szenen durch den Kopf gehen: auswärts, Bus, Stadion, Zeit totschlagen, Einlass, die Mannschaft verkackt das Spiel, müde, hungrig, Bus, *Big Lebowski* … Dann kam ich drauf: Nicht *alles* war früher anders gewesen – *wir* waren früher anders gewesen. Becker, Torre, Jette, die ganze alte Garde von heute. Jung waren wir, mit einer ganz anderen Sicht auf die Dinge. Mit einer pessimistischen Grundhaltung und mitunter desillusioniert, aber doch voller Lebensfreude. Und der festen Überzeugung, auf der Seite der Guten zu stehen und gegen das Böse zu kämpfen.
Sie lächelt. »Marco, du hast es wieder mal auf den Punkt gebracht. Nervt es dich eigentlich, dass die meisten Leute in dir nur den Witzelieferanten sehen?«
»Nö. Ich pflege das Image ja. Und alle, auf die es wirklich ankommt, wissen, dass da mehr ist als schlechte Wortwitze.«
»Danke.«
»Wofür?«
»Du hast mir gerade ein krasses Kompliment gemacht, indirekt. Ich bin also jemand, auf den es ankommt?«
»Worauf du einen krassen kannst!«

»Oh Mann …«

Jemand erzählt mir eine Geschichte auf Italienisch. Ich nicke. Auf Fragen antworte ich stets mit »Si, si, grande!«. Der Mensch muss mich für völlig bescheuert halten. Warum hört er nicht auf zu reden? Interessiert es ihn nicht, dass ich nichts schnalle? Keine Chance, hier wegzukommen. Keiner aus meiner Crew in der Nähe, der mich retten könnte. Mein Lächeln gefriert allmählich, lange halte ich das nicht mehr aus. Was? »Si, si, grande.«

»Ey, Mann, wenn jemand cool ist, kann auch Koks nichts daran ändern. Das Dope bringt nur hervor, was in dir steckt. Die Gesellschaft macht Leute egoistisch – wenn sie derbe breit sind, kommt halt genau das raus.«

Willy hat recht. Scheiß-Drogen. Scheiß-Gesellschaft. Scheiß-Egoismus. Ich wollte doch eigentlich Spaß haben, mit meinen Leuten aus Hamburg und meinen Freunden aus Genua. Stattdessen Egotrip. Fuck, Mann, wo ist das Gegenmittel?

> Drogen können eine gute Zeit bedeuten.
> Aber ein mit Rausch erkaufter guter
> Moment hat auch seinen Preis.

Jaja, halt's Maul! Erst verschwinden und jetzt den Moralapostel spielen. Ich nehme enorm Rücksicht auf alle anderen. So gut ich kann. Ah, oh, scusa, scusa, scheiße, so viele Füße und Beine im Weg, ich muss da durch, die anderen sind da hinten. Oder?

Becker: »Der liebe Gott und ich«, – Kippe an – »wir sind uns einig.«

Torre: »Wir sind im Auftrag des Herrn hier.«

Bier fliegt durch die Luft. Etliche Augenpaare blicken mich mit einer Mischung aus Erstaunen, Entsetzen und Ehrfurcht an. Ich erkenne niemanden. Wo bin ich? War das mein Bier? Wahrscheinlich. Muss irgendwie den Tresen erreichen und mich festhalten. Ah, das Klo. Endlich Zeit zum Durchatmen. Stolpere in eine Kabine, besetzt. Merks guckt hoch und grinst. Hält mir sein Telefon hin, auf dem zwei Lines angerichtet sind. Ich versuche, den Kopf zu schütteln, aber kriege es nicht hin. Ach, was soll's. Vielleicht werde ich etwas frischer.

Subbe brabbelt irgendwas von »auf Spur bleiben« und »müssen jetzt echt mal die Jungen an der Hand nehmen«. Ich verstehe noch »immer die gleichen Kack-Fehler«, aber weiß schon nicht mehr, worum es eigentlich geht. Ich könnte was zu trinken vertragen, zum Beispiel etwas ohne Alkohol und mit Zucker. Pappmaul ohne Ende. Da hilft die Windmühle eher nicht weiter, die Merks mir in die Hand drückt. Windmühle? Wie zum Teufel hat er die hingekriegt?[24] Erdloch … »Dürfen nicht den Kopf in den Sand stecken. Brust raus. Ich kann das aber nicht alleine, muss auch gucken, wo ich bleibe. Brauche mal einen richtigen Job, nicht immer nur Aushilfskram.« Job? Junge, mach bloß nicht Gastro, ich warte immer noch auf meinen Drink. Warte, hab ich den überhaupt bestellt?

Lutz: »Ich hasse FC Genua. Es gibt fast keine Szene, die ich mehr hasse!«

Willy und Walter liefern sich einen Wettstreit darin, eklige Kurze zu kippen. Don Promillo und Primitivo. Ich hab mein ganzes Geld auf Walter gesetzt, aber es scheint das falsche Pferd zu sein. Noch ein doppelter Limoncello, und der Bengel kippt aus den Latschen.

---

24 Antifa bleibt Handarbeit.

»Nicht aufgeben«, raune ich ihm ins Ohr. »Gleich kommt der Tequila, damit kriegst du ihn.«

Das Wort »Tequila« hätte ich nicht sagen sollen, Walter würgt wie ein weißer Hai mit Wasserallergie. »Goldener, goldener«, werfe ich schnell ein, um ihn zu beruhigen. Klappt nicht. Voll normal over and over again. Dann wird das wohl nichts mehr mit dem Mezcal Mule. Willy will's wissen und guckt sich nach einem neuen Gegner um. Alle winken ab. Whatever.

Wir laufen durch enge Gassen. Ich hebe den Blick und sehe Häuserwände, die nach oben hin immer mehr aufeinander zuzulaufen scheinen. Waren wir hier nicht eben schon einmal? »Bringt mich einfach zum Wasser«, nuschelt Becker. »Von da aus weiß ich den Weg zu Roberto. Ganz einfach.«

Aber niemand weiß wirklich, wie wir da hinkommen. Alles sieht gleich aus, wir drehen uns im Kreis. Wir bleiben stehen und beratschlagen eine Weile. Von oben gießt jemand Wasser auf uns und beschwert sich lautstark. Wir gehen weiter. Völlig verpeilt.[25] Irgendwann sehen wir Licht, hören Musik. Vor uns taucht die Kneipe auf, aus der wir gestartet sind. Puh … Roberto guckt uns mit großen Augen an und schüttelt den Kopf. Dann lacht er laut und nimmt Torre in einen freundschaftlichen Schwitzkasten. »I tedeschi, incredibile…« Ich beschließe, noch ein wenig zu bleiben.

Serpentinen. Berg rauf. Ich hinten auf einem Mofa. Keine Ahnung, wer da fährt. Aber die Person grölt die ganze Zeit ein Lied in gebrochenem Englisch. Es klingt entfernt nach *Be young, be foolish, be happy*. Kann aber auch etwas völlig anderes sein. Ich würde gerne

---

25 Pech und Unvermögen, die alte Top-Kombination. Unvermögen hält die Hand schon zum High Five hoch, doch Pech winkt ab. »Das hast du ganz alleine geschafft, alter Freund.« Unvermögen nickt. Und grinst.

kotzen, aber das geht nicht, da ich einen Helm aufhabe. Es riecht komisch, irgendwie verbrannt.

»Diese Kombi-Wetten sind doch scheiße!« Becker mal wieder über eines seiner Lieblingsthemen. »Ich mach jetzt nur noch klar auf Sieg, Zwanni, hopp oder Flopp. Kein Bock mehr darauf, das Hauptspiel richtig zu tippen, und dann irgendein Drittligaspiel in Spanien falsch einzuschätzen. Santander gegen Torrelavega, wer soll das denn wissen? Nur noch sichere Dinger ab jetzt!«

»Is klar, Becker. Alles auf Horst!« Geil, Jette ist auch noch am Start.

»Ein Ultrà erfährt, dass seine Freundin ihn betrogen hat. Er fährt zu ihrem Haus und zündet es an. Die Polizei nimmt ihn fest, während er vor dem brennenden Haus vermummt obszöne Gesten macht. Prompt landet er vor Gericht.

›Das ist schwere Brandstiftung‹, sagt der Richter. ›Was haben Sie dazu zu sagen?‹

Antwortet der Ultrà: ›Pyrotechnik legalisieren, Emotionen respektieren!‹

Fragt der Richter: ›Mehr fällt Ihnen dazu nicht ein?‹

›Fußballfans sind keine Verbrecher!‹

›Und die Opfer, was ist mit denen?‹

›Die Verbrannten – mit uns!‹«

Guter Witz. Schade nur, dass niemand in der Nähe ist, der meine Sprache spricht. Muss schiffen.

Dunkles Dixi-Klo. Verdammte Scheiße. Fummle mein Feuerzeug aus der Hosentasche, während ich pisse. Dumme Idee. Einmal angerissen, direkt runtergefallen. Hätte vorher mein Bier abstellen sollen, aber wohin nur? Hat keinen Zweck, das hier zu suchen. Immer das Gleiche. Als hätte ich aus zig Festivals gar nichts gelernt. Ich ahne mehr, als dass ich es fühle: Der Boden ist alles andere als trocken. Wenigstens muss ich nicht kacken, das wär's jetzt noch. Will gerade die Hose wieder zumachen, als es auf einmal laut rummst. Die Wände wackeln, und ich wanke, Kopf knallt gegen eine Plastikwand. Bier fliegt durch die Luft, der letzte Tropfen auch. Was zur Hölle ... Mit einiger Mühe gelingt es mir, den Riegel vor der Tür hochzuschieben und diese aufzustoßen. Meckerndes Gelächter. Willy! Muss von außen gegen das Klo gesprungen sein. Hatte wohl noch Glück, dass es nicht umgekippt ist. Der Jockel hat eine Abreibung verdient, mindestens aber eine Respektschelle!

> Wenn es eine Konfrontation gibt, musst du schnell checken: Hast du einen intelligenten Fighter mit Erfahrung vor dir oder einen Dulli mit Biermuskeln.

Ich hab keinen Plan, wovon Lutz da redet. Das kriegt er offenbar mit.

»Ganz einfach: Jeder Kunde, der plötzlich kämpfen muss, wird alle Energie in einen Schlag legen. Das ist dann sehr sicher eine gerade Rechte. Oder ein Schwinger mit rechts. Du tauchst nach links weg und schlägst dabei einen Aufwärtshaken. Oder nach dem Durchrollen einen Seithaken. Beides zum Kinn. Bähm! Der ist weg.« Lutz leckt sich die Lippen, der Joint in seiner Hand ist längst ausgegangen.

»Wenn dein Gegner aber was drauf hat, ist es nicht so einfach. Dann kann es helfen, wenn du wie im Ring kämpfst und erstmal 'n Jab schlägst. Oder du drängst mit Macht nach vorne. 89 Prozent ist eh immer Kopfsache. Wenn du schon denkst, dass der andere besser ist, macht es fast keinen Unterschied, wenn er nix kann. Also drauf da! Kann aber auch nach hinten losgehen, wenn du in 'ne Faust läufst.«

Alder, was labert der da? Meine letzte körperliche Auseinandersetzung war eine Schubserei in der dritten Klasse. Ich glaube, es ging um 'nen Tuschkasten. Ich nehme Lutz den Joint aus der Hand, was er gar nicht zu merken scheint. Light it up! Sehe aus dem Augenwinkel, wie Subbe Lutz die Hand drückt. Sagt irgendwas wegen der Hauerei vorhin, ich verstehe nur »Respekt, Diggie«.

»Was zeichnet eine Fanfreundschaft überhaupt aus? Ich meine, wir sind hier in der Nähe von Genua im Nirgendwo, kaum jemand kann Deutsch oder Englisch … Was ist also der gemeinsame Nenner? Fußball-Verrücktheit? Saufen und Drogen? Links-Sein? Hass auf Nazis und Bullen? Gleiche Melodien im Stadion? Das alles gibt es bei Jena auch, aber die sind nicht unsere Freunde.« Martha klingt ehrlich etwas verzweifelt.

»Ey, ey, ey, du willst doch jetzt nicht ernsthaft Jena mit Sampdoria vergleichen!« Danke, Jette, du sprichst mir wieder mal aus der Seele, wenn ich zu keinem Wort fähig bin.

»Nee, aber du weißt schon, was ich meine. Manchmal frage ich mich, wie solche Freundschaften zustande kommen. Nur Che auf der Brust reicht doch wohl kaum. Und wie hält das Ganze dann?«

»Einzelpersonen. Einzelne tragen solche Freundschaften. Man muss sich drum kümmern und sie pflegen, wie bei allen anderen Freundschaften auch. Kleine Geschenke erhalten die Freundschaft. Nicht nur Schals. Nicht nur Bier. Aufmerksamkeiten. Im Zweifel Zuhören.«

> Freundschaften erweitern deinen Horizont. Wenn du woanders zu Besuch bist, siehst du die Szene mit anderen Augen. Wenn du selbst Besuch hast, auch.

»ACAB? Wirklich? Und die vielen Male, wo sie uns den Arsch gerettet haben? Wo sie ihren Kopf für uns hingehalten haben? Wo wir froh waren, dass es sie gibt? Damals in Magdeburg, als wir über das Feld gelaufen sind, alle harten Cops beim G8? Und wir die Schreibtischhengste angeguckt und die uns? Und dann so ›Okay, wenn die jetzt kommen, dann wir gegen die?‹. Klar, haben sie gegen Bezahlung gemacht. Sind immer noch Söldner. Und es gibt 'ne Menge Arschlöcher. Wahrscheinlich mehr als Gute.«

Lutz sieht bei Torres Predigt nicht überzeugt aus. »Die Guten, das sind immer noch wir. Oder?«

»Wir haben auch schon Scheiße gebaut. Hast du noch nie Situationen erlebt, in denen wir Leute vermobbt haben, die es nicht verdient haben? Oder Friendly Fire, mal wieder. Wenn du von 'ner Mate-Flasche getroffen wirst, war es eher nicht der Feind.«

Lutz nickt bedächtig. »Außer Köln.«

»Na gut, außer Köln.«

Jette zu mir: »Meinst du nicht, dass du langsam ins Bett solltest? Oder noch besser in eine Ausnüchterungszelle?«

Ich nicke heftig. Das scheint wieder zu gehen. Erstmal hinsetzen. Nass. Wann zur Hölle hatte es geregnet?

»Für wie viele Kinder das Jolly wohl verantwortlich ist?«

Jette sieht mich mit großen Augen an. Aber dann überlegt sie. »136?«

»Vielleicht. Ich sach ma', mindestens das Doppelte. Das Jolly ist in Wirklichkeit keine Kneipe, sondern 'n Kuppel-Karussell. Der Verein sollte auch besser ›Balzkult‹ heißen. Tinder ohne Internet.«

Welcome to hell. Das scheint die Sonne zu sein. Neuer Tag. Also bald los. Aufbruch, Heimweg. Große Hürde. Keine Kraft mehr.

Ich kam auf einem harten Sitz zu mir. Das war wohl das Terminal, von dem aus wir abfliegen sollten. Ich profitierte wieder einmal davon, dass man sich bei Ultras im Zweifel um nichts kümmern muss. Irgendjemand sorgt schon dafür, dass du mitkommst. Aber wie war ich zum Flughafen gekommen? Und durch die Sicherheitskontrolle? Hatte ich kein Gepäck dabei gehabt? Wo war mein Tabak? Becker drehte sich um und sah, dass ich wach war. »Hahaha, da isser ja!« Er fixierte mich, sah mir in die Augen und sprach jedes Wort betont langsam und deutlich aus. »Verstehen? Sie? Mich? Mi-ne-ral-was-ser!« Dann drückte er mir eine kalte Flasche in die Hand. Lebensretter. »Danke«, stammelte ich.

»Alles gut«, murmelte er. »Mach dir keine Sorgen. Was in Genua passiert, bleibt in Las Vegas.«

Regen: Sturzbach, Schauer, Hagel, Graupel, Sprüh-, Niesel-. Letzteres empfing uns in Hamburg. Natürlich. Wenn es eine Regenart gibt, die für diese Stadt charakteristisch ist, dann ist es Nieselregen. Keine Zeit für Regen-Eration. »Scheiße, es schifft«, grummelte Paul neben mir, als er nach der Landung aus dem Fenster des Flugzeugs blickte.

Ich empfand es weniger als negativ, im Gegenteil. Zum einen war Nieselregen gleichbedeutend mit Heimkommen. Zum anderen bedeutete es ein wenig Frische nach der trockenen Luft in Flugzeug und Flughäfen. »Wenigstens keine sintflutartigen Regenfälle«, meinte Jette von der anderen Seite.

»Sint wir schon da«, fragte ich und tat dabei so, als ob ich gerade aufgewacht sei. Weniger, weil ich es für einen Hammer-Gag hielt, als vielmehr, um auch etwas zu sagen.

Jette würdigte mich keiner Antwort, aber ihre Mundwinkel zuckten beinahe unmerklich. Paul schüttelte den Kopf. »Schnauze, Marco!«

Zurück. Jetzt nur noch den Weg nach Hause schaffen. Die letzten Meter sind immer die schlimmsten. Ich war immer wieder überrascht, wie entspannt manche Leute auch nach einer solchen Tour noch sein konnten. Merks zum Beispiel: Seelenruhig machte er es sich neben dem Gepäckband gemütlich und wartete geduldig auf seinen Rucksack. Martha setzte sich neben ihn und gab ihm einen Kuss. Süß. Ich wollte nach Hause. Gepäck kam, irgendwann hatten alle ihren Scheiß, raus, eine rauchen. Merks zwirbelt erst mal eine Jolle. »Auf den Stress verhaften wir jetzt einen.«

Paul guckte misstrauisch: »Wo hast du denn jetzt Dope her?«

Er: »Gerade in der Jackentasche gefunden. Wusste gar nicht, dass es noch da drin ist.«

»Du meinst, du hast mit uns zwei internationale Flüge gemacht, hattest Gras dabei – und wusstest es nicht einmal?«

»Kein Gras, Mann, Haschisch …«

Willy schlug sich vor Lachen auf die Schenkel, Paul konnte es nicht fassen, mir war es gerade egal. Ich wollte meine Schuhe ausziehen, duschen und noch was Geiles essen. Und mich bei Grit melden. Selbstverständlich. Eigentlich war alles andere auch nicht so wichtig. Oder anders gesagt: mehrere letzte Hindernisse auf dem Weg zum Telefon. Oder war es vielleicht schlauer, das auf morgen zu verschieben, wie angekündigt? Jetzt noch ein letztes Bier trinken und dann einfach ins Bett fallen? Und morgen dann ausgeschlafen, frisch und eloquent bei Grit melden? Fit für Grit. Klang eigentlich vernünftig.

»So, Leute, ich hoffe, ihr nehmt alle was Gutes mit von dieser Tour. Ansonsten ist bei euch Hoppen und Malz verloren!«

Torre: »Mann, du ballerst echt deine Witze wie mit der Schrotflinte raus: Irgendwann triffst du dann doch mal.«

»Du weißt doch: Lieber einen guten Freund verlieren, als eine schlechte Pointe auslassen.«

»Der Teufel scheißt immer auf den dicksten Haufen.«

»So ähnlich, Torre, so ähnlich.«

Ich sah mir den fertigen Haufen am Gepäckband an und wurde unvermittelt von einem Schwall Liebe übermannt. Ganz ehrlich: Wenn du mit so guten Leuten eine derartige Reise machen kannst und hinterher sind alle daran gewachsen – was sollte uns aufhalten? Ich überlegte kurz und versuchte meine optimistische Stimmung zu bremsen. Aber es gelang mir nicht so recht. Auch gut.

»Was geht, Honigkuchenpferd? Denkst du an deine geheimnisvolle Schönheit aus Wilhelmsburg?« Vor Jette konnte man einfach keine Emotion verbergen.

»Nö, ausnahmsweise nicht. Ich habe nur gerade gedacht, dass ich mit niemandem lieber diese Tour unternommen hätte als mit euch.«

S-Bahn Richtung Altona, außer mir waren nur noch Martha und Merks mit im Zug. Schweigend verbrachten wir die wenigen Minuten Fahrt und starrten wahlweise aus dem Fenster oder auf den Boden. Martha hatte ihren Kopf an Merks' Schulter gelegt, was diesem offenbar gut gefiel. Am Zielbahnhof angekommen, nahm ich die beiden zum Abschied noch mal in den Arm. »Geile Tour, Digger«, sagte Merks. Ich konnte es mir nicht verkneifen, dem Jungspund zum Abschied noch einen mitzugeben: »Und immer dran denken: Keine Macht dem Pogen!«

Entweder hatte er den Gag nicht verstanden oder er fand ihn einfach nicht lustig. Kommt hin und wieder auch vor. Undankbares Publikum. Wenigstens Martha grinste verhalten, war aber offenbar auch zu müde, um richtig zu lachen. Wie sagte Jette am Ende jeder Fahrt? Sternhagelmüde. So sah's aus.

In meiner WG angekommen, feuerte ich als Erstes meine Reisetasche in die Ecke des Flurs und riss mir die Schuhe von den Füßen.

»Bin wieder da!«

Meine Mitbewohnerin Helena streckte neugierig ihren Kopf aus dem Zimmer. »Hey Marco, was geht? Wie war's?«

»Fett. Erzähle ich dir morgen im Detail. Bin jetzt zu glücklich und zu fertig zum Reden.«

Sie grinste. »Gilt das auch für deine geheimnisvolle Bekanntschaft von der Party neulich?«

Wow. Der Buschfunk hatte wieder ganze Arbeit geleistet.

»Hm, mal sehen«, brachte ich noch heraus und verdrückte mich dann schnell in mein Zimmer.

Ich war mit mir selbst immer noch uneins, ob ich Grit jetzt direkt anrufen sollte oder nicht. Noch während ich das Für und Wider gegeneinander abwog, konnte ich mir aus der Höhe von ungefähr zwei Metern selbst dabei zusehen, wie ich zum Telefon griff und ihre Nummer wählte.

Epilog

Ultras. Mehr als 20 Jahre hat die Subkultur hierzulande schon auf dem Buckel. Hat sich entwickelt und verändert. Von einer unbemerkten Randerscheinung hin zu einer Massenbewegung, die dazu in der Lage ist, beim ordnungsliebenden Normalbürger Angst und Schrecken auszulösen. Und wieder zurück? Hier ist nicht Italien: Ich sehe mich nicht in 20 Jahren immer noch betrunken auf dem Zaun sitzen, eine Fahne schwenken und Gästefans unflätig bepöbeln. Und die meisten anderen, ehrlich gesagt, auch nicht. Wenn ich mich in der Kurve umsehe, kann ich an zwei Händen abzählen, wie viele Leute aus der Gründungsphase der Gruppe noch regelmäßig am Start sind. Und ich selbst bin auch keiner der alten Recken mehr, die über all die Jahre immer bei der Stange geblieben sind. Hängen geblieben? Real geblieben? Weiterentwickelt? Erwachsen geworden? Wie es sich anfühlt, vom 24/7-Verrückten zum Heimspiel-Ultrà zu werden? Nicht gut. Aber auch nicht nur schlecht. Ultras ist eine Subkultur, deren Möglichkeiten zur Weiterentwicklung begrenzt sind. Weil sich die Kurven nach einer Weile automatisch verjüngen. In welcher deutschen Gruppe haben 45-Jährige das Ruder in der Hand? Eben. Das Paradoxe am Ultras-Dasein ist eher, dass die Subkultur wie ein Blutegel an dem Sport hängt, der schon fast ein reines Geschäft ist. Und das Geschäft wird verachtet. Wie geht es mit der Bewegung weiter, wenn der Kern, der Sport, beinahe nicht mehr zu erkennen ist? Wenn es sich irgendwann lächerlich anfühlt, eine Marke nach vorne zu schreien, die kein Herz mehr besitzt? Und wie geht es mit linken Szenen weiter, die immer zwischen Politik, Verein und anderen Fans stehen? Gelingt der Spagat zwischen Anspruch und Wirklichkeit, zwischen Gleichheits-Utopie und Mackertum?

Aufblende. Ich komme ins Stadion, bekannte Gesichter überall.

Ich schüttele Hände, Leute prosten mir zu, ich nehme Freundinnen und Freunde in den Arm, gehe an meinen gewohnten Platz, ganz vorne in der Mitte. Hier baut einer einen Joint, da drüben baut einer Scheiße. Hat mal jemand Tape? *Hells Bells* ertönt, die Mannschaft läuft ein, hinter mir fliegen tausende Wurfrollen in die Luft, im Gästeblock gehen Bengalen an, die Euphorie ist greifbar. So viel Energie in der Luft. Konfetti im Bier. Das Salz in der Suppe. Und der Sand im Getriebe. Alles wiederholt sich, genau wie immer im Leben. Und ist doch jedes Mal einzigartig. Ich lache. Man muss auch loslassen können. Scheiß drauf, Diggie, alles ist so, wie es sein soll. Hier bin ich zu Hause.

Zivi, Zifte (ugs.): Zivilpolizisten begleiten nicht nur Demonstrationen, sondern auch jede Ansammlung junger Erwachsener im Zusammenhang mit Fußball, die mehr als 15 Köpfe zählt und eine Zaunfahne besitzt.

Ultras: Das sind diese »sogenannten Fans«, die »wahren Anhänger«, die »Gralshüter der Kurven«.

Rote Flora: In der Politik dreht sich fast alles um Symbole. Deshalb ist der Begriff »Symbolpolitik« eine Tautologie. Die Rote Flora ist das Symbol der linken Szene in Hamburg. Und einer der letzten wirklich guten Orte in der Schanze.

RAI: Treffen antirassistischer Ultras-Gruppen in Narni, überwiegend aus Italien. Das politische Spektrum reicht hier von Normalo-Antifas und Old-School-Anti-Imps über Autonome und viel Oi bis hin zu Stalinisten… Wenn du einen Grabenkampf führen willst, dann dort.

»RASH«: Red and Anarchist Skinheads. Wenn du glaubst, dass alle Skinheads Nazis sind, dann bist du in den 90ern hängengeblieben. Stimmte aber schon damals nicht.

BFE: Beweis- und Festnahmeeinheit der Polizei. Die Vermummten Chaoten, der Black Block, die Gewalt Suchenden.

43278778: Telefonnummer des Ermittlungsausschusses (EA) in Hamburg. Die kümmern sich beispielsweise dann um dich, wenn du Stress mit der BFE (s. o.) hast.

Bewegungsmelder: Hamburger Terminkalender für linke Subkultur und Politik.

16. Februar 2011: Derbysieg, Digga!

Montecchio: Ebenfalls ein Fan-Fußballturnier in Italien. Allerdings kein Einladungsturnier wie das RAI oder das Antira am Millerntor. Entsprechend kann sich einfach jede Gruppe anmelden, die sich selbst als »antirassistisch« bezeichnet – und sei es nur für die Dauer des Turniers.

Tessera: Theoretisch sind Eintrittskarten in Italien personengebunden, seit ein Polizist in Catania bei Auseinandersetzungen mit Fußballfans gestorben ist. Aber praktisch ist das anders…

Danksagung

Danke an Jessica für deine Geduld – als Lektorin, Projektleiterin und auch als Kummerkasten. Danke an Christoph und Laura für die PR, an Sabrina für das Korrektorat und an Marina und Manja für das Cover. Danke an Karsten und das ganze Team des Liesmich Verlages für die Zusammenarbeit und den Glauben an dieses Buch.

Danke an Miss Nasty für den Satz mit X. Und überhaupt. Danke an Stulle, Gerrit und Niklas für Vorlektorat, gute Anmerkungen und Ideen. Danke an Malte für den Trailer-Schnitt und für die weisen Sätze »Du kannst es am Ende in die Tonne kloppen. Aber zuerst musst du es fertig machen.«. Danke an Beni für das Aufkleber-Design, an Jenny für das Autorenfoto und an Julia für die »Gegenwert«-Mitgestaltung.

Danke an Hannelore Suppe: Ohne dein beharrliches Ermutigen und In-den-Arsch-Treten gäbe es dieses Buch nicht. Danke für den Input und dafür, dass du den Verlag für mich gefunden hast. Danke an alle alten und jungen Ultras von Sankt Pauli. Ihr wisst, wer ihr seid – beste Crew und beste Zeit. Danke in jeder Beziehung an Lisi: Du hast die meisten Phasen des Entstehungsprozesses miterlebt; hast mit mir gelitten, dich mit mir gefreut und mich stets unterstützt. Ich weiß das alles sehr zu schätzen.

BISHER IM LIESMICH VERLAG ERSCHIENEN

Wolf Schmid
PEDALPILOT DOPPEL-ZWO

Der spontane Besuch des gerade pensionierten Paketwagenfahrers Walter bei seinem Sohn Johannes in Hamburg bringt die sicheren Mauern ins Wanken, hinter denen die beiden sich schon seit Langem zurückgezogen haben.

Als sich Johannes alias Fahrradkurier »Doppel-Zwo« bei einem Radunfall das Schlüsselbein verletzt, springt der Vater kurzerhand als »Doppel-Zwo Senior« für ihn ein. So lernt Walter die Kurierszene Hamburgs, die dort geltenden Regeln und die eigenwilligen Menschen hinter den Funkgeräten kennen. Nebenbei holt er noch das eine oder andere Versäumnis seinem Sohn gegenüber nach – ein Coming of Age im Rentenalter.

Pedalpilot Doppel-Zwo ist ein unangepasster Entwicklungsroman, der die Leser mitnimmt zu den schönsten Rastplätzen und Aussichtspunkten der Elbe-Stadt.

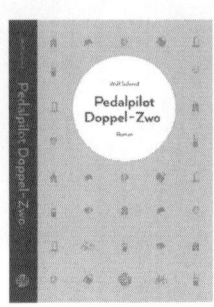

Wolf Schmid
PEDALPILOT DOPPEL-ZWO
Liesmich Verlag
ISBN 978-3-945491-00-3
Preis: 14,95€

Philippe Smolarski
FAYVEL DER CHINESE

Philippe Smolarski
FAYVEL DER CHINESE
Liesmich Verlag
ISBN 978-3-945491-02-7
Preis: 14,95€

Während die jüdische Bevölkerung Europas vor dem Terror der Nazis zu fliehen versucht, reist Fayvel, Gangsterboss und selbst polnischer Jude, aus China direkt ins Herz der Finsternis, um seine Familie aus dem Warschauer Ghetto zu befreien. Mit ihm kommen seine engsten Vertrauten: Walter, ein deutschjüdischer Ex-Boxer, und Meiling, eine skrupellose und hinreißend schöne Chinesin. Im Ghetto kreuzen sich dann die Wege von Fayvel und Maria, einer jungen Jüdin aus Wien, die Fayvel unter seinen Schutz stellt und schließlich in sein Herz schließt. Die Liebesgeschichte der beiden ist von wenigen Illusionen begleitet in einer Welt, die ums tägliche Überleben kämpft. Um schließlich dem faschistischen Grauen zu entkommen, fliehen Fayvel und seine Bande durch halb Europa, legen sich mit Spionage und Gegenspionage an und schlüpfen in immer neue Identitäten.

»Fayvel der Chinese« ist ein fiktiv-dokumentarisches Gangster-Roadmovie, das nicht nur ungewohnte Einblicke in den Alltag des Warschauer Ghettos gibt, sondern vor allem von Liebe und Freundschaft handelt. Das Setting gerät dabei fast in den Hintergrund der Geschichte, die vielfach skurril-komisch daherkommt, derweil aber hervorragend recherchierte historische Details zu bieten hat.

Thekla Kraußeneck
CRONOS CUBE

Thekla Kraußeneck
CRONOS CUBE
Liesmich Verlag
ISBN 978-3945491041
16,95€

»Bist du schon mal gestorben?«
Mit diesen Worten wird Zack in der virtuellen Welt des »Cronos Cube« empfangen. Das Spiel hält Erfahrungen für ihn bereit, die sich genauso echt anfühlen wie das reale Leben. Aber Zack ist nicht zum Spielen gekommen: Sein Freund Lachlan wurde entführt und nur in dieser irren Welt voller Titanmäuse, Laubwichte und Wurzelnarren kann er die Software finden, die der Erpresser von ihm verlangt. Dabei hat Zack keine Ahnung, wie eine Software in einer Welt aussieht, wo Dinge sich in taschentaugliche Karten verwandeln lassen, wenn man sie bloß anschnipst.

In der realen Welt des Jahres 2030 herrscht währenddessen eine Diktatur in der Republik Europa. Geheimdienste überwachen mittels Drohnen das gesamte öffentliche Leben. Menschen ohne Perspektive vegetieren in riesigen Wohnblöcken vor sich hin. Das Virtual Reality-Spiel Cronos Cube wird zum Ausweg für viele Spaßsüchtige oder Verzweifelte – es gilt als letzter Hort freier Meinungsäußerung, aber auch als Brutstätte des Widerstandes.

Dass die beiden Freunde Zack und Lachlan mit dieser Situation so unterschiedlich umgehen, bringt ihre Beziehung klar an ihre Grenzen: Denn obwohl Zack seine gesamte Zukunft aufs Spiel setzt, sich tapfer durch die Fantasy-Welt des Cronos shootet und den ganz realen EU-Geheimdienst auf Abstand hält, kann er seinen geliebten Freund am Ende nicht vor sich selbst beschützen.

Thekla Kraußeneck stand mit »Cronos Cube« 2018 auf der Shortlist des Seraph-Literaturpreises in der Kategorie »Bestes Debüt«.

versandkostenfrei bestellen
(innerhalb Deutschlands)
unter
www.liesmich-verlag.de